Anthony Coles
Ein Gentleman in Arles – Mörderische Machenschaften

PIPER

Zu diesem Buch

Peter Smith hat ein bewegtes Leben als Unternehmensberater, Lehrer für Kunstgeschichte und britischer Geheimdienstler hinter sich und möchte nun einen ruhigen Lebensabend im malerischen Arles verbringen. Er freut sich auf seinen ersten Besuch in der Stierkampfarena – doch dieser endet schmerzhaft: Jemand schlägt Smith nieder! Als er wieder erwacht, liegt auf ihm eine Leiche. Ohne es zu wollen, stolpert er mitten hinein in den rätselhaften Mordfall eines reichen Unternehmers. Besonders dessen gar nicht so trauernde Witwe stellt die These, ihr Ex-Mann habe Selbstmord begangen, infrage. Da der Tote der Geschäftsführer des Familienunternehmens war, bittet die Witwe Smith um Hilfe bei der Aufklärung des Falls. Als plötzlich eine zweite Leiche auftaucht, wird Smith klar, dass es um weitaus gefährlichere Dinge geht als um einen unglücklichen Todesfall.

Anthony Coles lebt, genau wie seine Hauptfigur, seit einigen Jahren in Arles. Und genau wie Peter Smith ist auch er Kunsthistoriker, der an renommierten Universitäten auf beiden Seiten des Atlantiks unterrichtet hat. Für den Geheimdienst war er allerdings nie tätig, sondern, etwas prosaischer, im internationalen Wirtschaftssektor. Er hat zwei erwachsene Töchter und einen Windhund namens Arthur. »Ein Gentleman in Arles – Mörderische Machenschaften« ist sein erster Roman.

Anthony Coles

EIN GENTLEMAN IN ARLES

MÖRDERISCHE MACHENSCHAFTEN

Ein Provence-Krimi

Aus dem Englischen
von Michael Windgassen

PIPER

Mehr über unsere Autoren und Bücher:
www.piper.de

Wenn Ihnen dieser Krimi gefallen hat, schreiben Sie uns unter Nennung des Titels »Ein Gentleman in Arles« an *empfehlungen@piper.de,* und wir empfehlen Ihnen gerne vergleichbare Bücher.

Von Anthony Coles liegen im Piper Verlag vor:
Ein Gentleman in Arles – Mörderische Machenschaften
Ein Gentleman in Arles – Gefährliche Geschäfte

FSC
www.fsc.org
MIX
Papier aus verantwortungsvollen Quellen
FSC® C083411

Ungekürzte Taschenbuchausgabe
ISBN 978-3-492-23206-7
Juni 2019

erschienen im Verlagsprogramm Pendo
Titel der englischen Originalausgabe:
»A Retirement Disturbed«
Umschlaggestaltung: U1 berlin/Patrizia Di Stefano
Umschlagabbildung: Leonid Andronov/Dreamstime
Satz: Satz für Satz, Wangen im Allgäu
Gesetzt aus der Kepler
Druck und Bindung: CPI books GmbH, Leck
Printed in the EU

Für Renate,
die meinen Ruhestand durcheinandergebracht hat

1. Tod und Wiederauferstehung

Es war viel kleiner als in seiner Erinnerung. So war es immer. Wie früher, wenn er den renommierten Lord's Cricket Ground in London aufgesucht hatte, damals noch hartnäckig bemüht, gesellschaftsfähig zu sein. Auch der war ihm jedes Mal winzig vorgekommen wie ein Dorf-Spielfeld, obwohl auf den Tribünen achtundzwanzigtausend Zuschauer Platz fanden. Allerdings schien das Stadion im Laufe des Spiels heimlich zu wachsen, bis es zum Ende hin in seiner Wahrnehmung enorme Ausmaße angenommen hatte. Mit dem Rugbystadion in Twickenham ging es ihm genauso. Anfangs hatte er das Phänomen auf den stetigen, über den Tag verteilten Alkoholkonsum geschoben. Schließlich erinnerte er sich nicht daran, das Lord's oder die Spielstätte in Twickenham jemals nüchtern verlassen zu haben. Bei den *corridas* in der Arena hingegen trank er ausschließlich Wasser, unterlag hier aber dennoch dieser altbekannten Sinnestäuschung.

Von Stierkämpfen hielten Peter Smiths englische Freunde wenig bis nichts – auch jene nicht, die sich je nach Arles bequemt hatten. Aber weil es davon ohnehin nur sehr wenige gab, kümmerte ihn das nicht weiter. Für ihn waren die Stierkämpfe aus der Stadtkultur nicht wegzudenken. Natürlich gab es auch hier Leute – und davon sicherlich nicht wenige –, die diese Spektakel ablehnten oder sogar verabscheuten, aber die meisten liebten sie leidenschaftlich, und der Rest übte sich in Toleranz, die, typisch für provenzalische Verhältnisse, nicht zuletzt auch geschäftliche Gründe hatte. Stierkämpfe lockten Touristen, und Touristen füllten Restaurants, Bodegas und Hotels. Die frenetische Begeisterung von zwanzigtausend offenbar sachkundigen Zuschauern wiederum hatte schon so manchen skeptischen Besucher zum glühenden Fan bekehrt oder ihm zumindest das zähneknirschende Zugeständnis abgerungen, dass es so schlimm/blutig/grausam wie befürchtet dann doch nicht gewesen sei und irgendwie sogar ein bisschen an Ballett erinnere.

Auch jetzt kam Smith die Arena ziemlich klein vor und – es war halb zwei an einem sonnigen Septembertag – sengend heiß. Man konnte die Hitze buchstäblich sehen. Außerdem war der Ort momentan noch fast leer. Abgesehen von den knalligen Plakaten draußen an der Umzäunung, die Touristen davon abhielt, ohne zu zahlen das Gebäude zu betreten, wies nichts darauf hin, dass in drei Wochen die Feria beginnen würde. In der Stadt würde es dann vor Besuchern nur so wimmeln, und die Arena schier bersten vor Lärm, Leidenschaft, Kunst und Tod, wenn in acht Kämpfen an die achtundvierzig Stiere zur Strecke gebracht werden würden. Die okzitanische Sprache würde fast ebenso häufig zu hören sein wie Französisch oder Englisch. Noch aber wirkte alles ziemlich heruntergekommen und zugegebenermaßen regelrecht deprimierend. Die grandiose Fassade mit ihren doppelstöckigen Rundbogenarkaden war vom

Innenraum aus nicht zu sehen. Lediglich ein paar Touristen schlenderten ziellos in der Hitze umher. Eine kleine Gruppe von Japanern umringte einen genervten Fremdenführer, der seinen Regenschirm wie ein *signum militarum* in die Luft hielt.

Selbst die Japaner waren ungewöhnlich leise und lauschten dem immer gleichen Geschwafel. Nein, dachte er, der mit einem Ohr zuhörte, es hatte nie aus drei Geschossen bestanden wie das Kolosseum in Rom; nein, hier wurden nie Christen umgebracht; nein, Gladiatoren waren keine gewöhnlichen, untrainierten Kriminellen, die zur Unterhaltung des gallorömischen Publikums kaltblütig abgeschlachtet wurden; ja, bei den Kämpfen in der Arena werden die Stiere getötet, alles andere wäre eine Beleidigung für das Tier. Nein, die hiesige Arena ist nicht kleiner als die von Nîmes. Letztere ist nur besser in Schuss und sieht größer aus. Die in Arles ist sogar drei Meter länger und sechs Meter breiter, was zwar kaum zu Buche schlägt, aber für die arlesianische Gesellschaft, in der Größe zählt, doch wichtig ist. Dass die Touristen kaum einen Laut von sich gaben, war vielleicht der Hitze geschuldet; vielleicht hatten sie auch bloß Hunger. Wie dem auch sei, er genoss das ungewohnte, wenn auch nur kurzlebige Schweigen einer japanischen Touristengruppe.

Die eigentliche Arena, das mit Sand gefüllte Oval in der Mitte des Bauwerks, in dem die Kämpfe stattfanden, war ungefähr siebzig Meter lang und vierzig breit. Zu klein, wie er fand, für eine in Rage gebrachte und mit spitzen Hörnern bewaffnete Tonne Muskelfleisch im Kampf gegen einen Fetzen violett-gelber Leinwand und der tänzerischen

Wendigkeit des Matadors. Begrenzt wurde die Arena von einer terrakottafarbenen Bretterwand, der *barrestre*, die für einen in Bedrängnis geratenen Stierkämpfer drei enge Fluchtwege offen hielt. Ein schmaler Streifen in der Art eines flachen Grabens trennte die *barrestre* von den ansteigenden Rängen, die, früher aus Stein, jetzt aus von Metallgestänge unterfangenen Holzsitzen bestanden. Recycling war in Arles schon vor Jahrhunderten praktiziert worden. Aus der Arena hatte man immer wieder Steine herausgebrochen und für den Bau von Stadthäusern verwendet.

Wie immer saß Smith auf seinem Platz in der fünfundzwanzigsten Reihe der *secondes*, einem Bereich in der Mitte der Westtribüne. Es war sein Lieblingsplatz seit Jahren und in seiner Wahl ein optimaler Kompromiss: Der Ticketpreis war gerade noch bezahlbar, und der Sitz würde nach nur wenigen Stunden praller Mittagssonne im Schatten liegen. Außerdem fanden die Kämpfe meist auf dieser Seite der Arena statt, und die Zuschauer ringsum setzten sich mehrheitlich aus Ortsansässigen und Kennern, *aficionados*, zusammen. Dieser Teil der Arena war laut, aber auch respektvoll, anspruchsvoll, aber auch begeisterungsfähig.

Jetzt, am frühen Nachmittag, sah hier alles ziemlich schäbig aus. Von den Abermillionen Euros für die Restaurierung des Baudenkmals war für eine Auffrischung der Tribünen nicht viel übrig geblieben, nachdem man sich erst einmal für das Äußere stark gemacht hatte, und zwar mit jenem französisch aggressiven Perfektionsstreben, das in Hollywood bestimmt wertgeschätzt würde, ihn aber abstieß. Das Innere zeigte jedoch immer noch die wunderbar marode Grandezza, die ihn schon vor über fünfzig Jahren für die Stadt eingenommen hatte. Die Arena war die erste Sehenswürdigkeit von Arles gewesen, die er besichtigt hatte – das erste römische Amphitheater überhaupt für ihn –, und sooft er es betrat, erinnerte er sich an seine ersten Eindrücke. Nunmehr aber kam er nicht als Tourist, sondern als Nachbar in die Arena. Er konnte es vom Fenster seines Arbeitszimmers aus sehen, hatte dabei aber immer auch die Gerüste und das Maschinenarsenal der Restauratoren vor Augen. Dankenswerterweise hatten sie die Arbeiten derzeit unterbrochen und waren noch nicht auf »seine« Ostseite vorgedrungen. So Gott wollte, würde ihnen das Geld ausgehen, bevor sie die Arbeit an der Fassade des alten Bauwerks wieder aufnahmen. Umso mehr durfte man sich auf die Feria freuen, denn was diesen Ort eigentlich attraktiv machte, waren seine Besuchermassen. Bauwerke, auch und gerade dann, wenn sie zweitausend Jahre alt sind, werden nicht dadurch lebendig, dass man sie anschaut, sondern durch ihre Nutzung. Passive Betrachtung taugt nur zur Sammlung sinnloser Informationen. Alte Steine aber, die benutzt werden, fangen wieder zu atmen an. Der Stierkampf war nur einer von vielen Gründen, warum er die Feria so sehr liebte.

Etwas überrascht stellte Smith fest, dass er mittlerweile ganz allein war. Die Touristen hatten sich verzogen, vermutlich zu einem späten Mittagessen, und ihre nachmittäglichen Ersatzmannschaften hatten ihres noch nicht beendet. Ihm wurde bewusst, dass er in der Sonne brütete, völlig leer im Kopf war und zufrieden lächelte, ohne zu wissen, warum. Er saß, wie er sich klarmachte, an der womöglich heißesten Stelle von ganz Arles, die für einen hellhäutigen, leicht übergewichtigen Fünfundsechzigjährigen mit schwachem Herzen beileibe kein günstiger Ort war. Der Strohhut von Lock würde ihn auf Dauer nicht schützen. Also stand er auf, ganz langsam, als wollte er die Geister der verflossenen Jahrhunderte nicht stören, ging die Sitzreihe entlang und bog in einen der zahlreichen Gänge ein, die nach draußen führten. Im Schatten war es angenehm dunkel und kühl. Vorsichtig tappte er auf den dünnen Sohlen seiner Segelschuhe durch die verwinkelten Katakomben dem Ausgang entgegen, der auf die Place de la Major mündete, auf deren gegenüberliegender Seite sein Haus stand. Seine Körpertemperatur war wieder auf ein Normalmaß abgeklungen, und er sah sich imstande, nun auch selbst zu Mittag zu essen.

Nur was?, fragte er sich in der Dunkelheit. Das Fischfilet braten, das vom Vorabend übrig geblieben war? Dazu fühlte er sich zu schlaff. Nein, er wollte sich begnügen mit seinem üblichen *gros pain*, das er früher am Tag bei Madame Henri gekauft hatte, und etwas *pâté* und Camembert dazu essen. Das würde auch Arthur gefallen, dem großen Windhund, der sich an seinem einsamen Ruhestand beteiligte und nicht zuletzt auch an den Mahlzeiten. Im Kühlschrank stand noch eine Flasche Provence Rosé. Der Wein würde ihn bis mindestens fünf Uhr aller Gedanken über eine sinnvolle Gestaltung des Tages entheben. Siesta zu halten wollte gelernt sein. Nach dem Aufwachen fühlte er sich immer elend, aber ein Nachmittag vor dem Fernseher mit einem per Satellit aus England empfangenen Kricket-

Match war selbst bei mangelhafter Übertragung einigermaßen verlockend.

Zufrieden mit sich und seinen Plänen, bog Smith im rechten Winkel in den Gang ab, an dessen Ende er den Ausgang erblickte. Er wollte gerade einen Schritt zulegen, als ein explosionsartiger Schmerz seinen Hinterkopf erfasste. Er sah einen hellen Blitz, bevor ihm, wie man so schön sagt, schwarz vor Augen wurde.

Hätte er sich jemals Gedanken darüber gemacht, wäre er vielleicht darauf verfallen, dass der Himmel weiß und goldfleckig sein mochte, die Hölle dagegen ein dunkles Flammenrot. Jedenfalls hätte er sich nicht träumen lassen, dass sowohl der eine als auch der andere Ort viel eher dem Himmel über der Sydney Harbour Bridge zur Mitternacht der Jahrtausendwende gleichen würde. Mit einem solchen Willkommensgruß hätte er beim besten Willen nicht gerechnet, wenn ihm denn beschieden worden wäre, die Ewigkeit da oder dort zuzubringen. Absolute Finsternis mit einer gelegentlichen Lichtexplosion war zwar unerwartet, aber durchaus nicht ohne Reiz und das ganze Drumherum des Todes sehr viel interessanter als gedacht.

Ebenso unerwartet waren seine Atembeschwerden an diesem neuen Ort. Vielleicht brauchte man nicht mehr zu atmen, wenn man tot war. Das ergab Sinn. Aber unter den Schmerzen der Bestrafung für ein missratenes und erfolgloses Leben hatte er sich dann doch etwas anderes vorgestellt.

Die Dunkelheit lichtete sich ein wenig. Sehr langsam nur, aber immerhin. Genauer: Ihm dämmerte eine Art Bewusstsein, das zwar immer noch dunkel war, sich aber nun nach und nach füllte mit dem, was gemeinhin als sinnliche Wahrnehmung bezeichnet wird. Die Finsternis war nicht aus Teer, sondern aus Schlamm, grau, nicht schwarz. Er spürte etwas, das ihn an die Aufseherin im Internat erinnerte, die den Schülern leere Garnröllchen an die Pyjamajacken genäht hatte, sodass sie daran gehindert wurden, auf dem Rücken zu liegen und zu schnarchen. Deshalb schlief er seitdem immer nackt. Jetzt tat ihm das Kreuz weh. Unter den ausgestreckten Händen spürte er Kieselsteine, und trotz der drückenden Last auf seiner Brust wurde ihm – nicht ohne einen Anflug von Enttäuschung – allmählich klar, dass er in Wirklichkeit nicht tot war, sondern noch lebte.

Scheiße. Das konnte nur bedeuten, dass seine Schmerzen real waren und er immer noch der echten Welt angehörte. Mit einer gezielten und schmerzhaften Willensanstrengung ging er daran, sich gute Gründe für ein Überleben aufzuzählen, die seine Enttäuschung wettmachen würden, doch viel mehr als die Möglichkeit, seine Töchter wiederzusehen, fiel ihm nicht ein. Gin trinken zu können war auch nicht schlecht, aber davon gab es sicher auch im Jenseits genug. Er kam weiter zu Sinnen und erkannte mit einiger Klarheit, dass er tatsächlich noch lebte, an zahlreichen Stellen Schmerzen litt und ein lebloser Körper auf ihm lastete.

Okay, dachte er. Was nun? So konnte er nicht liegen bleiben, außerdem hatte er noch nichts zu Mittag gegessen und Arthur auch nicht.

Zügig kehrte er nun in die Wirklichkeit zurück und kroch

unter der drückenden Last hervor, einem Mann, der sich, nachdem er ihn in Augenschein nehmen konnte, als sehr viel schlanker herausstellte, als sein Gewicht hatte vermuten lassen. Smith richtete sich auf wackligen Beinen auf, stützte sich mit der Hand an der Mauer des Gewölbes ab und blickte auf die dunkle Gestalt herab, die, adrett in Hemd und Hose gekleidet, leblos ausgestreckt zu seinen Füßen lag. Er bückte sich, um ihr den Puls zu fühlen, wie er es vor fünfzig Jahren bei den Pfadfindern gelernt hatte (mit drei Fingern und nicht mit dem Daumen, denn der hatte seinen eigenen Puls, erinnerte er sich vage). Kein Zweifel, der Mann war tot. Sein Blick wanderte den Körper entlang bis zu den Schuhen, die immer am klarsten auf Persönlichkeit und Status schließen ließen. Sie waren aus glatt poliertem Leder und hatten jene kleinen Lederquasten, die nur dann nicht affektiert oder prätentiös aussahen, wenn sie von den besten italienischen Schuhmachern gemacht und von sehr reichen Männern getragen wurden.

An dieser Stelle geriet Smiths Genesung wieder ins Stocken. Langsam verlor er den Fokus auf die zurückgewonnene Wirklichkeit, die gleichermaßen enttäuschend und faszinierend war. Sein Vertrauen in die Festigkeit der Mauer, an der er lehnte, schwand. Die Umrisse der Leiche lösten sich auf. Die Welt fing an zu kreisen, und wieder wurde ihm schwarz vor Augen.

Diesmal fand er sich nach dem Aufwachen sofort zurecht. Denn diese Situation kam ihm bekannt vor: Vor Jahren war er in einem Krankenwagen auf dem Weg zum Londoner Barnet General Hospital aufgewacht, wo er sich hektischen

Krankenschwestern, gleichgültigen, selbstgefälligen Ärzten und aufdringlichen Pflegern ausgesetzt gesehen hatte. Myokardinfarkt hatte die Diagnose damals gelautet.

Jetzt lag Smith festgeschnallt auf einer schmalen Rolltrage mit verchromten Seitenteilen. Am Steuer des Krankenwagens wiederum saß offenbar jemand, der es eilig hatte. Die Sirenen heulten, und die Welt schaukelte, was diesmal keine Sinnestäuschung war. Er schloss für einen Moment die Augen und brachte die Geräusche, die er hörte, mit einer Filmszene in Verbindung: Inspektor Maigret jagte in seinem Traction Avant über die Rue Saint-Honoré.

Ihm gegenüber saß ein Rettungssanitäter in einem schwarzen Overall und schwarzen Stiefeln, der wie ein Obersturmbannführer der Gestapo aussah und mit einem barmherzigen Engel nicht viel gemein hatte. Offenbar wurde er, das Unfallopfer, nicht in einem zivilen Krankenwagen befördert, sondern in einem der Transporter der *sapeurs-pompiers*, die alle möglichen Einsätze durchführten, sei es nach einem Verkehrsunfall oder einem Atomangriff.

»Hallo«, krächzte Smith versuchsweise, in der Hoffnung auf eine mitfühlende oder wie auch immer geartete Reaktion. Ohne Erfolg. Der Kerl schaute ihn nicht einmal an, sondern blickte mit finsterer Miene zum Fenster hinaus auf die vorbeifliegende Stadt.

Hmm, dachte Smith. Mit dem viel gerühmten französischen Gesundheitssystem war es wohl doch nicht so weit her. Zeit für eine Bestandsaufnahme: Allem Anschein nach lebte er immer noch. Die Hände taten ihm weh nach dem Sturz auf die Kiesel, und der Kopf schmerzte ihm sowohl an der Stirn als auch in der Schädelbasis. Die Beschwerden im Rest seines Körpers waren kaum weniger heftig. Er fühlte sich an Somalia und an die Torturen erinnert, die er vor wenigen Jahren dort erfahren hatte. Aber dass ihm sein Begleiter, so unfreundlich er auch aussehen mochte, Elektroden am Hodensack befestigen und ihn mit einer dreckigen Bajonettspitze traktieren würde, war zum Glück nicht zu erwarten. Während der Krankenwagen polternd über die schlechten Straßen von Arles raste, ließ er sich durch den Kopf gehen, welche Möglichkeiten ihm in dieser misslichen Lage blieben, und er kam zu dem Schluss, dass er so gut wie keine hatte.

Lärmend bog der Transporter auf den Vorplatz des Centre Hospitalier d'Arles ein. Die Hecktüren wurden geöffnet, und man rollte ihn wort- und schonungslos durch den Eingang zur Notaufnahme.

Das Krankenhaus unterschied sich nur in Kleinigkeiten von anderen Einrichtungen dieser Art, die Smith im Laufe seines Lebens leider mehrfach hatte kennenlernen müssen. Die Lethargie war bedrückend. Und es roch wie überall in solchen Anstalten nach Staub und Desinfektionsmitteln. Nur gut, dass die Vertrautheit der Gerüche, zumindest diesmal, beruhigend auf ihn wirkte.

Eine Wanduhr, auf die sein Blick zufällig fiel, zeigte Viertel nach zwei an. Er hatte den Eindruck, dass seit seinem Kollaps sehr viel mehr Zeit verstrichen war. Die Sanitäter rollten ihn zu einer Stelle, die am weitesten von der angenehm kühlen Klimaanlage entfernt war, und machten sich davon, als wollten sie schnellstens ihr versäumtes Mittagessen nachholen. Er blieb allein zurück – allein mit dem leisen Ticken der Uhr, dem sachten Surren der Klimaanlage und dem Schlagbohrer in seinem Kopf. Am liebsten wäre er aufgestanden und gegangen, woran ihn jedoch die Gurte hinderten.

Smith versuchte, die Augen zu schließen, doch weil die Schmerzen zu aufsässig wurden, öffnete er sie wieder. So trostlos seine unmittelbare Umgebung auch war, lenkte ihn das, was er sah, doch immerhin ein wenig ab von dem, was er fühlte. Die Bodenfliesen waren rot, Wände und Decke weiß gestrichen. Für Licht sorgten grelle Neonröhren und schmale Fenster unter der Decke. An den Wänden reihten sich Tische mit allerlei Notfallzubehör auf: Sauerstoffflaschen und -masken, Gegenständen, mit denen er nichts anzufangen wusste, ein roter Feuerlöscher sowie ein großes Schaubild mit der Darstellung von Wiederbelebungsmaßnahmen, was ihm an diesem Ort überflüssig vorkam. Dass es sich bei einem anderen Gerät um einen Defibrillator handelte, hatte er während seines letzten Krankenhausaufenthalts gelernt. Ihm wurde mulmig, als er sich daran erinnerte.

Seine Bestandsaufnahme endete mit dem Auftritt einer Krankenschwester und eines Arztes, der ihr Sohn hätte sein können.

»Ah, Monsieur Smith«, lächelte er mit der Aufrichtigkeit eines Mannes, dem völlig egal war, welche Reaktion seine Begrüßung hervorrufen mochte. »Ich bin Dr Dumont. Wie fühlen Sie sich?«

Wie war es möglich, dass alle Ärzte derart dumme Fragen stellten?, wunderte Smith sich im Stillen.

Während die Krankenschwester die Gurte losschnallte, griff Dumont, der mit einer Antwort auf seine Frage offenbar gar nicht rechnete, nach Smiths Handgelenk, um seinen Puls zu fühlen, ohne dabei allerdings auf die Uhr zu schauen.

»Wie ich sehe, haben Sie eine hässliche Kopfnuss abbekommen.«

Mein Gott, es wurde ja noch schlimmer! Smith lag es auf der Zunge, den Arzt zu fragen, wie er zu seiner Diagnose komme, wenn er sich nicht einmal die Mühe machte, seinen Schädel genauer zu untersuchen, doch weil er sich von einer Antwort nicht wirklich etwas versprach, hielt er den Mund.

»Es scheint, dass Sie gestürzt und eine Weile bewusstlos gewesen sind.«

Erst jetzt blickte der Arzt ihm kurz in die Augen, und Smith glaubte einen flüchtigen Ausdruck von Unbehagen in dem jugendlichen Gesicht wahrzunehmen. Aber vielleicht irrte er sich, denn sofort war das, was er zu sehen meinte, wieder verschwunden.

»Sie haben wahrscheinlich eine Gehirnerschütterung, Monsieur.« Und an die Krankenschwester gewandt: »Säubern Sie bitte die Wunden an Kopf und Händen.« Dr Dumont drehte sich weg, offenbar hatte er seine Untersuchung abgeschlossen. »Er kann nach Hause gehen, aber geben Sie ihm Schmerztabletten für eine Woche mit.«

Sichtlich missmutig machte sich die Schwester an ihre Aufgabe, die ihr, wahrscheinlich schon lange bevor der Arzt das Licht der Welt erblickt hatte, zur lästigen Pflicht geworden war. Dumont, der sich schon einige Schritte entfernt hatte, hielt kurz inne, warf noch einen Blick über die Schulter und riet Smith zu ein paar Tagen Bettruhe. Dann war er verschwunden.

»Er hat wohl viel zu tun, oder, Schwester Thier?«, fragte Smith, der mit einiger Mühe das Namensschild auf ihrem gestärkten Kittel entziffert hatte.

»Ja«, antwortete sie kurz angebunden.

Himmel, dachte er. Gehörte es etwa zum therapeutischen Programm, so unhöflich wie möglich zu sein? Je eher er hier rauskam, desto besser.

Die Behandlung war beendet, die Verbände angelegt, ein paar Pillen, wahrscheinlich Schmerzmittel, mit einem Schluck lauwarmen Wassers aus einem kleinen transparenten Plastikbecher heruntergespült. Das war's dann wohl.

»Monsieur Smith, Sie werden gleich nach Hause gefahren, mit einem Vorrat an Medikamenten. Schlimmstenfalls haben Sie noch ein, zwei Tage Kopfschmerzen.«

Die Nachlässigkeit, die in dieser Klinik zu herrschen schien, ging Smith langsam auf die Nerven. Er hatte erwartet, dass man wenigstens seinen Schädel röntgen und seine medizinische Vorgeschichte studieren würde. Aber dafür schien sich hier niemand zu interessieren. Er war drauf und dran, die Schwester gegen sich aufzubringen, indem er ihr entsprechende Vorschläge machte, als sich ein Mann in einem schick geschnittenen dunklen Anzug näherte. Er steuerte mit selbstbewusster Miene und schnellen Schritten auf Smiths Rolltrage zu, gab der Schwester mit einem deutlichen Blick zu verstehen, dass sie sich entfernen möge, rückte sich einen Stuhl zurecht und nahm darauf Platz, wobei er die Beine übereinanderschlug, was recht elegant aussah. Sorgfältig achtete er darauf, seine makellos gebügelten Hosenbeine nicht zu zerknittern.

»Monsieur Smith«, sagte er in einem kultivierten Tonfall. »Ich hoffe, es geht Ihnen wieder halbwegs gut.« Es gelang ihm, besorgt und gleichzeitig desinteressiert zu klingen. Anders als der Rettungssanitäter, der Arzt und die Krankenschwester blickte er ihm fest und gerade in die Augen.

Smith sagte nichts. Trotz seines leicht benebelten Zustands glaubte er zu spüren, dass es ratsam war, abzuwarten und nicht selbst in die Offensive zu gehen.

»Ich bin Hauptkommissar Blanchard, Monsieur Smith. Sie hatten einen Schock, nicht wahr? Hoffentlich keinen allzu schweren.«

»Guten Tag, Hauptkommissar Blanchard«, erwiderte er betont *sang-froid*, wie es sich für einen Engländer gehörte. Auch er konnte kurz angebunden sein.

Blanchard zeigte ein Lächeln, das unter anderen, eher angelsächsischen Umständen als weltmännisch hätte interpretiert werden können. Allerdings schlug er jetzt einen etwas schärferen Tonfall an.

»Sie waren heute, wenn ich richtig informiert bin, in einen Unfall verwickelt. In der Arena. Sie sind gestürzt und auf den Kopf gefallen.«

In Smiths Ohren klangen die Worte des Hauptkommissars nicht wie eine Frage, die einer Antwort bedurfte. Entsprechend verhielt er sich.

»Man hat Sie bewusstlos auf einer Leiche liegend gefunden, wenn ich nicht irre«, fuhr Blanchard fort, wieder im Modus einer Feststellung.

Jeder andere Polizist, dachte Smith, hätte wohl jetzt ein Notizbuch oder dergleichen konsultiert, doch so etwas hatte Blanchard offenbar nicht nötig.

»Sie sind über den Toten gestolpert, Monsieur Smith, mit dem Kopf aufgeschlagen und ohnmächtig geworden. Man fand Sie auf der Leiche von Monsieur Robert DuGresson, einem prominenten Bürger unserer Stadt.«

»Monsieur DuGresson?«

»Ja, ein Geschäftsmann, der dem ersten Anschein nach einer Herzattacke erlegen ist, als er sich während seiner Mittagspause die Beine vertreten und den Schatten der Arena aufgesucht hat. Monsieur DuGresson war ein bedeutendes Mitglied der hiesigen Unternehmerschaft, und wir sind alle *désolés* über sein plötzliches Ableben.«

Smith realisierte, dass er gar nicht vernommen wurde. Der Polizist hatte seine Geschichte bereits rund und zeigte keinerlei Interesse, daran etwas zu verändern. Er wollte sie nicht einmal bestätigt wissen. Sein Bericht erschien Smith jedoch einigermaßen ungenau und lückenhaft, wenn er ihn mit seinen eigenen, zugegebenermaßen verschwommenen Erinnerungen verglich.

Fast im Plauderton fuhr Blanchard fort: »Ein Tourist hat Sie gefunden und sofort einen Notruf abgesetzt.« Er wiederholte sich: »Sie lagen bewusstlos auf Monsieur DuGresson. Es scheint, dass Sie gestolpert und mit dem Kopf gegen die Mauer geprallt sind. Ein Unglück.«

»Vor allem für Monsieur DuGresson, nehme ich an«, bemerkte Smith, der nicht gewillt war, dem elegant gekleideten Hauptkommissar vollständig die Regie zu überlassen.

Dessen Lächeln gefror für einen Moment. »Gewiss, Monsieur«, murmelte er. »Das versteht sich wohl von selbst.«

»Vielleicht verraten Sie mir, wie der Tourist, der mich gerettet hat, zu erreichen ist. Ich würde mich gern bei ihm bedanken.«

Blanchard erlaubte sich einen etwas betrübten Gesichtsausdruck. »Leider reist er schon heute Nachmittag ab, Monsieur«, entgegnete er mit einem typisch gallischen Achselzucken.

Da er in diesem Gespräch jetzt halbwegs Fuß gefasst hatte, setzte Smith nach: »Möchten Sie vielleicht eine Aussage von mir zu Protokoll nehmen?«

Zum ersten Mal zeigte Blanchard Anzeichen von Verärgerung. »Wozu denn, Monsieur Smith? Sie waren bewusstlos. Wie könnten Sie sich da an irgendetwas erinnern? Ich werde den Fahrdienst bitten, Sie nach Hause zu bringen, und hoffe, dass Sie den unschönen Zwischenfall schnell vergessen. Auf Wiedersehen, Monsieur Smith.«

Ohne eine Antwort abzuwarten, stand Blanchard auf, lächelte und streckte unwillkürlich die Hand aus. Als er Smiths Verbände sah, zog er sie aber zurück.

»Verzeihung«, murmelte er befangen und ging. Smith war wieder allein mit der Uhr und der Klimaanlage.

Die Fahrt zurück nach Hause verlief ohne Zwischenfälle. Ein freundlicher Sanitäter in weißer Uniform führte ihn zu einem privaten Krankenwagen, half ihm auf den Beifahrersitz und fuhr ihn langsam nach Hause. Der Mann bestand darauf, ihm die vier Stufen zum Eingang hinaufzuhelfen, ließ sich den Schlüssel geben und öffnete die Tür. Arthur war natürlich außer sich vor Freude, ihn wiederzusehen. Er stand für einen Augenblick sogar von seinem geliebten Sofa auf.

Der Sanitäter stellte eine kleine Papiertüte auf der Kommode im Flur ab, die, wie Smith vermutete, seine neuen Medikamente enthielt.

»Sie sollten sich gleich ins Bett legen und ein paar Stunden ausruhen, Monsieur.«

Kurzerhand griff ihm der Sanitäter unter den Ellbogen und führte ihn hinauf ins Schlafzimmer. Smith ließ es sich gern gefallen, zumal er immer noch wacklig auf den Beinen war. Das Angebot des jungen Mannes, ihn auszuziehen und ins Bett zu bringen, lehnte er jedoch entschieden ab. Das schaffte er wohl noch selbst.

»Finden Sie allein hinaus?«, fragte er seinen Helfer und bedankte sich für dessen Arbeit.

Der junge Mann verabschiedete sich und zog sich, mit der geölten Beflissenheit eines Oberkellners nach dem Blick auf die Platin-Kreditkarte eines Gastes, zurück. Smith wiederum legte sich hin und ließ die vergangenen zwei oder drei Stunden Revue passieren.

Sicher, die Geschichte des Kommissars klang durchaus plausibel. Man hatte ihn bewusstlos und mit angeschlagenem Kopf auf einer Leiche aufgefunden – aber sein Kopf hatte vorn *und* hinten Verletzungen. Außerdem erinnerte er sich vage daran, *unter* der Leiche gelegen zu haben und nicht darauf. Zugegeben, diese Erinnerung war mehr als schemenhaft, zumal das Schlafzimmer langsam zu kreisen anfing. Während er allmählich in den Schlaf hinüberdämmerte, kamen ihm drei Fragen in den Sinn: Wenn eine der Pillen, die man ihm im Krankenhaus gegeben hatte, ein Schmerzmittel war, was war dann die andere? Warum stand auf dem Schildchen an Dr Dumonts weißem Kittel der Name Dr Alfonse Prieur? Und warum hatte er die Eingangstür unten nicht ins Schloss fallen hören?

Die beiden ritten mit einer Lässigkeit, die darauf schließen ließ, dass sie im Sattel zur Welt gekommen waren und sich in ihrem ganzen bisherigen Leben nicht weit davon entfernt hatten. Die beiden Camargue-Pferde gingen in der Nachmittagshitze Seite an Seite. Ihre unbeschlagenen Hufe verursachten auf dem Schotterpfad kaum ein Geräusch. Sie waren von einem schmutzigen Grau wie alle Vertreter ihrer Rasse, aber sehr viel zierlicher als diejenigen, die man sonst bei der Arbeit mit Viehherden oder bei touristischen Veranstaltungen sehen konnte. In vieler Hinsicht mangelt es diesen Pferden, die nur unwesentlich höher als große Ponys sind, an der Anmut und Eleganz von Vollblütern. Diese beiden aber gehörten vielleicht zu den edelsten Exemplaren ihrer zähen und verlässlichen Art, die sich rühmen kann, eine der ältesten überhaupt zu sein. Sie waren gut ausgebildet, bei bester Gesundheit und ohne jene Blessuren, wie sie häufig auf den Flanken arbeitender Camargue-Pferde zu finden sind.

Die Frau saß aufrecht. Die Hände entspannt im Schoß, lenkte sie ihr Pferd lediglich mit leichten, kaum bewussten Gewichtsverlagerungen und fein dosiertem Schenkeldruck. So auch der Reiter neben ihr, ein Herr älteren Jahrgangs. Beide trugen Hirtenstiefel, Jeans, weiße Hemden und schwarze Filzhüte. Die Ähnlichkeit war unbeabsichtigt, aber naheliegend für Vater und Tochter. Sie unterhielten sich in ernstem Ton.

»Na ja, dann ist das eben so«, seufzte der Alte. So aufrecht er auch im Sattel saß, waren seine Schultern doch zusammengesunken.

»Ja«, antwortete die Frau leise. Ihr schönes Gesicht war ernst, aber Tränen zeigten sich darauf nicht.

»Was spricht man darüber?«

»Die Polizei sagt, es war Selbstmord.«

»Mein Gott. Lächerlich.«

»Ja. Ich schätze, selbst sie finden die Geschichte peinlich. Sie waren ziemlich in Panik.«

»Werden wir damit in Zusammenhang gebracht?« Der alte Mann warf ihr einen scharfen Blick zu.

»Das weiß ich nicht. Suzanne glaubt nicht.«

Er schüttelte missbilligend den Kopf.

»Papa, du musst es endlich vergessen oder es zumindest ignorieren. Suzanne ist zwanzig Jahre nach Kriegsende zur Welt gekommen. Du kannst sie nicht für die Taten deines Bruders und deiner Cousins verantwortlich machen.«

»Das tue ich auch nicht. So ein Unsinn. Aber sie hatten damals böses Blut in sich und haben es immer noch.«

Die Frau seufzte. Es war eine alte Wunde, die sie in stillschweigendem Einverständnis sonst nie zum Thema machten. Der Teil der Familie, von dem die Rede war, hatte sich schon lange vor dem Zweiten Weltkrieg entfremdet – jener Katastrophe, die alle, die unter der Besatzung lebten, mit einer folgenschweren Entscheidung konfrontierte. Ihr

Vater und ihr Großvater hatten sich der Résistance angeschlossen, die anderen hatten kollaboriert. Sie betrachtete den Mann an ihrer Seite voller Zärtlichkeit und Mitleid. Einen Tag nach der Befreiung von Arles im Juni 1944 – er war noch ein Teenager gewesen – hatte er beschlossen, die Ehre der Familie wiederherzustellen. Er hatte die Kollaborateure aufgesucht und erschossen.

»Ich kann mir vorstellen, wie dir zumute ist, Papa, aber wir müssen wissen, was passiert ist, und Suzanne weiß mehr als die meisten.«

»Und Claude?«

Jetzt war es an der Frau, einen verächtlichen Tonfall anzuschlagen. »Er weiß das, was Suzanne ihm erzählt.«

»Was hat es mit diesem Engländer auf sich?«

»Tja, das ist etwas merkwürdig. Ich nehme an, er war einfach zur falschen Zeit am falschen Ort.«

»Und wird er es dabei belassen?«

»Er könnte zum Problem werden. Aber das schließt Claude aus, auch wenn er den Eindruck hat, dass hinter dem Mann – ich glaube, sein Name ist Smith – mehr steckt, als es den Anschein hat.«

»Was weiß er über ihn?«

»Er ist zweifach geschieden, hat zwei erwachsene Töchter. Vor ein paar Jahren hat er sich ein Haus in Arles gekauft und sich darin zur Ruhe gesetzt. Er lebt dort allein mit seinem Hund. Zahlt alle Rechnungen pünktlich. Ist Mitglied der Stadtbücherei und schreibt offenbar selbst ein Buch. Über römische Sarkophage. Er hat noch einige wenige Verwandte in England und lebt sehr zurückgezogen. Seinem Hausarzt liegen keine britischen Krankenakten von ihm vor, und Smith hat sich bisher auch keine Kopien für ihn kommen lassen. Den *flics* ist er bislang angeblich nicht aufgefallen. Suzanne quetscht sie gerade aus. Aber es liegt einfach nichts gegen ihn vor, wie es aussieht.«

»Hat man ihn denn überhaupt mal genauer unter die Lupe genommen?«

»Tja, an der Stelle tun sich einige Fragen auf. Suzanne sagt, sie habe höflich bei Interpol angeklopft und darum gebeten, bei den englischen Behörden Erkundigungen über sein Vorleben einzuholen. Aber dieser Smith scheint dort wie vom Bildschirm verschwunden zu sein. Suzanne ist mit ihren Nachfragen buchstäblich auf eine Mauer gestoßen. Nun ja, das kennt man ja, dass die Engländer kaum mit Informationen rausrücken und die Daten ihrer Bürger schützen, wenn sie denn überhaupt welche erheben. Aber dass sich über diesen Smith gar nichts erfahren lässt, ist selbst nach britischen Standards ungewöhnlich. Suzanne hat den Eindruck, dass seine Akten unter Verschluss liegen. Bekannt ist nur, dass er nicht viel Geld hat, aber trotzdem schuldenfrei ist.«

»Wir wissen also so gut wie nichts über ihn.«

»Richtig.«

»Sonst noch was?«

»Nein.«

»Das gefällt mir nicht.«

»Ich fürchte, wir müssen uns damit abfinden, Papa.«

»Wie wär's, mein Liebling, wenn du ihm einen Besuch abstattest?«

»Ich?« Sie klang erschrocken.

Er schaute seiner Tochter ins Gesicht. »Warum nicht?

Du bist schließlich die trauernde Witwe, und er hat deinen verblichenen Gatten aufgefunden.«

Die elegante Frau schnaubte so laut, dass beide Pferde die Ohren nach hinten drehten.

»Hab dich nicht so, mein Schatz. Du, eine wunderschöne Frau. Er, der einsame geschiedene Mann. Wenn du ihm nicht auf die Schliche kommst, dann niemand. Wir müssen wissen, ob er uns gefährlich werden kann.«

Sie seufzte. »Na schön. Ich werde ihn anrufen.«

»Nein. Es ist besser, du überfällst ihn an seiner Haustür. Ein englischer Gentleman ist ein höfliches Wesen. Er wird dich hereinbitten. Wenn du ihn anrufst, gibst du ihm die Möglichkeit, dich abzuwimmeln oder sich auf deinen Besuch vorzubereiten.«

Sie runzelte die Stirn, erklärte sich aber mit einem Kopfnicken einverstanden.

2. Treten Sie ein, Madame

Smith erwachte mit einem nassen Ohr. Schuld daran war Arthurs Schnauze. Der Windhund hatte über den langen Schlaf seines Herrn nicht nur die Geduld verloren, sondern auch die Angst vor den rutschigen Stufen der Treppe, und so war er hinauf ins Schlafzimmer gekommen. Er wollte endlich sein Mittagessen, Abendessen und wohlverdienten Ausgang. Als ein Hund, der nur im äußersten Notfall bellte, dann etwa, wenn sich Katzen in den Garten wagten, hatte er entschieden, dass eine nasse Schnauze am Ohr seines Herrchens das Mittel der Wahl sein würde, um ans Ziel zu gelangen.

Die Schmerzen waren zurückgegangen, aber Smith fühlte sich noch matt. Nachdem er nach unten gegangen war und den Hund gefüttert hatte, der sich über das Dosenfutter etwas enttäuscht zeigte, beschloss er deshalb, auf seinen üblichen Gang um die Häuser zu verzichten. Er öffnete stattdessen die Türen zu dem kleinen Garten und ließ Arthur dort sein Geschäft verrichten. Dann ging er hinaus, setzte sich mit einem Glas gekühltem Mineralwasser behutsam in seinen Gartenstuhl im Schatten der Weinranken, die zusammen mit einem Jasminstrauch ein Blätterdach über der Terrasse bildeten, und dachte über die jüngsten Ereignisse nach. Arthur, der ein wenig verwirrt über die nicht eingehaltene Routine war, legte sich zu Smiths Füßen, ein Auge halb geöffnet auf der Hut vor weiteren besorgniserregenden Anomalien.

Auch wenn Smith den Umstand berücksichtigte, dass er während der vergangenen Stunden nicht ganz bei sich gewesen war, gab es ihm dennoch zu denken, dass sich seine Version des Geschehenen und die Ausführungen Hauptkommissar Blanchards in nicht unwesentlichen Punkten voneinander unterschieden. Ja, er hatte in der Tat das Bewusstsein verloren, allerdings aufgrund eines Schlages, der ihn am Hinterkopf getroffen hatte, und nicht weil er über den Toten am Boden gestolpert war. Die schmerzende Beule, die sich mit den Fingern unfehlbar ertasten ließ, war ein unfehlbarer Beweis dafür. Auch seine Erinnerung daran, unter der Leiche gefangen gewesen zu sein, stand im krassen Widerspruch zur Version des Polizisten. Warum hatte Blanchard ihm keine Fragen gestellt? Auch der behandelnde Arzt hatte kaum Interesse an seinem Gesundheitszustand gezeigt. Dass auf dessen Schild am Kittel ein anderer Name gestanden hatte, mochte Zufall gewesen sein, eine Verwechslung vielleicht, schließlich glich dort ein weißer Kittel dem anderen. Stutzig machte ihn im Nachhinein allerdings, dass sich der so elegant und teuer gekleidete Polizist nicht ausgewiesen hatte. Er dachte an den samariterhaften Touristen, der den Unfall gemeldet hatte, aber dann verschwunden war. An den unkommunikativen *sapeur-pompier* und den wortlosen Aufbruch des Pflegers, der ihn nach Hause gebracht hatte. Und was waren das überhaupt für Pillen, die man ihm im Krankenhaus gegeben hatte?

»Himmel«, sagte er zu Arthur. »Leide ich jetzt unter Verfolgungswahn?«

Der Hund hatte sich offenbar mit dem veränderten Tagesablauf arrangiert und schloss zum Zeichen seines Einverständnisses nun auch das andere Auge.

Nach einer nochmaligen Rekapitulation des Unfallhergangs und seiner Folgen blieb Smith nur wenig zu tun. Vielleicht musste er sich einfach damit abfinden, dass merkwürdige Dinge hin und wieder einmal geschahen, gerade in Arles. Er ahnte zwar, dass hier etwas im Argen lag, hatte aber auch das unabweisbare Gefühl, dass er sich für die Hintergründe nicht zu interessieren hatte und erst recht nicht versuchen sollte, eigene Ermittlungen aufzunehmen. Die Polizei war zufrieden – warum sollte er da die Ruhe seines Lebensabends als pensionierter englischer Exzentriker aufs Spiel setzen und in einer Sache, die ihn nichts anging und von der er sich keinen Vorteil versprach, Nachforschungen anstrengen? Er hatte in seinem Berufsleben immer versucht, »das Richtige« zu tun, und sich dabei mehr als einmal einen Tritt in den Hintern eingehandelt. Die Unfähigkeit, auf Durchzug zu schalten und sich aus dem Staub zu machen, war ihm immer eine Last gewesen. Umso mehr wünschte er sich, den in seinem pochenden Schädel hartnäckig festgehakten Wunsch zu unterdrücken, eine Erklärung für das zu finden, was ihm widerfahren war. Hatte er nicht genug zu tun mit seinem Buchprojekt über die römischen Sarkophage im Museum von Arles? Außerdem waren zahllose kleine Aufgaben in Haus und Garten zu erledigen. Arthur konnte von ausgedehnten Spaziergängen nicht genug bekommen, und es galt noch Trinquetaille und Pont-de-Crau zu erkunden, was er sich schon lange vorgenommen hatte, ganz zu schweigen von der Umgebung, die mit dem Auto erreichbar war. Apropos, bei seinem letzten Ausflug am Mittwoch hatte er vor einem Marktstand haltgemacht und ein Beefsteak gekauft, das nicht umkommen durfte, wie sehr ihm auch der Schädel brummte.

Den Anstoß für den Einkauf hatte, wie so häufig, Arthur gegeben. Auf den gemeinsamen ausgedehnten Rundgängen durch das Quartier begegnete ihnen fast täglich ein Nachbar, Monsieur Enscreva, der zur selben Zeit seinen Basset Snoopy ausführte, ein freundliches Tier, das sich mit seinem wurstigen Leib auf extrem kurzen Beinen fortbewegte und sich darum mit nur einer Runde um die Arena begnügte. Arthur brachte Artgenossen wenig Sympathie entgegen und war sozialen Kontakten nicht eben förderlich, weil aber Monsieur Enscreva liebend gern längere Spaziergänge unternahm, hatten er und Smith es sich zur Gewohnheit werden lassen, mit Arthur einmal in der Woche zum Wandern in die Alpillen hinauszufahren, ein Mittelgebirge gut fünfzehn Kilometer östlich von Arles. Es war während eines dieser Ausflüge, dass Monsieur Enscreva einen guten Metzger auf dem Markt empfohlen hatte. Wie kommt es eigentlich, dachte Smith einmal in einer seiner vielen Mußestunden, dass offenbar jeder einen »guten« Metzger kannte? Schlechte Metzger kamen nie zur Sprache, aber alle wussten einen »guten kleinen Metzger/Fischhändler/Änderungsschneider/Schreiner« zu empfehlen, und sie taten es, als offenbarten sie ein persönliches Geheimnis. Logischerweise musste jeder Geschäftsmann, der derart geheim zu sein schien, eigentlich in kürzester Zeit pleitegehen. Wirklich seltsam, fand Smith. Dennoch war er der Empfehlung gefolgt und hatte Monsieur Angelole, den angeblich besten Metzger auf dem legendären Straßenmarkt von Arles, besucht.

Smith war kein Experte in Sachen Fleisch – wahrscheinlich weil er einfach keinen guten Metzger kannte –, aber was er in der Auslage gesehen hatte, hatte einen wirklich ausgezeichneten Eindruck gemacht, und so hatte er sich dazu verleiten lassen, ein Stück Rindfleisch zu kaufen, um daraus das köstliche provenzalische Gericht *Bœuf en daube* zuzubereiten. Natürlich brauchte es für diese regionale Köstlichkeit Bullenfleisch und keines von Kühen. Für Arthur hingegen musste ein ordentlicher Knochen abfallen. Monsieur Angelole hatte ihm versichert, dass der Bulle noch vor wenigen Tagen in seiner *manade* in der Camargue sorglos umhergetollt sei – sorglos war er auch jetzt noch, aber nicht mehr so agil.

Der Preis für das gute Stück hatte Smith fast die Tränen in die Augen getrieben, aber der »geheime« Marktstand war nicht der richtige Ort, um Beschwerde einzulegen. Hätte er sich beklagt oder nach einem kleineren Stück verlangt, wäre er wahrscheinlich schief angesehen worden und hätte nicht nur alle Engländer in Verruf gebracht, sondern auch seinen Wandergefährten und dessen Frau, die, wenn er richtig verstanden hatte, eine pensionierte Steuerprüferin und persönliche gute Freundin des Metzgers war. Ob Monsieur Angelole sein Entsetzen bei der Nennung des Preises bemerkt hatte oder nicht, stand dahin, jedenfalls war er so nett, die drei großen Knochen für Arthur, den er ausgiebig bewunderte, nicht zu berechnen. Er selbst hielt auf seinem Hof mehrere Rottweiler und kannte sich entsprechend gut mit Hunden aus. Mit den Knochen hatte Arthur seitdem viel Arbeit und Vergnügen.

Smith kramte das Rezept für *Bœuf en daube* hervor. Es war von Madame Enscreva und in der schnörkeligen Handschrift verfasst, die anscheinend allen Franzosen so oder ähnlich eigen ist. Das Fleisch, so las er, musste mariniert werden. Er holte es aus dem Kühlschrank, worin es seit seinem Einkauf lag, entfernte das teuerste Fett der ganzen Provence, würfelte, was übrig blieb, und rührte eine Marinade aus Olivenöl, Zitronensaft, klein geschnittenem Wurzelgemüse und einem *bouquet garni* zusammen, das aus seinem eigenen winzigen Kräutergarten stammte. Auch anderer Kleinkram durfte laut Rezept nicht fehlen, darunter einige Wacholderbeeren, deren Funktion ihm schleierhaft war. Wie viele nur mäßig ambitionierte Gelegenheitsköche hatte Smith seit Ewigkeiten ein unangebrochenes Glas Wacholderbeeren unter seinen Vorräten. Er wusste nur, dass damit angeblich Gin aromatisiert wurde, und das sprach, wie er fand, durchaus für eine gewinnbringende Verwendung.

Mit dem Gefühl, etwas geleistet zu haben, stellte Smith das eingelegte Fleisch wieder in den Kühlschrank. Der Rest des Nachmittags gestaltete sich weniger produktiv. Er rückte seinen Stuhl in einen schattigen Winkel des Gartens und las.

Gegen sieben, er hatte sich die ganze Zeit nicht vom Fleck gerührt, wurde er unversehens aus seiner Rückenlage aufgeschreckt, als Georges, sein direkter Nachbar, am Zaun auftauchte und ihn daran erinnerte, dass Freitag war und die Bar geöffnet hatte.

Smith ließ sich in schöner Regelmäßigkeit zu einem Besuch dieser sehr eigentümlichen Bar überreden, die sich in dem Gebäude befand, von dem aus der Lokalmatador der äußersten Rechten seinen Wahlkampf für das Bürgermeisteramt führte. Arles hatte zwar schon seit einiger Zeit einen kommunistischen Bürgermeister, aber davon ließ sich der konservative Kandidat offenbar nicht beirren. Im Gegenteil, er strotzte vor jenem stupiden Selbstbewusstsein, das alle Politiker vor Wahlen auszeichnet. Auch als Smith noch aktiv im Leben gestanden hatte, hatte er sich nicht im Geringsten für Politik interessiert und noch weniger Respekt für diejenigen gehegt, die Politik zu ihrem Beruf gemacht hatten. In seiner Heimat hatte er zwar gelegentlich an Wahlen teilgenommen, aber nie aus Überzeugung und im Grunde mit einem Gefühl der Heuchelei. Er fand es zwecklos und überflüssig, da er immer an Orten mit stabilen konservativen Mehrheiten gelebt hatte, gegen die sein Kreuzchen nichts ausrichten konnte. Wenn er also in die, wie er sie nannte, »Faschistenbodega« ging, so hatte er nicht im Sinn, sich über Politik zu streiten, geschweige denn den adretten jungen Kandidaten für die Bürgermeisterwahl zu sehen. Es gefiel ihm einfach, sich unter die Gäste zu mischen, die einen soziologisch durchaus interessanten Querschnitt bildeten. Auch Arthur, gefüttert mit Kartoffelchips, kam auf seine Kosten, und der Pastis für einen Euro das Glas war ein Schnäppchen. Er hatte nur wenige Freunde in Arles – oder auch sonst wo –, und die ungezwungene

Oberflächlichkeit von Kneipenbekanntschaften erfüllte in vollem Maße sein Bedürfnis nach Gesellschaft ohne Verpflichtungen.

»Danke für den Hinweis, Georges. In einer halben Stunde bin ich da.«

Ohne an die Verbände an Kopf und Händen zu denken, sprang er schnell unter die Dusche, wo sie, vom Wasser aufgeweicht, abfielen und den Abfluss verstopften. Vor die Wahl gestellt, ob er sie erneuern sollte oder nicht, entschied er sich für Letzteres. So sah er wieder halbwegs normal aus, als er mit Arthur an der Leine auf die Bar zusteuerte.

Für gewöhnlich wurde er, wenn er die Bodega betrat, von denen, die ihn kannten, mit höflicher Zurückhaltung begrüßt und von den anderen allenfalls gleichgültig zur Kenntnis genommen. Arthur weckte stets sehr viel mehr Aufmerksamkeit, aber immerhin war Smith inzwischen so gut eingeführt, dass, wenn das obligatorische Händeschütteln erledigt war, ein Pastis am Ende der kurzen Theke auf ihn wartete, wo üblicherweise auch schon Georges und Adrien, ein groß gewachsener, gutmütiger Pferdeschwanzträger und Motorradfahrer, der sein Geld als Schwarzmarkthändler mit Zahnarztutensilien verdiente, Platz genommen hatten. Doch diesmal war es anders. Die Gespräche rissen ab, und alle Köpfe drehten sich um, als Smith durch die Tür trat. Die Hände, die er schüttelte, waren schlaff, manche sogar feucht. Smith musste sogar mit einer Münze auf die Theke klopfen, damit der Barmann ihm einen Pastis einschenkte. Nach und nach wurden die Gespräche unter den ungefähr zwanzig Gästen wieder aufgenommen. Auch an der Bar kehrte langsam wieder Normalität ein. Adrien und Georges redeten über die Tour de France, die vor wenigen Wochen durch die Stadt geführt und zum verständnislosen Staunen aller für eine regelrechte Massenhysterie gesorgt hatte. Smith übte sich in Zurückhaltung, was immer dann von Vorteil war, wenn man ohnehin nichts zu sagen wusste. Es war schließlich Adrien, der in seiner Gutwilligkeit das Wort an ihn richtete.

»Wie man hört, hast du heute einiges mitgemacht.«

Noch unter dem Eindruck des frostigen Empfangs und nicht willens, gute Miene zu machen, antwortete Smith mit einem knappen »Ach ja?«.

Das darauffolgende Schweigen hing im Raum wie eine Salami, die an ihrem Fleischerhaken träge in der Zugluft pendelt. Die Beklommenheit provozierte ihn. Wäre er ein bisschen herzlicher begrüßt worden, hätte er an die jüngsten Vorfälle kaum gedacht, aber jetzt sah er sich doch erinnert und war nicht bereit, die ihm entgegengebrachte Taktlosigkeit durchgehen zu lassen und seinen Kneipenbekanntschaften aus der Verlegenheit zu helfen.

»Muss schrecklich gewesen sein, den armen Robert so vorzufinden«, lenkte Georges schließlich ein.

»Robert?«

»DuGresson. Der, über den du in der Arena gestolpert bist.«

»Ah, der war das? Ein Freund von dir?« Smith war sich über seine Bosheit im Klaren. Georges, ein Müllwerker im Vorruhestand, der »nebenher« im Baugewerbe arbeitete, verkehrte gewiss nicht in den Kreisen des hoch angesehenen und ehrgeizigen Geschäftsmannes, der DuGresson dem Vernehmen nach gewesen war, und doch schien er, wie offenbar alle anderen, über die Geschehnisse informiert zu sein.

»Nicht direkt ein Freund, aber wir hatten ein paar gemeinsame Interessen«, antwortete Georges mit einem Anflug von Wichtigtuerei. Er warf einen Blick in die Runde der anderen Gäste, die heimlich die Ohren spitzten. »Er hat uns unterstützt«, fuhr er fort und spielte damit auf die Wahlkampagne an.

Dass sich ein erfolgreicher Unternehmer für eine erzkonservative Lokalpolitik stark machte, ergab in Smiths Augen durchaus Sinn.

Da alle zu wissen schienen, was vorgefallen war, und darüber reden wollten, nahm er Abstand von seinem zuvor gefassten Entschluss, kein Wort darüber zu verlieren. Dabei half ihm das eine und andere Glas Pastis, das ihm heute ungewöhnlich großzügig eingeschenkt wurde.

»Nun ja, ich bin nicht sicher, ob die Polizei richtigliegt. Meine Erinnerung an den Zwischenfall unterscheidet sich ein bisschen von deren Version.«

In einer Gruppe weiter vorn am Tresen gab jemand den Anschein, nicht zuzuhören, auf und rief: »Was soll das heißen?«

»Ach, nichts Besonderes. Es gibt bloß ein paar Details, die ich anders in Erinnerung habe als die Polizei«, antwortete er lahm und realisierte sofort, dass er der Polizei eine Erinnerung an die Vorfälle in der Arena unterstellte, die sie gar nicht haben konnte. Zeugen des tatsächlichen Geschehens gab es jedenfalls keine.

Der Jemand hakte nach: »Welche Details?« Smith schaute die Reihe der Gesichter entlang, die ihm zugewandt waren, und entdeckte den Fragesteller. Es war ein großer, hässlicher Mann in einem Outfit, das viele Einheimische trugen, das aber nur entfernt an die traditionellen Trachten der Camargue erinnerte: Cowboystiefel, Jeans, ein gemustertes Hemd und eine offene schwarze Weste. Er lächelte nicht.

Smith ging langsam den Tresen entlang und blieb dicht vor ihm stehen. »Wie gesagt, nichts Besonderes. Nur ein bisschen anders.«

Der Mann blinzelte und wich eine Winzigkeit zurück. Sein Ton wurde eine Spur grober. »Könnte ein Fehler sein, die Version der Polizei in Zweifel zu ziehen.«

Smith rückte ein paar Zentimeter vor und setzte ein breites Grinsen auf, das aber auf halbem Weg zu den Augen hängen blieb. »Mir fällt es ausgesprochen schwer, Ratschläge wie die Ihrigen zu beherzigen, Monsieur. Sie wollten mir doch einen Rat erteilen, oder irre ich mich?«

Der Mann trat einen Schritt zurück. Smith beendete den Dialog, indem er sich umdrehte und zu Georges und Adrien zurückkehrte. Sein Verhalten war, wie er sich selbst eingestehen musste, ziemlich rüde und ungeschickt, aber der allgemeine Tenor der heutigen Versammlung passte ihm nicht und reizte ihn zunehmend. Eigentlich hatte er auch keine Lust, sich über die Tour zu unterhalten oder wie sonst durch den Gastraum zu schlendern, um mit anderen ein Gespräch anzufangen. Sogar Arthur schien sich unwohl zu fühlen. Vielleicht spürte er die Spannung, die in der Luft lag, oder er vermisste die gewohnten Kartoffelchips und

Schmeicheleien. Kurzum, Smith entschuldigte sich mit dem Hinweis auf seine Kopfschmerzen und verließ die Bar, um mit seinem Hund noch eine Runde um den Block zu gehen. Dass ihm alle Augen zum Ausgang folgten, war ihm mehr als bewusst.

Es war halb neun, als er nach Hause zurückkehrte. Er verzichtete aufs Essen, schaltete den Fernseher ein, fand aber kein Programm, das ihn interessierte, und schenkte sich stattdessen ein Glas Whisky mit viel Soda ein. Mit seiner aktuellen Lektüre, Panofskys *Grabplastik*, machte er es sich in seinem Sessel im Garten bequem und genoss die letzte Abendsonne. Arthur legte sich neben ihm auf die Terrasse, seufzte und schlief ein.

Im Nachhinein kreidete er es sich als Fehler an, in die Bar gegangen zu sein. Aber woher hätte er wissen sollen, dass sich alle dort für den gestrigen Vorfall interessierten? Er hatte nur in vertrauter Runde ein paar Gläser trinken wollen, was ihm unter den gegebenen Umständen als durchaus angebracht erschienen war.

Die wohlige Wärme in dem kleinen Garten tat ihm gut; er spürte, wie sich Entspannung in ihm breitmachte. Er fand es herrlich, wenn die Außentemperatur seiner eigenen entsprach. Es ergab ein vollkommen neutrales Gefühl. Die Luft stand beinahe still. Selbst Arthurs leichtes Schnarchen konnte die tiefe Ruhe nicht stören, und doch fing Smith wieder zu grübeln an.

Er hatte keinen Zweifel mehr daran, dass auf seine Erinnerungen Verlass war und die Polizei sich aus irgendeinem Grund für eine andere Geschichte entschieden hatte. Von seinen inzwischen wieder vollständig wiederhergestellten Erinnerungen abgesehen, gab ihm eine Reihe von Ungereimtheiten zu denken, sosehr er sich auch einredete, dass es besser sei, die ganze Angelegenheit zu vergessen. Sich mit der Polizei herumzuärgern war das Letzte, was er wollte, zumal er nur schlechte Erfahrungen mit ihr gemacht und nicht das geringste Interesse an einer Zusammenarbeit hatte.

Um seinen Entschluss zu bekräftigen, drängte er alle Gedanken an den toten Franzosen beiseite, schenkte sich noch ein Glas Whisky ein und las weiter in seinem Buch. Es dauerte nicht lange, und Panofskys kluge Abhandlung hatte ihn wieder in ihren Bann geschlagen. Die *Grabplastik* war aus vier Vorlesungen zusammengesetzt. Smith fragte sich, vor welchem Auditorium Panofsky diese Vorlesungen gehalten haben mochte, musste er doch davon ausgegangen sein, dass es seiner außerordentlichen Gelehrsamkeit folgen konnte. Es gab kaum einen Abschnitt, den Smith las, ohne sich vorzunehmen, seine Nachschlagewerke zurate zu ziehen, sobald er wieder Zugriff darauf haben würde. Der Text setzte ein Wissen voraus, mit dem er einfach nicht aufwarten konnte und an dem es auch dem Auditorium gemangelt haben dürfte, das das Glück gehabt hatte, diesem Mann zuzuhören. Nun, vielleicht war es nicht das richtige Buch für eine Lektüre im Garten. Nichtsdestotrotz musste er immer wieder unversehens kichern. Es gab nur wenige Autoren, die es so vollendet fertigbrachten, ihre Leser mit ihren Unzulänglichkeiten zu konfrontieren; und nur die allerwenigsten schafften es, dass die solchermaßen Überführten auch noch ihr Vergnügen daran hatten. Oder lag's am Whisky?

Neue Brillengläser – standen schon seit einiger Zeit auf Smiths Einkaufsliste. Er musste sich bald darum kümmern, denn das Lesen fiel ihm zunehmend schwer. Was aber jetzt, wie er bemerkte, weniger an seinen Augen als vielmehr an der einsetzenden Dämmerung lag. Er klappte das Buch zu, ging ins Wohnzimmer und schloss Tür und Jalousien hinter sich. Es war kurz nach neun. Er beschloss, sich die Nachrichten im Fernsehen anzusehen und dann ins Bett zu gehen. Ein letzter Whisky vielleicht, dachte er freudig beschämt in dem Bewusstsein, den Rat seiner Töchter und seines Arztes zu ignorieren. Kein Alkohol, wenn du Medikamente einnimmst, lautete das Mantra. Die Lösung war einfach: Einfach keine Pillen schlucken.

In der Welt war nicht viel geschehen, jedenfalls kaum etwas, das ihn interessiert hätte. Unwetter und Überflutungen in England. Schon bald würde es zu trocken sein und die Leute ihre Gärten nicht mehr bewässern dürfen, dachte er. Es war Saure-Gurken-Zeit. Der neue Premierminister versuchte krampfhaft, sich zu profilieren, während die meisten Bürger im Urlaub waren. Das erste Kricket-Testmatch gegen Indien musste wegen heftiger Regenfälle abgebrochen werden. Er zappte zu den französischen Nachrichten, die ihn aber ebenso wenig erreichten, und nahm sich vor, am nächsten Tag das Provinzblatt *Le Provence* zu kaufen, um zu sehen, ob darin etwas über den Toten in der Arena zu lesen stand. Es gab nichts mehr zu tun. Er beschloss, zu Bett zu gehen, und streckte die Hand nach der Fernbedienung aus, als es an der Eingangstür klopfte.

Einfach nicht darauf reagieren, schoss es Smith durch

den Kopf. Er kannte niemanden, der um diese Uhrzeit bei ihm vorbeischauen würde, und ärgerte sich, dass er es bislang versäumt hatte, sich einen Spion in die Tür einbauen zu lassen. Zu sehr hatte er darauf gebaut, dass Arles frei war von jenen Zumutungen, denen man in anderen Städten ausgesetzt war. Doch abgesehen von dem Wunsch, schlafen zu gehen, gab es eigentlich keinen Grund, nicht nachzusehen, wer da was von ihm wollte. Vielleicht war es ja Madame Drouche, seine sechsundachtzigjährige Nachbarin von gegenüber. Für Notfälle hatte er mit ihr die üblichen Arrangements vereinbart. Er schaltete den Fernseher aus und ging zur Tür. Tatsächlich stand eine einzelne Dame davor. Es war jedoch nicht Madame Drouche, die da im schwachen Licht der Außenbeleuchtung wartete. Vor ihm stand eine groß gewachsene und äußerst gut aussehende Frau Mitte fünfzig in einem dunkelbraunen, bis zur Wade reichenden Mantel, der in der Taille von einem Gürtel locker gerafft wurde.

»Monsieur Smith?«

»Ja, Madame. Ich bin er«, erwiderte Smith, der vor Verlegenheit seine mühsam erlernte Grammatik nicht mehr anzuwenden wusste. Ein flüchtiges Lächeln huschte über ihr Gesicht.

»Ich bin Martine DuGresson, Monsieur Smith. Könnte ich vielleicht kurz mit Ihnen sprechen?«

Smith kam sich im ersten Augenblick wie ein Trottel vor. Dass eine schöne Frau vor seiner Tür aufkreuzte, war in jüngster Zeit wirklich selten, nein, nie der Fall. Er war so verwirrt über diesen unverhofften Besuch, dass er den Namen nicht sofort einzuordnen vermochte. Sich Namen zu merken war ihm ohnehin immer schon schwergefallen. Zum Glück setzte sein Gedächtnis aber wieder ein und mit ihm seine guten Manieren.

»Natürlich, Madame, bitte treten Sie ein.«

Als sie an ihm vorbei in das kleine Wohnzimmer ging, nahm er einen Hauch von zurückhaltend aufgetragenem *L'air du Temps* wahr. Die Erinnerungen an seine erste Exfrau, die der Duft dieses besonderen Parfums in ihm auslöste, versetzten ihm einen Stich. Arthur glitt mühelos vom Sofa und begrüßte die Besucherin mit heftigem Schwanzwedeln. Er war offenbar ebenso beeindruckt wie sein Herr.

»O, was für ein schöner Windhund«, sagte sie und streckte eine elegante Hand aus, so vertrauensvoll, wie es nur jemand tut, der mit großen Hunden umzugehen versteht. Arthur hielt still, um sich streicheln zu lassen, und blickte treuherzig aus glänzend braunen Augen zu ihr auf. Ohne ihre Hand von dem sichtlich betörten Hund zurückzuziehen, wandte sie sich wieder an Smith.

»Ich bin die Frau des Mannes, den Sie gestern in der Arena aufgefunden haben. Ich würde gern von Ihnen erfahren, wie es zu diesem schrecklichen Unglück gekommen ist.«

»Verstehe. Darf ich Ihnen den Mantel abnehmen? Und setzen Sie sich doch bitte.«

Smith half ihr aus dem federleichten Kaschmirmantel und hängte ihn vorsichtig an die Garderobe im Flur. Der Hund nahm schnell seinen gewohnten Platz auf dem Sofa ein, legte die Schnauze auf die Armlehne und ließ die Hinterläufe über den Sitzrand baumeln. Sehr zu seiner Freude setzte sich Madame DuGresson zu ihm und tätschelte wieder seinen Kopf. Er war verzückt.

»Darf ich Ihnen etwas zu trinken anbieten, Madame?«

Sie blickte auf das Beistelltischchen, das vor ihr stand, und sah die Neige seines Schlaftrunks.

»Wenn das Whisky ist, wäre mir ein Schlückchen davon recht.«

»Mit Soda?«

»Bitte.«

»Eis?«

»Nur wenn das Wasser nicht kalt ist.«

Der Wortwechsel kam Smith vor wie jene lächerlichen Dialoge, mit denen Spione sich in schlechten Filmen wechselseitig zu erkennen geben. Er nahm sein Glas und ging an den Servierwagen, auf dem seine Spirituosen standen.

»Ich hätte Islay Mist anzubieten, einen Malt-Verschnitt für die Arbeiterklasse, oder einen einfachen Scotch von Monoprix, den ich sonst nur zum Kochen verwende.«

Sie schenkte ihm ein Lächeln, und er spürte, dass es seine Wirkung nicht verfehlte.

»Den einfachen bitte. Erstaunlich, dass Sie hier in Arles Sodawasser gefunden haben, Monsieur Smith«, sagte sie.

»Es ist Perrier, Madame. Eines der wenigen Mineralwässer auf dem Markt, die nicht vorgeben, besonders gesund zu sein oder einen eigenen Geschmack zu haben. Viele der italienischen Marken schmecken wie Abwasser mit Kohlensäure, wie ich finde.«

Sein halbherziger Versuch, Leichtigkeit in die Unterhaltung zu bringen, wurde mit einem überraschend lauten Lachen beantwortet.

»Die heutzutage weitverbreitete Leidenschaft für Sprudelwasser habe ich nie richtig verstanden«, fuhr er fort. »Aber immerhin ist ihr wohl zu verdanken, dass man wieder Whisky Soda bekommt.« Er stellte die Drinks auf dem Tisch ab und setzte sich auf den einzigen Sessel gegenüber dem Sofa.

»Leider habe ich nichts zum Naschen, Madame«, sagte er eingedenk der französischen Sitte, zu einem Aperitif Canapés oder dergleichen anzubieten.

»Machen Sie sich keine Umstände«, entgegnete sie mit einem Lächeln, das von einem aufrichtigen Blick in seine Augen begleitet wurde. »Ich habe nicht viel übrig für belegtes Trockenbrot, schon gar nicht so spät am Abend.«

Martine DuGresson war eine elegante Frau, schlicht, aber teuer gekleidet in einer beigefarbenen Seidenbluse mit einer Brosche an der Schulter. Dazu trug sie eine maßgeschneiderte graue Baumwollhose. Sie war außergewöhnlich schön mit ihren raffiniert geschnittenen und sorgfältig frisierten schwarzen Haaren, in die graue Strähnen eingefärbt waren. Ihre offenbar handgenähten Lederschuhe hatten flache Absätze. Als er die kleinen Quasten an ihnen bemerkte, sah er sich schlagartig in die Realität zurückversetzt.

Er betrachtete sie.

»Madame DuGresson, mein herzliches Beileid. Aber womit kann ich Ihnen helfen?«

»Danke, Monsieur Smith«, erwiderte sie und schlug einen ähnlich förmlichen Tonfall an. »Ich will ehrlich sein. Die offizielle Erklärung der Todesumstände meines Mannes überzeugt mich nicht, und wenn ich richtig informiert bin, weichen Ihre Erinnerungen in wesentlichen Punkten davon ab. Ich würde darum gern von Ihnen hören, was geschehen ist.«

»Darf ich fragen, Madame, woher Sie wissen, dass sich meine Version von der der Polizei unterscheidet?«

Ihr Blick, der auf seine Augen gerichtet war, schwankte nicht, aber verhärtete sich ein wenig.

»Sie dürfen, Monsieur. Ich würde es allerdings vorziehen, meine Quellen fürs Erste für mich zu behalten.«

»Wie Sie meinen, Madame.«

Er tat ihr den Gefallen und erzählte seine Geschichte in allen Details, an die er sich erinnerte. Darauf hatte sie Anspruch, wie er fand. Sie unterbrach ihn kein einziges Mal, stellte auch keine Fragen. Sie saß völlig entspannt auf dem Sofa, schaute ihm ins Gesicht und hörte aufmerksam zu.

Seine Geschichte endete mit ihrem Auftauchen vor seiner Haustür.

»Das ist alles, was ich Ihnen sagen kann, Madame.«

Nach einem kurzen Moment des Schweigens seufzte sie: »Danke, Monsieur Smith. Ich habe mir so etwas Ähnliches schon gedacht.«

»Madame, ich kann nur wiederholen, dass mir das Ganze außerordentlich leidtut.«

Sie unterbrach ihn mit einer dezenten Bewegung ihrer rechten Hand.

»Monsieur Smith. Wie Ihnen aufgefallen sein dürfte, bin ich keine trauernde Witwe. Mein Gatte war ein Schwein, und er ist mir jetzt, da er tot ist, ebenso egal wie zu Lebzeiten.«

Da zeigte sich nun eine neue Martine DuGresson. An ihrer Mimik hatte sich nichts verändert, aber die Stimme klang nun scharf und hart.

Sie fuhr fort: »Falls Sie sich wundern – ich bin aus Gründen, die Ihnen nichts bedeuten können, an den Umständen, unter denen mein Mann gestorben ist, mehr interessiert als an dem Todesfall an sich, und Sie waren mir in dieser Hinsicht sehr behilflich. Vielen Dank.«

Sie lächelte und war wieder ganz die Frau, die vor wenigen Minuten an seine Tür geklopft hatte. Smith bemerkte, dass ihr Glas leer war, hatte sie aber nicht trinken sehen. Arthur schlief tief und fest. Mit einer fließenden, anmutigen Bewegung erhob sie sich vom Sofa. Smith half ihr in den Mantel. Sie trat hinaus in die warme Abendluft und reichte ihm die Hand. Dass sie ungewöhnlich kräftig zudrückte, überraschte ihn nicht.

»Ich bin Ihnen sehr dankbar für Ihre Hilfe, Monsieur Smith. Falls Sie sich an weitere Einzelheiten erinnern, erreichen Sie mich unter dieser Nummer. Auf Wiedersehen.«

Sie gab ihm eine Visitenkarte. Sie war weiß und sehr steif, etwas klein für aktuelle Standards. Nur eine einzige Mobiltelefonnummer stand darauf zu lesen. Sonst nichts. Nicht einmal ein Name. Madame DuGresson war offenbar daran gewöhnt, dass man sich an sie erinnerte. Unwillkürlich fuhr er mit dem Finger über die Karte. Die Ziffern waren erhaben. Auch die Rückseite prüfte er mit dem Tastsinn und spürte, dass die Nummer eingeprägt war und nicht nur aufgedruckt. Wieder war er beeindruckt.

Sie ging die vier Stufen von der Haustür auf den Bürgersteig hinab und bog um die Ecke, ohne sich noch einmal umzudrehen. Er blieb noch eine Weile im Eingang stehen, schaute hinüber auf die von Flutlicht beleuchtete Arena und bemerkte zwei elegant gekleidete Männer, die auf der Place de la Major zwischen den parkenden Autos hervortraten und die Richtung einschlugen, in die Madame DuGresson verschwunden war. Er wählte die Nummer auf ihrer Karte.

»Madame, ich glaube, Sie sollten wissen, dass Ihnen zwei Männer folgen.«

»Danke, Monsieur. Ich weiß. Die beiden sind Freunde von mir. Interessant, dass Sie sie bemerkt haben. Das wird ihnen peinlich sein. Wie dem auch sei, es ist gut zu wissen, dass ich Ihnen nicht gleichgültig bin. Danke noch einmal.«

Im Wohnzimmer setzte er sich ruhig neben Arthur, streichelte ihm sanft den Kopf und dachte über den Besuch der Frau nach. Der Hund, der zwischen hingebungsvollen Liebkosungen und geistesabwesenden Hätscheleien nicht zu unterscheiden wusste, schloss die Augen vor Wonne. Smith lächelte. Was nicht kritisch hinterfragt werden muss, ist von sich aus bedeutsam und stimmt zufrieden, jedenfalls meistens. Essen und Trinken, Schlafen, Zuneigung und Sex. Mehr braucht man nicht. Im Unterschied zu Arthur träumte Smith immer noch von der vollen Aufmerksamkeit eines anderen, aber geistesabwesende Streicheleinheiten waren immerhin besser als gar keine.

Okay, dachte er und fasste das bislang Geschehene im Geiste zusammen. Er hatte einen Schlag auf den Kopf bekommen, war unversehens in einen Mordfall geraten, daraufhin von der Polizei kontaktiert und von der wunderschönen Witwe aufgesucht worden, die in seinem Wohnzimmer gesessen, seinen Whisky getrunken und seinen Hund gekrault hatte. Das hatte er sich so nicht vorgestellt, als er dem akkumulierten Schrecken eines seltsam genug verbrachten Lebens entflohen war, um sich in Südfrankreich zur Ruhe zu setzen. Die Frau, so schön sie auch war, hatte Probleme, so viel war sicher. Er stand offenbar unter Beobachtung und hoffte, dass seine aufgesetzte Gleichgültigkeit überzeugend gewesen war. Madame dagegen hatte nicht verhehlen können, dass die Nerven mit ihr durchzugehen drohten. Auch wenn es wohl nicht direkt am Tod ihres Mannes lag.

Der höchst unwillkommene Rufton seines Handys schreckte ihn aus seinen Gedanken. Er warf einen Blick auf die Uhr und beschloss, den Anruf zu ignorieren. Telefone und er kamen einfach nicht miteinander klar. Auf dem Display aber stand »David«. Smith hatte nur elf Nummern gespeichert, sechs davon gehörten zu Restaurants. Eine der ersten entlastenden Maßnahmen, die er gleich nach der Fahrt durch den Kanaltunnel in Richtung Süden, Freiheit und ein neues Leben ergriffen hatte, war die Löschung seines elektronischen Adressbuches mit all seinen in mehr als zwanzig Jahren angesammelten beruflichen Kontakten gewesen. Von rund vierhundert Einträgen waren nur die Nummern der Personen geblieben, die ihm wirklich etwas bedeuteten.

David Gentry war ein Freund – genau genommen der einzige, den Smith besaß. Die beiden hatten viele Jahre beruflich miteinander zu tun gehabt. Gentry war der Planer, der Organisator, der Stratege gewesen; er hatte in seinem fensterlosen Kellerbüro unter einem der riesigen Regierungsgebäude Whitehalls im Herzen Londons gesessen. Aus diesem winzigen unterirdischen Loch heraus war Smith seinen ziemlich unorthodoxen Geschäften im Namen Ihrer Majestät nachgegangen. Und in selbiges Loch war er immer wieder zurückgekehrt, allerdings nicht immer aus eigener Kraft. Wenn Hilfe nötig war, hatte Gentry stets dafür gesorgt, und genau darauf gründete ihre Freundschaft. Wie viele weise Menschen teilte Smith die Auffassung, dass wahre Kameraderie nicht auf Zuneigung, gemeinsamen Interessen oder irgendwelchen sentimentalen Anwandlungen beruht, sondern vielmehr auf einer andauernden, wechselseitig wirkenden Notwendigkeit – er und Gentry wiederum brauchten einander. Ihrer beider Leben war nach all den Jahren so eng verflochten, dass es sie nach der Pensionierung auch gemeinsam nach Arles verschlagen hatte.

»Himmel, Gentry, weißt du, wie spät es ist?«

»Ich bin in vier Minuten bei dir.«

Gentry hatte sich einen winzigen Laden und ein sehr viel größeres Haus zugelegt, das in einer der kleinen Seitengassen hinter der Rue de la Calade gelegen war, wo ihn niemand finden konnte. Er handelte mit alten Büchern. Mit ernst zu nehmenden Werken, nicht dem Zeug, das die meisten Antiquare für wertvoll erachteten. Seine Bücher waren Kunst, alt, selten, oft einmalig. Das Letzte, was er wollte, war, sie tatsächlich zu verkaufen. Das erklärte auch seine Unsichtbarkeit auf dem Buchmarkt. Trotzdem tauchten manchmal versehentlich Kunden bei ihm auf, die tief in die Tasche griffen, um das eine oder andere extrem überteuerte Druckwerk zu erstehen. Dann war das gewünschte Exemplar auf mysteriöse Weise verschwunden, an ein Museum in Mesopotamien verkauft, jüngst als Fälschung entlarvt oder, wie in einem berühmt gewordenen Fall, mit jemandem beerdigt worden, der ohne das Buch im wahrsten Sinne des Wortes nicht leben konnte.

Smith holte eine Flasche Islay Mist aus den Untiefen seiner Vitrine. Ein anderer Whisky kam für sie beide nicht infrage. Typisch, dachte er, dass sie lieber verschnittenen statt Single Malt tranken. Der von ihnen bevorzugte Tropfen hatte nicht jenen Geschmack fauliger Torfgruben, den die acht Brennereien von Islay durch geschicktes Marketing in einen Fetisch verwandelt hatten. Er kramte zwei seiner tief geschnittenen Lieblingsschwenker hervor und schenkte ein ungefähres Dreifingermaß ein. In sein Glas warf er eine Handvoll Eis, das andere ließ er unberührt. Die Flasche stellte er zu den Gläsern auf das Beistelltischchen vor dem Sofa. Er setzte sich und wartete.

David Gentry kam von allein ins Haus. Er hatte einen Schlüssel. Arthur erkannte ihn als alten und guten Freund, sprang auf und machte reichlich Aufhebens. Plötzlich hielt er inne, drehte sich um und sprang über den Tisch zurück auf das Sofa, um Gentry zuvorzukommen, der dieselbe Stelle in der Ecke bevorzugte wie er. Es war ein altes Spielchen zwischen ihnen, das beiden Spaß machte. David hatte Smith bei dessen Besuch im Tierheim an der M25 hinter Ostlondon begleitet, wo Arthur, von einer Verletzung um seine kurze, mittelmäßige Laufbahn als Rennhund gebracht, auf Rettung gewartet hatte. Im Unterschied zu allen anderen Hunden, die hier auf ein neues Leben hofften, war

Arthur wegen seiner Aggressivität gegenüber Artgenossen in einem Einzelzwinger untergebracht gewesen. Die drei hatten sich sofort ineinander verliebt.

Smith betrachtete seinen Freund und sah einen Mann, der sich nach all den Jahren kaum verändert hatte. Er war weder zu dick noch zu dünn, weder wirklich groß noch sonderlich klein. Sein Gesicht, ja, seine ganze Erscheinung war unauffällig – was für einen Mann seiner Profession natürlich von Vorteil war. Wenn sie sich zu Einsatzbesprechungen trafen, trug er immer dasselbe Ensemble: eine dunkelgrüne Kordhose mit schwarzen Hosenträgern über einem Tattersall-Hemd von Turnbull & Asser, dazu polierte braune Halbschuhe von John Lobb und eine I-Zingari-Clubkrawatte. Wenn nötig, komplettierte ein schlichtes, etwas schäbig gewordenes Tweedjackett das Bild. Dass in Arles die Duchschnittstemperaturen um einiges höher lagen als in London, schien für Gentry überhaupt keinen Unterschied zu machen, womit er jene Unempfindlichkeit für Kälte und Wärme an den Tag legte, die Briten im Allgemeinen zu eigen ist.

Gentry hob sein Glas und kippte es unter Verzicht jeglicher alberner, langatmiger Präliminarien, mit denen man in Frankreich das Trinken einleitete, auf einen Zug hinunter. Er füllte es wieder und lehnte sich zurück.

»Verdammt, Peter, in was hast du dich da wieder reingeritten?«, und dann, nach kurzer Besinnung: »Wie geht es dir eigentlich?«

»Das weiß ich selbst nicht richtig, David«, beantwortete Smith ökonomisch gleich beide Fragen. »Was ist dir zu Ohren gekommen?«

Gentry hatte sich zur selben Zeit wie Smith von einer der eher obskuren Dienststellen Ihrer Britannischen Majestät verabschiedet. Eine sehr hässliche, gut zehn Jahre zurückliegende Episode in Somalia hatte sie beide zum Straucheln gebracht. Smith war danach in die ruhigeren Gewässer des Computerhandels zurückgekehrt; Gentry hatte es vorgezogen, in Arles unterzutauchen.

»Das Übliche. Dass du knietief in den Problemen anderer steckst.«

»Ist diesmal nicht meine Schuld, um fair zu bleiben.«

»Fair oder nicht, es heißt, du bist darin verwickelt.«

Smith fragte nicht nach Gentrys Informationsquelle. »Zufall, nichts weiter.«

»Quatsch nicht. Innerhalb der letzten zwölf Stunden bist du neben einer toten lokalen Lichtgestalt aufgefunden, von einem hohen Tier aus Den Haag verhört und von der Witwe des Verblichenen besucht worden, die rein zufällig der einflussreichsten Familie der Stadt entstammt.«

Smith verzichtete auch diesmal auf die Frage, woher sein Freund Bescheid wusste. Gentry war eben gut informiert. Das war nichts Neues. Und er hatte immer schon ein wachsames Auge auf Smith geworfen, selbst dann, wenn es nicht nötig war.

»Im Ernst, ich habe keine Ahnung. Allerdings bin ich hinreichend angefressen, um mir Klarheit verschaffen zu wollen.«

»Und das liegt nicht etwa daran, dass Madame DuGresson reich, schön und neuerdings wieder zu haben ist?«

Smith antwortete nicht, und es blieb eine Weile still zwischen den beiden.

Dann fragte er: »Wärst du bereit, ein paar diskrete Nachforschungen für mich anzustellen? Ich würde gern mehr über diesen Robert DuGresson erfahren.«

Gentry hatte, was das Anwurzeln in Arles betraf, ein paar Jahre Vorsprung und informelle Kontakte angebahnt, um die ihn sogar die Polizei beneiden würde. Unauffälligkeit entsprach seinem Naturell, weshalb er Smith in seiner eher offensiven Art perfekt ergänzte. Sie sahen sich zwar regelmäßig, aber nicht allzu oft. Die gemeinsame Vergangenheit stand dem entgegen. Es wunderte Smith, dass Gentry überhaupt zu so später Stunde zu ihm gekommen war. Aber im Grunde lag die Antwort auf der Hand. Gentry hatte in den zurückliegenden Jahren ein engmaschiges Netzwerk geknüpft, und wenn er glaubte, dass etwas im Busch war, stimmte das wahrscheinlich. Und wieder einmal fiel Smith mit warmer Dankbarkeit ein, dass dieser Mann ihn tatsächlich mochte.

»Brauche ich dich als meinen Aufpasser, alter Freund?«

»Könnte gut sein.« Er zuckte mit den Achseln und lächelte müde. »Das kennen wir doch schon.«

Schweigend schenkte Smith nach. Es würde sehr spät werden.

3. Begegnung und Bekanntschaften

In seiner frei gewählten Zurückgezogenheit war Smith es nicht gewohnt, dass Leute bei ihm anklopften, und es war äußerst ungewöhnlich, dass dies innerhalb von vierundzwanzig Stunden ein zweites Mal geschah. Diesmal war das Klopfen lauter und drängender als am gestrigen Abend. Er ließ sich absichtlich viel Zeit, die Tür zu öffnen. Ein uniformierter Beamter der *Gendarmerie nationale* stand auf der obersten Treppenstufe. Neben einem bescheidenen Polizeiwagen unten auf der Straße wartete ein Kollege. Der erste schickte sich an, in den Flur zu treten. Smith allerdings stellte sich ihm in den Weg.

»Ja? Was wünschen Sie?«

Der Gendarm hatte sichtlich Probleme damit, dass ihm jemand so dicht auf die Pelle rückte, wich aber selbst keinen Schritt zurück, obwohl Smith ihn um einen Kopf überragte. Arthur, dessen Neugier die Faulheit besiegt hatte, kam in den Flur, um zu sehen, was an der Tür vor sich ging. Als er den großen Hund sah, rückte der Gendarm endlich von Smith ab, was dieser mit Befriedigung zur Kenntnis nahm.

»Ich muss Sie bitten, uns zur Polizeistation zu begleiten, Monsieur Smith. Ihre Aussage bezüglich des Todes von

Monsieur DuGresson hat noch einige Aspekte aufgeworfen, die es zu klären gilt.«

Es lag Smith auf der Zunge zu fragen, von welcher Aussage die Rede war, schließlich hatte er gar keine abgegeben. Aber die beiden waren ja bloß gekommen, um ihn abzuholen.

»Bin ich jetzt festgenommen?«

»Natürlich nicht, Monsieur Smith. Wir bitten Sie lediglich um Unterstützung in der genannten Angelegenheit.«

»Na schön. Dann würde ich mich freuen, Ihnen behilflich zu sein. Wenn Sie sich bitte einen Moment gedulden würden – ich möchte schnell die Gartentür schließen und meinen Hut holen.«

Smith drehte sich um und drückte, sehr zur Verwunderung des Polizisten, die Haustür ins Schloss. Eine Minute später öffnete er sie wieder und bedeutete einem merklich verärgerten Gendarmen, dass er nun bereit sei, ihm zu folgen, was offensichtlich nicht dem üblichen Prozedere entsprach, nach dem eine Verdachtsperson einem Beamten vorauszugehen hatte. Als der Beamte sich auf der schmalen Treppe an das Geländer quetschte, um Smith vorbeizulassen, weigerte er sich schlichtweg, den ersten Schritt zu tun.

Zuvorkommend streckte er die Hand aus: »Nach Ihnen, Monsieur.«

Widerwillig ging der Polizist voran. Vor einer der hinteren Türen des Wagens wartete Smith darauf, dass sie ihm geöffnet wurde. Die bitterbösen Blicke der beiden Männer missachtend, stieg er mit breitem Lächeln und einem betont höflichen »Besten Dank« ein.

Als sich der Wagen langsam von der Arena wegbewegte, nahm Smith Bestand auf. Abgeholt hatten ihn zwei Männer der *Gendarmerie nationale* und nicht etwa Beamte der örtlichen *Police municipale*, die eigentlich zuständig gewesen wäre, weil es sich in der Sache DuGresson um eine städtische Angelegenheit handelte. Die Gendarmerie gehörte zu den Streitkräften Frankreichs und war mit der Einhaltung von Recht und Ordnung in ländlichen Gebieten und auf Schnellstraßen betraut. Als Einrichtung des Militärs hatte sie de facto, wenn auch nicht dem Gesetz nach, Vorrang gegenüber der Gemeindepolizei und genoss mehr Autorität. Die beiden Vertreter, mit denen Smith zu tun hatte, waren allerdings von großer, wenn auch zähneknirschender Höflichkeit.

Schwieriger zu beantworten war die Frage, warum er einbestellt wurde. Abgesehen von seinen zurückhaltenden Bemerkungen in der Bar und den Gesprächen mit Madame DuGresson und seinem Freund Gentry hatte er kein Wort über den Zwischenfall in der Arena verloren. Dass sich Madame über ihn beschwert hatte, glaubte er ausschließen zu können. Sie schien der Polizei noch mehr zu misstrauen als er. Vermutlich hatte ihn also jemand aus der Bar angeschwärzt.

Obwohl er kein Held war und auch nicht dazu neigte, seine Männlichkeit unter Beweis zu stellen, reagierte Smith allergisch, wenn ihn jemand herumzukommandieren versuchte. Das ließ er am allerwenigsten Polizisten durchgehen. Er hatte jene eigentümlich britische Art, das Gesetz zu respektieren, verschwendete aber ungern Zeit mit Leuten, die das Recht nach ihrem Gutdünken auslegten oder anwendeten. Auf dem kurzen Weg zur Polizeistation nahm er sich deshalb vor, auf keinen Fall klein beizugeben, egal, was geschehen würde. Er hatte sich nichts vorzuwerfen, und falls die Polizei an einer Lüge festzuhalten gedachte, war das ihr Problem und nicht seins. Er würde sich nicht mit Verschwörern gemein machen. Ohne seine Mitwirkung waren ihr die Hände gebunden. Sie mochte ihn verwarnen, mehr nicht.

Der Wagen hielt vor der zweigeschossigen Betonmonstrosität am Boulevard des Lices an, einem Gebäude, das im Zuge der geschmacklosen Stadtsanierung von 1976 errichtet worden war. Der wunderschöne alte Jardin d'hiver samt Zugang zur römischen Nekropole hatte dieser Polizeistation, einem überdimensionierten Parkhaus, dem Finanzamt und einer Niederlassung der Sozialversicherung weichen müssen – Bauwerke, deren Missachtung aller ästhetischen Maßstäbe nicht ganz untypisch war für die Entwürfe französischer Architekten der Gegenwart. Auch und nicht zuletzt einer auf ihre Kultur zu Recht stolzen Nation unterliefen mitunter Fehler, und dieses Gebäudeensemble an der Hauptstraße von Arles war wohl einer ihrer größten.

Man führte ihn in ein Vernehmungszimmer, in dem ein Tisch und drei Stühle standen. Auf einem saß bereits ein Beamter in Zivil, der ein aufgeschlagenes Notizbuch vor sich hatte.

»Nehmen Sie bitte Platz, Monsieur Smith.«

Smith folgte der Aufforderung. »Guten Morgen. Würden Sie mir vielleicht auch ein Notizbuch und einen Stift geben?«

Der Polizist zeigte sich überrascht. »Wie bitte?«

»Was genau haben Sie jetzt nicht gehört oder nicht verstanden?«, erwiderte Smith bissig und schaute dem Mann direkt in die Augen.

»Wofür brauchen Sie ein Notizbuch, Monsieur?«

»Warum stellen Sie Fragen, deren Antwort Sie schon kennen? Vielleicht haben Sie Zeit zu vergeuden, ich nicht. Entweder Sie geben mir, worum ich Sie bitte, oder wir sitzen hier herum, bis ein Anwalt zur Stelle ist, der sich dann in meinem Auftrag Notizen macht.«

Die Vernehmung schlug eine Richtung ein, mit der der Polizist offensichtlich nicht gerechnet hatte. Er war nicht darauf gefasst gewesen, mit jemandem zu sprechen, der sich nicht im Geringsten von dem Umstand einschüchtern ließ, dass man ihn abgeholt und in eine Polizeistation gebracht hatte. Und schon gar nicht schien er ein Gegenüber erwartet zu haben, das selbstsicher bis an die Grenze zur Aggressivität war.

Smith spürte, dass er, wenn auch nur vorübergehend, im Vorteil war, und beschloss nachzulegen: »Wenn Sie mir außerdem noch eine ungeöffnete Flasche Wasser und ein Glas bringen lassen könnten und sich mir in aller Form vorstellen würden … Und falls Sie unser Gespräch aufzuzeichnen gedenken, sollten Sie mir das bitte sagen und sofort damit anfangen. Wenn Sie vorhaben, mich aus irgendeinem Grund in Polizeigewahrsam zu nehmen, verlange ich eine Kopie der Aufzeichnung für das britische Konsulat in Marseille.«

Ihm war klar, dass er ziemlich hoch pokerte, merkte aber, dass er, während er sprach, immer wütender wurde. Er wusste, worum es hier ging, und fand, dass es nicht schaden konnte, sich einen festen Stand zu verschaffen, bevor der Polizist seine Haltung wiedergefunden hatte.

Der Beamte stand wortlos auf und verließ den Raum. Smith hatte Zeit, sich Gedanken darüber zu machen, ob er immer noch im Vorteil war oder den Bogen überspannt hatte. Es dauerte nicht lange, und seine Frage wurde beantwortet, denn die Tür öffnete sich wieder, und herein kam ein uniformierter Polizist, der einen Plastikbecher und eine kleine Flasche Evian mit Wucht vor ihm auf den Tisch knallte. Schneller und leichtfüßiger, als Smith es einem so korpulenten Mann zugetraut hätte, verschwand er wieder.

Smith ließ die Flasche unberührt vor sich stehen. Sie hatte ihren Zweck erfüllt, und er trank kein Wasser. Gleichmütig schaute er sich um. Das Zimmer war schlicht und ohne jede Dekoration, es hatte auch keinen dieser großen Wandspiegel, wie man sie in fast allen amerikanischen Krimis sah. Auf einem kleinen Beistelltisch stand das Aufnahmegerät, das er bei seiner anfänglichen Frage im Sinn gehabt hatte. Es war nicht eingeschaltet. Er lehnte sich zurück, schloss die Augen und harrte entspannt der Dinge, die auf ihn zukommen mochten.

Bald öffnete sich wieder die Tür. Diesmal trat Hauptkommissar Blanchard in Erscheinung, wieder elegant und makellos gekleidet. Smith stand auf, ging um den Tisch herum und drückte ihm die Hand ein wenig fester als höflich.

»Ah, Blanchard, wie schön, Sie so rasch wiederzusehen.«

Vielleicht kannte der Franzose die vor allem an britischen Eliteschulen gepflegte englische Art, Leute mit dem

Nachnamen anzureden, vielleicht auch nicht. Jedenfalls gelang ihm ein frostiges Lächeln – eine beachtliche Leistung für jemanden, der in einem Land lebte und arbeitete, in dem Titel wichtiger waren als alles andere.

»Monsieur Smith, es freut mich zu sehen, dass Sie sich von Ihrem Unfall so gut erholt haben.«

Weil er sich von einer Bemerkung nichts versprach, verzichtete Smith auf jeglichen Kommentar.

»Ich glaube, wir müssen uns noch ein wenig ausführlicher ...«

Smith fiel ihm ins Wort: »Mein Notizbuch?«

»Ähm, das Notizbuch.«

Ein etwas aufrichtigeres Lächeln streifte Blanchards Lippen. Er griff mit einer sehr gepflegten Hand in die Innentasche seines beigen Armani-Jacketts und holte ein schlankes, in dunkles Krokodilleder gebundenes Büchlein zum Vorschein, das offenbar ihm gehörte. Ohne den Blick von Smith zu wenden, legte er es mitsamt einem goldenen Kugelschreiber der Marke Cross vor ihm auf den Tisch.

»Bitte«, sagte er, »behelfen Sie sich damit.«

»Danke«, erwiderte Smith.

Er nahm das Notizbuch zur Hand und öffnete es. Auf der Innenseite des Frontdeckels standen die in Goldbuchstaben geprägten Wörter *Cellerini, Firenze.*

»Ah«, sagte Smith, »es freut mich, dass Albertos Sohn das edle Handwerk seines verstorbenen Vaters fortsetzt.«

»Sie kennen Cellerini?«

»O ja«, antwortete er wie selbstverständlich. »Alberto hat vor vielen Jahren das Etui für einen kleinen Taschenrechner für mich hergestellt. Ich habe es immer noch irgendwo. Er sagte, die Arbeit daran sei so kompliziert gewesen, dass er niemals ein zweites machen werde.«

»Nun ja, das florentinische Lederhandwerk ist unübertroffen.«

Smith konnte sich die Gelegenheit nicht entgehen lassen und sagte: »Wofür Monsieur DuGressons Schuhe und die Ihren ein trefflicher Beleg sind.«

Es entstand eine Pause. Blanchard seufzte, als widerstrebte es ihm, auf den eigentlichen Anlass ihrer Zusammenkunft zurückzukommen.

»In der Tat, Monsieur Smith. Mir sind Dinge zu Ohren gekommen, die es mir nötig erscheinen lassen, dass wir uns darüber unterhalten.«

Er wartete auf eine Erwiderung, doch Smith fand, dass er weit genug in Vorlage gegangen war, und stimmte sich auf eine eher passive, wenn nicht geradewegs unkooperative Rolle in diesem Gespräch ein.

»Es heißt, Sie halten den Bericht über den gestrigen Zwischenfall in der Arena, auf den wir uns geeinigt hatten, im Nachhinein für fehlerhaft.«

Wieder ließ er Smith Zeit, etwas zu sagen. Der hätte gern den Halbsatz zur vermeintlichen »Einigung« zur Debatte gestellt, doch weil er keine Frage an sich gerichtet sah, hielt er sich bedeckt und schrieb stattdessen das aktuelle Datum in Blanchards Notizbuch. Darunter begann er, eine Einkaufsliste für später zu schreiben.

Der Kommissar schlug einen etwas schärferen Tonfall an.

»Ich höre.«

»Wie bitte?«

»Stimmt das?«

»Was?«

»Behaupten Sie, die Polizei irrt in ihrer Einschätzung des Todesfalls von Monsieur DuGresson?«, blaffte Blanchard.

»Stellen wir eins klar: Was ich darüber zu sagen habe, obliegt meinem Dafürhalten. Ich möchte Sie daran erinnern, dass ich am Unfallort war, Sie aber nicht. Oder etwa doch?«, fügte Smith gehässig hinzu.

»Nein, natürlich nicht«, kam die schnelle Antwort, begleitet von einer wegwerfenden Bewegung der linken Hand.

»Warum wollen Sie dann mit mir sprechen?« Mit einem Seitenblick auf das Aufnahmegerät, das immer noch nicht in Betrieb war, fuhr er fort: »Aus der Tatsache, dass unser Gespräch nicht aufgezeichnet wird, schließe ich, dass Sie mir weder etwas vorzuwerfen haben noch mich festzunehmen gedenken.«

»Natürlich nicht. Ich halte es nur für sinnvoll, etwas zu klären, was mir ein Missverständnis zu sein scheint, Monsieur Smith.«

»Unsinn«, entgegnete Smith, das am wenigsten anstößige der Wörter wählend, die ihm in den Sinn kamen.

Das Gespräch verlief allem Anschein nach im Nichts, doch Blanchard beugte sich zu Smith vor, als wollte er ihm eine vertrauliche Mitteilung machen.

»Ich wollte Ihnen eigentlich nur mitteilen, dass es nicht viel bringt, wenn, sagen wir, Behauptungen in die Welt gesetzt werden, die unter den gegebenen Umständen wenig hilfreich sind.«

Immerhin besaß er den Anstand, verlegen dreinzublicken. Smith empfand einen kurzen Moment lang Sympathie. Er spürte Blanchards Dilemma genau. Hier war ein Mann, der Befehlen unterstand, und das brachte ihn in Bedrängnis. Er hatte ihn in die Gendarmerie kommen lassen, um ihn zum Stillschweigen über das tatsächliche Geschehen in der Arena anzuhalten und ihm bei Zuwiderhandlung mit bislang nicht genannten Konsequenzen zu drohen. Dummerweise erwies sich Smith als völlig immun gegen Einschüchterungsversuche, und einen Plan B hatte der Hauptkommissar offenbar nicht. Nicht zuletzt deshalb kam für Smith ein Nachgeben nicht infrage.

»Wenn Sie sich in Zukunft mit mir zu unterhalten wünschen, Monsieur, wäre es besser, mich nicht wie einen Kriminellen von zwei schäbigen *flics* von zu Hause abholen zu lassen. Vielleicht laden Sie mich stattdessen in eins der vielen guten Restaurants der Stadt ein. Sie würden dann wahrscheinlich einen zugänglicheren Gesprächspartner in mir finden. Ich gehe doch davon aus, dass Ihr Budget eine solche Einladung hergibt. Wenn nicht, wäre ich auch durchaus bereit, Ihnen in meinem Garten einen Aperitif zu spendieren.«

Blanchard war es offenbar nicht gewohnt, von Verdächtigen zu einem Drink eingeladen zu werden.

»Nun, vielleicht haben Sie recht, Monsieur Smith. Ich bitte um Entschuldigung und kann Ihnen versichern, dass ich Sie nicht für einen Kriminellen halte. Verzeihen Sie mir die Frage, ob es nicht sein könnte, dass Sie sich in Ihren Erinnerungen irren.«

Smith konnte nicht anders: Er mochte den Mann. Er

war davon ausgegangen, mit seiner Angriffslust auf heftigen Widerstand zu stoßen, das hatte er sogar gehofft. Dann hätte er vielleicht mehr erfahren über diese Angelegenheit, die seine Neugier immer mehr herausforderte. Blanchard aber hatte sich nicht aus der Reserve locken lassen. Stattdessen hatte er es geschafft, ihn zu warnen, ohne ihm zu drohen, und dabei ein gewisses Maß an Anstand bewiesen. Vielleicht, dachte Smith, war dieser Polizist mehr als ein Kleiderständer.

»Ich möchte Sie jetzt nicht länger aufhalten«, sagte Blanchard.

Er stand auf und öffnete die Tür. Im Hinausgehen riss Smith die von ihm beschriebene sowie zwei weitere Seiten aus dem Notizbuch, um sicherzugehen, dass er keinen Abdruck des Geschriebenen hinterließ. Er gab dem Polizisten das Büchlein und den Kugelschreiber zurück.

Gemeinsam gingen sie zum Ausgang der Polizeistation, vorbei an den neugierigen Blicken der beiden Gendarmen, die ihn abgeholt hatten und jetzt vor dem Rezeptionsschalter herumlungerten. Smith verabschiedete sich von Blanchard mit einem Händeschütteln und trat ins Freie. Nach wenigen Schritten drehte er sich noch einmal um und sah, dass sich Blanchard nicht vom Fleck gerührt hatte.

»Wenn wir uns das nächste Mal sehen, Blanchard, verraten Sie mir vielleicht, warum Sie hier in der Gendarmerie niemand kannte, als ich heute Morgen angerufen habe?«

Smith hatte mit seiner Frage halb geraten und halb gelogen und wurde prompt mit einem entgeisterten Ausdruck auf dem markanten Gesicht des Polizisten belohnt.

Volltreffer, triumphierte er im Stillen und spazierte im

hellen Sonnenschein über den Boulevard des Lices in Richtung der Place de la Redoute.

Arthur freute sich, ihn wiederzusehen. Das tat er immer. In seinen mitunter zynischen Momenten dachte Smith, dass diese Anhänglichkeit der Hunde vor allem darauf zurückzuführen war, dass man ihnen zu fressen gab, und dass von einer innigeren Beziehung zwischen Mensch und Tier womöglich gar nicht die Rede sein konnte. Trotzdem hoffte er, dass ebendies der Fall war. Arthurs zuverlässige Begrüßungen waren ihm immer ein Vergnügen, umso mehr, wenn er sie mit denen der Menschen verglich, die er in seinem Leben kennengelernt hatte. Allzu oft hatte er es geschafft, sie – so lautete der wiederkehrende Vorwurf – zu enttäuschen oder zu vergraulen. Hunde waren da anders. Als er die Haustür hinter sich schloss, bemerkte er ein Stückchen Karton auf dem Dielenboden, das offenbar unter der Tür hindurchgeschoben worden war. Es war eine von Madames schicken Visitenkarten mit einer kurzen Nachricht auf der Rückseite: *Bitte rufen Sie mich an.*

Normalerweise hätte Smith auf das Kontaktersuchen einer schönen, intelligenten und ungebundenen Frau blitzschnell wie Schmitz' sprichwörtliche Katze reagiert. Stattdessen war er verärgert. Es störte ihn, dass diese unselige Geschichte immer tiefer in sein Leben einzugreifen schien. Vor weniger als vierundzwanzig Stunden hatte er einen Schlag auf den Kopf bekommen, und schon war sein sorgfältig durchstrukturierter, geruhsamer Alltag durcheinandergebracht. Das konnte nicht einmal ein Treffen mit einer der schönsten Frauen, denen er je begegnet war, ausgleichen.

»Madame, ich bin's, Peter Smith.«

»O, Monsieur Smith, danke, dass Sie mich anrufen.« Ihre Stimme klang wahrhaft warmherzig.

Er gab sich geschlagen. »Schön, Sie wieder zu hören, Madame.«

Am anderen Ende der Leitung ließ sich das kehlige Glucksen vernehmen, das er von ihr schon kannte.

»Monsieur Smith, Sie sind ein wahrer Gentleman. Ich fürchte, meine Bitte um Rückruf war ziemlich unhöflich. Tut mir leid, aber ich habe es versäumt, mir Ihre Telefonnummer geben zu lassen.«

Smith ließ ihre Worte eine Weile in der Luft hängen, um sich zu beweisen, dass er ihr noch nicht gänzlich verfallen war. Sie fuhr fort:

»Ich glaube, ich bin Ihnen nicht nur eine Entschuldigung schuldig, sondern auch eine Erklärung. Es würde mich sehr freuen, wenn Sie heute mit mir zu Abend essen.«

Smiths spontaner Widerstand verdampfte augenblicklich. Die Aussicht auf ein *diner à deux* mit Madame DuGresson war allzu verlockend.

»Es wäre mir eine Ehre, Madame.«

»Kennen Sie das Restaurant *Les Dix Anges* in der Roquette?«

»Ja«, antwortete Smith und erinnerte sich, mit Arthur an dem kleinen Lokal im arabischen Quartier von Arles vorbeigegangen zu sein.

»Um neun vielleicht?«

»Ist mir recht, Madame. Bis dahin.«

Als das Gespräch beendet war, schaute er in der Anruferliste nach und stellte fest, dass ihre Rufnummer unterdrückt war.

»Was um alles in der Welt hat das nun wieder zu bedeuten?«, fragte er sich.

Gern hätte er sich eingeredet, dass er plötzlich unwiderstehlich geworden war. Von einer gut gestellten, attraktiven und unbelasteten *compañera* für kulturelle Unternehmungen und Spaziergänge träumte er schon seit geraumer Zeit. Bislang war sie eine Schimäre geblieben, aber er hoffte nach wie vor. Dass ausgerechnet Madame DuGresson die Erfüllung seiner Wünsche sein sollte, schloss er allerdings aus. Er glaubte auch nicht, dass sie wirklich meinte, ihm eine Erklärung schuldig zu sein. Er hatte ihr am gestrigen Abend geschildert, was aus seiner Sicht in der Arena geschehen war, und ihr keinen Anlass gegeben zu glauben, dass er ihr etwas vorenthalten hatte.

Vielleicht wusste sie noch nichts von seinem zweiten Treffen mit Blanchard, obwohl er jede Wette darauf eingehen würde, dass sie darüber informiert war. Nein, ihre Einladung war so rätselhaft wie verlockend. Worin immer er auch verwickelt war, das gemeinsame Diner, so ahnte er, würde ihn noch tiefer darin verstricken. Andererseits war sein Wunsch nach einer *compañera* nicht von der Hand zu weisen, und die attraktivsten Frauen, die er seit seiner Ankunft in Arles vor acht Jahren hatte ausführen dürfen, waren seine beiden Töchter und seine Schwester gewesen.

Es war wieder sehr heiß geworden. Smith nahm sein Buch und eine Flasche Rosé und machte es sich mit Arthur auf der Terrasse bequem. Der Wein war billig, aber, auf wenige Grad über dem Gefrierpunkt heruntergekühlt, nicht nur trinkbar, sondern auch recht süffig. Nach einer halben Stunde hatte er den Flascheninhalt deutlich reduziert und fand, dass es an der Zeit war, zu Mittag zu essen. Die Kopfschmerzen waren verschwunden, und der Alkohol hatte ihn in eine angenehme Lethargie versetzt. Vielleicht war sie der Grund dafür, dass das zaghafte Klopfen an der Tür weder ihn noch Arthur beunruhigte, der einfach weiterschlief. Als er die Tür öffnete, sah er sich drei großen Männern gegenüber, die ihn ins Wohnzimmer zurückdrängten. Normalerweise hätte er sich gewehrt und wäre, obwohl er älter und in der Minderheit war, dank seiner in der Vergangenheit gesammelten Erfahrungen wohl auch in der Lage gewesen, den dreien Paroli zu bieten, zumal seine Haustür nur etwa einen Meter breit war und nicht mehr als zwei Eindringlinge Schulter an Schulter passieren ließ. Dass er aber in einem der Männer seinen unangenehmen Gesprächspartner aus der Bar wiedererkannte, machte ihn so neugierig, dass er alle Bedenken über Bord warf. Er war zuversichtlich, sich behaupten und, wenn nötig, aus der Affäre ziehen zu können. Arthur hatte inzwischen seinen Platz auf der kochend heißen Terrasse verlassen und begrüßte die Fremden wie alte Freunde, was die anfangs bedrohliche Szene zur Farce geraten ließ.

Neben dem langen dünnen Mann waren die beiden anderen fast lachhaft klein. Alle trugen schäbige Kombinationen à la Camargue. Smith beschloss kurzerhand, den offensichtlich auf Konfrontation angelegten Auftritt zu entschärfen, indem er den guten Gastgeber herauskehrte. Die drei standen da, als hätten sie die Grenzen ihrer darstellerischen Möglichkeiten erreicht.

»Meine Herren«, schlug er seinen beflissensten Ton an, »fühlen Sie sich ganz wie zu Hause. Ich wollte gerade eine weitere Flasche Rosé öffnen. Vielleicht haben Sie ja Lust, draußen auf der Terrasse mit mir anzustoßen. Im Schrank dort finden Sie ein paar Gläser.«

Er zeigte auf die Vitrine neben der Gartentür, holte eine Flasche Wein aus dem Kühlschrank, setzte sich auf der Terrasse auf einen der Stühle, die um den Klapptisch herumstanden, und machte sich daran, die Flasche zu entkorken. Mehr oder weniger verwirrt traten die Männer aus dem Haus und nahmen auf den freien Stühlen Platz, während Smith großzügig ausschenkte.

»*Santé*«, prostete er ihnen mit einer Leutseligkeit zu, von der er im Grunde weit entfernt war. Tatsächlich kochte er vor Wut, aber bevor er sie zum Teufel jagte, wollte er unbedingt wissen, was ihr Überfall zu bedeuten hatte. »Wie kann ich Ihnen helfen, Monsieur ...?«

Der große Mann verzog das Gesicht, was aber seine Mimik so wenig veränderte, dass er sich gar nicht erst hätte bemühen müssen.

»Mein Name ist Mistraux, Monsieur. Wir sind gekommen, um wegen gestern nachzufragen.«

»Verstehe«, erwiderte Smith im Plauderton. »Aber können Sie mir verraten, warum ich überhaupt mit Ihnen reden sollte? Sind Sie von der Polizei?«

Mistraux versuchte es mit einem noch finstereren Gesichtsausdruck. »Nein, sind wir nicht. Es wäre aber besser für Sie, wenn Sie freiwillig mit uns reden würden.«

Smith verzichtete darauf, sich nach den Konsequenzen einer Weigerung zu erkundigen, und erwiderte stattdessen: »Darf ich fragen, was Sie die Sache von gestern angeht?«

»Monsieur DuGresson war ein Freund von uns«, antwortete der hagere Mann.

Smith musste an sich halten, um nicht laut aufzulachen. Der Gedanke, dass der elegant gekleidete Tote, mit dem er gestern gegen seinen Willen Tuchfühlung aufgenommen hatte, zu Lebzeiten mit diesen drei Kerlen befreundet gewesen sein sollte, war einfach zu komisch. Ebenso abwegig erschien es ihm, von ihnen unter den gegebenen Umständen irgendetwas Interessantes zu erfahren. Trotzdem blieb Smith höflich und erzählte in knappen Worten seine Erinnerungen an den Vorfall in der Arena.

»Und das ist alles?«, fragte Mistraux.

»Ja, das war's.«

Was die drei auch geplant haben mochten, jetzt schien ihnen nichts weiter einzufallen. Weil er sich von einem Gespräch mit ihnen nichts versprach, hielt er einen Abbruch für das Sinnvollste und stand auf.

»Nun, meine Herren, mehr kann ich Ihnen nicht bieten, und ich muss Sie nun bitten zu gehen. Ich habe noch einiges zu erledigen.«

Er bedeutete ihnen, ihm zu folgen, durchquerte das Wohnzimmer und öffnete die Eingangstür. Dass sie artig, einer nach dem anderen, das Haus verließen, war wohl ihrer Verunsicherung geschuldet. Er schaute ihnen nach, wie sie die Place de la Major überquerten und auf den Stufen verschwanden, die zur Rue Portagnel hinabführten.

Jemandem zu folgen, ohne selbst gesehen zu werden, ist

nicht besonders schwer, ja, im Grunde recht einfach, wenn die betreffende Person nicht damit rechnet, beschattet zu werden, und eine ausreichende Zahl anderer Passanten auf der Straße ist. Smith hatte vor vielen Jahren eine Meisterschaft darin entwickelt, und obwohl er schon lange nicht mehr in Übung war, fand er schnell wieder hinein. Die drei Männer waren in eine der vielen kleinen Bars unterhalb des Platzes eingekehrt und führten über einer ersten Runde Pastis eine lebhafte Debatte. Aus Erfahrung wusste Smith, dass dies mindestens eine Stunde dauern mochte. Er kaufte sich ein paar Tageszeitungen und setzte sich in ein benachbartes Café an einen Tisch, von dem aus er die Straße vor der Bar im Blick hatte.

Nach etwas mehr als einer Stunde tauchte das Trio wieder auf und überquerte, immer noch in angeregter Unterhaltung, den Boulevard Emile Combes. Von seinem Platz aus sah Smith, wie Mistraux eins der kleinen Häuser in der Rue van Ens betrat, während die beiden anderen über die Eisenbahnbrücke in Richtung Montplaisir gingen. Smith bestellte ein weiteres Glas *bière pression* und wartete darauf, dass der Pastis bei Mistraux seine Wirkung tat.

In seinem früheren Leben hatte er unter anderem gelernt, konventionell verschlossene Türen im Handumdrehen zu öffnen. Auf diese Fähigkeit brauchte er allerdings nicht zurückzugreifen, denn die Tür zum Haus Nummer 14 war unverschlossen, auch wenn sämtliche Fensterläden zugezogen waren. Er hörte schon von draußen, dass drinnen jemand schnarchte. In dem kleinen Haus war es dunkel und kühl, und nach weniger als einer halben Minute hatte sich Smith vergewissert, dass sich außer dem Schnarcher niemand darin aufhielt. Während er durch das Haus schlich, staunte er selbst darüber, wie geläufig ihm die alten Routinen wieder waren. Mit einem schmutzigen Geschirrtuch aus der Küche ging er in das vordere Zimmer, in dem Mistraux, die langen Beine von sich gestreckt, in einem Lehnsessel geräuschvoll schlief.

Nicht viel schwerer als das Beschatten einer Zielperson ist es, sie zum Reden zu bringen. Nur wenige sind imstande, sich einem nachdrücklichen Verhör zu widersetzen. In der Schule wird man einfach nicht darauf vorbereitet. Im Umgang mit Amateuren kommt es also nicht darauf an, clever oder subtil zu sein. Vielmehr gilt es, eine hinlängliche Portion Gewalt anzuwenden. Blitzschnell riss Smith den langen Kerl aus seinem Sessel, wälzte ihn auf den Bauch, kniete sich auf seinen Rücken und trat mit dem anderen Fuß auf dessen ausgestreckte Hand. Dann griff er ihm in die Haare und zwang seinen Kopf in den Nacken. Schließlich beugte er sich über das Ohr des Mannes, der in Schockstarre verfallen war.

»So, du kleiner Scheißer. Du wirst mir jetzt ein paar Fragen beantworten. Und zwar im Flüsterton. Wenn du schreist, breche ich dir sämtliche Finger. Kapiert?«

Als Mistraux versuchte, um Hilfe zu rufen, stopfte er ihm das Geschirrtuch in den Mund und stampfte mit dem Fuß auf. Das Knacken der Knochen war erstaunlich laut. Smith wartete, bis die Zuckungen unter ihm abebbten, und riss den Kopf des Mannes wieder in den Nacken zurück.

»Versuchen wir's noch einmal. Ich nehme dir jetzt den Knebel aus dem Mund, und du beantwortest meine Fragen flüsternd, oder sagen wir, in Zimmerlautstärke. Wenn nicht, suche ich mir den nächsten Knochen aus. Hast du jetzt kapiert?«

Dem Mann traten vor Schmerz die Augen aus dem Kopf, aber er nickte. Smith zog ihm das Tuch aus dem Mund, ohne seinen Fuß von der Hand zu nehmen.

»Gut. Endlich verstehen wir uns. Für wen arbeitest du?«

»Für niemanden«, krächzte Mistraux.

Smith sagte nichts, verstärkte aber den Druck seines rechten Fußes. Als die Antwort kam, war sie kaum zu hören.

»Les Frères.«

»Und wer sind Les Frères, wenn sie nachts im Bett liegen?«

Ist bei einem Verhör der erste Widerstand gebrochen, lässt sich der Befragte in der Regel nicht länger bitten. Mistraux war keine Ausnahme.

»Wir sind eine Bruderschaft. Von Camargue-Bauern.«

Smith wusste auch, dass aus jemandem wie Mistraux nicht allzu viel an Informationen herauszuholen war.

»Wieso interessierst du dich so sehr für DuGressons Ableben? Was hattest du mit ihm zu schaffen? Er war kein Bauer – genauso wenig wie du.«

Smith behielt seinen Fuß auf der Hand.

»Wir hatten Geschäfte miteinander.«

Vorsichtshalber setzte Smith wieder den Mundknebel ein mit dem Ergebnis, dass das Knacken weiterer Knochen lauter war als Mistraux' Wimmern. Ob er seine Hand noch einmal würde gebrauchen können, stand dahin. Auch für Smith wurde es langsam unbequem. Als er sich das letzte Mal auf diese Weise betätigt hatte, war er noch sehr viel fitter gewesen. Er griff nach einem schweren Schürhaken, der in Reichweite neben einer offenen Feuerstelle lag, und tippte Mistraux damit gegen die Schläfe, heftiger als nötig.

»Hör mir genau zu. Ich lasse jetzt los und erlaube dir, dich wieder in den Sessel zu setzen. Untersteh dich, Alarm zu schlagen oder etwas anderes zu tun, als auf meine Fragen zu antworten. Anderenfalls geht es dir noch dreckiger. Kapiert?«

Der schwitzende Mann nickte. Smith stand auf und trat zurück. Von Mistraux ging keine Gefahr mehr aus. Er schleppte sich in seinen Sessel und blickte voller Angst zu Smith auf, seine Linke umfasste das rechte Handgelenk.

Smith rückte einen Esszimmerstuhl dicht vor Mistraux, nahm Platz und sah ihm in die Augen, während er ihm die Spitze des Schürhakens auf das Knie legte.

»Nun denn, ich glaube, du hast jetzt verstanden, dass ich mich von Flegeln wie dir nicht überrumpeln lasse. Es war ein großer Fehler von dir, mich zu bedrohen. Wie groß, wirst du erfahren, wenn du mir nicht alles erzählst, was du über Monsieur DuGresson weißt und was es mit deiner Bruderschaft auf sich hat. Sollte ich auch nur den geringsten Zweifel haben an dem, was du sagst, schlage ich dir beide Knie zu Brei, und du wirst den Rest deines Lebens im Rollstuhl verbringen.«

Um seinen Worten Nachdruck zu verleihen, tupfte er ihm den Schürhaken aufs Knie. Mistraux zuckte zusammen und antwortete unverzüglich auf alle Fragen, die Smith jeweils mit einem weiteren Antippen akzentuierte.

»Ich hatte den Auftrag herauszufinden, was Sie über Monsieur DuGresson wissen.«

»Von wem?«

»Einem Mitbruder.«

»Welchem?«

Der Mann zögerte, womit er sich einen mahnenden Hieb einhandelte. »Du oder er. Du hast die Wahl.«

»Claude Chadriol.«

»Was interessiert ihn an der Sache?«

»Er hält den Kontakt zu den Männern in Marseille.«

»Was sind das für Männer?«

»Von denen bekommen wir unser Geld.«

»Wofür?«

Mistraux zuckte hilflos mit den Schultern.

»Für ... ähm ... Hilfsdienste. Von Zeit zu Zeit.«

»Nenn mir einen Namen.« Smith ließ den Schürhaken etwas fester auf Mistraux' Knie zurückschnellen.

»Um Gottes willen, das kann ich nicht. Die bringen mich um.«

»Ich auch, mein Freund, und das vor allen anderen, glaub mir. Nenn mir einen Namen.«

Wieder fiel der Schürhaken herab. Die Stimme war kaum hörbar.

»Giacomo Seffradi.«

»Und wer zur Hölle ist dieser Giacomo Seffradi?«

Mistraux flüsterte: »Der Kopf eines Syndikats in Marseille.«

Für Smith rückten einige Puzzleteile an die richtige Stelle. Offenbar hatte er in einen kriminellen Haufen getreten, nein, er war vielmehr hineingeschlittert. Das Gespräch fortzusetzen hatte nicht viel Sinn. Wahrscheinlich wusste Mistraux nicht mehr zu sagen. Nach weiteren Informationen würde er, Smith, an anderer Stelle suchen müssen. Und dabei mochte ihm Gentry behilflich sein. Es wurde Zeit, die Vernehmung zu beenden. Wieder rückte er näher an den Mann im Sessel heran.

»Hör mir zu, und zwar genau. Mir ist egal, welche Story du erfindest, um anderen deine gebrochene Hand zu erklären, aber falls du dich demnächst bei jemandem über unsere kleine Unterhaltung auslassen solltest, werde ich dafür sorgen, dass Signor Seffradi erfährt, dass du mir seinen Namen genannt hast. Keine Ahnung, wie er darauf reagiert, aber ich kann mir vorstellen, dass es ihm nicht schmecken wird. Falls ich dich jemals wiedersehe oder den Eindruck habe, dass du mir fremde Besucher auf den Hals schickst, seien es irgendwelche Mitbrüder oder Handlanger von Seffradi, werden ich oder meine Freunde dich heimsuchen und dir den Garaus machen. Haben wir uns verstanden?«

Der Mann nickte. Er nickte sogar noch, als Smith das Zimmer verließ und nach Hause zurückkehrte.

Die ganze Episode hatte Smith seltsamerweise kaum berührt. Es deprimierte ihn zwar ein wenig, sich eingestehen zu müssen, wie leicht es war, in alte Gleise einzuschwenken, aber davon abgesehen freute er sich auf ein paar angenehme Stunden in Gesellschaft der mysteriösen, aber wunderschönen Madame DuGresson. Zuerst allerdings wollte er Gentry anrufen.

»Ja?«, meldete sich dieser noch vor dem zweiten Klingelzeichen.

»Ich brauche bitte ein paar Informationen.«

»Wie könnte es anders sein.« Es wunderte Gentry offenbar nicht, dass sich seit ihrer Unterredung am Vorabend einiges getan und sein Freund Wellen geschlagen hatte.

»Ich hatte Besuch. Vor einigen Stunden ist der Typ aus der Kneipe, von dem ich dir erzählt hatte, ein Mann namens Mistraux, mit zwei Kollegen bei mir aufgekreuzt, um mich in die Mangel zu nehmen.«

»Gütiger Himmel! In welchem Zustand hat er dich verlassen?« Gentry wusste, dass sein alter Freund auf Drohgebärden empfindlich reagierte.

»Leicht lädiert, aber mit Aussicht auf Genesung. Jedenfalls habe ich nicht viel von ihm erfahren können, außer dass er mit einer geheimen Bruderschaft, den sogenannten ›Les Frères‹, im Bunde ist, die von Marseille aus von einem gewissen Seffradi angeführt wird.«

Die beiden hatten in der Vergangenheit viele Male zusammengearbeitet, und Gentry wusste, dass er sich die Bitte um eine Erklärung schenken konnte.

»Okay. Von diesem Seffradi habe ich schon mal gehört. Soweit ich weiß, rangiert er in der Verbrecherhierarchie nur auf mittlerer Ebene. Aber ich werde mehr über ihn herausfinden. Wann willst du Bescheid haben? Vor oder nach deinem Treffen mit der schönen Witwe?«

Smith ersparte sich die Frage nach Informationsquellen. Gentry hatte einfach den Durchblick wie immer.

»Am späten Abend, wenn möglich. Danke.«

Auf die Fütterung des Hundes um sechs und ein Nickerchen von einer Stunde – Arthurs, nicht seines – folgte programmgemäß die Ausgehrunde. Anschließend stellte sich die Frage, was er zu seinem Date anziehen sollte. Die beige Hose, das blaue Crew-Hemd und ein leichtes Sommerjackett? Dazu war es eigentlich zu warm, es sei denn, er legte das Jackett nur locker über die Schulter. Madame DuGresson in Hemdsärmeln am Tisch gegenüberzusitzen, hielt er für unangemessen. Irgendwo unten in der Kommode hatte er noch ein Paar dunkelbraune Slipper von Gucci. Ja, auch er hatte einmal Schuhe mit kleinen Quasten getragen. Er holte sie hervor und stellte fest, dass sie völlig verstaubt waren. »Himmel«, dachte er, »wo habe ich mein Schuhputzzeug?«

Als er geduscht und sich eingekleidet hatte, war es halb neun. Er machte sich gemächlichen Schritts auf den Weg zum Restaurant, das weniger als zehn Minuten entfernt lag. Weil es noch hell war, gönnte er sich einen Umweg über die Roquette und ging den Fluss entlang. Die tief stehende Sonne beleuchtete das Südufer und tauchte das träge Wasser und die Gebäude dahinter in goldenen Glanz. Er konnte sich nicht sattsehen an diesem Bild, das zu seinen regelmäßigen Spaziergängen mit Arthur gehörte. Das Musée Réattu, der alte Priorssitz des Johanniterordens, sah im spätabendlichen Licht noch prächtiger aus als sonst. Obwohl er sich Zeit ließ, war er noch zu früh. Darum setzte er sich auf die steinerne Brüstung am Rand des Fußweges, der gut zwei Meter oberhalb der schmalen Straße verlief. Er blickte sich um und sah die üblichen Hundeleute und Touristen umherbummeln. Manche saßen wie er auf der Mauer und genossen den Ausblick. Ein Mann mit Jeans und weißem T-Shirt schien ihm allerdings etwas fehl am Platz. Mensch, Smith, dachte er, du wirst doch nicht etwa paranoid? Er beruhigte sich mit dem Gedanken, dass er in seinem feinen Zwirn auf andere Weise ebenso deplatziert wirken musste.

Nach ein paar Minuten stand er auf und beschloss, einen Schlenker durch das Zentrum zu machen, statt den direkten Weg am Fluss entlang zu nehmen. Hinter dem Hotel d'Arlatan überquerte er die Place du Forum. Wie immer um diese Zeit war sie voller Menschen, die an Tischen saßen und eine jener wenig denkwürdigen und teuren Mahlzeiten zu sich nahmen, für die Frankreich über die letzten zehn oder fünfzehn Jahre bedauerlicherweise berühmt geworden war. Andere Leute schlenderten auf der Suche nach einem Lokal umher oder bummelten an den Schaufenstern der Rue de la République entlang, obwohl die besseren Geschäfte wie das des berühmten Sohnes der Stadt, Christian Lacroix, die Rollläden bereits heruntergelassen hatten. Vor Optic 2000 blieb Smith stehen, um nachzusehen, ob sich in der Auslage voller Designerbrillen ein Hinweis darauf fand, wie teuer ein Sehtest und neue Gläser waren, die er dringend benötigte. Es gab keinen. Stattdessen bemerkte er in der Reflexion des Schaufensters, dass das T-Shirt keine fünfzig Meter hinter ihm stand. Smith ging weiter und schaute sich nach einer Minute noch einmal um. Der Typ war ihm immer noch auf den Fersen. Was ihn eigentlich hätte beunruhigen müssen. Er war es nicht gewohnt, beschattet zu werden, schon gar nicht in Arles. Aber zurzeit waren die Regeln der Normalität außer Kraft gesetzt, und er stellte überrascht fest, dass er relativ gleichgültig darauf reagierte.

Er hatte inzwischen die Rue Gambetta erreicht, jene Straße, die den Boulevard Clemenceau mit der alten Brücke nach Trinquetaille verbindet und die Roquette vom Rest der Innenstadt trennt. Das Quartier mit seinem Gewirr aus kleinen Straßen, Passagen und Sackgassen war ihm während der vergangenen fünfzig Jahre in zahllosen Spaziergängen sehr vertraut geworden. Zwei- bis dreigeschossige, schmale Häuser, so dicht an dicht gebaut, dass kaum jemals Sonnenlicht auf die Straßen fällt, sorgten dafür, dass es selbst im Hochsommer relativ kühl blieb. Ursprünglich waren in diesem Stadtteil von Arles der bedeutsame Bootsbau und seine Zulieferbetriebe ansässig, die seit römischen Zeiten die Ufer der Rhone säumten. Jetzt war er ein Wohnviertel mit einer bunten Mischung von Bewohnern. Nach und nach kaufte die Stadt die Häuser auf, um sie zu renovieren und an Einheimische zu vermieten, und stellte damit den Erhalt der kulturellen Vielfalt in der Roquette sicher. Aber es hatten auch etliche Ausländer hier ihr Urlaubsdomizil aufgeschlagen.

Es dauerte nicht lange, und er hatte »Monsieur T-Shirt« abgeschüttelt. Dafür hatten einige rasch vollzogene Richtungsänderungen gereicht, die so getimt waren, dass er rechtzeitig und unbeobachtet am Restaurant *Les Dix Anges* ankam. Zufrieden betrat er das Lokal. Es war klein und spärlich erleuchtet, mit nicht mehr als einem Dutzend Tischen und einigen Sitznischen auf der rechten Seite. Das Dekor war bistromäßig, also undefinierbar, und der Kellner, der ihn empfing, ebenso schlecht gekleidet wie unhöflich.

»Ja?«

»Madame DuGresson?«

Prompt vollzog sich eine Wandlung in dessen Ton. »Aber ja, ähm, natürlich. Ähm, bitte folgen Sie mir.«

Er führte Smith in den hinteren Bereich des Gastraums, wo sich Madame mit dem Chefkoch unterhielt.

Ohne dass wirklich viel an ihr herauszuputzen gewesen wäre, hatte sich Madame DuGresson dennoch aufs Vortrefflichste in Schale geworfen. Als sie ihn sah, trat sie sofort auf ihn zu. Er blieb mit Bedacht stehen, um sie von Kopf bis Fuß in Augenschein nehmen zu können. Sie trug eine stahlgraue Seidenbluse, die tief genug ausgeschnitten war, um ein beachtliches Dekolleté zu zeigen, einen schwarzen, knielangen Plisseerock und dazu einen Gürtel, der die außergewöhnlich schlanke Taille betonte. Die braun gebrannten, bloßen Beine auf hochhackigen Riemensandalen rundeten das Bild ab. Ihr einladendes Lächeln war echt und betörend. Mein Gott, dachte er, als er ihr die Hand reichte. Spontan verbeugte er sich und führte ihre Hand an seine Lippen, natürlich nur bis auf wenige Millimeter.

»Monsieur Smith«, grüßte sie leise, »da sage noch einer, Engländer seien nicht romantisch.«

»Vielleicht, weil sie selten eine so schöne Gelegenheit dazu haben, Madame.«

Sie quittierte sein Kompliment mit einem leichten Erröten. »Setzen wir uns doch«, sagte sie und steuerte auf die hinterste Nische im Gastraum zu.

Ihre Rückenansicht war nicht weniger erbaulich. Die Wespentaille, die wohlgeformten, sonnenverwöhnten Waden und die Füße auf den Absätzen, hoch genug, um sexy zu sein, aber auch nicht so hoch, dass sie billig gewirkt hätten, waren eine Augenweide.

In der Nische setzte sie sich mit einer eleganten Bewegung mit dem Rücken zum Eingang. Er nahm ihr gegenüber Platz. Sie trug nur wenig Schmuck: zwei dünne silberne Armreife am rechten Handgelenk, eine Cartier Tank am anderen. Keinen Ring, wie er bemerkte. Die einzige Extravaganz war eine kleine Diamantbrosche nahe der linken Schulter. Nur etwa zwei Zentimeter hoch, stellte sie mit ihren stilisierten Kreuz-, Herz- und Ankerzeichen das Croix de Camargue dar. Alles sehr dezent und teuer. Rasch hatte sie wieder Haltung angenommen, und es schien ihm, als habe sie diese nie verloren, auch nicht für einen Moment.

»Ich schlage vor, wir bestellen nicht *à la carte*, sondern lassen uns überraschen. Die Küche hier ist besser, als man glaubt. Der Koch ist mein Cousin.« Beide Aussagen hatten offenbar eine logische Verbindung.

Auf dem Tisch standen bereits zwei Champagnergläser, die der inzwischen bestens gesittete Kellner nun füllte. Allerdings war es kein Champagner, den er ausschenkte.

»Das ist ein Crémant aus Limoux südlich von Carcassonne. Hätten Sie gedacht, dass in unserer Gegend ein annehmbarer Schaumwein hergestellt wird, Monsieur Smith?«

»Der hier ist besser als jeder Champagner, an den ich mich erinnere, Madame.«

»Ja, um die Qualität aus Reims wird wohl allzu viel Aufhebens gemacht.«

»Was wahrscheinlich daran liegt, dass Pierre Pérignon nicht nur Mönch, sondern auch ein guter Unternehmer war, der eine ganze Region in eine Marke verwandelt hat.«

»Aha, Sie kennen sich aus, Monsieur Smith.«

»In Geschichte, und das auch nur in bescheidenem Maße, Madame DuGresson.«

Plötzlich schlug sie einen geschäftsmäßigen Tonfall an: »Monsieur Smith. Wie schon angedeutet, glaube ich, Ihnen eine Erklärung schuldig zu sein. Sie sind zufällig und ohne dass Ihnen ein Vorwurf zu machen wäre, in eine Angelegenheit hineingeraten, mit der Sie nichts zu tun haben. Man hat Sie angegriffen, und es scheint, dass unsere Behörden gar nicht erst versuchen, den oder die Täter zu finden und zu bestrafen. Sie sind verletzt und nicht entschädigt worden. Uns gegenüber verhält sich die Polizei ähnlich gleichgültig. Wir bekommen von ihr keinerlei nachvollziehbare Erklärung zum Tod meines Mannes. Dabei sieht alles danach aus, dass er von denselben Leuten getötet wurde, die Sie überfallen haben.«

Um ins Gespräch zu kommen, erwiderte Smith: »Bevor wir weiter über das Thema sprechen, Madame, sollte ich Ihnen vielleicht sagen, dass ich vermute, auf meinem Weg hierher beschattet worden zu sein. Ich habe keine Ahnung, von wem, bin mir aber immerhin sicher, meinen Verfolger abgeschüttelt zu haben.«

»Meinen Sie diesen Herrn?«, fragte sie lächelnd, drehte sich um und zeigte auf den jungen Mann im T-Shirt, der an dem kleinen Tresen vorn im Restaurant stand. »Wegen ihm machen Sie sich bitte keine Sorgen. Er ist ebenfalls ein Cousin von mir. Er hatte den Auftrag sicherzustellen, dass Sie unbehelligt hierherfinden. Dass Sie ihn abschütteln konnten, wird ihn in Verlegenheit gebracht haben. Sie scheinen sich in der Roquette besser auszukennen als er.«

Smith kam wieder auf den eigentlichen Grund für ihr Treffen zurück. »Haben Sie denn nicht selbst eine Ahnung, was Ihrem Mann widerfahren sein könnte?«

Madame DuGresson lächelte matt, griff nach ihrer Handtasche und entnahm ihr einen Brief, den sie ihm wortlos über den Tisch reichte. Es war ein Schreiben der Rechtsmedizin von Arles, das sie darüber informierte, dass der Verwaltung ein Fehler unterlaufen sei. Ihr verstorbener Gatte sei, so hieß es, mit einem anderen Leichnam verwechselt und noch am Todestag eingeäschert worden. Seine Asche könne abgeholt werden. Der Brief endete mit einer förmlichen Entschuldigung.

»Pah!«, platzte es aus ihm heraus. So schockierend der Inhalt des Schreibens auch war, überraschte er doch nicht wirklich und bestätigte ihm – falls eine Bestätigung überhaupt nötig war –, dass Monsieur DuGresson einer Verschwörung zum Opfer gefallen war.

Der Kellner brachte den ersten Gang. Weißen Spargel mit einer leichten Vinaigrette aus getrüffeltem Balsamico. Zwei Gläser gekühlten Weißweins tauchten auf wie aus dem Nichts.

»Die Trüffeln sind aus Carpentras, der Wein von der Côte.« Madame wurde ernst. »Monsieur Smith, ich will Ihnen sagen, was meiner Meinung nach geschehen ist, und bitte Sie herauszufinden, ob ich recht habe oder nicht. Es gibt Gründe, warum ich annehme, dass Sie der geeignete Mann für Nachforschungen sind. Ihre Bemühungen würden natürlich nicht unbelohnt bleiben.«

Er probierte den Spargel. Er war köstlich. Ein kleiner Auftrag, mit dem sich seine magere Rente aufbessern ließ, war ihm durchaus willkommen. Er hatte sich erst vor ein oder zwei Wochen in seiner Stammkneipe nach einer Verdienstmöglichkeit erkundigt, dabei aber alles andere als detektivische Arbeit im Sinn gehabt. Auf Anhieb fielen ihm etliche Fragen ein, die zu stellen ihm aber im Augenblick nicht angebracht zu sein schien. Er begnügte sich stattdessen damit, sich still zurückzulehnen. Dabei bemerkte er zum ersten Mal, dass die Sitzlehne in der Nische Madame DuGressons Scheitel überragte und sie damit unsichtbar machte für alle, die sich im Restaurant oder draußen auf der Straße aufhielten. Sie hatte ihren Platz mit Bedacht gewählt.

»Mein Mädchenname ist Martine Aubanet. Ich stamme aus einer Familie, die seit fast sechshundert Jahren Viehzucht in der Camargue betreibt. Heute bauen wir außerdem Wein, Getreide, Gemüse und Reis an, sind im Import-Export-Geschäft tätig und betreiben mehrere Hotels hier in Arles, in Saintes-Maries-de-la-Mer, Nîmes und Avignon. Der Gesamtumsatz unserer Unternehmen beläuft sich auf rund vierzig Millionen Euro im Jahr. Mein Vater Emile ist Vorstandsvorsitzender des Konzerns, ich als sein einziges Kind führe die Geschäfte. Wir beide sind die alleinigen Eigentümer. Teilhaber gibt es nicht. Ich sage Ihnen das nicht, um Sie zu beeindrucken, sondern um zu erklären, dass sich der Mord an meinem Ehemann – und dass es Mord war, steht für mich fest – in nicht unerheblichem Maß auf unsere Geschäfte niederzuschlagen droht. Robert war unser Finanzdirektor.«

Smiths Aufmerksamkeit war geteilt; er hörte seiner Gesprächspartnerin zu, war aber ein wenig abgelenkt von dem, was er sah. Natürlich kannte er das Klischee der *La belle Arlesienne*, der vermeintlich überdurchschnittlich schönen Frauen von Arles. Nach seinem Umzug in die Stadt hatte er allerdings festgestellt, dass von den ansässigen Damen in traditioneller Tracht ein Reiz ausging, der nicht unbedingt von Dauer war. Die Frau, die ihm nun aber gegenübersaß, war eine wahrhaftige Schönheit mit hohen Wangenknochen, makelloser Haut, dunklen Augen und schwarzem, mit lässiger Eleganz hochgestecktem Haar.

»Ich bin beeindruckt, Madame. Ich hatte keine Ahnung, dass in dieser Gegend ein so großer Konzern ansässig ist. Aber eine alte Familie wie die Ihre hatte wohl Zeit genug, ein solches Unternehmen aufzubauen.«

»Das kann man so sagen. Ich habe Robert während meines Studiums an der École nationale d'administration in Paris kennengelernt. Ich habe Jura studiert, er Finanzwirtschaft.«

Auf das Entree folgten Rotbarbenfilets. Die Gläser wurden wieder aufgefüllt. Smith beugte sich über seinen Teller und sog die Aromen einer mit Oliven und Majoran gewürzten Sahnesoße ein. Ein paar kleine Tomatenscheiben wogen das Arrangement aus.

»Ich hoffe, Sie sind einverstanden damit, dass ich sowohl Fisch als auch Fleisch bestellt habe. Mir gefallen zwei kleine Hauptgänge besser als ein großer.«

»Ich bin ganz in Ihrer Hand, Madame.« Wahrheit und Wunsch, dachte er.

Die Andeutung eines Lächelns huschte über ihr Gesicht. Dann fuhr sie fort: »Robert entpuppte sich als exzellenter Manager, aber entsetzlicher Ehemann. Wir waren zwölf Jahre verheiratet, von denen wir die letzten elf getrennt gelebt haben. Wir beide sind oder waren katholisch«, fügte sie hinzu, als hätte sie geahnt, dass er sie danach fragen wollte. »Robert kannte bald nicht nur unser Familienunternehmen aus dem Effeff, sondern wusste auch viel über unsere Konkurrenz. Das ist nicht ungewöhnlich, und wir haben Roberts Loyalität und Ehrlichkeit auch nie infrage gestellt. An unserer Zusammenarbeit gab es nichts auszusetzen. Robert bezog ein gutes Gehalt – ein sehr gutes sogar.«

»Trotzdem haben Sie ihn nicht zum Teilhaber gemacht.«

»So ist es. Mein Vater war strikt dagegen.«

»Er hat also gute Arbeit geleistet, Sie sind letztlich mit ihm klargekommen, und an seiner Loyalität war nicht zu zweifeln. Warum sollte ihn dann jemand umbringen wollen? Zumindest in seinem beruflichen Umfeld hatte doch niemand Anlass dazu, oder?«

»Anscheinend nicht.«

»Können Sie sich erklären, welches Interesse die Polizei daran hat, seinen Tod als Selbstmord darzustellen?«

»Robert war ein prominenter Vertreter der hiesigen Wirtschaft. Und er kam aus einer guten Familie aus Lille. Ich vermute, sie gibt sich mit den Erklärungen der Polizei zufrieden. Alle scheinen einen unkomplizierten und halbwegs beruhigenden Abschluss der Ermittlungen zu wünschen. Allerdings habe ich den Verdacht, dass wir es in Wirklichkeit nicht mit der Polizei zu tun haben. Sie haben Hauptkommissar Blanchard kennengelernt. Auf mich macht er nicht den Eindruck eines Polizisten. Er kommt mir eher vor wie ein Politiker. Mir scheint, Sie haben Vertrauen zu ihm gefasst.«

Smith ließ ihre Bemerkung unkommentiert. »Was wissen Sie über das Privatleben Ihres verstorbenen Mannes, Madame?«

»Eine Menge, glaube ich. Er wohnte in Arles und hatte viele Freunde. Er gehörte etlichen Gruppen und Vereinen an, dem Förderverein des Theaters und, und, und. Außerdem hat er sich für die Stadt und den Denkmalschutz engagiert und die Verwendung der Fördergelder der Kommune, der Regierung und der Europäischen Gemeinschaft koordiniert.«

»Hatte er eine Freundin?«

Madame zuckte nicht mit der Wimper. »Nicht dass ich wüsste, und um Ihre nächste Frage vorwegzunehmen: Ich glaube auch nicht, dass er schwul war. Wie war Ihr Fisch?«

»Köstlich.« Ein Blick zum Kellner, der außer Hörweite auf seinen Einsatz wartete, sorgte dafür, dass die Teller abgeräumt wurden.

»Madame. Ich verstehe, dass Ihnen die traurige Geschichte ein Rätsel sein muss. Und ich gestehe, dass ich ein wenig verärgert darüber bin, niedergeschlagen worden zu sein, vermutlich von dem oder den Mördern Ihres Mannes. Aber um ehrlich zu sein, bin ich persönlich nicht sonderlich daran interessiert herauszufinden, wer und was im Einzelnen dahintersteckt. Und obwohl ich seit vielen Monaten keinen Abend so sehr genossen habe wie den heutigen, sehe ich für mich keine Möglichkeit, Ihnen zu helfen. Wenn Sie Nachforschungen anstrengen möchten, werden Sie bestimmt einen geeigneten Privatdetektiv finden. Das dürfte für Sie kein Problem sein.«

»Zugegeben, wir könnten die besten Ermittler Frankreichs engagieren. Aber je nach dem Ausgang solcher Nachforschungen würden wir womöglich mehr verlieren, als Sie sich vorstellen können. Lassen Sie es mich erklären.«

Sie nahm einen Schluck Wein. »Wir sind eine alte Familie und werden in der Camargue geachtet und gemocht. Wir sind stolz auf unsere Traditionen, das, was wir über viele Generationen erreicht haben, und unsere Verdienste für die Stadt. Mein Vater arbeitet immer noch für den Konzern, seine eigentliche Leidenschaft aber gilt der Stierzucht. Manchmal habe ich den Eindruck, dass mein Vater seine Bullen mehr liebt als mich.«

»Madame, ich bin selbst Vater zweier Töchter und wage zu behaupten, dass Sie sich irren.«

Vielleicht war ihre Einschätzung gar nicht so falsch und basierte auf einer zwar liebevollen, aber womöglich von wechselseitiger Manipulation und gutmütiger Duldung geprägten Vater-Tochter-Beziehung. Doch auf ihrem Gesicht lag ein zärtlicher Ausdruck, der ihn nostalgisch stimmte und irrationalerweise auch seine Eifersucht weckte.

Sie fuhr fort: »Möglich. Es wäre zu hoffen. Jedenfalls, wenn wir Nachforschungen anstellten, würde es heißen, dass wir Freunde ausspionieren. Daran kann uns nicht gelegen sein. Arles ist, wie Ihnen aufgefallen sein dürfte, ein kleiner Ort, und wenn bekannt würde, dass wir Fragen stellen und damit viele Familien, mit denen wir seit Generationen verbunden sind, unter Verdacht stellen, könnte sich mancher verletzt fühlen. Selbst mit unseren Konkurrenten pflegen wir gute Beziehungen, was die Geschäfte zwar nicht einfacher macht, aber für einen zivilen Umgang miteinander sorgt. Die einzige unabhängige Instanz für Ermittlungen wäre die Polizei, aber aus irgendwelchen mir schleierhaften Gründen kommt sie ihrer Pflicht nicht nach. Wir fürchten, dass sie in die ganze Angelegenheit verwickelt ist. Robert war ein wertvoller Mitarbeiter, wir standen uns aber emotional nie so nahe, dass wir ihm zuliebe alles aufs Spiel setzen würden. Mein Vater würde so etwas nicht zulassen.«

Das Fleisch – natürlich Rind – wurde serviert, wieder in kleinen Portionen und exquisit angerichtet. Es waren Filetnüsschen, außen leicht angebräunt, innen fast roh. Die Soße war nach provenzalischer Art und bestand aus Tomaten, Schalotten und Estragon. Sie war unpassiert, sodass sie noch feste Stücke und Kräuterblättchen enthielt. Den Rand des Tellers bekleideten einige wenige schonend gebratene Kartoffelscheiben.

Zwei Gläser Rotwein wurden kredenzt. Smith beschnupperte die Blume und genoss das Aroma, das er so noch nie erlebt hatte. Es war zart wie das der besten Bordeaux-Weine, die er kannte, aber völlig anders, zumal der Tropfen offenbar von einem Anbaugebiet an der Rhone stammte. Er hatte schon so manchen Wein aus dieser Region verkostet, doch keiner davon kam diesem gleich. Da sich die ganze Mahlzeit als eine Feier heimischer Produkte und der hiesigen Küche darstellte, nahm er an, dass es sich bei diesem Wein um ein Erzeugnis aus Costières de Nîmes handelte. Er steckte seine Nase noch tiefer ins Glas, schaffte es aber nicht, dem Duft weitere Hinweise zu entnehmen. Dann schwenkte er es vorsichtig und beobachtete, wie sich die brombeerfarbene Flüssigkeit an die Glasinnenseite schmiegte, als wolle sie sich der Schwerkraft noch ein Weilchen entziehen.

Ohne einen Schluck getrunken zu haben, aber zutiefst überzeugt von der außergewöhnlichen Qualität des Weins, stellte er das Glas wieder ab. Bei manchen Weinen erübrigte sich eine vollständige Verkostung. Er bemerkte, dass sie ihn belustigt anschaute. Sie wartete auf sein Urteil.

»Nun?«

»Ich gebe mich geschlagen, Madame. Es lässt sich wohl an einer Hand abzählen, wie oft mir ein solcher Wein vorgesetzt worden ist. In der Provence jedenfalls noch nie. Nur gut, dass ich kein Experte bin, denn dann wäre ich jetzt in Verlegenheit.«

»Er kommt von unserem Weingut im Westen von Saint-Gilles. Der Winzer ist mein Vater. Jedes Jahr füllt er ungefähr tausend Flaschen für die Familie ab. Dieser hier ist von 1952.«

»Mein Jahrgang«, bemerkte Smith.

»Ja, ich weiß. In aller Bescheidenheit, wir halten unsere Weine für die besten in ganz Frankreich, Monsieur. Die Camargue ist eines der wenigen Gebiete, die von der Reblausplage im neunzehnten Jahrhundert verschont geblieben sind. Anders als in den meisten anderen Regionen Frankreichs, in denen neue, fremde Wurzelstöcke gepflanzt wurden, sind unsere immer noch die ursprünglichen. Es heißt, dass sowohl unsere Weine als auch unsere Gesellschaft unverwüstlich sind, weil wir mit beiden Beinen im Salzwasser der Camargue stehen.«

Smith lächelte. »Wie also könnte ich Ihnen Ihrer Meinung nach helfen? Ich wohne noch nicht lange in Arles und kenne nur wenige Leute hier, geschweige denn solche aus den Kreisen, auf die Sie anspielen. Außerdem habe ich keinerlei Erfahrung als Ermittler.«

»Trotzdem glaube ich, dass Sie der Richtige dafür sind, denn erstens kennt Sie niemand, und Sie hatten auch mit meinem verstorbenen Mann nichts zu tun. Zweitens wurden Sie verletzt am Tatort aufgefunden, es wäre deshalb nur natürlich, dass Sie Fragen stellen. Drittens spricht einiges dafür, dass es sich bei dem Mordfall doch um eine geschäftliche Angelegenheit handelt. Sie wiederum sind ein erfahrener Geschäftsmann. Wenn ich richtig informiert bin, haben Sie sich vor wenigen Wochen in der Bar mit Daniel Hugnet über ein Projekt unterhalten, das ansässigen Unternehmen helfen soll, in englischsprachigen Ländern Absatzmärkte zu erschließen. Die Angelegenheit wäre ein guter Anlass, Kontakt zu den hiesigen Geschäftsleuten zu knüpfen. Und viertens würden Sie – verzeihen Sie, dass ich mich so unverblümt wiederhole – Ihr Engagement sehr großzügig honoriert bekommen.«

Sie hatte ihren Vortrag offenbar beendet, und er wusste nichts zu sagen. Es wurde still am Tisch, was er als durchaus angenehm empfand. Er leerte seinen Teller und wischte mit einem Stück Brot den Rest der Soße auf. Es musste der Bratensaft gewesen sein, der sie so ungemein schmackhaft machte. Nach einem letzten Schluck Wein tupfte er sich mit seiner Serviette den Mund ab und lehnte sich zurück. Es war an der Zeit, die Regie zu übernehmen, dachte er.

»Madame. Ich habe lange in kommissarischer Funktion für die Wirtschaft gearbeitet und wurde dafür bezahlt, Probleme zu lösen, und sei es manchmal auf unorthodoxe Art.

Meist akzeptierten diejenigen, die mich angeheuert hatten, Vorschläge meinerseits, die sehr viel weiter gingen als das, was der eigene Mitarbeiterstab empfohlen hätte. Vielleicht lag es an meinen hohen Bezügen, dass sie sich auf extrem risikoreiche Strategien einließen. Eine Strategie, nämlich ausgerechnet die in vielen Fällen beste, wurde allerdings nie akzeptiert: die des Nichtstuns. Wer einem Berater viel Geld nachwirft, will von ihm nicht hören, dass es besser wäre, die Hände in den Schoß zu legen. Fürs Erste aber, verzeihen Sie bitte, gedenke ich genau das zu tun. Heute Abend werden Sie von mir keine Antwort auf Ihr Angebot erhalten. Ich würde lieber eine Nacht darüber schlafen.«

Er schaute sie an und sah, wenn auch keinen Schmollmund, so doch einen Ausdruck von Ungeduld. Diese Frau war offenbar daran gewöhnt, diejenige zu sein, die Zeitpläne festlegte. Aber vielleicht weil sie spürte, dass sie Smith nicht knacken konnte, zeigte sie sich bald wieder entgegenkommend.

»Natürlich, es ist ja auch so vieles zu bedenken«, lächelte sie.

Das Geschirr war in der Zwischenzeit abgeräumt worden.

»Käse habe ich nicht bestellt, denn damit ist es in der Provence nicht weit her.«

Ihrer Meinung konnte sich Smith nur anschließen. Weil er aber fand, dass er sich mit Madame DuGresson schon häufig genug einverstanden erklärt hatte, sagte er nichts.

»Ich dachte mir allerdings«, fuhr sie lächelnd fort, »dass Ihnen das hier gefallen könnte.«

Der Kellner stellte wieder zwei Teller auf den Tisch. Auf jedem lagen drei kleine Aprikosenhälften, gefüllt mit einer sandfarbenen Creme, die den unverkennbaren Duft von Mandeln verströmte. Tüpfelchen von Aprikosensirup garnierten die Frucht. Mandelcreme war eine seiner größten Leidenschaften. Madame nickte dem Chefkoch anerkennend zu, der im Hintergrund nervös auf eine Reaktion gewartet hatte.

»Köche – selbst solche, die es besser wissen sollten – ertränken dieses Gericht oft in Kirschwasser oder dergleichen. Ein Jammer ist das. Mandeln der Provence haben es einfach nicht nötig, geschmacklich aufgepeppt zu werden. Sie haben nur einen natürlichen Begleiter, und das sind Früchte.«

Wieder eine Feststellung, der er nicht widersprechen mochte. Es war köstlich. Ein perfektes Amuse-Bouche zum krönenden Abschluss dieser Mahlzeit. Die letzte Überraschung war ein winziges Glas süßen Weins. Weil er den feinen Duft der Mandelcreme noch eine Weile in der Nase nachklingen lassen wollte, probierte Smith den Digestif, ohne davor daran zu schnuppern. Auf diesen Abend voller kulinarischer Highlights setzte der Tropfen das i-Tüpfelchen. Süße Weine mochte er eigentlich nicht, zumal diejenigen, die er sich leisten konnte, einen zu großen Anteil Muskat enthielten. Deren Süße war schon aufdringlich, noch ehe sie die Zunge benetzten. In Erinnerung geblieben waren ihm nur ein guter und erschwinglicher Monbazillac, den er auf einer Reise mit seiner Exfrau durch die Dordogne entdeckt hatte, sowie ein Yquem, der seinen Gaumen wie ein Seidenschal umschmeichelt und seine Süße –

eigentlich keine zutreffende Bezeichnung – erst entfaltet hatte, als er schon die Kehle hinuntergeronnen war. Die gleiche Empfindung hatte er jetzt, obwohl der Geschmack dieses Weins unvergleichlich war. Unwillkürlich schloss er die Augen, um sich ganz auf seine Eindrücke zu konzentrieren. Nichts dazu zu sagen kam diesmal nicht infrage. Ihm fielen aber keine Worte ein.

Er öffnete die Augen und begegnete einem aufrichtig erfreuten Blick.

»Mein Vater wird sich geschmeichelt fühlen«, sagte sie und wechselte das Thema. »Wir haben den ganzen Abend über meine Probleme gesprochen, Monsieur. Ich hoffe, Sie können mir diese Unhöflichkeit unter den gegebenen Umständen nachsehen. Jetzt würde ich gern ein bisschen mehr über Sie erfahren. Warum sind Sie überhaupt nach Arles gezogen?«

Smith machte sich keine Illusionen über die Motive ihres Rendezvous. »Ein Restaurant wie dieses besuchen zu können wäre schon ein hinreichender Grund. Ich schlage vor, wir vertreten uns statt einem Espresso lieber noch ein wenig die Beine am Fluss. Vielleicht kann ich Ihnen unterdessen ein paar Episoden aus meinem eher langweiligen Leben erzählen.«

Plötzlich fiel ihm ein, dass er nicht wusste, wo sie wohnte oder ob sie ihren Wagen irgendwo in der Nähe geparkt hatte. Er wollte ihre Begegnung jedoch auf neutralerem Boden fortsetzen.

Ein wiederum durchaus echt wirkendes Lächeln leuchtete aus ihren Augen. »Wundervolle Idee«, erwiderte sie ohne jede Spur von Künstlichkeit. »Ich muss gestehen, schon seit Jahren keinen Spaziergang mehr gemacht zu haben. Es ist mir ein Vergnügen. Kommen Sie, gehen wir.«

Sie stand auf und stiftete damit Verwirrung unter den Bediensteten, die wie aufgescheucht hin und her hasteten. Sehr französisch, dachte Smith. Tatsächlich hatte er kaum damit gerechnet, dass sie so begeistert auf seinen Vorschlag eingehen würde. Der Kellner kam eilends mit Madames Jackett und gab es nur widerwillig her, als Smith es ihm aus der Hand nahm, um Madame hineinzuhelfen. Sie kehrte ihm den Rücken zu und behielt die Arme am Körper, um deutlich zu machen, dass sie ihren Kaschmirblazer auf der Schulter tragen wollte.

Sie nickte dem Kellner mit einem Lächeln zu und schritt dem Ausgang entgegen. Smith versäumte es, sich beim Küchenchef für eine der denkwürdigsten Mahlzeiten seines Lebens zu bedanken. Als er Madame draußen vor der Tür einholte, schien sie wieder einmal seine Gedanken erraten zu haben und sagte: »Keine Sorge, ich werde Philip Ihre Komplimente bei Gelegenheit übermitteln.«

Zügigen Schrittes folgten sie der schmalen Straße, die vom Restaurant zum Flussufer führte. Bei den meisten anderen Frauen hätten hohe Absätze als Entschuldigung dafür herhalten müssen, dass sie keine fünfzig Meter zu gehen imstande seien, doch Smiths Begleiterin zeigte sich nicht im Geringsten eingeschränkt. Er musste sich sogar ein wenig anstrengen, um Schritt zu halten. Nach kaum mehr als einer Minute erreichten sie den Fluss. Die Rhone bot einen prächtigen Anblick. Sie befanden sich auf der Seite, auf die van Gogh geschaut hatte, als er vom anderen Ufer aus seine berühmte »Sternennacht über der Rhone«

gemalt hatte. Die Szene, die sich ihnen bot, war fast ein Spiegelbild davon. Den Blick flussaufwärts gerichtet auf die fast rechtwinklige Biegung und Verjüngung des Flussbettes, derentwegen sich die Römer hier niedergelassen hatten, sahen sie die Lichter der Kailaternen wie auf dem Gemälde in regelmäßigen Abständen im schwarzen Wasser schimmern. Nur waren die Reflexionen nicht gelb wie zu Zeiten der Gaslaternen, sondern elektrisch weiß. Auch die Sterne funkelten, wenn auch nicht in der Formation des Großen Wagens, so doch ebenso hell. Der mittelalterliche Stadtteil zur Rechten mit seinen flutlichtbeleuchteten Sehenswürdigkeiten war in ein fahles Orange getaucht. Der Fluss und das Südufer wirkten verlassen.

Madame ging jetzt langsamer. Sie bogen nach Osten ab und entfernten sich von der Schnellstraßenbrücke.

»Nun erzählen Sie mal. Was hat Sie hierher verschlagen?« Sie hakte sich bei ihm auf jene vertrauliche Art unter, die für Kontinentaleuropäer ganz natürlich zu sein scheint, Briten aber in Verlegenheit bringt.

»Die Antwort ist einfach. Mir hat Arles immer schon sehr gefallen, und als meine Frau fand, dass es besser für mich sei, den Rest meines Lebens ohne sie zu verbringen, war es für mich folgerichtig, hierherzuziehen.« Er hörte wieder ihr unnachahmliches Glucksen. »Das erste Mal war ich vor über sechzig Jahren hier als Kind mit meinem Vater, da waren Sie noch nicht geboren.«

Seinen kleinen provokanten Zusatz quittierte sie mit einem kleinen Prusten, und dass sie seinen Arm kurz an sich drückte, verstand er als Zeichen dafür, dass sie sich geschmeichelt fühlte, nicht mehr und nicht weniger.

»Seit meiner Teenager-Zeit bin ich regelmäßig hierhergekommen, fast jedes Jahr und meist per Anhalter und ohne Geld. Ich habe gejobbt – auf Tankstellen oder als Hilfskraft in Cafés – und nicht selten unter den Bäumen im Jardin d'Été übernachtet. Der Besitzer einer Tankstelle ganz hier in der Nähe hat mich in einem Lagerraum über seiner Werkstatt schlafen lassen. Stunden um Stunden bin ich durch die Stadt gelaufen, um mir alles anzusehen. Nach meinem Studium konnte ich mir billige Pensionen leisten, später auch Hotels. Selbst als ich, noch viel später, geschäftlich um die halbe Welt gereist bin, hat es mich immer wieder hierher zurückgezogen. Nach meiner Scheidung ist mir immerhin so viel Geld geblieben, dass ich mir hier ein kleines Haus kaufen konnte, und als mir, dem Himmel sei Dank, eine dezente Herzschwäche attestiert wurde, habe ich mich hier zur Ruhe gesetzt. Das sind, in nuce, Madame, die Gründe, warum ich heute in Arles lebe.«

Sie hatten die Trinquetaille-Brücke erreicht, das Sujet eines weiteren berühmten Van-Gogh-Gemäldes. Sie zog ihre Hand aus seiner Armbeuge, um die wenigen schmalen Stufen zur Unterführung hinunterzugehen, anstatt mühsam treppauf den Brückenkopf zu überqueren. Als er einen Blick über die Schulter warf, sah er die Silhouette eines Range Rovers, der ihnen im Schritttempo folgte.

»Ich glaube, wir werden beschattet, Madame.«

»Ja, das ist immer noch mein Cousin. Bitte schütteln Sie ihn nicht wieder ab. Er würde vor Scham sterben.«

Als sie den Gehweg auf der anderen Seite erreicht hatten, war es ihm mehr als angenehm, dass sie sich wieder bei ihm unterhakte.

»Aber warum ausgerechnet Arles? Was hat diese Stadt, dass Sie über Jahre immer wieder zurückgekehrt sind?«

»Das werde ich oft gefragt, und ich müsste eigentlich eine Antwort auf Lager haben. Aber sie lässt sich nicht in wenigen Worten zusammenfassen. Ich liebe Kunst und Archäologie, und was die alten Römer hier hinterlassen haben, ist einfach großartig. Wenn ich aus meinem Fenster schaue, sehe ich die Arena, die mich jeden Tag aufs Neue beeindruckt. Arles hat eine außergewöhnliche Mischung von Kulturen, die provenzalische, französische, arabische, spanische, die der Sinti und Roma und der Camargue-Bewohner. Ich liebe die Stierkämpfe, wie mein Vater. Aber Arles ist auch eine Arbeiterstadt mit zum Teil sehr ärmlichen Vierteln. Sie hat ihre harten und brutalen Seiten. Daneben gibt es die vornehmen Gegenden der Reichen. Slums und prächtige Villen. Hütten und *hôtels particuliers*. Ich kaufe gern die Produkte der großen *manades* und kleinen Bauernhöfe, die die Stadt umgeben. Wenn sie zweimal in der Woche auf dem Markt verkaufen, sind sie nicht nur eine Attraktion für die Fotoapparate der Touristen, sondern erwirtschaften sich vor allem ihren Lebensunterhalt. Das Klima ist fast perfekt wie die Stadt selbst: kalt und hart im Winter, heiß und leidenschaftlich im Sommer, moderat im Frühling und Herbst. Die Küche ist überdurchschnittlich gut und manchmal, wie heute Abend, spektakulär. Arles ist eine wirkliche Stadt, keine Postkarte. Und sie hat ein Krankenhaus mit einer guten Herzstation.«

Vielleicht ließ er sich etwas gehen in seiner leutselig-unvorsichtigen Ehrlichkeit, als er hinzufügte: »Arles ist wahrscheinlich der einzige Ort, an dem ich nie unglücklich war.« Wieder spürte er einen sanften Druck an seinem Arm.

Für eine Weile gingen sie schweigend weiter, die Nacht genießend und ihr Zusammensein. Sie hatten die Flussbiegung und die Anlegestellen erreicht. Zwei große deutsche Touristenboote hatten dort festgemacht, schwimmende Restaurants, auf denen, wie Smith beobachtete, die Tische abgeräumt wurden. Solche monströsen Dampfer brachten immer wieder Hunderte von Gästen in die Stadt. Sie schlenderten den halben Tag lang durch die Straßen und kehrten dann an Bord zurück, um zu essen, zu trinken und zu schlafen.

»Wenn all die Leute, die sich auf diesen scheußlichen Kähnen herumschippern lassen, in die Cafés und Restaurants der Stadt einkehren würden, ginge es der Wirtschaft hier viel besser«, sagte er. »Aber anscheinend kommt es ihnen nicht in den Sinn, der Stadt, die sie mit ihren Digitalkameras belagern, etwas zurückzugeben.«

»O, Monsieur Smith, Sie denken ja wie ein Arlesianer.«

»Ich glaube, Madame, ein schöneres Kompliment hätten Sie mir nicht machen können.«

Sie lachte.

Die Place Lamartine tauchte vor ihnen auf. Ihr Spaziergang endete hier. Weiter flussaufwärts war das ständige Lager der *tziganes*, dahinter das Industriegebiet.

Sie wandte sich ihm zu und sagte, unter den gegebenen Umständen vielleicht etwas unangemessen: »Monsieur, ich möchte Ihnen für einen wunderschönen Abend danken.«

»Der Dank gebührt Ihnen, Madame. Ich habe noch nie so gut gegessen wie heute.«

»Noch nie?«

»Vielleicht ergibt es sich noch, dass ich Ihnen von einer alten Dame aus Arles erzähle, die vor fünfundvierzig Jahren ein Restaurant an der Rue Porte de Laure geführt und für mich gekocht hat, als ich fünfzehn war. Was ich dort gegessen habe, kommt zwar nicht heran an das Menü von heute Abend, aber für mich als jungen Burschen ohne Geld war es eine Offenbarung.«

»Ich bin gespannt auf Ihre Geschichte. Und es freut mich, dass unser gemeinsames Diner nach Ihrem Geschmack war. Alles, was wir gegessen haben, kam von unseren Höfen, auf deren Erzeugnisse mein Vater und ich sehr stolz sind. Ich hoffe, Sie können sich dazu entschließen, uns zu helfen. Es ist uns sehr wichtig herauszufinden, warum Robert getötet wurde und ob unsere Familie oder unsere Geschäfte auf irgendeine Weise dadurch bedroht sind. Ich bin sicher, Sie könnten uns unterstützen. Wenn Sie dazu bereit wären, würde ich vorschlagen, dass Sie meinen Vater kennenlernen. Vielleicht zum Mittagessen? Wir wohnen in der Nähe von Le Sambuc. Rufen Sie mich an?«

»Madame, ich werde ganz bestimmt über Ihr Angebot nachdenken und Ihnen meine Entscheidung telefonisch mitteilen. Unabhängig davon möchte ich Ihnen noch einmal herzlich für diesen Abend danken. Ein vorzügliches Diner in Gesellschaft einer schönen Frau – was kann es Schöneres geben?«

Er hätte sie gern erröten sehen, was aber in der Dunkelheit leider nicht möglich war. Der Range Rover hielt am Straßenrand neben ihnen an. Smith öffnete ihr die Tür. Ihr Händedruck zum Abschied war fest und geschäftsmäßig.

Er sah den Wagen in den Kreisverkehr einbiegen und auf dem Boulevard Emile Combes davonfahren.

In Gedanken versunken, machte er sich auf den kurzen Heimweg.

Es war fast elf, als er zu Hause ankam und sich plötzlich hundemüde fühlte. Entsprechend kurz fiel die Runde mit Arthur aus. Sie schloss immerhin die Place de la Redoute mit ein, den höchsten Punkt der Stadt, wo sich der alte Windhund damit begnügen musste, den vielen Katzen, die auf den kühlen Motorhauben der geparkten Autos hockten, unheilvolle Blicke zuzuwerfen. Smith dachte nach. Vor allem über die Episode mit Mistraux. Der dünne Kerl mochte harmlos sein, aber ob das auch auf seine Kumpane zutraf? Mit Sicherheit würden sie von der Sonderbehandlung erfahren, die Smith ihm hatte angedeihen lassen, und es stand zu befürchten, dass Les Frères so etwas nicht auf sich beruhen lassen würden. Der Schutz und Einfluss der Familie Aubanet könnten nützlich sein.

Außerdem wäre ein kleines Zubrot, wie Madame es taktvoll angedeutet hatte, nicht von der Hand zu weisen. Er war zwar solvent, aber seine Mittel waren knapp, zumal er aufgrund seiner Frühverrentung und der Scheidung Abstriche in Kauf nehmen musste. Zurzeit lebte er ein wenig über seine Verhältnisse, und was heute noch kein Problem war, mochte sich in einem oder zwei Jahren durchaus zu einem auswachsen.

Trotzdem tendierte er zu einem abschlägigen Bescheid, wenn in erster Linie auch nur, weil ihm keine guten Gründe für ein klares Ja einfielen. Dann aber hatte er ein Einsehen, und es fuchste ihn plötzlich, dass sich sein Geschäftssinn schon in wenigen Monaten Ruhestand und Untätigkeit dermaßen eingetrübt hatte, dass er eine Chance, die sich ihm bot, nicht entschlossen beim Schopf ergriff. Schließlich ließ sich Madames Auftrag als rein geschäftliche Angelegenheit auffassen, auch wenn manche Indizien dagegensprachen. Trotzdem, er konnte sich einfach nicht vorstellen, dass Madame auf irgendeine Weise mit dem Gaunerpack von Marseille im Bunde war. Davon abgesehen hatte er viel Zeit seines Berufslebens damit zugebracht, Firmenstrukturen zu analysieren, gewissermaßen auch Ermittlungsarbeit zu leisten, und herauszufinden, wie Unternehmen funktionierten und was sie brauchten. Wenn hinter Robert DuGressons Tod Geschäftsinteressen steckten, würde er dahinterkommen, auch wenn es ihm nicht gelingen sollte, den oder die Verantwortlichen zu überführen. Vielleicht war das auch gar nicht gewünscht. Andere gute Gründe glaubte Smith nicht finden zu können, aber immerhin war der Anfang gemacht. Was er tun konnte, war, Madame DuGresson zu behandeln wie jede andere potenzielle Klientin.

Als er wieder zu Hause war, hatte er seinen Entschluss gefasst. Er schaute auf die Uhr und rechnete sich aus, dass Madame inzwischen wohl auch in ihr Domizil zurückgekehrt sein würde. Er kramte ihre Visitenkarte hervor.

»Allô, Madame. Ich bin's, Peter Smith. Verzeihen Sie, dass ich so spät noch störe.«

»Sie stören nicht, Monsieur. Ich bin eben erst angekommen und genehmige mir mit meinem Vater noch einen Schlaftrunk.«

Ah, dachte Smith, eine Nachbesprechung. »Zum einen möchte ich Ihnen noch mal für den ausgesprochen schönen Abend danken. Das Essen war exzellent, und Ihre Gesellschaft habe ich sehr genossen.«

»Das beruht auf Gegenseitigkeit.«

»Madame, ich glaube, ich habe eine Möglichkeit gefunden, auf Ihr Angebot einzugehen. Aber statt einfach Ja zu sagen, möchte auch ich Ihnen ein Angebot machen, allerdings gern persönlich und im Beisein Ihres Vaters.«

Das Schweigen in der Leitung war nicht lang genug, um peinlich zu sein, ließ aber deutlich genug erkennen, dass sie mit einer etwas anderen Antwort gerechnet hatte.

»Verstehe, das lässt sich arrangieren. Ich hatte Ihnen ja schon vorgeschlagen, morgen mit uns zu Mittag zu essen. Bei der Gelegenheit könnten Sie uns Ihr Angebot unterbreiten. Ließe sich das für Sie einrichten?«

Vielleicht täuschte er sich, doch meinte er, ein bisschen Eis zwischen ihren höflichen Sätzen zu spüren. Zeit, sich ihr wieder etwas zu beugen.

»Natürlich, Madame. Ich freue mich, auch wenn der Anlass meines Besuches nicht unbedingt erfreulich ist.«

Das Spielchen zwischen ihnen war beiden vollkommen bewusst, und dass es ihr gefiel, erkannte er an ihrem ganz besonderen Glucksen.

»Ich bin gespannt darauf zu erfahren, ob Ihre Ritterlichkeit auch noch Bestand hat, wenn wir in wichtigen Fragen nicht übereinstimmen sollten, Monsieur Smith.«

»Madame«, entgegnete er übertrieben förmlich, »in diesem unwahrscheinlichen Fall werde ich mich doppelt anstrengen.«

»Ich werde veranlassen, dass Jean-Marie Sie morgen um halb zwölf abholt.«

So also nannte sich das T-Shirt.

Sie fuhr fort: »Bringen Sie doch auch Arthur mit. Ich bin sicher, es wird ihm bei uns auf dem Land gefallen.«

»Das ist sehr freundlich von Ihnen, Madame. Ich nehme Ihr Angebot in seinem Namen an, muss Sie aber warnen: Hat er in seiner aktiven Zeit ausschließlich mechanische Hasen gejagt, hetzt er, seit er im Ruhestand ist, vorzüglich Katzen und andere Hunde.«

»Sei's drum. Ich werde dafür sorgen, dass er nicht in Versuchung gerät. Bis morgen also. Ich freue mich auf Ihren Besuch.«

»Und ich erst, Madame«, erwiderte er und legte auf.

4. Déjeuner und ein Angebot

Der nächste Tag zog, wie angekündigt, heiter und warm herauf. Auf ihrem gewohnten Rundweg begegneten Smith und Arthur einigen wenigen Touristen, die sich offensichtlich darüber wunderten, dass in den Cafés, die schon ab sieben geöffnet hatten, Straßenkehrer saßen und Pastis tranken und nicht die für ein traditionell französisches Frühstück unverzichtbar geglaubten *pains aux chocolat* mit Orangensaft verzehrten. Ansonsten ließ sich die Stadt wie immer Zeit mit ihrem Erwachen. Wieder zu Hause, packte Smith Wäsche für die Wäscherei zusammen und verrichtete rund eine Stunde lang planlose Hausarbeit. Danach duschte er, zog sich um und war ausgehbereit, als der schwarze Range Rover pünktlich um halb zwölf vor seinem Haus anhielt. Um Jean-Marie Umstände zu ersparen, kam er ihm mit Arthur entgegen. Der Hund ließ sich nicht lange bitten und sprang in den Heckraum, wobei er ohne Anstrengung einen Höhenunterschied von rund einem Meter überwand. Er schien für diese Art Fahrzeug geboren zu sein und kannte es aus seinen zahlreichen Einsätzen auf den Hunderennbahnen Ostlondons nicht anders, als in großen Lieferwagen transportiert zu werden. Smith nahm auf dem Beifahrersitz Platz, der nach teurem Leder duftete.

»Danke, dass Sie mich abholen. Dass ich nicht selbst ans Steuer muss, macht die Aussicht auf ein paar Gläser Ihres vorzüglichen Weins umso reizvoller.«

Sein Chauffeur lächelte und nickte auf eine Art und Weise, die sowohl Zustimmung als auch eine Spur Missmut verriet, weil ihm selbst wahrscheinlich dieser Genuss versagt bleiben würde. Smith überlegte kurz, ob er sich dafür entschuldigen sollte, dass er ihn in der Roquette abgehängt hatte, fürchtete aber, dass Monsieur T-Shirt den kleinen Scherz nicht gut aufnehmen würde. Jean-Marie war bei näherem Hinsehen nicht der Typ, mit dem sich herumalbern ließ. Das dunkle, wettergegerbte Gesicht des Camargue-Bauern war auffällig vernarbt. Er fuhr sicher und sehr schnell.

Sie überquerten die Trinquetaille-Brücke und bogen nach Süden in Richtung Salin-de-Giraud ab. Es war die direkte Verbindung ins Herz der Camargue. Das Schilfrohr war zur vollen Länge ausgewachsen und stand an die fünf oder sechs Meter hoch; es bildete eine grüne Wand, die bei ihrer schnellen Vorbeifahrt zustimmend zu schwingen schien. Es war ein heißer Tag, typisch für September, und die Klimaanlage leistete Überstunden. Der Mittagshitze weichen die meisten Bewohner dieser Gegend nach Möglichkeit aus. Gleich hinter Le Sambuc fuhren sie rechts ab auf eine kleine Straße, die am Naturforschungszentrum bei Tour du Valat vorbeiführt. Noch einmal ging es nach rechts und über eine schmale, unbeschilderte, aber gut geschotterte Straße. Zufällig warf Smith einen Blick in den Außenspiegel und sah das schwere elektrische Tor zugleiten, das mit der nächsten Kurve aus seinem Sichtfeld verschwand. Die Schilfrohrwände waren noch näher zusammengerückt, doch die Fahrt ging unvermindert schnell weiter. Es mochte Gott weiß was geschehen, wenn sich hinter den uneinsehbaren Kurven jemand auf der Straße befand.

Nach mindestens fünf Minuten mehrfach gewundener Schotterpiste fuhren sie durch einen steinernen Bogen und kamen abrupt, von einer Staubwolke umhüllt, in einem viereckigen Innenhof zwischen flachen provenzalischen Gebäuden zum Stehen. Arthur richtete sich im Heckraum auf und spähte durchs Fenster, gespannt darauf, ob es womöglich Feinde zu vernichten gab. Smith nahm ihn an die Leine, ließ ihn aus dem Wagen springen und schaute sich um. Seine Besichtigung dauerte jedoch nicht lange, denn Madame DuGresson eilte aus einer der schattigen Kolonnaden herbei. Heute trug sie eine einfache weiße Baumwollbluse mit den für die Provence typischen Stickmustern, eine Jeans und Gardian-Stiefel. Die Haare hatte sie hochgesteckt, und soweit er sehen konnte, war sie ungeschminkt, auch ohne Schmuck und Uhr. Doch dann sah er die Diamantbrosche glitzern, die zwischen den Stickereien der Bluse kaum auffiel. Sie streckte die Hand aus und lächelte.

»Wie schön, Sie so bald wiederzusehen. Willkommen in Mas des Saintes. Danke, dass Sie gekommen sind.«

Smith erwiderte ihren festen Händedruck.

»Es freut mich sehr, hier zu sein, Madame.«

Dass sie ihre Aufmerksamkeit aber sogleich auf Arthur richtete, der vor Vergnügen ein exzessives Tamtam veranstaltete, gefiel ihm weniger gut. Sie ging in die Hocke, ließ ihre Hand beschnuppern, womit sie sich als Hundekennerin auswies, und machte dann ein ähnlich großes Gewese um ihn. Arthur war augenblicklich im siebten Himmel. Madame DuGresson verdiente aus seiner Sicht wohl mehr als die höfliche Begrüßung, die er neuen Bekannten sonst zukommen ließ. Plötzlich stand sie auf, ließ sich von Smith die Leine geben und führte ihre Gäste auf eines der Gebäude zu, das sie von der prallen Sonne erlöste.

Sie betraten einen großen Wohnraum mit niedriger Decke, einem großen offenen Kamin und ebenso großen Sofas und Sesseln. An den Wänden standen Bücherregale, Kommoden und Vitrinen. Auf den Steinfliesen am Boden lagen einige teure orientalische Teppiche. Die Temperatur war angenehm, ohne dass eine Klimaanlage dafür hätte sorgen müssen. Am anderen Ende des Zimmers führten große Schiebetüren in einen Garten, in dem Oleanderbüsche in Rot, Weiß und Rosa, Orangen-, Zitronen- und Olivenbäume sowie ein großer Feigenbaum und allerhand blühende Gewächse, die er nicht identifizieren konnte, für Schatten sorgten. Der Boden war mit Kies bestreut und sorgfältig geharkt. Ungefähr zwanzig Schritte entfernt war ein Tisch für drei Personen gedeckt. Davor stand kerzengerade eine Gestalt, die ähnlich gekleidet war wie die Tochter des Hauses. Sie kam auf ihn zu.

»Monsieur Smith. Ich bin Emile Aubanet.«

»Schön, Sie kennenzulernen, Monsieur.«

Er spürte einen weiteren kräftigen Händedruck. Der Mann war groß gewachsen und grauhaarig und hielt sich sehr aufrecht. Er hatte eine sportliche Figur, Hände, mit denen er offenbar tatsächlich arbeitete, und ein bronzefarbenes Gesicht, das für einen über Siebzigjährigen erstaunlich faltenfrei war.

Er wandte sich Arthur zu, der geduldig an der langen Leine neben Madame hockte und interessiert zu ihm aufblickte.

»Und das wird wohl Arthur sein. Sie haben einen schönen Hund, Monsieur. Für einen Windhund ist die Camargue nicht gerade das natürliche Habitat; es gibt nur sehr wenige von dieser Art hier bei uns. Bestreitet er noch Rennen?«

»Nur wenn es in meinem sehr kleinen Garten Katzen zu jagen gibt. Eine Rückenverletzung hat seine sportliche Karriere beendet, und ich halte ihn nicht ausreichend im Training, um ihn guten Gewissens rennen zu lassen.«

»Ich sehe, Sie verstehen sich auf Hunde, Monsieur. Ein schlecht trainierter Windhund kann sich schnell verletzen, wenn er losgelassen wird. Wie dem auch sei, hier bei uns können Sie ihm die Leine getrost abnehmen. Der Garten ist von Mauern umschlossen, und unsere Hunde sind weggesperrt. Falls sich eine Katze von den Gehöften hierher verirrt hat, ist das ihr Problem. Es gibt ohnehin zu viele davon.«

Monsieur Aubanet schien Katzen nicht besonders zu mögen.

Ohne Smith um Zustimmung zu bitten, befreite Madame den Hund von Halsband und Leine. Erst als Arthur sich vergewissert hatte, dass er nicht mehr im Mittelpunkt der Aufmerksamkeit stand, trabte er in den Garten hinaus.

»Mir scheint, Sie können sich wechselseitig glücklich schätzen, einander zu haben. Setzen Sie sich doch bitte«, sagte Monsieur und deutete auf einen der Korbsessel, die um den kreisrunden Holztisch arrangiert waren.

Als alle drei Platz genommen hatten, servierte eine junge Frau, die leger gekleidet war, aber offenbar zum Personal und nicht zur Familie gehörte, drei gekühlte Gläser Schaumwein, begleitet von einem kleinen Teller mit Oliven, Wurstscheiben und einem Schnittkäse, den Smith nicht zu benennen wusste. Der Wein war der gleiche, den er am Vorabend im Restaurant getrunken hatte, und er war auch diesmal köstlich. Es kam ihm in den Sinn, von dem gestrigen Abendessen zu schwärmen, unterließ es aber, weil es in dieser Runde um Geschäftliches gehen sollte. Außerdem hielt er es für angebracht, dass der Hausherr die Initiative zum Gespräch ergriff. Als dieser es tat, vergaß er keine der altmodischen Höflichkeitsadressen.

»Bevor wir zur Sache kommen, möchte ich mich noch einmal wie meine Tochter in aller Form entschuldigen. Sie sind unverschuldet in eine missliche Angelegenheit geraten. Ich hoffe sehr, Sie haben sich von Ihren Verletzungen vollständig erholt?«

Der Mann schien es ehrlich zu meinen, was Smith mit Erleichterung zur Kenntnis nahm. »Es geht mir wieder gut, vielen Dank der Nachfrage. Danke auch für Ihre Entschuldigung.«

»Monsieur Smith, Sie wissen, dass wir darauf brennen zu erfahren, was es mit dem Tod meines Schwiegersohns auf sich hat. Meine Tochter meint, Sie seien vielleicht imstande, Licht ins Dunkel zu bringen. Sie hat Ihnen erklärt, warum es für uns ein Problem ist, mit eigenen Nachforschungen in Erscheinung zu treten, zumal die Polizei beschlossen zu haben scheint, dass es in diesem Fall nichts zu ermitteln gibt. Ich stimme meiner Tochter zu. Wenn ich richtig informiert bin, haben Sie ihr gegenüber angedeutet, dass Sie uns eventuell helfen könnten. Vielleicht sprechen wir darüber, bevor das Essen aufgetragen wird. Wir sollten es uns nicht von geschäftlichen Diskussionen verderben lassen.«

Arthur war von seinen vorläufigen Erkundungen des Gartens zurückgekehrt und in der Hoffnung, etwas zu fressen zu ergattern, an den Tisch gekommen. Er legte dem alten Herrn seine Schnauze aufs Knie und schaute zu ihm auf. Als sich dessen Hand sanft auf seinen Kopf senkte, schloss er halb die Augen.

»Seien Sie versichert, Monsieur Smith, dass selbst wenn Sie zu der Überzeugung gelangen, dass Sie uns nicht helfen können, Sie und Ihr Hund immer willkommene Gäste an unserem Tisch sein werden.«

»Vielen Dank, Monsieur Aubanet. Wie ich schon Ihrer Tochter sagte, habe ich Ihnen ein Angebot zu unterbreiten, bin mir aber nicht sicher, ob Sie damit einverstanden sein können. Wenn Sie gestatten, lasse ich mich kurz darüber aus.«

Der alte Herr hob die Hand zu einer Geste, mit der er sowohl sein Einverständnis signalisierte als auch die junge Frau im Hintergrund aufforderte, neu einzuschenken. Während sie die Gläser füllte, kostete Smith von dem Käse. Er war köstlich, was ihn nicht überraschte.

»Einem potenziellen Mandanten zu widersprechen ist für gewöhnlich wenig zielführend, wenn es darum geht, ihm ein geschäftliches Angebot schmackhaft zu machen.

Ich muss es trotzdem tun, Madame. In der Provence wird offenbar sehr wohl ein ausgezeichneter Käse hergestellt.«

Er hatte, wie es schien, einen Streitpunkt zwischen Vater und Tochter angesprochen, denn beide reagierten mit schallendem Gelächter, was er als entspannten Übergang zum eigentlichen Thema nutzte.

»Wie Sie wahrscheinlich wissen, war ich die letzten fünfundzwanzig Jahre meines Lebens als Unternehmensberater tätig, spezialisiert auf die Entwicklung kommerzieller Strategien für Unternehmen, die nicht in aktuellen Schwierigkeiten steckten, aber klug genug waren, in die Zukunft zu planen. Ich habe für verschiedenste Firmen auf der ganzen Welt gearbeitet. Meine Arbeit hing zum großen Teil davon ab, die Unternehmensstruktur eines Mandanten umfassend und schnell zu verstehen. Ich bin zwar beileibe kein Ermittler im kriminalistischen Sinne, aber durchaus in der Lage herauszufinden, wie Unternehmen geführt werden und wie das Zusammenwirken der Belegschaft funktioniert. Grundlage meiner Beratung waren immer meine eigenen Erkenntnisse und nicht etwa das, was mir meine Mandanten an Informationen vorgegeben haben. Ich habe oft die Erfahrung gemacht, dass meine Auftraggeber überraschend wenig über ihre Geschäfte Bescheid wussten.«

Der Blick, den Vater und Tochter tauschten, gab ihm Gelegenheit, Luft zu holen und einen Schluck des neu eingeschenkten Crémant zu sich zu nehmen. Er fuhr fort:

»Sie wollen wissen, ob und inwiefern Monsieur DuGressons Tod mit Ihren Geschäften zusammenhängt. Da er sich privat offenbar von der Familie entfernt hat, vermute ich, dass es Ihnen in erster Linie darauf ankommt zu erfahren, ob sein Tod Ihren Geschäften schaden könnte.«

Madame holte tief Luft, was Smith aber nicht zu bemerken vorgab.

»Dass ich gezögert habe, auf Ihre Bitte einzugehen und Ermittlungen aufzunehmen, hat damit zu tun, dass ich keinen zwingenden Grund dafür sah. Ich habe keine Befugnisse und auch keine Kontakte, die ich nutzen könnte. Nichtsdestotrotz schlage ich Ihnen vor, dass Sie mich als Unternehmensberater engagieren. Das ist mein Metier, und für Sie wäre es eine naheliegende Maßnahme, die kein großes Aufsehen erregt. Ich müsste in dieser Funktion Einsicht nehmen in alle Bereiche Ihres Unternehmens, auch in solche, die Sie mir lieber nicht enthüllen würden.«

Wieder tauschten die beiden vielsagende Blicke.

»Ich hätte in dieser Rolle die besten Voraussetzungen, Fragen zu stellen, und für Ihre Mitarbeiter und Angestellten wäre nachvollziehbar, dass ich sie um Informationen bitte. Und Sie müssten ihnen nicht umständlich erklären, warum ich dies tue. Ich kann Ihnen versichern, wenn Monsieur DuGressons Tod einen geschäftlichen Hintergrund hat, werde ich das herausfinden. Und wenn es nicht der Fall ist, genauso.«

Wieder spürte er Fragen im Raum stehen, worauf er aber nicht weiter einging.

»Ich bräuchte uneingeschränkten Zugriff auf alle Dokumente und Unterlagen, insbesondere auf die Ihrer Finanzabteilung. Selbstverständlich unterschreibe ich ein in solchen Fällen übliches Verschwiegenheitsabkommen, ich bestehe sogar darauf, zu Ihrer und zu meiner Absicherung.

Wenn mir keine Hindernisse in den Weg gelegt werden, könnte ich schon bald einen Bericht vorlegen. Mein Honorar beträgt fünfhundert Euro am Tag, zuzüglich Steuern und anderer Kosten, versteht sich. Meine Spesen werde ich natürlich genauestens mit Ihnen abrechnen.

Sollte es mir nicht gelingen, den Tod Ihres Mannes beziehungsweise Schwiegersohns aufzuklären, haben Sie einen ausgezeichneten Geschäftsplan gekauft, den Sie nutzen können oder auch nicht, das bleibt Ihre Entscheidung.«

Auf sein abruptes Ende folgte ein ausgedehntes Schweigen. Er lehnte sich zurück und nahm einen etwas größeren Schluck aus seinem Glas. Arthur, der offenbar Hunger hatte, stand auf, ließ sich dann aber verdrossen wieder auf den Boden fallen und tat, als schliefe er. Smith betrachtete seine Gastgeber und wartete. Interessanterweise und zu seiner leichten Überraschung war es Madame, die das Wort ergriff.

»Das ist ein großartiger Vorschlag. Wir sind einverstanden. Vielleicht wäre es gut, wenn Sie Ihr Angebot noch verschriftlichen würden für unsere Unterlagen und das Finanzamt. Ich schlage vor, wir setzen einen Vertrag auf und datieren ihn auf einen Tag vor Roberts Tod.«

Monsieur Aubanet signalisierte sein Einverständnis, indem er leicht die Hand hob. Mit einem müden Lächeln, das zum ersten Mal sein Alter verriet, schaute er sich um und sagte: »Dann können wir jetzt wohl essen.«

Das Déjeuner wurde aufgetischt. *Salade niçoise*, Kalbsröllchen in einer Tomaten-Kräuter-Soße und mit kleinen gekochten Kartoffeln, danach ein Apfel-Flan und wieder Käse. Thema der Unterhaltung war die Camargue. Smith hörte aufmerksam zu, während der alte Herr begeistert erzählte. Madame hielt sich zurück und lächelte. Arthur machte die Entdeckung, dass sich Monsieur Aubanet ebenso erfolgreich anbetteln ließ wie sein Herrchen. Sein Glück war vollkommen, als ihm der Gastgeber, nach einem verstohlenen Blick auf die anderen und mit Smiths stillschweigendem Einverständnis, seine *paupiette*, die er zuvor ausgerollt hatte, mitsamt dem Teller auf dem Boden servierte. Smith fragte sich kurz, ob damit ihm selbst und seinem Hund womöglich unhaltbare Versprechungen gemacht wurden.

Das Angebot einer Tasse Kaffee lehnte er dankend ab wie immer. Er hatte noch nie verstanden, warum ein Getränk, das einen am Morgen munter machen sollte, gereicht wurde, um eine Mahlzeit abzuschließen. Vielleicht, dachte er, war es ein Lippenbekenntnis zur Nüchternheit. Er jedenfalls fand, dass die geistig stimulierenden Düfte und Aromen einer köstlichen Speise durch bitteren Kaffee nur ausgelöscht wurden. Seine Gastgeber schienen ähnlich zu denken, denn auch sie verzichteten darauf.

»Nun, Monsieur Smith, womit könnten wir Ihnen an diesem Nachmittag noch eine Freude machen, bevor wir Geschäftspartner werden?«

Smith glaubte, aus der Stimme des Gastgebers einen Unterton des Bedauerns herauszuhören. »Monsieur Aubanet. Es wäre mir eine Ehre, Ihre Stiere sehen zu dürfen.«

Offenbar hätte er seinen Gastgebern mit keiner anderen Bitte eine größere Freude machen können. Beide strahlten. »Aber gern«, erwiderte der alte Herr. »Was wäre besser, als nach dem Essen ein paar Schritte zu tun?«

Wie aus dem Nichts tauchte Jean-Marie auf. Er nahm von seinem Onkel ein paar Instruktionen auf Okzitanisch entgegen und verschwand so diskret, wie er gekommen war.

»Unseren Digestif nehmen wir zu uns, wenn wir wieder zurück sind.«

Smith ahnte, woher die Tochter ihre Eigenart hatte, einen Vorschlag wie eine Entscheidung klingen zu lassen.

»Können wir Arthur mitnehmen?«

»Vielleicht wäre es ihm lieber, hier im Schatten zu bleiben, Monsieur.«

Arthur hatte sich unter einen großen Oleanderbusch gelegt, hob den Kopf und war, wie es schien, durchaus einverstanden mit Smiths Aufforderung, es sich bequem zu machen und sein Mittagessen in aller Ruhe zu verdauen. Sie standen vom Tisch auf und gingen durch das Haus zurück in den Innenhof, wo, von Jean-Marie beaufsichtigt, drei weiße Camargue-Pferde warteten. Es schmeichelte Smith, dass man ihm zutraute, reiten zu können. Tatsächlich konnte er es recht gut – was er seinen pferdeverrückten Töchtern jahrelang hatte verheimlichen können.

Monsieur Aubanet wandte sich an seinen Gast. »Jean-Marie hat Ihnen geeignete Kleidung zurechtgelegt, Monsieur Smith.«

Martine DuGresson führte Smith quer über den Hof. »Unser Wohnhaus besteht aus diesen beiden Flügeln dort. Der Stall und die Sattelkammer bilden die dritte Seite des Quadrats, unsere Büros die vierte. Wir haben hier nur wenige Mitarbeiter. Robert hatte sein Büro in der Innenstadt von Arles.«

Sie betraten den Bürotrakt, wo sie in einem großen offenen Raum auf eine Tür am anderen Ende wies. Es war die Garderobe. Darin fand Smith eine Auswahl an Jeans und Reitstiefeln, die auf einem Tisch für ihn bereitlagen. Er zog sich um und sah bei einem Blick durchs Fenster Vater und Tochter im Gespräch miteinander. Beide lächelten, was Smith mit Erleichterung zur Kenntnis nahm. Wenn sie zufrieden waren, dachte er, machte das seinen Job nur einfacher. Er hatte zwar nicht die Illusion, in der Mitte der hermetischen Welt der Camargue angekommen zu sein, glaubte aber, gerade als Außenstehender der Familie Aubanet von Nutzen sein zu können.

Denk an das Geld, sagte er sich, als er in die wadenhohen Stiefel stieg und so unbefangen, wie es ihm möglich war, zurück nach draußen ging. Jeans – so großzügig sie auch geschnitten sein mochten – waren noch nie nach seinem Geschmack gewesen. Tatsächlich hatte er selbst nie welche besessen. Mit der Leichtigkeit der lebenslangen Gewohnheit stiegen Vater und Tochter in ihre bequemen Gardian-Sättel. Smiths Aufsitzen war etwas weniger elegant, aber nicht so, dass er sich hätte schämen müssen. Dass Camargue-Pferde nicht besonders hoch sind und ohnehin mit längeren Steigbügeln geritten werden, kam ihm entgegen. Es freute ihn, dass Jean-Marie, der sich demonstrativ in Bereitschaft gestellt hatte, nicht einspringen musste. Es war ein kleiner Sieg, der auch Madame, ihrem Lächeln nach zu urteilen, nicht verborgen geblieben war.

Während der nächsten zwei Stunden mäanderten die drei gemächlich durch die *manade*, was, zumindest für Smith, das reinste Vergnügen war. Die Farm bestand aus der für die Camargue typischen Mischung aus Wiesen und Wattflächen, und das Wasser war nie weit entfernt. Ein paar Bäume ragten aus der flachen Landschaft auf, und lange Streifen aus Schilfrohr bildeten natürliche Grenzen zwischen den Weiden. Nicht selten wateten die Pferde bis zu den Bäuchen im Wasser. Ab und an passierten sie eine der weißen, riedgedeckten *cabanes* im Windschutz von Zypressen, Weiden oder Kiefern. Junge schwarze Stiere liefen frei umher.

Monsieur Aubanet gab Smith eine detaillierte Einführung in die Geschichte der Herde, ihre Zucht und den wirtschaftlichen Erfolg, den er ihr zurzeit verdankte. Manchmal ging mit dem alten Herrn die Begeisterung durch, und er verfiel unwillkürlich ins *rodanenc*, eine Mundart, der Smith nicht mehr folgen konnte, denn seine Kenntnis der *langue d'oc* war minimal und ihre regionalen Idiome ihm gänzlich unverständlich. Madame hatte ihrem Vater vollständig die Bühne überlassen. Trotzdem wurde deutlich, dass sie bei aller Nüchternheit als Geschäftsfrau nicht weniger stolz auf die preisgekrönten Tiere war als der Patron.

Für Smith war die Führung allzu schnell vorbei. Bald saßen sie wieder an dem Tisch im kühlen Garten. Arthur hockte, sichtlich zufrieden, im Schatten und ließ sich von der jungen Frau, die das Mittagessen serviert hatte, verhätscheln. Auf dem Tisch standen ein Glaskrug mit gekühltem Zitronensaft und drei Gläser.

»Ich hatte Ihnen einen Digestif in Aussicht gestellt, Monsieur, glaube aber, dass ein Kaltgetränk jetzt angenehmer wäre.«

»Perfekt. Danke, Monsieur Aubanet – auch dafür, dass Sie mir Ihre Stiere gezeigt haben. Es war eine großartige Erfahrung für mich, sie weiden zu sehen und mir einen Eindruck von Ihrer *manade* verschaffen zu dürfen.«

»Es war mir ein Vergnügen, aber jetzt, fürchte ich, ist es für mich an der Zeit, eine kleine Siesta einzulegen. Ich bin sicher, Sie werden im Laufe Ihrer Ermittlungen unser Leben hier noch besser kennenlernen.«

Er stand auf, gab Smith einen festen Händedruck und schaute ihm dabei in die Augen.

»Wie Sie ja schon von Martine wissen, hatte sich Robert längst der Familie entfremdet. Nichtsdestotrotz war er ein wertvoller Mitarbeiter, auf dessen Urteil wir uns nahezu vorbehaltlos haben verlassen können. Meine Sorge ist, dass sein Tod nachteilige Folgen für unsere Familie haben könnte. Ebenso beunruhigend ist, dass die Polizei mit dieser lächerlichen Selbstmordgeschichte aufwartet. Sie ahnen wahrscheinlich schon selbst, dass ihr – und vor allem diesem Pariser Polizisten – nicht zu trauen ist. Die Einheimischen sind dagegen mehr oder weniger ehrlich und direkt. Wie dem auch sei, ich freue mich, dass Sie uns Ihre Expertise zur Verfügung stellen. Noch einmal, vielen Dank für Ihr Hilfsangebot.«

Der Blick des Alten war fest, und sein Händedruck begann zu schmerzen.

Er drehte sich um und ging ins Haus, blieb aber noch einmal stehen, um sich von Arthur zu verabschieden und ihm den Kopf zu tätscheln.

Smith wandte sich der Tochter zu. »Madame, ich glaube, ich sollte mich auch besser auf den Weg machen. Ich habe den Besuch bei Ihnen sehr genossen, möchte jetzt aber keine Zeit verlieren, denn es gibt viel zu tun für mich.«

Wieder lächelte sie freundlich. »Natürlich. Ich werde Sie nach Hause fahren, sodass wir unterwegs noch einiges besprechen können.«

Er zog sich wieder um, und schon bald waren sie auf dem Weg nach Arles. Madame saß am Steuer, Arthur lag im Heckraum, und Jean-Marie auf dem Rücksitz schien es ganz und gar nicht recht zu sein, von einer Frau chauffiert zu werden, obwohl oder gerade weil sie nicht nur sehr sicher fuhr, sondern auch sehr schnell.

»Kommen wir gleich zur Sache, Monsieur Smith. Was brauchen Sie von mir an Informationen?«

»Nun, ein so großes und vielseitiges Unternehmen wie das Ihre unterhält wahrscheinlich ein komplexes Computernetzwerk, Madame.«

Sie nickte. »Ja. Es verbindet all unsere Betriebe, die über das System ihre wöchentlichen Berichte erstatten. Auf dem zentralen Server werden die Dokumente von einem externen Dienstleister im Vierundzwanzigstundentakt gesichert.«

»Ich bräuchte Zugriff auf Ihr System, um mir die ersten Informationen zu beschaffen. Zu Ihrer Kontrolle über das, was ich tue, wird Ihr Netzwerk-Manager im Detail nachvollziehen können, in welche Datensätze ich Einblick nehme oder Einblick zu nehmen versuche. Eventuell werde ich einige Informationen ausdrucken müssen, nehme in diesen Fällen aber zuvor Rücksprache mit Ihnen. Alle Unterlagen und Notizen werde ich in meinem Safe zu Hause unter Verschluss halten und Ihnen nach Abschluss meiner

Recherchen aushändigen. Apropos, ich brauche auch Ihre persönliche E-Mail-Adresse, damit ich Sie in aller Ausführlichkeit auf dem Laufenden halten kann. Ihre Handynummer habe ich ja bereits. Sobald ich Zugang zu Ihren Systemen habe, werde ich mir als Erstes einen Überblick über sämtliche Geschäftsberichte der vergangenen zwölf Monate sowie über die Bilanzen der letzten fünf Jahre verschaffen. Darüber hinaus brauche ich alle Bankunterlagen. Aus ihnen lässt sich am ehesten ableiten, wie Ihr Unternehmen strukturiert ist und wie die Geschäfte laufen. Und ich müsste mich so bald wie möglich im Büro Ihres verstorbenen Mannes umsehen. Für unsere Vertraulichkeitsvereinbarung habe ich übrigens schon ein Formblatt zu Hause, das ich ausfüllen und Ihnen noch heute Abend zumailen werde. Ich hoffe, Sie sind mit allem einverstanden.«

»Das bin ich, Monsieur Smith. Die notwendigen Zugangscodes liegen Ihnen noch heute vor. Roberts Büro befindet sich in seinem Apartment gleich hinter der Place de la République. Seine persönliche Assistentin, Mademoiselle Claudine Brique, war die einzige Mitarbeiterin dort. Ich werde sie auf Ihren Besuch vorbereiten. Morgen um zehn? Wäre Ihnen das recht?

»Ja, durchaus. Vielen Dank. «

»Claudine arbeitet seit zehn Jahren für Robert, ist – war – ihm treu ergeben und kann sehr ungemütlich werden. Seien Sie gewarnt, sie hat überhaupt keinen Sinn für Humor.«

Der Rest der Rückfahrt verging wie im Flug, und schon bald hielt der Wagen vor seinem Haus an. Smith stieg aus und öffnete Arthur die Heckklappe. Als er sich am Seitenfenster verabschieden wollte, hatte Jean-Marie bereits auf dem Beifahrersitz Platz genommen.

»Vielen Dank, Madame, für diesen vergnüglichen Nachmittag. Bitte grüßen Sie auch Ihren Vater noch einmal herzlich. Ich freue mich auf unsere Zusammenarbeit und versichere Ihnen, dass ich mein Möglichstes tue, um Licht in die Angelegenheit zu bringen. Für Ihr Unternehmen jedenfalls, dessen bin ich gewiss, werde ich Ihnen ein paar nützliche Vorschläge machen können.«

»Schön, dass es Ihnen bei uns gefallen hat, und es freut mich sehr, dass Sie uns helfen wollen. Ich weiß, dass mein Vater ähnlich zuversichtlich ist wie ich. Ich bin gespannt auf Ihre Ermittlungsergebnisse.«

Sie schüttelte ihm die Hand, lächelte, setzte den Range Rover in Bewegung und ließ Smith und Arthur am Bordstein zurück.

Es war fünf Uhr, und trotz der *paupiette* verlangte Arthur nach seinem Abendessen. Nachdem er es ihm vorgesetzt hatte, schenkte sich Smith einen Schluck Whisky mit viel Soda ein und setzte sich in den Garten. Okay, dachte er. Er hatte einen Job, was gut war, und Arbeit für, wenn es hoch kam, zwei bis drei Wochen. Die fünf- oder sechstausend Euro, die in Aussicht standen, kamen ihm gewiss zupass. Er hatte als Berater Erfahrung genug, um relativ gelassen an die Sache herangehen zu können. Obwohl er die tatsächlichen Verhältnisse des Familienunternehmens Aubanet noch nicht kannte, war er überzeugt davon, in etwa die Empfehlungen aussprechen zu können, die sich bereits bei vielen der Projekte, mit denen er über die Jahre betraut gewesen war, als nützlich erwiesen hatten. Die meisten Unternehmen machten die gleichen Fehler, weshalb die Lösungen in der Regel recht ähnlich aussahen. Neue Firmendaten in ein existierendes Format einzupflegen war kein Problem für ihn.

Interessant fand er, dass sich Robert DuGresson vom Hauptsitz des Unternehmens, dessen Finanzchef er gewesen war, so weit entfernt hatte. Seine Frau kam ihm nicht so vor, als entspräche es ihrem Naturell, wichtige Aufgaben an andere zu delegieren und diese Mitarbeiter dann ein separates Büro in gut dreißig Kilometern Distanz beziehen zu lassen. Aber vielleicht entsprach dies einem Arrangement, das sie mit ihrem Exmann nach ihrer Trennung ausgehandelt hatte. Auch wenn Monsieur DuGresson noch leben würde und Smith mit der Klärung irgendeiner Unregelmäßigkeit beauftragt wäre, stünde der Finanzchef im Mittelpunkt seines Interesses. Sorgen bereitete Smith die Möglichkeit, dass sich in den zwei Tagen seit dem Mord jemand – vielleicht Mademoiselle Brique – über die in DuGressons Büro zurückgebliebenen Unterlagen hergemacht hatte. Er hielt es für eine gute Idee, den Raum zu durchsuchen, bevor die treue Assistentin über sein Engagement in Kenntnis gesetzt werden würde.

Nach einer weiteren halben Stunde konzentrierten Nachdenkens fasste er einen Entschluss und griff zum Telefon.

»Madame. Verzeihen Sie, wenn ich Sie noch einmal belästige.«

»Das tun Sie nicht. Wie kann ich helfen?«

»Haben Sie im Anschluss an unsere Vereinbarungen schon mit Mademoiselle Brique gesprochen?«

»Nein, sonntags besucht sie für gewöhnlich ihre Großmutter in Trinquetaille, und nach dem, was passiert ist, ist sie, glaube ich, schon gestern zu ihr gefahren. Ich wollte sie erst heute Abend anrufen.«

»Gut. Ist sie nach dem Tod Ihres Mannes an ihrem Arbeitsplatz gewesen?«

»Nein, ich habe ihr freigegeben und versprochen, die Frage ihrer Weiterbeschäftigung irgendwann nächste Woche mit ihr zu thematisieren. Und bevor Sie fragen: Ich habe die Schlösser des Apartments austauschen lassen und den Code der Alarmanlage verändert. Bislang deutet nichts auf ein gewaltsames Eindringen hin. Jean-Marie hat sich gestern und heute Morgen davon überzeugt.«

»Sind die Computer noch in Betrieb?«

»Nein. Unser Zentralserver hat jeden Abend eine Sicherungskopie von Roberts aktuellen Schriftsätzen angelegt, das letzte Mal am Donnerstagabend, am Tag vor seinem Tod. Als ich Freitagnachmittag von dem angeblichen Selbstmord erfuhr, habe ich Mademoiselle Brique aufgesucht und bin bei ihr geblieben, bis sie das Büro verlassen hat. Anschließend habe ich die Schlösser austauschen lassen.«

»Ausgezeichnet. Ich habe mir gedacht, es wäre ratsam, dass ich mich im Büro umsehe, bevor Mademoiselle Brique an ihren Arbeitsplatz zurückkehrt. Solange wir nicht ausschließen können, dass sie nichts mit der Sache zu tun hat, sollten wir sie dort nicht unbeaufsichtigt lassen. Vielleicht sagen Sie ihr heute Abend am Telefon, dass sie noch ein paar Tage beurlaubt ist. Ich wäre gern allein im Büro und hoffe, Sie vertrauen mir die Schlüssel und den Code der Alarmanlage an.«

»Wenn wir Ihnen nicht vertrauen würden, hätten wir Sie nicht engagiert, Monsieur. Es ist verständlich, dass Sie besser arbeiten können, wenn Ihnen niemand über die Schulter schaut. Ich lasse Ihnen die Schlüssel sofort zukommen und schicke Ihnen den Code sowie alle erforderlichen Passwörter per E-Mail zu. Unser Netzwerk-Manager legt gerade einen Account für Sie an.«

»Bitte richten Sie ihm meine Entschuldigung für die Störung seines Wochenendes aus.«

Durch die Leitung kam ein Laut, der verdächtig nach einem Schnauben klang. Seine neue Chefin hatte offenbar wenig Verständnis für die Ruhetage ihres IT-Managers.

»Robert hatte einen Laptop und einen dieser kleinen Pocket-PCs. Sie sollten in seiner Wohnung danach suchen. Er hatte sie jedenfalls nicht bei sich, als er getötet wurde.«

Seltsam, dass jemand, der einen Pocket-PC hatte, ihn nicht ständig bei sich trug, dachte Smith.

Sie schien seine Gedanken gelesen zu haben. »Ja, ohne dieses Ding ist er sonst nie aus dem Haus gegangen. Rufen Sie mich an, wenn Sie etwas Interessantes gefunden haben, Monsieur?«

»Selbstverständlich. In dieser frühen Phase meiner Ermittlungen werde ich wahrscheinlich häufiger Ihre Hilfe benötigen. Ich werde einen eigens gesicherten Ordner auf Ihrem Server einrichten und alles, was ich finde, darin ablegen. So können Sie meine Schritte mitverfolgen und mir eventuell Hinweise geben. Die werde ich sicherlich brauchen.«

»Einverstanden, Monsieur Smith. Ich bin gespannt, wie

Sie meinen Tagessatz finden, den ich Ihnen für meine Arbeit in Rechnung stellen werde.«

Diesmal schnaubte er.

Nach dem Telefonat ging er sofort in sein Arbeitszimmer, wo er das Formular für die Vertraulichkeitsvereinbarung fand. Er nahm die nötigen Aktualisierungen daran vor, füllte es aus und wartete auf Madames E-Mail. Er schaute zum Fenster hinaus auf die große Arena, wo alles angefangen hatte. Das imposante Oval aus zweigeschossigen Mauerbögen hatte fast zwei Jahrtausende erstaunlich gut überstanden. Vom Antiken Theater hingegen waren über die Jahrhunderte zwei Drittel seiner ursprünglichen Substanz dem unstillbaren Hunger der Anwohner nach Baumaterial zum Opfer gefallen. Das Forum bestand nur noch aus ein paar unterirdischen Gewölbegängen, und vom Circus Maximus mit seinen einst fünfundzwanzigtausend Sitzplätzen war kaum mehr etwas zu sehen. Smith hatte sich vorgenommen, seine Jahre als Pensionär in stiller Kontemplation dieses Ausblicks zu genießen und vielleicht einen kleinen, aber, wie er hoffte, bedeutsamen Beitrag zur kunstgeschichtlichen Literatur über die römische Antike zu leisten.

Er dachte zurück an die unvergessliche Studienzeit in Berkeley Ende der Sechzigerjahre. Die dort verbrachten drei Jahre zählten mit Sicherheit zu den glücklichsten seines Lebens. Dass er damals eine unbefristete Anstellung am dortigen Institut abgelehnt hatte, war die einzige seiner Entscheidungen, die er wirklich bereute.

Er hatte nie verstanden, warum die Betriebssysteme von Microsoft immer wieder ärgerliche Geräusche verursachten. Das musikferne Jingle, das ertönte, sooft er den Computer einschaltete, ging ihm zunehmend auf die Nerven. So auch das Ping einer eingehenden E-Mail, was aber wohl eher darauf zurückzuführen war, dass er die elenden Signaltöne immer noch nicht deaktiviert hatte. Stirnrunzelnd öffnete er die erwartete E-Mail.

Sie war vollständig wie erhofft: Netzwerk-URL, Benutzername und Passwort sowie die Kontaktdaten des Troubleshooters, falls Schwierigkeiten auftreten sollten. Sie enthielt darüber hinaus die E-Mail-Adresse von Madame. Er schickte ihr die Vertraulichkeitsvereinbarung und teilte ihr noch einmal mit, dass er Roberts Büro aufsuchen wolle, sobald er die Schlüssel zu seinem Apartment habe. Der vordatierte Beratungsvertrag mochte bis zum nächsten Tag warten. Prompt kam Madames zustimmende Antwort mit einer Reihe von Anhängen, aus denen die erbetenen Geschäftsberichte hervorgingen. Madame saß offenbar noch immer an ihrem Computer. Er druckte die Anhänge aus, schenkte sich Whisky nach und ging mit seinem Laptop in den Garten.

Das Familienunternehmen bestand, wie er schnell registrierte, aus einer Reihe diverser Firmen und Gesellschaften: mehreren Farmbetrieben, einem Import-Export-Unternehmen, dessen Aufstellung Smith eine Vielzahl potenzieller Merkwürdigkeiten entnahm, einer Immobilienfirma, die Ferien- und Wohnhäuser besaß und vermietete, sowie mehreren kleinen Hotels. Der ausgewiesene Gesamtumsatz belief sich auf rund fünfzig Millionen Euro, also etwas mehr als von Madame angegeben. Ein Investmentportfolio listete Minderheitsbeteiligungen an über sechzig relativ kleinen Betrieben auf, die samt und sonders ihren Sitz in der Region hatten. Alle Unternehmenszweige wurden, wie es schien, mehr oder weniger unabhängig voneinander geführt. Nach der jüngsten Bilanz war der Familienkonzern schuldenfrei; seine liquiden Mittel und das Nettovermögen beliefen sich auf über hundertfünfzig Millionen Euro. Das Unternehmen war, wie Smith sah, ausgesprochen gesund. Er nahm noch einen Schluck aus seinem Glas, legte sich Notizblock und Taschenrechner zurecht und machte sich daran, eine detaillierte Bilanzanalyse zu erstellen.

Er war es gewohnt, dass die Unterbrechungen seiner täglichen Routine von Arthur gesetzt wurden. Sein Schläfchen, das er nach den Mahlzeiten einlegte und das, wie Smith vermutete, immer dann einsetzte, wenn das ohnehin wenige Blut in dem sehr kleinen Gehirn des Windhundes auch noch dem Verdauungssystem Hilfe leisten musste, war zu Ende, und es verlangte ihn nun, zu seiner Abendrunde ausgeführt zu werden. Smith wunderte sich, dass es schon nach acht war. Mit Arthur morgens und abends Gassi gehen zu müssen, war ihm nicht lästig. Zum einen hielt er sich selbst dabei fit, zum anderen wollte er nicht zulassen, dass er in seinem erzwungenen, aber letztlich willkommenen Junggesellendasein selbstbezüglich-versponnene Marotten entwickelte, wie er sie bei anderen Junggesellen aus seinem Bekanntenkreis beobachtete. Auch wenn es ihm nicht immer in den Kram passte, Arthur auszuführen oder für seine bald neunzigjährige Nachbarin einzukaufen, machte doch beider dankbare Zuneigung die kleine Belästigung mehr als erträglich. Er nahm die Leine vom Haken an der Eingangstür, womit er Arthur unfehlbar zu Begeisterungsstürmen animierte, steckte ein paar der kleinen schwarzen Plastikbeutel ein, die die Stadt für Hundegeschäfte bereitstellte, und machte sich auf den Weg.

Er schlug die »Flussroute« ein, eine der vielen Alternativen, die er sich zurechtgelegt hatte, um nicht immer dieselbe Strecke abklappern zu müssen. Sie führte ihn an der Notre-Dame de la Major vorbei, der Stiftskirche der Gardians, und über Les Hauts de l'Hauture zum Couvent Saint-Blaise, wo Ausgrabungsarbeiten Fundamente einer Kirche freigelegt hatten, die vielleicht zu den ältesten ihrer Art zählte. Weiter ging es die Montée Vauban hinab, dann nach links entlang der römischen Mauer auf der einen und dem städtischen Friedhof auf der anderen Seite, wo auch er dereinst seine letzte Ruhestätte finden würde, und hinunter zum Fluss. Welchen Weg er an dieser Stelle einschlug, machte er meist von der Anzahl der Sinti und Roma abhängig, die häufig auf dem Busbahnhof kampierten. Es war kein Volk aus der Camargue, das man dort antraf, sondern Durchreisende mit unangemeldeten geländegängigen Fahrzeugen, Wohnwagen in der Größe von Sattelzügen und zähnefletschenden Hunden, die frei umherliefen. War ihm der Platz dadurch versperrt, was im Sommer häufig der Fall war, drehte er links ab, folgte dem erhöhten Uferweg Richtung Innenstadt und kehrte schließlich zu seinem Haus gegenüber der Arena zurück. Diese Spaziergänge verliefen meist ohne Zwischenfälle. Wachsam musste er dennoch bleiben, um zu verhindern, dass Arthur in seine aggressiven Unarten zurückfiel, die ihm die Natur mitgegeben hatte. Immerhin schien er allmählich zu verstehen, dass er nicht jeden Hund, dem er begegnete, angreifen und auch nicht jeder Katze hinterherrennen musste. Seine Lernfortschritte waren aber leider noch nicht verlässlich. Insgeheim hoffte Smith auch, dass sie es nie sein würden.

Im Gehen rekapitulierte Smith seine ersten gewonnenen Erkenntnisse. Die Unternehmensgruppe war breit gefächert und solide aufgestellt, mit nur wenigen schwachen, aber genauso wenigen auffallend erfolgreichen Firmen. Alle arbeiteten halbwegs profitabel, und viele waren recht komplex strukturiert. Beispielhaft waren die Hotels, sieben mittelgroße Betriebe in und um Arles. Möglichen Einbußen – etwa aufgrund schlechten Wetters und ausbleibender Touristen – war vorgebeugt worden, indem man die Geschäfte in die Hände von Franchisenehmern gelegt hatte, die fast unabhängig wirtschafteten. Eine jährliche Franchisegebühr sowie ein Anteil an den Profiten gingen an die Unternehmensgruppe, deren Bilanzen einen stetig wachsenden Buchwert auswiesen, da die Immobilien an Wert hinzugewannen und relativ vorhersehbare Einnahmen flossen. Management und Belegschaft der einzelnen Hotels verdienten an diesem Arrangement ebenso wie die Gruppe, die sich um die Alltagsgeschäfte nicht zu kümmern brauchte und entsprechend Personal einsparen konnte.

Monsieur Aubanet und seine Tochter führten ihr Unternehmen auf eine Art und Weise, die sowohl den Angestellten als auch ihnen zum Vorteil gereichte. Das Investmentportfolio, dessen Details Smith im Anhang der E-Mail erhalten hatte, bestand wiederum aus Minderheitenanteilen an einer ganzen Reihe kleiner bis mittlerer Gesellschaften. Die Dividendeneinnahmen waren nach allgemeinen Standards nicht besonders hoch, aber mehr als adäquat für einen Investor, dem es anscheinend in erster Linie darauf ankam, regionale Betriebe zu unterstützen.

Smith kam zu der Einschätzung, dass dem Familienunternehmen der Aubanets ein eher paternalistischer Führungsstil eigen war. Anders als die meisten Manager aus seinem beruflichen Umfeld war er jedoch nicht der Meinung, dass mit einem solchen Stil auch Bevormundung einherging. Monsieur Aubanet hatte eine Unternehmensgruppe aufgebaut, mit der sich nicht nur Geld verdienen, sondern auch der regionalen Wirtschaft auf die Sprünge helfen ließ. Und nach den Zahlen, die Smith einsehen konnte, machte Monsieur seine Sache ausgesprochen gut.

Alles schön und gut, aber was war nun mit Monsieur Robert?, fragte sich Smith, als er das Südufer der Flussbiegung erreichte.

Da die Unternehmensgruppe auf groß angelegte Investitionsprogramme verzichtete, schuldenfrei war und über genügend liquide Mittel verfügte, gab es eigentlich keinen Bedarf an einem hochprofessionellen Finanzmanager, zumal die Kommunikationsstrukturen zwischen Einzelbetrieben und Zentrale ohnehin unkompliziert waren und gut zu funktionieren schienen. Die Zahl der Anteilseigner war überschaubar und die Liste der Gehaltsempfänger kurz. Womit hatte Robert DuGresson seine Arbeitszeit also verbracht? Hatte ihn die Familie womöglich nach der Trennung von seiner Frau mit dem gut dotierten Posten abgefunden? War vielleicht auch in seinem Fall der Müßiggang aller Laster Anfang? Sein Büro würde sicherlich erhellende Hinweise liefern.

Es wurde schon dunkel, als er zu Hause ankam. Nach wie vor schlenderten Touristengruppen umher. Vielleicht fragten sie sich, warum die Bars schon geschlossen hatten und ihr Plan, die heiße provenzalische Nacht durchzutrinken, nicht aufging. Tatsächlich mussten sich immer wieder Besucher von außerhalb enttäuschen lassen, die davon ausgingen, dass für die Bars und Restaurants in Arles ähnliche Öffnungszeiten galten wie an der Riviera. Die hiesigen Gastronomen setzten andere Prioritäten und pfiffen auf liberale Marktgesetze.

Als er die Eingangstür öffnete, hörte er ein leises Klirren auf dem Fliesenboden. Jemand hatte in seiner Abwesenheit ein Päckchen durch den Briefschlitz in der Tür geworfen. Es enthielt mehrere blitzblanke Schlüssel, die wahrscheinlich zu den ausgewechselten Schlössern von DuGressons Apartment gehörten, sowie ein paar kleinere, die womöglich in Aktenschränke oder dergleichen passten. Auf einem kleinen Zettel stand der Hinweis, er möge in seinen E-Mail-Eingang schauen. Tatsächlich fand er dort den Code der Alarmanlage und eine Ziffernfolge, mit der sich offenbar ein Safe öffnen ließ.

Was du heute kannst besorgen ..., dachte Smith und machte sich auf den Weg ins Zentrum.

DuGressons Apartment lag im Dreieck zwischen der Impasse Balze, der Place de la République und dem Museon Arlaten. In das gepflegte dreigeschossige Gebäude führte eine massive Doppeltür, die von jeweils zwei Fenstern flankiert wurde. Im Obergeschoss reihten sich fünf hohe Fenster hinter einem schmalen, eleganten Balkon, der sich über die gesamte Fassade hinzog. Die gleiche Struktur zeigte sich im obersten Stockwerk, nur mit kleineren Fenstern. Vor sämtlichen Fenstern hatte man die Schlagläden geschlossen. Dieses Gebäude war nicht bloß ein Wohnhaus, sondern ein überaus elegantes *hôtel particulier*, ein Stadtpalais aus dem achtzehnten Jahrhundert, wie man es noch relativ häufig im Altstadtzentrum antrifft. Drei neue Zylinderschlösser hoben sich deutlich vom dunklen Holz der schweren Eingangstür ab. Im Türfutter auf der rechten Seite war eine Gegensprechanlage mit Kamera installiert. Neben der schwach erleuchteten Klingeltaste stand der Name »Robert DuGresson«, sonst nichts. Auf gleicher Höhe war in der Außenmauer ein Briefkasten aus poliertem Messing eingelassen, dessen Schlitz weit genug war, um größere Geschäftspost aufzunehmen. Aus reiner Neugier versuchte Smith, die Klappe zu öffnen. Sie bewegte sich nicht.

Er brauchte mehrere Anläufe, bis er schließlich die richtigen Schlüssel für die Tür fand, und betrat ein großzügig geschnittenes Foyer mit einer elegant geschwungenen Treppe und insgesamt vier Türen, zwei auf beiden Seiten. Er schaltete die Alarmanlage aus, machte Licht und schaute sich um. Alle vier Zimmer im Parterre wurden, wie er feststellte, geschäftlich genutzt. Einer der Räume, die auf der Straßenseite lagen, war ein kleines Büro mit zwei Schreibtischen, Rollschränken und Regalen, in denen Boxen und Aktenordner aufbewahrt wurden. Auf der anderen Seite der Eingangshalle befand sich ein kleiner Konferenzraum mit offenem Kamin, Lehnsesseln und einem Tisch mit Stühlen für maximal acht Personen. Die Zimmer im rückwärtigen Bereich des Hauses bildeten offenbar Robert DuGressons eigenes Büro, wovon der eine Teil auf der rechten Seite offenbar lediglich als Garderobe genutzt wurde. Waren die beiden zur Straße hin gelegenen Räume eher konventionell eingerichtet, überraschte das Büro mit einem sehr modernen Dekor aus Glas und Chrom. Bodentiefe Fenster wiesen hinaus in einen kleinen, aber eleganten ummauerten Garten mit mehreren Bäumen, Rosenbeeten und Ziersträuchern.

Bevor er sich an die Arbeit machte, ging Smith die Treppe hinauf in den ersten Stock. Im hinteren Teil, zum Garten hin, fand er eine geräumige Küche und einen nicht minder großen Waschraum vor. Auf der Straßenseite erstreckte sich über die gesamte Breite des Hauses ein Wohnzimmer, eingerichtet mit einem langen Esstisch auf der einen Seite und einem offenen Kamin mit Sofas und Sesseln auf der anderen. Die Wand gegenüber der Fensterfront war fast vollständig mit Bücherregalen bedeckt. Im zweiten Obergeschoss fand Smith ein großes Schlaf- und ein Badezimmer im hinteren Bereich und zwei Gästezimmer samt Bad nach vorn hin.

Das ganze Haus verströmte die Aura von Modernität, Geld und italo-französischem Designerchic der Extraklasse. Stoffe in gedeckten Pastellfarben. Kräftigere Farbakzente setzten lediglich die zahlreichen Gemälde. Alle sehr modern und sehr kostbar. Smith wusste manche von ihnen Lichtenstein, Warhol, Hamilton, Rothko und Barnett Newman zuzuschreiben. Andere, ebenfalls zeitgenössische Werke waren ihm fremd, schienen aber von ähnlicher Qualität zu sein. Auch eine kleinere, ebenfalls erlesene Sammlung von Skulpturen schmückte die Räume. Robert hatte offenbar ein Gutteil seines beträchtlichen Gehalts in Kunst investiert. Allerdings waren wohl Zweifel angebracht, ob dieses Einkommen angesichts der Marktpreise einiger der hier ausgestellten Künstler tatsächlich für den Erwerb der Werke ausgereicht hatte. Es war eine beachtliche Sammlung, die auf Kennerschaft schließen ließ und, wie Smith fand, erhellen mochte, warum sich DuGresson mit einem so banalen Job wie dem des Finanzbuchhalters abgefunden hatte. Das ganze Haus war ein Beleg dafür, dass er nur widerwillig seine Wurzeln in Paris gekappt hatte. Und es erklärte vielleicht auch seine Trennung von der Familie Aubanet, die womöglich nur wenig Verständnis für seine Vorlieben gehabt hatte.

Smith gefielen die Gemälde, die übrige Einrichtung fand er scheußlich. Aber er war nicht gekommen, um über Geschmacksfragen zu urteilen. Also kehrte er ins Parterre zurück und machte sich daran, das Büro zu durchsuchen. Den Computer zu durchforsten würde viel Zeit verschlingen, er beschloss daher, sich zunächst den physischen Unterlagen zu widmen. Aktenordner, Schreibtische und Schränke ließen sich schneller durchsehen. Allerdings rechnete er nicht damit, dass, falls es denn Unregelmäßigkeiten geben sollte, er diese abgeheftet in irgendwelchen Ordnern aufstöbern würde. Tatsächlich fand er darin nur belanglose, wenn auch sauber geführte Unterlagen der Geschäftsfinanzen. Mademoiselle Brique hatte offenbar nur begrenztes Vertrauen in Computer. Ihr Gerät schaltete Smith als Nächstes ein, fand darin aber nur das erwartbare Einerlei. Was er seinen neuen Mandanten verschwiegen hatte, war, dass zu den bescheidenen, im Laufe seines Lebens erworbenen Fähigkeiten – die sich gewissermaßen wie Flusen im Bauchnabel angesammelt hatten – ein nahezu virtuoses Geschick im Umgang mit der neuen Informationstechnologie gehörte. Er verstand sich auf die meisten Möglichkeiten der elektronischen Datenverarbeitung, und wenn er sie auch nicht praktisch nutzte, hatte er doch nach einem Jahr Beratungstätigkeit für eine größere Geschäftsbank, die online gehen wollte, jede Menge nützlicher Tricks gelernt. Mitgenommen hatte er auch eine Raubkopie brauchbarer Codierungs- und Decodierungs-Software. Er betrachtete sich zwar nicht als Experten, konnte aber mit einiger Wahrscheinlichkeit die meisten Geheimnisse, die sich in einem Windows-NT-Betriebssystem verbargen, früher oder später knacken. Auf Mademoiselle Briques Computer, für den er das Passwort hatte, waren keine verschlüsselten oder versteckten Dateien zu finden, auch nicht solche, die, jüngst gelöscht, im »Papierkorb« gelandet oder von einem wirklich raffinierten Programm eliminiert worden waren. Was er fand, waren eine Liste mit DuGressons persönlichen Kontakten sowie ein Terminplaner und kürzlich eingegangene E-Mails, bequem aufrufbar über Outlook. Er lud alles auf einen der Speichersticks herunter, die er vorsorglich mitgebracht hatte, zog Kopien von sämtlichen archivierten Dateien und machte in den Protokollen seine Downloads unkenntlich. Er stieß auch auf einige ausgedruckte Kontoauszüge und andere Bankunterlagen, stellte aber bald fest, dass der überwiegende Teil der Bankgeschäfte online erfolgt und nur in elektronischer Form einzusehen war. Allerdings entdeckte er ein kleines lokales, drahtloses Netzwerk sowie einen Anrufbeantworter, der entweder gelöscht worden war oder aber nie eine Nachricht aufgezeichnet hatte. Er nahm sich vor, Madame DuGresson danach zu fragen.

Er hatte nicht wirklich geglaubt, dass es einfach sein würde, seinen Auftrag zu erfüllen. Also machte er sich als Nächstes auf die Suche nach DuGressons Laptop und Pocket-PC. Die zu finden war erstaunlich leicht. Die von Madame mitgeteilte Ziffernkombination öffnete einen überraschend altmodischen Safe in Roberts Büro. Beide Geräte lagen darin. Zusammen mit einer teuren Digitalkamera sowie einem Reisepass und einem dicken Stapel anderer persönlicher Urkunden. Etwas, das er für Backup-CDs hielt, und eine Menge Bargeld – ungefähr zwanzigtausend Euro – komplettierten den Inhalt. Smith ließ das Geld im Safe, steckte aber alles andere in seine Aktentasche. Um das Material zu sichten, brauchte er Ruhe, seinen eigenen Computer und ein Glas Whisky.

Bestimmt würde noch einiges in der Wohnung aufzustöbern sein, aber er glaubte nicht, auf die Schnelle finden zu können, was mit Bedacht versteckt worden war. Falls eine gründliche Durchsuchung nötig werden sollte, würde er seine Mandanten um Hilfe bitten. Er begnügte sich mit einem flüchtigen Blick in die Schlafzimmer. Seiner Erfahrung nach neigten Männer nicht dazu, solche Räume als Verstecke zu nutzen – im Unterschied zu den wenigen Frauen, mit deren Schlafzimmern er Bekanntschaft gemacht hatte. Ganz ähnlich, dachte er, verhielt es sich mit der Wahl des Ortes für einen Selbstmord. Er fand nichts von Bedeutung und ging wieder nach unten, wo er, ohne das Licht einzuschalten, den Kopf durch die Bürotür steckte. Die Fensterläden waren zugezogen, es war entsprechend dunkel. Nur deshalb fiel ihm an der Wand hinter Mademoiselle Briques Schreibtisch ein sehr kleines grünes Blinklicht auf.

In modernen Büros gibt es viele Lichter dieser Art, weil Computer, auch wenn sie nicht im Einsatz sind, in Bereitschaft bleiben, was normalerweise von einem roten oder orangen Licht angezeigt wird. Grüne Signale lassen erkennen, dass etwas in Betrieb ist. Und das schien auch hier der Fall zu sein, was Smith merkwürdig vorkam, weil das Büro eigentlich seit Tagen geschlossen hatte. Interessant war auch, dass das Licht periodisch blinkte. Smith erkannte sofort, dass er ein Modem entdeckt hatte, das mit der Übertragung von Daten beschäftigt war. Die LED-Anzeige blinkte nicht stetig, sondern nur etwa alle zehn Sekunden, was auf einen eher geringen Datendurchsatz schließen ließ. Der Computer, mit dem das Modem verbunden war, musste also noch eingeschaltet sein. Er schaute näher hin und sah, dass das drahtlose Modem in seiner Kapazität relativ begrenzt war, ein Gerät, wie es normalerweise für Heimnetzwerke eingesetzt wurde.

Die beiden PCs im Büro und derjenige auf Roberts Schreibtisch waren aber definitiv ausgeschaltet. Smith holte den Laptop und den Pocket-PC aus seiner Tasche. Auch sie waren nicht in Betrieb. Er versuchte sie zu starten. Der Akku des kleinen Rechners war leer. Der Laptop bootete, war aber durch ein Passwort geschützt. Kein Problem für ihn, aber er brauchte, um sich Zugriff zu verschaffen, eine Software, die er auf seinem eigenen PC zu Hause installiert hatte. Er setzte sich einen Moment, befingerte den Pocket-PC und dachte nach. Es gab offenbar keinen weiteren Computer in der Wohnung, und ein tragbares Gerät, das eingeschaltet sein mochte, würde nicht ohne Weiteres zu finden sein. Er betrachtete das Spielzeug in seiner Hand und stellte fest, dass es sich um ein älteres Modell handelte. Es war ein Compaq PDA. Seltsam, dachte er. Ein Mann wie Robert würde sich doch längst ein neueres Gerät zugelegt haben. Plötzlich wurde ihm bewusst, dass bislang kein einziges Mal von einem Smartphone oder dergleichen die Rede gewesen war. Robert musste doch eines besessen haben, einen neueren Blackberry etwa, mit dem man telefonieren, E-Mails schreiben und ins Internet gehen konnte. Hoffentlich nicht auf stumm gestellt, dachte er.

Er beeilte sich, den nächststehenden Computer einzuschalten, und suchte darauf nach Roberts Mobilfunknummer. Er wählte sie auf seinem eigenen Handy, ging in die Eingangshalle hinaus und lauschte. Nichts. Als er aber ins erste Obergeschoss hinaufstieg, hörte er einen gedämpften Klingelton, der plötzlich verstummte. Über sein Handy wurde er aufgefordert, eine Nachricht zu hinterlassen. Er unterbrach die Verbindung und wählte aufs Neue. Das Rufzeichen kam aus Roberts Schlafzimmer. Er stand im Türausschnitt und lauschte angestrengt. Erst als er ein drittes Mal anrief, fand er, wonach er suchte, in der Schublade eines Schränkchens neben dem Bett. Das Gerät hing am

Aufladekabel, war eingeschaltet und mit dem Drahtlosnetzwerk verbunden. Das Ladekabel ging durch die Rückwand des Schränkchens. Mit einem triumphierenden Lächeln steckte Smith den Blackberry samt Ladegerät in die Tasche und kehrte nach unten ins Büro zurück.

Er hatte alles getan, was er fürs Erste tun konnte. Jetzt galt es, in der Stille seines eigenen Arbeitszimmers und an seinem Computer auszuwerten, was er gefunden hatte. Er schaltete alle Geräte aus, sammelte seine Sachen zusammen, machte die Alarmanlage wieder scharf und verließ das Haus. Sein Ausflug hatte nur knapp eine halbe Stunde gedauert.

Er ging die Rue de la Calade hinauf und bog gerade hinter der Arena ab, als sein Handy klingelte.

»Monsieur Smith?« Die akzentfreie Stimme war unverkennbar. »Ich bin's, Hauptkommissar Blanchard«, erklärte er unnötigerweise. »Darf ich Sie zu einem späten Abendessen einladen?«

Das Lokal der Wahl war eine jener einfach ausgestatteten, aber recht gemütlichen Brasserien, wie es sie überall in Frankreich gibt. Allerdings ging ihre Anzahl zurück unter dem Druck von Touristen, die schnell abgefüttert werden wollten und wirklich gutes Essen nicht zu schätzen wussten. Das *Bistro Central* an der Place Lamartine hatte man gleich neben der Stelle gebaut, an der das von van Gogh gemalte gelbe Haus gestanden hatte, ehe es im Juni 1944 von einem Bomber der 15. US-Airforce bei einem Angriff auf die Eisenbahnbrücke über die Rhone mit zerstört wurde. Das täglich wechselnde Menü des *Bistro Central* war verlässlich gut, aus frischen Zutaten zubereitet und nicht zu teuer. Daneben gab es immer auch À-la-carte-Gerichte im Angebot, aber wer um die Qualitäten dieses Lokals wusste, ließ sich lieber vom Koch und seinen *plats du jour* überraschen. So auch Blanchard und sein Gast. Die einzige Abweichung von der Regel war die Wahl einer Flasche Château Cissac, die nicht auf der Weinkarte stand.

Blanchard blickte etwas verlegen drein.

»Sie verzeihen hoffentlich, Monsieur Smith. An die hiesigen Weine habe ich mich noch nicht gewöhnen können.« Eingedenk der Weine, die Smith in den vergangenen Tagen getrunken hatte, war er versucht, den Hauptkommissar eines Besseren zu belehren. Aber damit hätte er womöglich Informationen preisgegeben, die er lieber für sich behielt. Er lächelte höflich und sagte: »Wie könnte ich etwas gegen einen der besseren *crus bourgeois* haben, zumal hier, in diesem bürgerlichen Gasthaus?«

»Wie ich erfahren habe, verkehren Sie inzwischen mit Madame DuGresson.«

Smith verzichtete auf die Frage nach Blanchards Informationsquelle. »Wenn Sie damit meinen, dass ich für ihr Unternehmen als Berater tätig geworden bin – ja.«

»Aha«, erwiderte er mit einem herablassenden Lächeln, »als Berater also.«

Der erste der drei Gänge wurde serviert. Ein einfacher *salade niçoise*, dem ein *magret de canard* mit Ingwer-Jus und zum Abschluss wahlweise ein Obstsalat, eine *tarte* oder ein Karamellpudding folgen würden. Einfache, gute Hausmannskost.

Blanchard nahm einen ersten Schluck Wein, verzog

leicht das Gesicht, als halte das, was er schmeckte, seinen Erwartungen nicht stand, und schaute Smith ins Gesicht.

»Ich möchte Sie um Ihre Hilfe bitten, Monsieur.«

Lieber Himmel, dachte Smith, der nicht auch noch …

Blanchard fuhr fort: »Vielleicht sollte ich erst einmal erklären, worum es geht.«

»Das wäre schön«, entgegnete Smith nicht ohne einen Hauch von Sarkasmus.

Das Lächeln des Hauptkommissars war merklich gezwungen. Er zögerte und schien darauf zu warten, dass ihm sein Gast auf die Sprünge half, wurde aber enttäuscht. Smith dachte gar nicht daran.

»Zunächst einmal möchte ich Ihnen sagen, dass ich in der Tat Hauptkommissar bin, aber nicht bei der hiesigen Polizei, wie Sie ja schon bemerkt haben. Ich arbeite für das Department SC4 von Europol.«

»SC4?«

»Es befasst sich mit Wirtschaftskriminalität und hat seinen Hauptsitz in Den Haag. Ich bin zurzeit einem Verbindungsbüro in Paris unterstellt.«

Er legte ein kleines Lederetui auf den Tisch, das wahrscheinlich einen Ausweis enthielt. Smith zeigte kein Interesse daran. »Leider nicht von Cellerini«, meinte Blanchard mit sprödem Lächeln und steckte es wieder in die Innentasche seines Jacketts.

»Ich fasse mich kurz«, fuhr er fort. »Seit drei Jahren leite ich ein kleines Team, das in schweren Betrugsfällen ermittelt, nämlich der Veruntreuung von Geldern, die die Europäische Union für die Restaurierung und Instandhaltung antiker Bauten bereitstellt. Die Mitgliedsstaaten erhalten jährlich mehrere Billionen Euro. Ein Großteil der Mittel geht natürlich an die rechtmäßigen Empfänger, aber immer wieder versickern auch beträchtliche Summen. Nach unseren Schätzungen etwa jährlich fünfhundert Millionen Euro. Unsere Ermittlungen haben mich vor ungefähr sechs Monaten hierhergeführt, denn Arles ist nicht nur Nutznießer von Fördermitteln, sondern nach unseren Erkenntnissen auch die Schaltzentrale des europaweit agierenden Betrugskartells. Mein Auftrag besteht darin, festzustellen, wer dahintersteckt und wohin das Geld fließt. Ich glaube, dass Robert DuGresson einer der Drahtzieher war und dass letzte Woche irgendetwas gründlich schiefgelaufen ist.«

Smith sah den Zeitpunkt gekommen, sich aktiv einzubringen.

»Kann es sein, dass Ihre lächerliche Selbstmordgeschichte erfunden wurde, um die örtliche Polizei auszubremsen, damit sie Ihnen nicht in die Quere kommt?«

»Ja. Ich will nicht, dass hiesige Ermittler, die womöglich auch an örtliche Loyalitäten gebunden sind, unsere Arbeit von drei Jahren zunichtemachen. Nach unserer ersten Begegnung hatte ich gehofft, dass es in Ihrem Interesse sein würde, den unerfreulichen Zwischenfall so schnell wie möglich zu vergessen.«

»Warum haben Sie mich dann zum Essen eingeladen?«

»Ganz einfach, wir wollen wissen, ob Madame DuGressons Familie auf die eine oder andere Weise in den Fall verwickelt ist. Uns liegen nur wenige Informationen über sie vor, und es scheint, dass sich die Kommune vor sie stellt. Man ist hier einem Polizisten aus Paris gegenüber misstrauisch und mit Auskünften entsprechend zurückhaltend, insbesondere dann, wenn vertrauliche Details über die Geschäfte einer der ältesten und mächtigsten Familien der Region in Rede stehen. Ihnen vertraut die Familie aber offenbar, und deshalb bitte ich Sie um Hilfe. Bevor Sie fragen: Ja, wir observieren Roberts Haus seit über einem Jahr. Wir haben gesehen, dass Sie heute Abend hineingegangen sind, mit einer Aktentasche in der Hand, die sichtlich schwerer war, als Sie wieder herauskamen. In puncto Familienanschluss ist Ihnen in wenigen Tagen offenbar mehr gelungen als uns in drei Jahren.«

Smith ärgerte sich, nicht selbst in Betracht gezogen zu haben, dass das Haus unter Beobachtung stehen könnte. Für einen solchen Verdacht hatte es zwar keinen ersichtlichen Grund gegeben, dennoch kreidete er sich dies als Fehler an.

»Angenommen, ich wäre auch nur im Entferntesten daran interessiert, Ihnen zu helfen – warum sollte ich? Die Institutionen der Europäischen Union sind mir ein Graus, auch wenn ich mit ihren Zielen im großen Ganzen durchaus sympathisiere. Ich mag Polizisten ebenso wenig wie Politiker, gleich welcher Couleur. Für mich sind sie durch die Bank nichtsnutzige Parasiten, die ich am liebsten über den Haufen schießen würde. Wenn eine Bande Krimineller das System aufzumischen versucht, tue ich mich schwer damit, Empörung aufzubringen. Ich kannte einen Europapolitiker, der, abgesehen davon, dass er ein ausgemachtes Arschloch war, an Dreistigkeit und Abgefeimtheit jeden Camargue-Gangster in den Schatten stellte. Ich habe mit Monsieur Aubanets Unternehmen einen Vertrag abgeschlossen und bin beauftragt, Marketingstrategien zu entwickeln, nicht mehr und nicht weniger. Ich habe eine Vertraulichkeitsvereinbarung unterschrieben und bin entschlossen, mich daran zu halten. Als mein Mandant kann er sich auf meine professionelle Loyalität verlassen. Ansonsten bin ich nur meiner eigenen Familie, meinem Hund und mir selbst gegenüber loyal – in der Reihenfolge.«

»Möchte man nicht auch einer hübschen, reichen und mächtigen Frau treu ergeben sein?«, fragte Blanchard lächelnd.

»Das kann ich als lächerlich bezeichnen oder bestätigen. Wie Sie wollen.«

»Monsieur, irre ich mich oder sehe ich Sie tatsächlich in der Defensive?«

Smith beschloss, ärgerlich zu werden, teils weil er es wollte, teils weil er fand, dass es angebracht war. Der clevere junge Mann fing ihn jedenfalls an zu langweilen. Mit Blanchard zu Abend zu essen war reine Zeitverschwendung; viel lieber hätte er jetzt in Roberts Computer herumgewühlt.

»Ob Sie irren oder nicht, Sie können getrost davon ausgehen, dass ich an Ihnen und Ihren Ermittlungen kein bisschen interessiert bin. Sie sind mir schon im Krankenhaus auf den Wecker gefallen, als Sie glaubten, mich mit einer Geschichte abspeisen zu können, die Ihnen nicht einmal im Kindergarten abgenommen worden wäre, und jetzt glauben Sie wohl, dass ich mich von Ihnen beleidigen lasse, nur weil Sie im Auftrag der Europäischen Union auftreten, einen teuren Anzug tragen und jede Menge Spesen machen können. Wenn Sie wirklich meine Hilfe wollen, kann ich Ihnen nur sagen, dass Sie den falschen Weg eingeschlagen haben. Vielleicht hätten Sie mit einem finanziellen Angebot mehr Erfolg gehabt. So aber, Blanchard, können Sie sich Ihre feine Pariser Art dahin schieben, wo, wie man so schön sagt, keine Sonne scheint.«

Smith warf seine Serviette auf den Tisch, stand auf und ließ einen gänzlich verwirrten Polizisten allein am Tisch zurück. Dass er einiges riskierte, indem er einen hochrangigen Europabeamten dermaßen vor den Kopf stieß, war ihm durchaus bewusst, doch glaubte er, ein Recht darauf zu haben, dass man ihm entweder reinen Wein einschenkte oder ihn einfach in Ruhe ließ. Vielleicht würden sie ihn noch innerhalb der nächsten Stunde festnehmen. Oder ihn nicht weiter behelligen. Oder ihn zu einem neuen Treffen mit einem zuvorkommenderen Hauptkommissar bitten. Er hatte sich nichts zuschulden kommen lassen und sah allen Optionen gelassen entgegen.

Er beeilte sich, nach Hause zurückzukehren. Ein wenig ärgerte es ihn, dass ihm niemand folgte. Er war nicht gerade stolz auf seinen mit Aplomb inszenierten Abgang im Restaurant, hoffte aber, damit zumindest etwas angestoßen zu haben. Fest stand für ihn jedenfalls, dass er sich an den polizeilichen Ermittlungen nicht beteiligen wollte, schon gar nicht ohne Bezahlung.

Kaum eine halbe Stunde später kam der nicht unerwartete Anruf.

»Monsieur Smith, ich möchte mich bei Ihnen entschuldigen. Sie haben natürlich recht. Es gibt absolut keinen Grund für Sie, mir zu helfen. Dumm von mir, dass ich darauf gehofft habe. Aber ich brauche Ihre Unterstützung und bin bereit, dafür zu zahlen. Ich erwarte auch gar nicht, dass Sie Ihre Schweigepflicht verletzen, und bin mir sicher, dass wir eine Art der Zusammenarbeit finden, die uns beiden zum Vorteil gereicht. Bitte geben Sie mir eine zweite Chance.«

Blanchard legte eine Pause ein, als wartete er auf ein ermutigendes Zeichen.

Als es ausblieb, fuhr er fort: »Um mich in Wort und Tat bei Ihnen zu entschuldigen und in der Hoffnung, Sie als Mithelfer gewinnen zu können, würden meine Frau und ich Sie gern morgen Abend zum Diner im *Oustau de Baumanière* einladen. Mein so geschmähtes Spesenkonto gäbe das wohl noch her.«

Smith grinste und spürte seinen Ärger verfliegen. Die Anspielung gefiel ihm wie überhaupt der clevere Zug der neuerlichen Einladung. Wenn Blanchard seine Frau mitbringen wollte, war zu hoffen, dass geschäftliche Themen im Hintergrund bleiben würden, es sei denn, sie war ebenfalls bei der Polizei. Eine Einladung ins *Oustau* ließ sich einfach nicht ausschlagen. Es lag in dem Tal unterhalb von Les Baux, galt als eines der besten Restaurants Frankreichs und kam, weil viel zu teuer, für ihn selbst eigentlich nicht infrage. Er war bisher nur zweimal dort eingekehrt und erinnerte sich an das Essen, als hätte er es gestern genossen und nicht bereits vor fünfzehn Jahren. Es fiel ihm schwer, seine Zusage noch ein Weilchen hinauszuzögern, wollte aber den Eindruck vermitteln, als kämpfe er noch mit sich.

»Einverstanden, Monsieur Hauptkommissar. Ihre Entschuldigung und Ihre Einladung sind angenommen. Ich muss Sie aber warnen: Ich kann Ihnen wirklich nur helfen, soweit die Interessen meines Mandanten nicht kompromittiert werden. Mir ist durchaus bewusst, dass Sie die Macht hätten, meine Mitwirkung zu erzwingen, aber wenn Sie auf die Ausübung dieser Macht zu verzichten bereit sind, sollten Sie respektieren, dass ich entscheide, worüber wir diskutieren und worüber nicht.«

Blanchard klang aufrichtig. »Ich freue mich und habe vollstes Verständnis für Sie. Darf ich Sie morgen gegen halb acht abholen?«

»Ich schätze Ihr Angebot, würde aber lieber mit meinem eigenen Auto kommen, wenn es Ihnen recht ist.«

»Natürlich. Also, sagen wir, um acht im Restaurant?«

»Ja, einverstanden.«

Normalerweise hätte sich Smith noch ein wenig Zeit gelassen, um sich ein paar Gedanken über die jüngste Wendung der Ereignisse zu machen. Aber es drängte ihn, Roberts Laptop und Blackberry unter die Lupe zu nehmen. In der halben Stunde zwischen seiner Rückkehr nach Hause und Blanchards Anruf hatte er die Geräte an seinen Computer angeschlossen und eine nützliche, wenn auch nicht ganz legale Software aus seiner Sammlung aufgespielt, die es ihm möglich machte, in geschützte Bereiche einzudringen und die eigenen Wege zu verschleiern. Sich in fremde Computer und Netzwerke einzuloggen ist bei Weitem nicht so schwer wie allgemein angenommen. Die meisten Passwörter und Firewalls sind relativ leicht zu knacken, und für den Großteil der käuflich erwerbbaren Verschlüsselungssysteme findet man geeignete Schlüssel, wenn man nur weiß, wo nach ihnen zu suchen ist, und den Preis dafür zu zahlen bereit ist. Noch vor einigen Jahren waren russische und balkanesische Websites wahre Fundgruben. Inzwischen sind sie eher in China angesiedelt. Nein, geeignetes Werkzeug aufzustöbern war kein Problem. Die eigentliche Herausforderung bestand darin sicherzustellen, dass die Übergriffe unentdeckt blieben. Er hatte das vage Gefühl, dass seine Klienten nicht unbedingt zu wissen brauchten, in welchen Ecken ihres Systems er herumstocherte.

Weil Robert seinen Blackberry wahrscheinlich ständig bei sich geführt hatte, ließ Smith diesen erst einmal außer Acht und widmete sich dem Laptop. Das Passwort für den Zugang entnahm er der E-Mail von Madame. Er fand wenig Spektakuläres. Auf der Festplatte waren Geschäftsberichte, Korrespondenzen, Cashflow-Projektionen, Abrechnungsentwürfe und dergleichen abgespeichert, also all das, was man in den Unterlagen eines Finanzdirektors erwarten konnte. Harmlos waren auch die Internetprotokolle. Robert hatte sowohl für geschäftliche als auch für persönliche Zwecke Online-Banking genutzt und Popmusik der Achtzigerjahre, Modern Jazz und vorbarocke Kammermusik heruntergeladen. Er hatte sich für die Fußballergebnisse von Paris Saint-Germain interessiert, Flüge gebucht, Theater- und Opernkarten online vorbestellt und gesurft wie jeder andere Internetnutzer.

Noch enttäuschender war der Mangel an versteckten Dateien. Microsofts einfache Löschfunktion entfernt nichts wirklich endgültig, sie tut nur so, aber auch als Smith eine Anzahl zufällig ausgewählter gelöschter Files wiederherstellte, fand er nichts Aufregendes. Die TEMP-Dateien waren intakt, so auch der Browserverlauf. Da sich Robert nicht die Mühe gemacht hatte, sie zu löschen, hielt es Smith, zumindest einstweilig, für Zeitverschwendung, seine Suche in dieser Richtung fortzusetzen. Hinweise auf Verschlüsselungssoftware oder auf professionelle Löschprogramme gab es nicht. Selbst Roberts E-Mails waren ungeschützt und mit allen anderen Archivdaten im Wochenturnus auf den Unternehmensserver übertragen worden. Auch die kürzlich eingegangenen Mails erschienen Smith unverdächtig. Er würde Madame bitten, einen Blick darauf zu werfen wie auch in Roberts Adressbuch. Vielleicht fielen ihr ungewöhnliche Einträge auf, die er selbst für normale geschäftliche Kontakte halten würde.

Smith nahm sich nun den Blackberry vor. Kleine, tragbare Geräte wie dieses sind herstellerseits sehr viel besser geschützt als übliche Laptops. Zum Glück war das Passwort für den Zugang nicht schwer zu ermitteln. Wie die meisten Anwender hatte Robert den Rat ignoriert, ein möglichst starkes Passwort auszuwählen.

Die darauf befindliche Adressliste war fast doppelt so lang wie die auf dem Laptop. Mit den Einträgen konnte Smith aber ebenso wenig anfangen. Er kopierte sie auf seinen Computer. Vielleicht konnte er Blanchard zu gegebener Zeit und aus welchen Gründen auch immer eine Freude damit machen. Außerdem fand er etliche E-Mails, Dokumente und Tabellen, die alle verschlüsselt waren. Wirklich interessant aber war, dass die Anzeige der versteckten Programme ihm verriet, dass jemand eine Keylogging-Software aufgespielt hatte. Dass Robert dies getan hatte, hielt Smith für unwahrscheinlich. Er würde also der Frage nachgehen müssen, wer das System eingerichtet hatte. Alles zu seiner Zeit, dachte er und beeilte sich, die Netzwerkfunktion außer Kraft zu setzen und die SIM-Karte aus dem Gerät zu nehmen. An seinem Computer startete er daraufhin seine Spezialsoftware und ließ von ihr alle Logfiles auslesen und sämtliche Passwörter und Verschlüsselungscodes identifizieren, die Robert benutzt hatte. Es lief wie am Schnürchen und war einfacher als gedacht.

Als Smith auf die Uhr schaute, stellte er fest, dass es spät geworden war, schon nach Mitternacht. Wie immer, wenn er am Computer saß, raste die Zeit dahin. Sein PC würde noch eine Weile damit beschäftigt sein, die Protokolle auszuwerten. Er öffnete Arthur die Gartentür, damit er noch einmal seine Blase entleerte – was dieser wie immer mit der Gelegenheit verband, sich mit drohendem Blick nach kleinen pelzigen Streunern umzuschauen, die er jagen konnte –, schloss dann das Haus ab und ging zu Bett.

5. Ermittlungen und gutes Essen

Der Computer rechnete noch, als er am nächsten Morgen um halb acht sein Arbeitszimmer betrat. Nach einem sehr großen Espresso aus der sündhaft teuren italienischen Kaffeemaschine, die er sich vor ein paar Jahren verschwenderischerweise geleistet hatte, und nach der obligaten Einnahme seiner vier Blutdruckpillen ging er mit dem Laptop ins Internet und machte sich an die Arbeit. Madame teilte ihm in einer Mail mit, dass sie für ihn ein Treffen mit Mademoiselle Brique arrangiert habe; es sollte am nächsten Morgen in Roberts Büro stattfinden. Außerdem wollte sie wissen, ob er schon weitergekommen sei, und er war sich ziemlich sicher, dass sie dabei nicht an Marketingstrategien dachte. Er brauchte rund eine Stunde für seinen ersten Bericht an sie, der im Wesentlichen »Noch nicht viel« zum Inhalt hatte. Er benötigte mindestens noch einen Tag und wollte das Gespräch mit Blanchard abwarten, ehe er entscheiden mochte, welche der gewonnenen Informationen er an sie weiterzuleiten gedachte und welche er lieber noch für sich behielt.

In seiner Antwort an Madame listete er verschiedene Geschäftspartner der Unternehmensgruppe auf, mit der Bitte, Besuchstermine zu vereinbaren. Es ging auf neun

Uhr zu, und er musste sich eingestehen, dass er nichts weiter tun konnte, als abzuwarten, was der Computer an Ergebnissen ausspuckte. Die übrigen Mails, die er empfangen hatte, enthielten den üblichen Mist, aber es gab auch zwei von seinen Töchtern. Dass seine Beziehung zu ihnen durch die häuslichen Querelen der letzten Jahre keinen Schaden genommen hatte, machte ihm sein Exil in Frankreich umso angenehmer. Sie schrieben und besuchten ihn regelmäßig.

Plötzlich überkam ihn einer jener »Wind in den Weiden«-Momente, und wie den Maulwurf aus dem Kinderbuch zog es ihn hinaus, auch wenn er auf den beschwichtigenden Einfluss einer lebenstüchtigen Wasserratte würde verzichten müssen. Es war heute kühler als sonst und die Luft kristallklar. Vom Fenster seines Arbeitszimmers aus konnte er, weit über die Abtei Montmajour hinweg, bis zu den gut fünfzehn Kilometer entfernten Alpillen sehen. Tatsächlich würde es jetzt wieder möglich sein, durch die Berge zu wandern. Während der vergangenen Sommermonate war das Netz der Wege und Pfade gesperrt gewesen, um Waldbränden vorzubeugen, die immer wieder ausbrachen, wenn Besucher Zigarettenkippen achtlos wegwarfen oder Picknickfreunde Würstchen grillten.

Gut eine Stunde später stellte Smith seinen VW Polo an einem der vielen Ausgangspunkte für Wanderungen am Fuß der Berge ab. Der Parkplatz lag in der Nähe des alten römischen Wasserspeichers von Glanum bei Saint-Rémy. Es war, wie häufig zu Wochenbeginn, ein gnädigerweise ruhiger Tag. Die meisten Touristen stolperten zu dieser Zeit zwischen den Überresten der Nervenklinik umher, in der van Gogh nach seiner Ausweisung aus Arles ein ganzes Jahr hatte zubringen müssen. Arthurs überbordende Freude über die Aussicht auf einen ausgedehnten Spaziergang beschämte Smith ein wenig wie immer. Es gab eigentlich keinen Grund, warum er solche Ausflüge nicht öfter unternahm und sich stattdessen weniger sportlichen Betätigungen widmete. Ein wenig gehemmt – er verstand sich beileibe nicht als Rucksackträger – schnallte er sich seinen kleinen Ranzen auf den Rücken, der Wasser und eine Trinkschale für Arthur enthielt. In seine Thermojacke steckte er eine gekühlte halbe Flasche Crémant, aus der er sich zu gegebener Zeit ein paar Schlückchen genehmigen wollte. Natürlich war ihm klar, dass es nicht das geeignete Getränk für unterwegs war, aber Wasser mochte er einfach nicht, weder als durststillendes Medium noch als beschwimmbares Element. Sein Whiskyglas, der Garten und die Duschkabine waren die einzigen Orte, an denen er Wasser durchaus gern sah. Zur Not würde er sich an Arthurs Ration bedienen.

Die Alpillen sind kein richtiges Gebirge. Sie sehen nur so aus, steigen bei Saint-Gabriel im Nordosten von Arles steil an und erstrecken sich über eine Länge von gut dreißig Kilometern von Westen nach Osten, wo sie sich auf der einen Seite im Luberon, auf der anderen in den Seealpen verlieren. Die höchste Erhebung erreicht gerade einmal fünfhundert Meter, und für erfahrene Bergsteiger stellt das Gelände keine Herausforderung dar. Smith aber fand hier die nach seinem Dafürhalten eigentliche und wahre Provence. Er liebte diese Landschaft mit ihren Weiden voller Schafe, Ziegen und traumwandelnden Pferden am Fuß der Bergkette. Die wenigen protzigen Villen und Swimmingpools, die dort gebaut worden waren, störten ihn nicht wirklich. Zypressen und Eichen bewaldeten die unteren Hänge, weiter oben wuchsen Schirmpinien, dornige Sträucher und wilder Lavendel, und in den Gipfellagen gab es nur noch kargen Fels.

Über die Höhen wehte fast immer ein kräftiger Wind, aber die Aussicht war atemberaubend. Nach Süden hin reichte sie über die fruchtbaren Äcker der Crau-Ebene und die Camargue hinweg bis zum Mittelmeer. Drehte man sich um, sah man die Cevennen im Nordwesten, Avignon im Norden und den Mont Ventoux im Nordosten, manchmal sogar die Silhouette der Alpen. An klaren, sonnigen Tagen, die hier eher selten waren, fühlte man sich wie im Paradies. Und dies war so ein Tag. Der Mistral, der mitunter sehr kalte Fallwind aus dem Norden, hatte den heißen Staub aus der Luft gefegt. Smith war in bester Stimmung, als er steil bergan stieg mit dem Ziel, den Tour de Guet zu erklimmen. Tote Finanzdirektoren hatten in seinem Kopf keinen Platz mehr. Wegen der sommerlichen Waldbrandgefahr in den Bergen war ein ausgeklügeltes Wegenetz aus Schotterpisten angelegt worden, die als Brandschneisen fungierten, und überall ragten Türme der Feuerwache auf. Riesige unterirdische Zisternen, in regelmäßigen Abständen entlang den Straßen ausgehoben, dienten als Löschwasserreservoire für den Notfall. Wie viele Wanderer nutzte auch Smith einen der Schotterwege für seinen Aufstieg. Er genoss die Bewegung. Sein Herz fühlte sich leicht an.

Nach gut anderthalb Stunden und mehreren kleinen Pausen, die Arthur zum Trinken einforderte, hatten sie den Gipfel erreicht. Smith setzte sich auf einem Felsvorsprung in den Schatten eines verkümmerten Strauchs und schaute sich um. Arthur, der wie die meisten Windhunde wenig Sinn dafür hatte, Platz zu nehmen, wenn er stehen konnte, legte sacht seine Schnauze auf Smiths Knie. Smith öffnete die Flasche Crémant und nahm einen Schluck, sehr vorsichtig, um zu verhindern, dass der schäumende Inhalt vom Rachen aus den falschen Weg durch die Nase wählte. Das kleine Malheur war erfolgreich abgewendet, nun genoss er den Ausblick. Es gab viele Gründe für seinen Umzug in diesen Teil der Provence. Zum einen war es einer der wenigen Orte, an denen er sich nach der Scheidung ein eigenes Haus hatte leisten können. Da ihn in England nichts hielt, hätte er sich zwar an x-beliebiger Stelle niederlassen können, aber nirgends hätte er ein günstigeres und dennoch zufriedenstellendes Eigentum gefunden. Außerdem hatte er mit den Jahren, in denen er immer wieder nach Arles gereist war, ein Faible für die Stadt und ihre Umgebung entwickelt. Ihm gefielen die Menschen, die hier lebten. Sie waren so markant und unnachgiebig wie die Landschaft ringsum. Es war keine reiche Gegend. Im Gegenteil. Mit der Promenade des Anglais und der Schönfärberei eines Peter Mayle hatte seine Provence nichts gemein. Es war auch nicht die Provence, in der Kellner schlechtes Französisch hören und auf Englisch antworten. Seine Provence war besser. Sehr viel besser.

Links unter ihm breitete sich das Plateau de la Caume aus, ein ebener Landstrich voller Olivenbäume, die das beste Olivenöl der Welt liefern. Im Südwesten, knapp zehn Kilometer entfernt, sah er die Umrisse der Hügelstadt Les Baux. Erst jetzt fiel ihm wieder ein, dass auf seine arkadischen Träumereien schon bald eine mondänere Episode folgen sollte, nämlich in einem der besten Restaurants Frankreichs. Die Realität hatte ihn wieder.

Er wusste nicht, wie spät es war. Sein neues Leben in der Provence hatte eine Reihe von Veränderungen mit sich gebracht; eine davon bestand darin, dass er keine Uhr mehr trug. Diesmal hatte er sogar sein Handy im Auto liegen lassen, was in Anbetracht seines Infarktrisikos keine gute Idee war. Weiter nach oben ging es nicht; es kam nur ein Bergab infrage. Er stellte fest, dass er den mechanischen Champagnerflaschenverschluss auch diesmal umsonst mitgenommen hatte, und machte sich an den Abstieg, dankbar begleitet von Arthur. Lange Phasen der Selbstbetrachtung waren wahrhaftig nicht sein Ding.

Wie immer war der Weg nach unten mühseliger und weniger interessant als der nach oben. Smith fragte sich nicht zum ersten Mal, welche Bewandtnis es haben mochte, dass das menschliche Skelett für Anstiege besser geeignet war als für Abstiege. Oder dass Kühe Treppen hinauf-, aber nicht hinabsteigen konnten. Als er den Parkplatz erreichte, war es fast vier Uhr. Er war Stunden unterwegs gewesen, was er jetzt in den Beinen spürte. Als er wiederum Arles erreichte, hatte gerade die Rushhour eingesetzt, falls in dieser Stadt überhaupt davon die Rede sein konnte. Er mühte sich durch den Verkehr aus zielstrebigen Einwohnern und umherirrenden Touristen und fand schließlich einen Parkplatz auf der Place de la Major.

Sein Computer hatte seine Arbeit beendet. Was an Ergebnissen vorlag, wollte er sich aber erst später ansehen. Ihm fehlte die Lust, sich damit zu beschäftigen, zumal ihm nur noch wenig Zeit bis zu seiner Verabredung blieb. Die nutzte er, um im Haushalt Ordnung zu schaffen, Arthur zu füttern und ausgiebig zu duschen.

Kurz nach halb acht setzte er sich in den Wagen und fuhr in die Richtung, aus der er erst vor wenigen Stunden gekommen war, folgte der Straße, die an der Abtei Montmajour vorbei und über Fontvieille am Südrand der Alpillen entlangführte, und bog schließlich nach Nordosten ab in Richtung Les Baux. Er freute sich schon auf ein genussvolles Abendessen.

Smith war Darwinist, wenn es um gute Restaurants ging. Er orientierte sich am Roten Michelin, den er unter den vielen Gastro-Führern für den besten hielt, obwohl er, was seine Hotelempfehlungen betraf, seiner Einschätzung nach nicht besonders zuverlässig war. Sein Exemplar war zudem schon fünf Jahre alt und wahrscheinlich überholt. Aber ein Restaurant, räsonierte er, das selbst vor zehn Jahren seiner guten Küche wegen empfohlen worden und immer noch im Geschäft war, musste einiges richtig gemacht haben. Mit dieser Strategie verpasste er natürlich aktuelle Trends und den Aufstieg neuer Sterne am europäischen Feinschmeckerhimmel. Wie überall machten auch in Arles immer wieder neue Restaurants auf, die eine Weile von sich reden machten, von den Kritikern gepuscht wurden, sich in Lokale für hiesige Gourmets und gut betuchte Touristen verwandelten und schließlich sang- und klanglos in der Versenkung verschwanden. Ein ähnliches Schicksal ereilte die schicken Modeboutiquen an der Rue de la République, die kurz aufblühten und nach schon wenigen Monaten der

Hochsaison wieder dichtmachten. Der Reichtum war hier ein oberflächliches Sommerphänomen. Geschäfte überlebten nur dann die langen Wintermonate, wenn sie mit echter Qualität aufwarteten, statt Schaum zu schlagen.

Das *Oustau de Baumanière* gab es schon länger als ihn. Seit der Gründung im Jahr 1942 waren dem Haus insgesamt fünfmal drei Michelin-Rosetten zuerkannt worden. Auf realistischere zwei zurückgestuft, weil sein Hotelbetrieb mitunter zu wünschen übrig ließ, bleibt es nichtsdestotrotz eines der großartigsten Restaurants der Region. Erwartungsvoll steuerte Smith seinen leicht verbeulten und sehr staubigen Polo auf den mit geharktem Kies bestreuten Parkplatz und stellte ihn stolz in eine Lücke zwischen einem neuen Bentley Brooklands und einem Ferrari 599 GTB. Es war Punkt acht, als er den Schlüssel aus dem Zündschloss zog.

Der Maître d'hôtel nahm ihn am Eingang in Empfang und begrüßte ihn namentlich.

Tief beeindruckt folgte Smith dem Mann durch den überwölbten Speisesaal. Es war noch relativ früh am Abend, der Saal nur zur Hälfte gefüllt. Blanchard stand von einem kleinen runden Tisch am Rand des Raums auf und kam ihm entgegen.

»Guten Abend, Monsieur Smith. Danke, dass Sie gekommen sind.« Er machte eine leichte Drehung. »Darf ich Ihnen meine Frau Suzanne vorstellen?«

Smith ging um den Tisch herum und schüttelte eine ihm selbstbewusst entgegengestreckte Hand, deren festen Druck er mit gleicher Stärke erwiderte.

»Es freut mich, Sie kennenzulernen, Madame.«

»Ganz meinerseits, Monsieur. Nehmen Sie doch bitte Platz.«

Suzanne Blanchard war eine schlanke junge Frau, teuer, aber schlicht gekleidet in einem hochgeschlossenen, dunkelblauen Seidenkleid. Um den Hals trug sie eine einfache Perlenkette und eine goldene Piaget-Uhr am Handgelenk. Die dunklen Haare waren kurz und elegant geschnitten.

»Ich habe schon viel von Ihnen gehört, Monsieur Smith«, fuhr sie fort.

»Ach je.« Smith lächelte. »Ich fürchte, dann haben Sie kein besonders positives Bild von mir.«

»Ganz im Gegenteil. Manchmal lasse auch ich meinen Mann in Restaurants sitzen«, fügte sie hinzu.

An dieser Stelle entschied der Hauptkommissar, sich in das Gespräch einzuschalten. »Sie sollten wissen, Monsieur Smith, dass meine Frau auch mein Boss ist.«

»Gütiger Himmel«, entgegnete Smith. »Ich habe keine Ahnung, was über dem Rang eines Hauptkommissars liegt.«

Den vergnügten Blicken der beiden nach zu urteilen war sein Scherz gut angekommen. Beide kicherten, was ihn überraschte. Er merkte, dass er sich unversehens für sie erwärmte.

»Tatsächlich ist meine Frau stellvertretende Kommissarin bei Europol. Meine Abteilung untersteht ihrer Zuständigkeit.«

Smith sah mit Freude, wie einfach es war, der Europäischen Union etwas Gutes abzugewinnen, wenn er darauf hoffen konnte, von ihr zu profitieren.

»Monsieur Smith«, fuhr Blanchard fort. »Ich möchte mich noch einmal für meine Bemerkungen gestern entschuldigen. Sie waren unpassend, zumal ich eigentlich nur vorhatte, Sie um Ihre Hilfe zu bitten.«

In Erwartung einer der besten Mahlzeiten seit Langem war Smith gnädig gestimmt. Seine Erwiderung kam einer Umarmung gleich: »Schwamm drüber. Ich helfe Ihnen gern, vorausgesetzt, meine Abmachungen mit Madame DuGresson kommen darüber nicht zu kurz. Falls aber unsere Kooperation eine offizielle Note bekommt, wäre ich natürlich gezwungen, meine Mandantin zu informieren, und dann würde meine Informationsquelle sofort versiegen.«

Es war Madame, die antwortete.

»Verständlich. Einstweilen ziehen auch wir es vor, dass unsere Beziehung inoffiziell bleibt.«

»Aber wohl kaum vertraulich, Madame, oder?«, erwiderte Smith und schaute sich im Gastraum um, der sich schnell füllte.

»Ja, ich fürchte, das ist nicht möglich. Unsere Selbstmordversion ist nicht mehr glaubwürdig, und es wäre wohl nicht ganz fair, wenn ich verhehlen würde, dass unsere Beziehung ein gewisses persönliches Risiko für Sie birgt.«

»Zu der Einsicht bin ich auch schon gelangt, Madame, aber ein solches Risiko lässt sich wohl nicht umgehen.« Der guten Stimmung zuliebe und um auf ein weniger ungemütliches Thema überzuleiten, setzte er hinzu: »Solange sich jemand um Arthur kümmert, falls mir etwas zustoßen sollte ...«

»Natürlich, Monsieur, für ihn würde ich selbstverständlich und mit Vergnügen sorgen. Aber wahrscheinlich käme mir Monsieur Aubanet auch in der Hinsicht zuvor.«

Herrje, dachte Smith, der es für durchaus möglich hielt, dass alle Beteiligten Dreck am Stecken hatten.

»Monsieur Smith«, sagte der Hauptkommissar, »meine Einladung hat einen zweifachen Grund. Sie soll nicht nur mein unpassendes Betragen während unseres ersten gemeinsamen Essens entschuldigen, sondern uns auch Gelegenheit geben, einander besser kennenzulernen. Da unsere Beziehung inoffiziellen Charakter hat, halte ich das für besonders wichtig, da wir lediglich Gefälligkeiten austauschen werden. Seien Sie versichert, es ist nicht meine Absicht, der alleinige Nutznießer zu sein. Auch Sie werden von unserer Zusammenarbeit profitieren. Aber wir werden noch viele Gelegenheiten haben, über Geschäftliches zu sprechen. Freuen wir uns jetzt erst einmal auf ein gutes Essen. Es wäre eine Schande, uns die Mahlzeit mit einem Gespräch über Mord und Betrügereien zu ruinieren. Ich schlage deshalb vor, wir reden über etwas anderes, lassen uns das Essen schmecken und genießen den Abend in dieser Runde.«

»Gern.« Smith grinste breit, fragte sich aber, wann Blanchard endlich herausrücken würde mit dem, was er eigentlich wollte.

Das Essen war wie erwartet spektakulär und das Tischgespräch überraschend entspannt. Die Blanchards erzählten frank und frei über sich, ihre beruflichen Laufbahnen und ihren Aufenthalt in der Stadt, die ihnen immer besser gefalle, wie sie sagten. Auch Smith fiel es relativ leicht, ein wenig von sich preiszugeben, von seinem Alltag in Arles zu berichten und warum er sich hier niedergelassen hatte. Über seine Vergangenheit schwieg er sich aus, zumal er davon ausgehen konnte, dass die beiden Erkundigungen über ihn eingezogen hatten. Der Rest ging sie nichts an. Mit Bedacht kam er mit keinem Wort auf seine IT-Kenntnisse zu sprechen. Zum Glück stand dann auch die geteilte Bewunderung für das, was ihnen zu essen vorgesetzt wurde, im Mittelpunkt.

Es war himmlisch. Smith wählte als Vorspeise Ravioli mit Trüffeln und Lauch. Auf eine gegrillte Rotbarbe mit Basilikum- und Thymianblüten folgte die für Kenner des Restaurants legendäre Lammkeule *en croûte*. Auch das Gemüse war, wie nicht anders zu erwarten, auf den Punkt genau gegart. Eine kleine Expedition in die Vielfalt französischer Käsesorten ließ ebenso wenig zu wünschen übrig wie die *crêpes soufflées*.

Der Gastgeber wählte den Wein aus und ließ sich dankenswerterweise dabei etwas einfallen. Ein 1999er Château Grillet aus der winzigen Cru-Appellation nahe Vienne am Mittellauf der Rhone begleitete Vorspeise und Fisch. Ein Château Cissac, der vielleicht beste Cru Bourgeois, passte vorzüglich zu Fleisch und Käse. Der 1990er war ein denkwürdiges Ereignis. Zum Nachtisch wurde ein Château Lafaurie-Peyraguey von 2001 gereicht. Kaffee und einen Digestif lehnten alle drei ab. Smith hatte noch ein halbes Glas Sauternes vor sich stehen und war glücklich, es mit Genuss leeren zu können. Der Maître kam an den Tisch und flüsterte Blanchard etwas ins Ohr. Der krauste leicht die Stirn.

»Bitte entschuldigen Sie mich für einen Moment. Da ist offenbar ein Anruf für mich. Tut mir leid, aber ich habe mir ausdrücklich erbeten, mich nur in wirklich wichtigen Ausnahmefällen zu behelligen.«

Er verließ den Tisch. Es beeindruckte Smith, dass Blanchard anscheinend kein Handy dabeihatte.

Er wirkte kaum verändert, als er zurückkehrte, und doch war ziemlich deutlich, dass etwas Unschönes passiert sein musste. Sie unterhielten sich weiter – über die alljährlichen Opernaufführungen im antiken Theater von Orange –, aber keiner war wirklich mit dem Herzen dabei.

Weil er dies spürte, trank Smith nach einer angemessenen Weile sein Glas leer und sagte: »Ich möchte mich bei Ihnen für einen außerordentlich schönen Abend bedanken. Es war großartig, wieder einmal so köstlich essen zu dürfen, und das in so angenehmer Gesellschaft. Aber wenn Sie mich jetzt entschuldigen würden, ich habe einen Hund, der noch ausgeführt werden will, und bin es nicht gewohnt, so lange aufzubleiben.«

Madame erwiderte: »Danke, dass Sie gekommen sind. Auch uns hat dieser Abend sehr gefallen. Ich hoffe, in nicht allzu ferner Zukunft wird sich eine Wiederholung einrichten lassen.«

Alle drei erhoben sich von ihren Plätzen. Die Rechnung wurde mit keinem Wort erwähnt, wie Smith bemerkte. Sie gingen an dem lächelnden Maître vorbei nach draußen und zum Parkplatz. Als sie sich ihren Fahrzeugen näherten, legte Blanchard Smith die Hand auf den Arm.

»Meine Warnung vor möglichen Risiken für Sie scheint gut getimt gewesen zu sein. Ich bin eben darüber informiert worden, dass Robert DuGressons Sekretärin, Mademoiselle Brique, vor etwa einer Stunde in Trinquetaille bei einem Unfall mit Fahrerflucht ums Leben gekommen ist. Ob zufällig oder nicht, muss noch geklärt werden. Ich rate

Ihnen jedenfalls, beim Überqueren von Straßen und generell vorsichtig zu sein. Ich werde Sie morgen anrufen.«

»Danke für die Warnung«, erwiderte Smith, schüttelte seinen Gastgebern die Hände und stieg in seinen Wagen.

Als er zu Hause ankam, war die Erinnerung an ein vorzügliches Essen verblasst und wurde vom Tod einer Frau überschattet, die er nie getroffen hatte und nun nie mehr treffen würde. Mit Zufällen konnte Smith ebenso wenig anfangen wie mit dem Begriff der Langeweile. Beides kannte er nicht wirklich. Außerdem konnte er sich nicht entsinnen, dass jemals ein Mensch, mit dem er sich verabredet hatte, ausgerechnet am Tag vor dem angesetzten Treffen gestorben war.

Es war halb zwölf, und Arthur musste raus. Es kam jetzt nur eine halbe Runde infrage. Sie gingen über die Redoute, die Montée Vauban hinunter, über den Boulevard Emile Combes an der Stadtmauer entlang, zurück ins Zentrum und die Treppe hinauf zur Place de la Major. Erst auf den letzten Metern keimte der Gedanke in ihm auf, dass es ziemlich unvernünftig sein könnte, mitternachts allein durch die Straßen zu wandern. Zu Hause schenkte er sich einen großen, aber nur mäßig starken Whisky ein, setzte sich damit im Arbeitszimmer an seinen Schreibtisch und legte sich einen Block für Notizen zurecht. Wenn Madame morgen anrief, wollte er ihr ein paar Informationen bieten können.

Die Zahlenfresserei seines Computers hatte Roberts Blackberry in ein relativ offenes Buch verwandelt. Nach ungefähr einer halben Stunde hatte Smith vier vielversprechende Posten für weitere Ermittlungen aufgelistet: eine Adressliste mit etwas weniger als fünfzig Namen und Kontaktdetails; einen prallvollen Terminkalender; einen dicken Packen E-Mails und eine IP-Adresse, die seine Software identifiziert und an die der auf Roberts Blackberry installierte Keylogger regelmäßig Daten übermittelt hatte.

Keylogger zeichnen alles auf, was ein Benutzer über die Tastatur eingibt. Sie finden häufiger Verwendung, als man gemeinhin vermutet, nicht zuletzt in Büros, mit dem Ergebnis, dass einem Mitarbeiter buchstäblich auf die Finger geschaut werden kann. Besonders verwundbar scheinen PDAs zu sein, da die Besitzer ihre mobilen Geräte im Allgemeinen weniger gut absichern als ihre PCs.

Ein anderer, kaum bekannter Trick betrifft die Anonymität individueller Computer. Die meisten Anwender meinen, in aller Heimlichkeit durchs Internet streunen zu können. Was ganz und gar nicht der Fall ist. Über seine IP-Adresse ist jeder Computer eindeutig und mit handelsüblichen Werkzeugen leicht zu identifizieren. Am einfachsten ist es, die Geodaten eines Anwenders festzustellen. Sind diese bekannt, fällt es auch nicht mehr schwer, Stadt, Straße und Hausnummer zu ermitteln.

Innerhalb weniger Minuten hatte Smith herausgefunden, dass Roberts Blackberry tagtäglich Madame DuGressons Büronetzwerk mit Informationen versorgte. Madame wollte offenbar über die Aktivitäten ihres geschiedenen Gatten genauestens Bescheid wissen. Smith, der um die weite Verbreitung dieser Überwachungssoftware wusste, fand seine Entdeckung zwar interessant, aber nicht wirklich verdächtig.

In der Kontaktliste des Blackberry waren nur die Initialen der Ansprechpartner und E-Mail-Adressen abgelegt. Als Smith sie mit den Einträgen der Liste aus dem Laptop verglich, stellte er fest, dass es nur sehr wenige Übereinstimmungen gab. Überraschender noch war das Fehlen von Telefonnummern und Adressen. Plötzlich fiel ihm noch etwas auf. Sämtliche Kontakte waren mit zwei Initialen gekennzeichnet, mit Ausnahme von zweien, die nur als »G« und »S« auftauchten. Ausgerechnet sie waren die Empfänger mindestens der Hälfte aller E-Mails. Dem Terminkalender war zu entnehmen, dass sich Robert häufig mit »G« getroffen hatte, meist mittwochs zur Mittagszeit, seltener mit »S«. Das letzte Treffen hatte am vergangenen Mittwoch stattgefunden, weitere waren nicht geplant gewesen, obwohl Robert für die nächsten beiden Monate jede Menge und fast täglich Verabredungen vorgemerkt hatte. Der Mittwoch aber war frei.

Smith widerstand dem Drang, sich sofort in Madame DuGressons elektronischen Kalender einzuhacken. Es würde ihm ein Leichtes sein, aber unbemerkt auf ein fremdes Netzwerk zugreifen konnte man nur dann erfolgreich, wenn es gerade genutzt wurde, und zwei Stunden nach Mitternacht – gütiger Himmel, so spät schon, dachte er – gäbe es aller Wahrscheinlichkeit nach kein elektronisches Geschwätz, das einen Hackerangriff verschleierte. Die Zeit war denkbar ungeeignet.

Im Dokumentenordner des Blackberry war nicht viel zu finden: einige Flug- und Bahnpläne und persönliche Details und Kreditkartennummern. Es gab allerdings Hinweise auf kleine Dateien, die regelmäßig angelegt und wieder gelöscht worden waren. Robert hatte sie anscheinend nicht aufbewahren wollen oder aber auf ein externes Medium exportiert. Tatsächlich zeigte sich anhand der Sendeprotokolle eine fast täglich vorgenommene Übertragung an eine bestimmte IP-Adresse, immer zur selben Nachtzeit wie bei der Keylogging-Kontrolle. Diese Übertragungen aber gingen an einen kommerziellen Backup-Dienst. Mist, dachte Smith. An einen solchen Server heranzukommen würde sehr viel schwerer sein. Er würde sich auf die Daten, die über die Tastatur eingegeben und vom Keylogger festgehalten worden waren, verlassen müssen und wusste aus Erfahrung, wie mühselig es war, Datensätze auf diesem Weg zu rekonstruieren.

Allmählich zweifelte er daran, in Roberts elektronischer Hinterlassenschaft noch irgendetwas Aufregendes finden zu können. Außerdem war es höchste Zeit, ins Bett zu gehen. Trotzdem warf er noch einen letzten Blick auf die dechiffrierten Dateien aus Roberts Dokumentenordner. Dabei fiel ihm eine leere Excel-Tabellenvorlage auf, wie sie generiert wird, wenn das Programm zum ersten Mal aufgerufen wird. Er betrachtete die Spaltenüberschriften und die vertikal verlaufende Datumsrubrik, die einen Monat umfasste. Das Ganze war wie ein Formular zur Kontenabstimmung angelegt. Nichts Ungewöhnliches, dachte Smith. DuGresson war schließlich Buchhalter gewesen. Ins Auge sprang ihm jedoch der Name der Vorlage: GIRONDOU.

»G« wie Girondou, dachte Smith. Nachtigall, ich hör dich trapsen ...

6. Gentry, guter Glaube und Schwimmunterricht

Der Dienstag begann wie immer. Kurz bevor der Wecker um sieben klingelte, fing Arthur an zu rumoren. Nachdem Smith mit ihm die übliche Runde gedreht und eine Tasse sehr starken Kaffee getrunken hatte, klingelte das Telefon.

»Smith? Hier Gentry.«

Zu den Besonderheiten ihrer Freundschaft zählte, dass sie, wie unter Briten durchaus üblich, die Anrede per Nachnamen als Zeichen der Zuneigung verstanden. Die für jüngere Generationen selbstverständliche und im Grunde unbefugte Verwendung des Vornamens hielten beide für frivol und respektlos. Es freute Smith, dass seine Kinder, die jetzt Mitte zwanzig waren, ihren Übergang von der Kindheit ins Erwachsenenalter unter anderem dadurch kenntlich gemacht hatten, dass sie ihn nicht mehr »Daddy« und seine Exfrau nicht mehr »Mummy« nannten, sondern »Pa« und »Ma«. Undenkbar, dass sie ihre Eltern mit Peter und Geraldine anreden würden. Wenn überhaupt etwas dafür sprach, dass sie eine anständige Erziehung genossen hatten, war es der Umstand, dass keine der Töchter eigens darauf hatte hingewiesen werden müssen.

»Kaffee?«

Von Zeit zu Zeit trafen sich die beiden Freunde in dem

einen oder anderen der weniger angesehenen Cafés, von denen es in Arles jede Menge gab. Meist unterhielten sie sich dann über Kricket und die Spielergebnisse der englischen Liga oder über Rugby, wobei Smith wegen seiner entfernten walisischen Wurzeln zu Mannschaften aus Wales hielt und damit Gentrys Widerspruch herausforderte. Politik oder ihre gemeinsame Vergangenheit kamen nie aufs Tapet. Die beiden hatten erst kürzlich miteinander gesprochen, und dass Gentry ihn so bald danach wieder anrief und Kaffee mit ihm trinken wollte, war ungewöhnlich. Dennoch stand für Smith außer Frage, dass er den Vorschlag akzeptierte.

»Klar.«

»Ich steh um halb elf auf der Matte.«

Und schon war es tot in der Leitung.

Gentry würde nie zwei Worte sagen, wenn eines ausreichte, aber selbst für seine Standards hatte er sich denkbar kurz gefasst. Diesmal gab es also kein Treffen im Café. Anscheinend ging es dem Freund nicht darum, sich mit ihm über das jüngste Debakel im Testspiel gegen Indien zu unterhalten. Ein kalter Schauer lief Smith über den Rücken. Plötzlich kam ihm die Vergangenheit sehr nah vor.

Eine Minute vor halb elf stand Smith vor dem Haus und hielt nach seinem Freund Ausschau, als ein Auto unmittelbar hinter ihm hupte und ihn mit grimmiger Miene herumfahren ließ wie immer, wenn Motoristen gefährliche Manöver in seiner Nähe vollzogen.

Zu seiner Überraschung war es Gentry, der am Steuer dieses ganz und gar unverkennbaren Wagens saß. Nicht zum ersten Mal kam ihm das Bild von Mr Toad, dem Kröterich von Toad Hall, in den Sinn, wenn er Gentry in seinem 1986er Morgan Roadster im britischen Renn-Grün sah, wie es ihn in der Provence mit Sicherheit nur einmal gab. Ein sonderbares Gefährt für jemanden, der gesteigerten Wert auf Anonymität legte. Aber darauf angesprochen, sagte Gentry einfach nur, dass die Leute auf seinen Wagen achteten und nicht auf ihn.

Er steckte den Kopf zum Fenster hinaus: »Steig ein.«

Smith senkte sich in den Beifahrersitz. Er hatte die winzige Tür noch nicht zugezogen, als Gentry schon anfuhr. Sein Fahrstil passte zum Auto: eigenwillig und gefährlich schnell. Ohne ein Wort der Erklärung fuhr er in östlicher Richtung zur Stadt hinaus, über die Route de la Crau auf Salon-de-Provence zu. Smith fragte gar nicht erst, was Sache war. Er kannte Gentry gut genug, um zu wissen, dass es in einem solchen Fall nichts nützte, ihn zu löchern. Außerdem war das Verdeck zurückgeklappt – es war vielmehr komplett abmontiert worden –, und der Fahrtwind, zusammen mit dem Knattern des Auspuffs, machte ein Gespräch ohnehin unmöglich. Allerdings fiel ihm auf, dass Gentry immer wieder in den Rückspiegel blickte, und das sicher nicht, um die Landschaft hinter sich davonziehen zu sehen.

Nach ungefähr zehn Minuten erreichten sie Saint-Martin-de-Crau. Gentry bog in eine kleine Seitenstraße ein und stellte den Wagen auf einem Parkplatz hinter einem kleinen Café ab.

Sie nahmen an einem Tisch im hinteren Teil des Lokals Platz. Smith bestellte einen doppelten Espresso, Gentry einen *café noisette*. Als beides serviert worden war, kam Gentry zur Sache, wie immer kurz und bündig

»Es scheint, dass Robert DuGresson zu den Hauptakteuren eines schweren Betrugsfalls gehörte und mitgeholfen hat, EU-Gelder zu veruntreuen. Nutznießer ist die kriminelle Bruderschaft mit Sitz in Marseille. Der Anführer heißt Girondou. Es haben aber wohl auch andere ›Familien‹ profitiert.« Er schaute seinen Freund direkt an. »Das sind keine angenehmen Leute, Peter. Vielleicht nicht so schwere Kaliber wie die Typen, mit denen wir früher zu tun hatten, zugegeben, aber damals waren wir beide auch noch jünger und nicht wirklich allein – obwohl es uns manchmal so vorkam. Robert war, wenn man so will, der Buchhalter der Bande. Jedenfalls scheint das Geld durch seine Hände gegangen zu sein. Nach meinem Eindruck laufen die Betrügereien schon eine ganze Weile, und das mit Erfolg. Blanchard ist eigentlich ein relativ erfahrener Eurocop in Sachen Betrug, scheint aber in diesem Fall auf der Stelle zu treten.

Madame DuGresson ist die einzige Tochter von Emile Aubanet, dem Oberhaupt einer der mächtigsten Familien in dieser Gegend. Und wenn ich mächtig sage, meine ich das auch. Hier geschieht kaum etwas ohne deren Zustimmung und der einiger weniger ähnlich aufgestellten Familien, die fast alle in der Camargue ansässig sind. Sie nennen sich Les Frères – die Bruderschaft, wenn man so will. Dieser Verein existiert in der einen oder anderen Form seit weit über tausend Jahren, und entsprechend groß ist der Einfluss auf das, was hier geschieht. Im Laufe der Zeit ist es immer wieder zu Reibereien zwischen den Frères und der Gruppe aus Marseille gekommen; es gibt aber Hinweise darauf, dass es nach dem Zweiten Weltkrieg zu einer Art Vereinbarung gekommen ist, mit dem Ergebnis, dass sie sich gegenseitig nicht mehr auf die Füße treten.«

Smith unterbrach: »Soll das bedeuten, dass Les Frères auf beiden Seiten des Gesetzes operieren?«

»Wenn sie überhaupt ein anderes Recht als das eigene akzeptieren, ja, zumindest dem Vernehmen nach. Ich habe aber noch nie davon gehört, dass sie direkt kriminell geworden wären. Das glaube ich auch nicht. Allerdings üben sie in der Camargue und in der Stadt eine fast unumschränkte Kontrolle aus und haben alles, was irgendwie von Bedeutung ist, unterm Daumen.«

»Die Lokalpolitiker ...?«

»... sind ein Witz.«

»Die Polizei?«

»Dito. Niemand scheint sich die Frage zu stellen, wer Robert getötet hat oder warum. Man scheut sich offenbar, das Thema überhaupt anzusprechen, und das allein ist schon sehr ungewöhnlich in diesem Teil der Welt. Man munkelt, dass er sich sexuelle Eskapaden geleistet hat, aber wenn man bedenkt, dass einem Mann, der seit Jahren von seiner Frau getrennt ist, so manches in dieser Hinsicht nachgesehen wird, kann ich mir kaum vorstellen, dass er sich damit Todfeinde gemacht hat. Es muss vielmehr mit den Betrügereien zusammenhängen.«

Gentry legte eine Pause ein, weil der Kellner zwei weitere Kaffee brachte. Dass Smith die Bestellung aufgegeben hatte, und sei es nur mit einem Handzeichen, war ihm nicht aufgefallen. Aber es wunderte ihn nicht, denn er kannte Smiths Talent, Dinge auf eine Weise zu tun, von der andere nichts merkten, was ihnen im größeren Kontext ihrer Zusammenarbeit schon oft zugutegekommen war. Beide schauten sich um. Niemand war gekommen oder gegangen. Es befanden sich immer noch dieselben acht Personen einschließlich des Kellners im Café.

Gentry fuhr fort: »Übrigens war ich heute früh schon in deiner Nähe. Ich bin mir ziemlich sicher, dass zwei Männer dein Haus observiert haben. Keine Ahnung, wer das war. Die französischen Zivilbullen kleiden sich wie Obdachlose, deshalb ist es schwer zu sagen, ob es Polizisten waren, Schläger aus Marseille oder welche von Madames Handlangern. Jedenfalls sahen mir die beiden Typen nicht koscher aus. Darum habe ich es für besser gehalten, unser Gespräch an einen Ort außerhalb der Stadt zu verlegen. Wahrscheinlich haben sie mich jetzt auch im Visier, aber zumindest können wir sicher sein, dass uns niemand belauscht. Übrigens würde ich an deiner Stelle deinem Handy nicht mehr trauen. Wenn Blanchard dich im Verdacht hat, wird er dafür gesorgt haben, dass deine Anrufe überwacht werden.«

Sie schwiegen eine Weile. Gentry blickte auf.

»Wie ich dich kenne, wirst du die Sache nicht auf sich beruhen lassen und dich stattdessen einmischen, stimmt's?«

»So ist es. Es gefällt mir nicht, überfallen, von der Polizei verhört und von Gaunern bespitzelt zu werden, ohne etwas dagegen zu unternehmen. Ich will wissen, warum man so sehr an mir interessiert ist. Da bereitet irgendjemandem wohl etwas großes Kopfzerbrechen. Wenn zutrifft, was du sagst, und daran zweifle ich nicht, wird sich das Interesse an mir nicht legen, nur weil ich es so will. Wie dem auch sei, ich wittere die Gelegenheit, ein bisschen Geld zu machen, was mir, wie du weißt, nicht ungelegen käme.«

Gentry hatte sichtlich Bedenken. »Natürlich nicht zu reden von der schönen Witwe. Aber sei gewarnt, du gibst dich mit schrägen Vögeln ab, von denen manche wahrscheinlich weniger sanft mit dir umgehen werden, als dir lieb sein kann. Und bevor du mich wieder daran erinnerst: Ja, ich weiß, dass du dich immer darauf verstanden hast, auch unter widrigen Umständen am Leben zu bleiben. Dass wir hier sitzen und miteinander reden, ist der beste Beweis dafür. Aber auch du bist älter geworden, mein Freund.«

»Ich habe nicht vor, in den Krieg zu ziehen, jedenfalls noch nicht. Aber wenn es sein muss ... Unabhängig davon, was andere wie Madame DuGresson im Schilde führen, bin ich entschlossen, mir Klarheit zu verschaffen. Ich habe keine Lust, die nächsten Jahre ständig auf der Hut zu sein.«

»Dass du so reagierst, habe ich mir schon gedacht.« Gentry holte tief Luft.

»Okay, du tust, was du willst. Ich mache mit. Das bin ich dir schuldig. Hast du eine Waffe?«

»Nein.«

»Soll ich dir eine besorgen?«

»Nein danke. Ich glaube nicht, dass es so ernst wird, jedenfalls nicht so bald.«

Sie fuhren zurück, aber diesmal in gemäßigterem Tempo und auf Umwegen: von Saint-Martin aus nach Norden in Richtung Maussane-les-Alpilles, zwischen den Äckern und Weiden am Nordrand der Plaine de la Crau hindurch, an den Überresten des römischen Aquädukts vorbei und weiter auf der D17 zurück in die Stadt. Smith hatte den Eindruck, sein Freund habe diese Strecke der reizvollen Landschaft wegen gewählt und weniger aus Gründen der Vorsicht. Es gab nicht viel mehr zu sagen. Smith genoss die alte Vertrautheit mit seinem Freund und die stille Art, mit der dieser im Hintergrund die Fäden zog. Er entspannte sich und schaute zum Fenster hinaus.

Als sie auf der Avenue de Stalingrad unter der düsteren, niedrigen Eisenbahnbrücke hindurchfuhren, die van Gogh mit einem seiner vielen Arles-Gemälde berühmt gemacht hatte, war es Mittagszeit.

»Am Stadttor kannst du mich rausschmeißen«, sagte Smith. »Ich muss noch Brot kaufen.«

Gentry nickte. Er bog in den Kreisverkehr auf der Place Lamartine ein und hielt auf dem Parkplatz unmittelbar vor der Porte de la Cavalerie, dem Nordtor der Altstadt. Smith stieg aus.

»Danke, Gentry.« Der Freund nickte wieder leicht, drehte den Motor auf und verschwand im Labyrinth der kleinen Straßen, wo er irgendwo seine wertgeschätzte Garage hatte.

Die Verkäuferin in der Bäckerei war gut gelaunt wie immer und begrüßte Smith mit breitem Grinsen und dem üblichen Eifer. Wieder einmal beklagte sie sich darüber, Arthur schon lange nicht mehr gesehen zu haben, reichte ihm sein *gros pain* und nahm, wieder mit einem strahlenden Lächeln, einen Euro in Empfang. Wie sie trotz der kaum zumutbaren Arbeitszeiten, die sie und ihr Mann leisten mussten, immer derart heiter sein konnte, war Smith ein Rätsel.

Sie blieb selbst dann gelassen, wenn sich in ihrem kleinen Laden Massen von Kunden drängten, die jeden englischen Arbeitsschutzinspektor an den Rand des Herzstillstands gebracht hätten. Der tägliche Einkauf bei ihr war für Smith ein lieb gewonnenes Ritual.

Mit dem Brot in der Hand ging er über die Place Voltaire und hinauf zur Arena. Statt geradeaus weiterzugehen, bog er in die Rue Renan ein, eine enge gepflasterte Gasse, die den Weg nach Hause ein wenig abkürzte.

Sie fielen auf wie die sprichwörtlichen bunten Hunde. Auf dem Parkplatz vor der Arena saßen zwei Männer in einem verbeulten silbernen Renault Clio, die Ellbogen lässig aus den Seitenfenstern gehängt und rauchend. Das waren keine Profis. Smith ging absichtlich nah an dem Auto vorbei und streifte den Ellbogen des Beifahrers, sodass diesem die locker zwischen den Fingern gehaltene Zigarette auf den Schoß fiel. Im Wagen machte sich Unruhe bemerkbar, doch Smith ging weiter, als wäre nichts geschehen, und verschwand in seinem Haus. Wie alle auftrumpfenden Gesten war auch sein kleiner Rempler letztlich sinnlos, aber immerhin ein deutliches Zeichen für die beiden, dass er sie bemerkt hatte. Er holte seine Digitalkamera aus der Kommode, kehrte damit auf den Parkplatz zurück und machte in aller Offenheit Fotos von dem Renault, dem Kennzeichen und den beiden Insassen. Deren Verblüffung war deutlich. Smith baute darauf, dass sie nur den Auftrag hatten, ihn zu beschatten, und ihn deshalb nicht behelligen würden. Zumindest theoretisch. Sie würden ihrem Auftraggeber Bericht erstatten, und das war der Zweck der Übung. Smith hatte allmählich die Nase voll.

Die Mittagszeit war vorüber. Er beschloss, eine Stunde Siesta zu halten, obwohl er bezweifelte, sich jemals in den Rhythmus traditionell verordneter Ruhephasen einschwingen zu können, der an den heißen Sommertagen der Provence seine guten Gründe hatte. Er schaffte es einfach nicht, tief und fest zu schlafen, und war doch wie benommen, wenn er wieder aufwachte. Als käme er aus einem Kino, während es draußen noch hell war. Statt ausgeruht fühlte er sich oft scheußlich. Trotzdem versuchte er es von Zeit zu Zeit wieder, in der Hoffnung, dass sich seine innere Uhr darauf einstellte, er davon profitierte und nicht nur Zeit verschwendete. Diesmal wurde er jedoch vom Telefon aufgeschreckt. Eine unangenehme Situation für jeden, erst recht aber für jemanden, der sich wie Smith von Anrufen belästigt fühlte. Ein Telefon im Schlafzimmer kam für ihn deshalb nicht infrage, und die wenigen Freunde und Bekannten, deren Anrufe er halbwegs gern entgegennahm, wussten, wann sie bei ihm anklingeln konnten und wann nicht. Die jüngsten Ereignisse aber hatten Personen in sein Leben gebracht, die das noch lernen mussten, und der Apparat hörte nicht auf zu schrillen. Er warf einen Blick auf die Uhr. Es war halb drei, also keine wirklich unverzeihliche Zeit für einen Anruf. Er kletterte aus dem Bett, schlüpfte in seinen Frotteemantel und ging die Treppe hinunter ins Arbeitszimmer. Mit jedem Schritt nahm sein Unmut zu, bis er sich schließlich verärgert in den Schreibtischsessel fallen ließ.

»Ja?« Sein Ton war nicht gerade höflich.

»Monsieur Smith, ich störe doch hoffentlich nicht?«

»Nein, Madame. Entschuldigen Sie, dass ich Sie so lange

habe warten lassen. Es ist letzte Nacht sehr spät geworden, und ich hatte versucht, eine Siesta einzulegen.«

»O, es tut mir leid, Sie geweckt zu haben.«

»Macht nichts. Mein Versuch war ohnehin nicht besonders erfolgreich. Wie kann ich Ihnen helfen?«

»Vielleicht haben Sie schon gehört, dass Mademoiselle Brique gestern bei einem Verkehrsunfall ums Leben gekommen ist.«

»Unfall?«

»So sieht es die Polizei.«

»Na ja. Mit ihr zu reden wird jedenfalls nicht mehr möglich sein.«

»Leider. Ich musste der Polizei erlauben, sich im Büro umzusehen ...«, sagte sie und stockte.

Smith antwortete auf ihre unausgesprochene Frage: »Ich habe Roberts Laptop hier bei mir. Machen Sie sich wegen der Polizei keine Sorgen. Trotzdem wär's vielleicht besser, einen Anwalt einzuschalten für den Fall, dass sie ihre Nase in Dinge steckt, die sie nichts angehen.«

»Ja, das habe ich bereits. Sie sind nicht zufällig auf Roberts Blackberry gestoßen?«

Spontan wollte er verneinen. Er hätte sich gern noch die Zeit genommen, das Gerät gründlicher zu untersuchen. Aber da er um die vom Keylogging angesteuerte Zieladresse wusste, besann er sich eines anderen.

»Deshalb ist es gestern so spät geworden, Madame.«

»Nur gut, dass es nicht am Essen vom *L'Oustau* gelegen hat«, erwiderte sie und lachte kokett.

»Arles hat sich wieder einmal als kleiner erwiesen als angenommen, Madame.«

»Ja, was wohl damit zusammenhängt, dass Sie mit uns in Verbindung stehen. Tut mir leid.«

»Blanchard wollte mich heute Morgen anrufen. Davon abgesehen kann ich nicht glauben, dass Mademoiselle Brique zufällig unter ein Auto geraten ist. Er und seine Frau haben mich gebeten, ihnen zu helfen. Sie ermitteln in einem Betrugsfall. Offenbar sind EU-Gelder veruntreut worden, die für den Denkmalschutz bestimmt waren.«

Madame schnaubte. »Ja, ich weiß. Monsieur und Madame Blanchard sitzen uns schon geraume Zeit im Nacken. Wie dem auch sei, danke, dass Sie mich informieren. Dass Sie Ihren Mandanten gegenüber loyal sind – woran ich nie gezweifelt habe –, steht wohl jetzt außer Frage.«

»Alles andere würde ich sehr bedauern, Madame. Sie kennen mich offenbar längst noch nicht so gut, wie Sie vielleicht meinen.«

»Ihr Tadel mag berechtigt sein; er weckt aber vor allem meine Neugier, Monsieur.«

Smith ließ ihre Bemerkung unkommentiert.

»Okay. Ich werde in den nächsten Tagen einige Ihrer Geschäftspartner aufsuchen müssen. Wenn Sie mich bitte anmelden und Termine verabreden würden? Am liebsten wäre mir, wenn ich schon heute Nachmittag loslegen könnte.«

»Natürlich. Hoffen wir, dass niemandem ein ähnliches Unheil widerfährt wie Ihrer ersten Verabredung.«

»Wenn es dazu käme, müssten Sie wohl oder übel Ihre Personalabteilung aufstocken.« Smith konnte sich mit dem modernen Begriff der »Human Resources« nicht anfreunden.

»So etwas haben wir nicht.«

»Eben.«

Ob er es wollte oder nicht, Smith erwärmte sich immer mehr für diese Frau, die, wie er sich inzwischen sicher zu sein glaubte, bis zu den eleganten Knien in den Vorgängen steckte, die es aufzuklären galt. Über kurz oder lang würde er mit ihr und ihrem Vater ein ernstes Wort sprechen müssen. Madames E-Mail mit seinen Terminen erreichte ihn zwei Stunden später.

Den Nachmittag verbrachte er durchaus gut gelaunt in einem großen Reislager am Stadtrand. Es unterschied sich kaum von den Getreidesilos, mit denen seine Herkunftsregion East Anglia überreich bestückt war, und auch der Betreiber ähnelte dem typischen britischen Getreidehändler, der sich virtuos darauf verstand, den EU-Interventionsfonds anzuzapfen. Madame DuGresson hatte nicht weniger als drei solcher monströsen Einrichtungen in ihrem Portfolio, die kritischere Geister wie Smith für Sinnbilder einer verfehlten, ruinösen Agrarpolitik halten, ausgerichtet darauf, inkompetente Landwirte, die der Gesellschaft sonst keinen Nutzen brachten, auf Kosten der Steuerzahler durchzufüttern. Für Smith war dies der eigentliche EU-Skandal, ein groß angelegter Betrug, aber völlig legal. Er verhielt sich jedoch höflich und folgte den Ausführungen des freundlichen Herrn, der ihn herumführte, mit geheucheltem Interesse. Freunde und Bedienstete von Madame waren es schließlich gewohnt, dass man ihnen den Hof machte. Wie auch immer, dieser Ort bedurfte keiner ausgeklügelten Marketingstrategie. Er sollte, wenn es nach Smith ging, eher eingestampft werden. Die Geschäftspolitik erinnerte ihn an einen alten Bekannten, der an der Themse mehrere Yachthäfen besaß und eine Verdopplung der Anlegegebühren den Kunden gegenüber damit gerechtfertigt hatte, dass sie ihre schwimmenden Bars schließlich nicht mit nach Hause nehmen konnten. Auch die hiesigen Reisbauern waren kaum in der Lage, die Regale der Supermärkte mit ihren Produkten selbst aufzufüllen. Tatsächlich schienen sie ganz ohne Verkäufe an den Einzelhandel auszukommen; die Geschäfte in Arles hatten jedenfalls keinen Reis aus der Camargue im Angebot. Daran mochten sich die Herzen der Brüsseler Bürokraten erwärmen, was sie wahrscheinlich auch taten. In Smiths Bericht würden die Reislager nur wenig Aufmerksamkeit finden.

Gegen sechs war er wieder zu Hause, hing Wäsche auf, checkte seine E-Mails, bedauerte die jüngste Niederlage der englischen Kricketmannschaft und setzte sich an den Schreibtisch, um zu protokollieren, was er am Nachmittag in Erfahrung gebracht hatte.

Das Telefon klingelte.

»Ihr Anrufbeantworter scheint nicht eingeschaltet zu sein, Monsieur Smith«, sagte Blanchard, der ein wenig verschnupft klang.

»Ich habe gar keinen, Monsieur Hauptkommissar. Und bevor Sie es versuchen: Auch die Mailbox meines Handys ist nicht aktiviert.«

»Fürchten Sie denn nicht, etwas Wichtiges zu verpassen, Monsieur?«

»Nein.«

Es blieb eine Weile still in der Leitung. »Ich hatte Ihnen versprochen, Sie über die Umstände des Ablebens von Mademoiselle Brique in Kenntnis zu setzen. Leider wissen wir darüber nur sehr wenig. Sie wurde vor dem Haus ihrer Großmutter in Trinquetaille von einem Auto erfasst. Zeugen scheint es keine zu geben. Sie ist eine Stunde später im Krankenhaus gestorben, ohne vorher noch einmal zu Bewusstsein gekommen zu sein. Hinweise auf eine vorsätzliche Straftat liegen nicht vor. Ich glaube trotzdem nicht an einen Zufall.«

»Nun, ich bin zwar nicht sicher, was ich mit dieser Information anfangen kann, danke Ihnen aber trotzdem. Ich bin überhaupt froh, dass Sie angerufen haben, denn ich wollte Ihnen und Ihrer Frau noch schriftlich für den schönen gestrigen Abend danken, weiß aber nicht, wohin ich meinen Brief schicken soll.«

»Aber Monsieur, das ist doch nicht nötig.«

»Doch, das ist es.«

»Wie Sie meinen. Suzanne und ich wohnen zur Miete in einem Apartment am Boulevard Haussmann. Nummer 7. Und was die andere Sache betrifft, möchte ich Sie noch einmal warnen. Ich fürchte, Sie geraten da in gefährliche Gesellschaft.«

»Ja, das scheint mir fast auch so. Dass wir gestern Abend bei Tisch Berufliches weitgehend ausgeklammert haben, war ganz in meinem Sinne, aber ich glaube, wir sollten noch einmal unter vier Augen miteinander reden, und da es in Arles offenbar nirgendwo einen Ort gibt, der Anonymität verspricht, schlage ich vor, Sie kommen auf einen Aperitif zu mir nach Hause. Hier könnten die beiden Männer, die draußen auf dem Parkplatz im Auto sitzen, auf Sie achtgeben.«

Es war ein Schuss ins Blaue, der aber, wie sich herausstellte, ins Schwarze traf.

»Ah, sie sind Ihnen also aufgefallen. Das ist natürlich peinlich für sie. Ja, ich glaube, das ist eine gute Idee.«

»Um sieben?«

»Ist mir recht.«

Ihm blieb eine gute Stunde Zeit, seine Gedanken zu ordnen. Als er es sich neben dem schlummernden Arthur auf dem Sofa bequem machte, stellte er zu seiner eigenen Belustigung fest, dass es eigentlich nichts zu ordnen gab, jedenfalls keine Ideen zum vorliegenden Rätsel. Abgesehen von der Tatsache, dass er sich außerstande sah, die Guten von den Bösen zu unterscheiden – sofern denn solche Kategorien überhaupt anwendbar waren –, ergab die ganze Sache für ihn wenig Sinn. Robert hatte offenbar irgendetwas geplant und war auf Schritt und Tritt von Madame beobachtet worden. Blanchard und seine Frau waren in einer Brüsseler Mission unterwegs, die, wie sie selbst zugaben, nirgendwohin führte. Jemand hatte Robert um die Ecke gebracht und, aus unerfindlichen Gründen, möglicherweise auch seine persönliche Assistentin. Auf die Frage, wer ausreichend verärgert über Robert gewesen sein mochte, um ihn umzubringen, wusste Smith keine Antwort. Und wenn denn Mademoiselle Brique kein brisantes Material in ihrer Schubladenkommode versteckt hatte, war auch kaum zu erklären, warum sie hatte sterben müssen, es sei denn, DuGressons Killer wollten auf Nummer sicher gehen. Weil er an dieser Stelle seinen Inspirationsvorrat erschöpft hatte, richtete Smith seine Aufmerksamkeit auf eines der Bücher, die er gerade las: Jacques Aymards kenntnisreichen Dreihundert-Seiten-Essay über die Jagd in der Antike Griechenlands und Roms. Er war vollkommen vertieft darin, als die Türglocke läutete und ihn und Arthur aus ihren jeweiligen Träumereien riss.

»Guten Abend, Monsieur Hauptkommissar. Kommen Sie doch bitte rein.«

Ein überraschend leger gekleideter Blanchard betrat die Diele. Er trug Jeans, ein Polohemd von Ralph Lauren, einen lose über die Schultern gelegten Pullover und die unvermeidlichen Gucci-Slipper. Arthur begrüßte ihn mit der üblichen Begeisterung, und sehr zu Smiths Erstaunen schien Blanchard ebenso positiv auf den Hund anzusprechen wie Madame DuGresson vor wenigen Tagen.

»Ich verstehe jetzt, warum Sie so zufrieden sind mit Ihrem zurückgezogenen Ruhestand in Arles«, sagte er und hätschelte den Hund mit Hingabe. »Er ist bestimmt ein angenehmer Gesellschafter. Irgendwann werden auch Suzanne und ich uns Hunde zulegen.«

Arthur nahm die Huldigungen mit routinierter Lässigkeit entgegen, sprang dann, als ihm danach war, zurück aufs Sofa und ließ sich ins Polster fallen.

»Was darf ich Ihnen zu trinken anbieten?«

»Einen Whisky bitte. Mit Eis, aber ohne Wasser, danke. Ich hoffe, der Engländer in Ihnen verzeiht mir diese amerikanische Vorliebe.«

»Ach was. Ich trinke meinen Whisky sowohl mit Eis als auch mit viel zu viel Perrier, als dass ich in vornehmeren Kreisen damit reüssieren könnte. Das kümmert mich nicht groß. Und wenn es Sie beruhigt: Ich bin Waliser, kein Engländer, zumindest der Herkunft nach.«

»Aha«, erwiderte Blanchard, »das erklärt natürlich einiges.«

»Zum Beispiel?«

»Ich habe nicht die geringste Ahnung«, antwortete der Besucher lachend. »Es lag nur auf der Hand.«

Blanchard machte einen vollkommen entspannten Eindruck, obwohl der Whisky noch ausstand. Smith war auf ein interessantes Gespräch gespannt.

»Es tut mir leid, dass ich Ihnen nichts zu knabbern anbieten kann, was, wie ich weiß, in Frankreich kaum verzeihlich ist. Zu meiner Entschuldigung kann ich nur sagen, dass ich viel zu viel davon in mich hineinstopfe und den Vorrat nicht Vorrat sein lassen kann. Schlecht für die Linie. Deshalb habe ich von diesem Zeug nichts im Haus. Falls Sie hungrig werden sollten, könnte ich auf die Schnelle was zu essen machen.«

»Nein danke. Sie sind zu freundlich. Für Nüsse und Wursthäppchen fehlt mir außerdem die Zeit.«

»Eine, wie auch ich finde, übertrieben gepriesene Delikatesse der Region. Ich mag die Wurst gar nicht wirklich, habe aber für mich herausgefunden, dass sie, in kleine Stücke geschnitten und mit Olivenöl, Zwiebeln und Weißwein angeschwitzt, eine passable Pastasoße abgibt oder auch im Salat ganz gut schmeckt. Aber kommen wir doch zur Sache. Womit fangen wir an?«

»Vielleicht erzählen Sie erst einmal, was Sie von der ganzen Angelegenheit halten. Ich würde versuchen, ein paar Informationen beizusteuern, und dann überlegen wir gemeinsam, wie wir uns gegenseitig helfen können.« Blanchard lehnte sich in seinem Sessel, der am Sofaende stand, zurück, legte eine feingliedrige Hand auf Arthurs Kopf, den der genau zu diesem Zweck auf der Armlehne platziert hatte, und schaute Smith erwartungsvoll an.

»Nun, ich bin stets geneigt, zunächst nach der einfachsten aller möglichen Erklärungen zu suchen. Robert DuGresson jonglierte die Finanzen in einem Betrugsfall, der auf große Mengen EU-Gelder abzielt, die eigentlich für die Erhaltung antiker Baudenkmäler bestimmt sind. Da die Verwaltung der Fördergelder für die Kommune offiziell in seinen Händen lag, hatte er alle Möglichkeiten zu diesen Machenschaften. Obwohl ich es selbst noch nicht ausprobiert habe, glaube ich, dass das, was er getan hat, nicht allzu schwer sein kann, bedenkt man, dass Abertausende von Akteuren und Institutionen EU-Mittel auf legale oder illegale Weise für sich abzweigen. Wahrscheinlich war er mit anderen im Bunde, vielleicht sogar weltweit vernetzt. Aber dann ist irgendetwas schiefgegangen, entweder im System oder in seiner Handhabung der Dinge. Er wurde von verärgerten Konsorten ermordet – oder aber von Außenstehenden, die selbst ein Stück vom Kuchen abhaben wollen, was ich aber für eher unwahrscheinlich halte. DuGresson war am ehesten in der Lage, an die Geldtöpfe heranzukommen, und das Huhn, das goldene Eier legt, tötet man nicht. Seine persönliche Assistentin musste wohl sterben, weil man in ihr, ob zu Recht oder nicht, eine Gefahr gesehen hat. Meiner Erfahrung nach wissen persönliche Assistenten sehr viel mehr über ihre Chefs, als denen lieb sein dürfte. Sie und Ihre Frau versuchen, die Täter zu ermitteln, rennen aber gegen Mauern an, weil sich hier in Arles niemand Fremden anvertraut. Ich vermute, Sie haben Madame DuGresson und ihren Vater in Verdacht, vielleicht sogar die ganze Oberschicht von Arles und der Camargue. Ja, es gibt hier eine Art Mafia, Zigeuner, die reicher sind als Krösus, in jahrhundertealten Traditionen stehen und seltsame Loyalitäten pflegen, was polizeiliche Ermittlungen sehr schwer macht. Mein Engagement dürfte Ihnen zupasskommen, da Madame und ihr Vater aus Gründen, die ich selbst nicht verstehe, auf mich setzen und womöglich einiges dabei riskieren. Ich bin einigermaßen verunsichert und frage mich, ob Sie wollen, dass ich die Aubanets ausspioniere, oder ob die Aubanets wollen, dass ich Ihnen auf die Finger schaue. Vielleicht trifft beides zu. Ehrlich gesagt, fangen Sie alle an, mich zu nerven. Im Hinblick auf Ihre Sorge um meine persönliche Sicherheit muss ich allerdings bekennen, dass ich meinen Schutz lieber der Familie Aubanet anvertraue als den Polizeikräften. Es kann aber auch durchaus sein, dass Robert einem Schurken zum Opfer gefallen ist, der es auf seine Kreditkarten abgesehen hatte, und Mademoiselle Brique von einem Raser über den Haufen gefahren worden ist wie Tausende anderer Unfallopfer in Frankreich. Wie wär's damit?«

Blanchard nickte. »Kompliment, das war eine gute Zusammenfassung der Situation, in der wir uns befinden, Monsieur. Bevor ich im Einzelnen darauf eingehe, möchten Sie vielleicht noch ein paar weitere mögliche Erklärungen ins Spiel bringen?«

»Davon gäbe es viele«, erwiderte Smith. »Vielleicht hat sich Robert mit einer eifersüchtigen Geliebten verkracht.

Möglich wäre auch, dass er in Dinge verwickelt war, die gar nichts mit dem EU-Betrug zu tun haben, aber nicht weniger kriminell sind. Vielleicht wollte seine Exfrau ihn wiederhaben und hat die Zurückweisung nicht verkraftet. Selbst ich hätte ihn töten können, weil er mir irgendwie in die Quere gekommen ist. Die Liste ließe sich nach ansteigender Unwahrscheinlichkeit endlos fortsetzen. Wer weiß, vielleicht hat er auch tatsächlich Selbstmord begangen, und wir sind ihm darüber auf die Schliche gekommen.«

»Da haben Sie wohl die meisten möglichen Erklärungen aufgezählt. Zu meiner Schande muss ich gestehen, dass ich dem nichts hinzuzufügen habe. Ihre erste Vermutung erscheint mir aber am wahrscheinlichsten. Wir können davon ausgehen, dass Robert der, sagen wir, Finanzchef des Kartells war, das seine Betrügereien jetzt wohl ohne ihn fortzusetzen gedenkt. Um Ihre Frage vorwegzunehmen: Nein, wir glauben nicht, dass die Familie Aubanet in die Sache verwickelt ist, jedenfalls nicht unmittelbar. Schon deren gesellschaftliche Stellung spricht dagegen, ist aber auch kein Beweis dafür, dass Vater und Tochter im Allgemeinen eine reine Weste haben. Aber eine Mittäterschaft ist in diesem Fall sehr unwahrscheinlich. Sie brauchen kein ergaunertes Geld. Soweit ich sehen kann, haben sie sich auch noch keine größere Straftat zuschulden kommen lassen. Sie werden festgestellt haben, dass viele ihrer Unternehmungen in erster Linie gemeinsinnige Zwecke erfüllen und nicht nur profitorientiert sind. Zufällig weiß ich auch, dass die Familie dafür sorgt, dass sich keine kriminellen Organisationen in der Region breitmachen. Tatsächlich wollten wir unsere hiesigen Ermittlungen kurz vor Monsieur DuGressons Tod einstellen und anderenorts nach Schwachstellen im System suchen. Sein gewaltsames Ende hat uns dann aber wieder Hoffnung gemacht, zu Ergebnissen zu kommen, wenn wir nur konsequent am Ball bleiben. Persönlich bin ich nicht wirklich überzeugt davon, dass der mutmaßliche Mord mit den Betrügereien zusammenhängt, kann aber diese Möglichkeit nicht außer Acht lassen. Und dann traten Sie auf den Plan.«

»Was also wollen Sie von mir?«

»Ich will Ihnen einen Job anbieten.«

Smith stand auf und schenkte neu ein. »Herrje, Londoner Busse, typisch …«

Sein Gast zeigte sich verwirrt. »Tut mir leid, Monsieur, ich kann Ihnen nicht ganz folgen.«

»Ach, das ist nur eine Redensart. In London wartet man ewig auf einen Bus, und dann kommen gleich mehrere auf einmal. Hier verhält es sich so mit den Jobangeboten.«

»Ah, verstehe. Mein Angebot könnte durchaus einträglich für Sie sein. Ich bin bereit, für Informationen zu zahlen.«

»So weit waren wir doch schon. Ich habe bereits einen Mandanten. Wenn ich aus dessen Nähkästchen plaudere, wird er mir sofort seine Kooperation und sein Geld entziehen. Dann wäre ich auch Ihnen zu nichts mehr nütze.«

»Nein, nein. Es bleibt allein Ihnen überlassen, was Sie mir an Informationen anvertrauen und was nicht.«

»Da ist noch etwas anderes, Monsieur Hauptkommissar, etwas, das wir klären sollten, bevor wir unser Gespräch fortsetzen.«

»Ja, was denn?«

»Ich weiß nicht wirklich, wer Sie sind, nur was Sie zu sein behaupten und dass Sie einen hübschen, amtlich aussehenden Ausweis haben. Aber der könnte, mit Verlaub, ebenso falsch sein wie ein Van-Meegeren-Vermeer.«

»Verstehe. Sie möchten Referenzen.«

»Unter den gegebenen Umständen ist das wohl nicht zu viel verlangt. Allerdings ist mir noch schleierhaft, in welcher Form Sie mir diese vorlegen könnten.«

»Ich sehe das Problem.« Blanchard legte eine Pause ein, und es war nicht zu erkennen, ob er tatsächlich nach einer Lösung suchte oder nur darauf bedacht war, seine makellos glatte Stirn nicht mit Falten zu verunstalten. Wahrscheinlich war Ersteres der Fall, denn es verstrich eine halbe Minute, ehe er sich wieder äußerte.

»Gibt es bei der britischen Polizei oder im Justizapparat irgendjemanden, der Ihnen persönlich bekannt ist und Ihr Vertrauen besitzt?«

Die Frage brachte Smith in größere Schwierigkeiten, als er sich selbst eingestehen mochte, was Blanchard aber wohl nicht hatte voraussehen können. Smith hatte zeit seines Lebens jeglichem Kontakt mit der Polizei auszuweichen versucht. Er konnte sie weder leiden noch traute er ihr über den Weg. Im Grunde neigte er dazu, allen Autoritäten mit Argwohn und Ablehnung zu begegnen, so irrational seine Beweggründe auch sein mochten. Sein besonderes Misstrauen erregten durch die Bank Rechtsanwälte. In seiner bescheidenen Sammlung aktueller Freunde befand sich kein einziger Polizist. Aber dann erinnerte er sich: Vor Jahren hatte er einen ambitionierten jungen Polizeibeamten kennengelernt, der im Osten Englands Leiter einer Einheit gewesen war, die Dinge tat, wie man sie in amerikanischen Filmen sieht. Immer wenn in Norfolk Männer gebraucht worden waren, die in Teiche tauchen und mit Maschinenpistolen querfeldein rennen konnten, hatte man ihn und seine Truppe gerufen. Smith glaubte sich zu erinnern, dass dieser Mann in einem obszön frühen Alter, aber mit vollen Pensionsansprüchen in den Ruhestand getreten war und eine lukrative zweite Karriere als Ausbilder und Berater von Polizeikräften in den wärmeren Gefilden ehemaliger Kolonien in Angriff genommen hatte, um dort zu implementieren, was er selbst im Dienst der Krone gelernt hatte. Die Bahamas waren die letzte Station, von der Smith wusste.

»Ich kenne tatsächlich einen Polizisten, der wie Sie mal Hauptkommissar war. Als ich das letzte Mal von ihm gehört habe, arbeitete er auf den Bahamas als Berater der örtlichen Polizeikräfte. Sein Name ist Chris Borrowash. Er gehörte der Polizei von Norfolk an, ist aber vor ungefähr fünf Jahren in Pension gegangen. Wenn Sie mir seine Telefonnummer beschaffen, könnte ich ihn anrufen und mir von ihm Ihre Identität bestätigen lassen.«

»Natürlich. Dürfte ich kurz Ihr Telefon benutzen?«

Wenn Blanchard falsch spielte, musste er über ziemlich gute Beziehungen verfügen, denn er musste nur einmal anrufen und eine Viertelstunde auf den Rückruf warten, um die gewünschte Telefonnummer zu erhalten. Er holte eine Visitenkarte aus einem schlichten Silberetui, schrieb die Nummer darauf und reichte sie ihm.

»Darüber erreichen Sie die Royal Police Force auf den

Bahamas. Wenn ich richtig verstanden habe, hat Ihr Freund dort ein Büro.«

»Danke, ich werde ihn später anrufen.«

»Wie Sie wünschen.« Blanchard schaute auf seine Uhr. »Ich muss jetzt gehen. Suzanne erwartet mich zum Abendessen. Melden Sie sich bitte bei mir, wenn Sie sich erkundigt haben.« Er stand auf und wandte sich der Tür zu.

Smith reichte ihm die Hand. »Grüßen Sie bitte Ihre Frau von mir.« Und aufs Geratewohl fügte er hinzu: »Monsieur Hauptkommissar, sind Sie bei Ihren Ermittlungen vielleicht auf eine Gruppe gestoßen, die sich Les Frères nennt, also Die Brüder oder vielleicht Bruderschaft?«

Smith meinte kurz wahrzunehmen, dass der Name dem Kommissar etwas sagte, war sich aber nicht sicher.

»Nein, nicht dass ich wüsste. Spielen sie eine Rolle?«

»Keine Ahnung. Ich habe nur zufällig den Namen aufgeschnappt«, erwiderte Smith und hoffte, den richtigen Ton angeschlagen zu haben. Noch wusste er nicht, ob er auf der richtigen Spur war oder nicht, wollte aber dem Polizisten auf keinen Fall zu verstehen geben, dass er sie für wichtig hielt.

Blanchard verließ das Haus und ging mit schnellen Schritten auf die Arena zu, die nunmehr von Scheinwerfern angestrahlt wurde, und verschwand schließlich aus Smiths Blickfeld.

Blanchard machte mit jedem Treffen weniger Eindruck auf Smith. In den bisherigen Gesprächen hatte er kaum etwas von ihm erfahren, was nicht etwa daran lag, dass Blanchard besonders clever war. Es schien, dass er einfach nicht viel wusste. Mit seinen Ermittlungen, wenn er denn welche führte, kam er offenbar nicht voran, und Smith hatte immer mehr den Eindruck, dass er und seine Frau letztlich auch nur zwei der vielen waren, die es sich auf Kosten der EU gut gehen ließen. Nein, wenn es irgendwo Antworten gab, dann würde er sie auf DuGressons Laptop oder Blackberry finden. Doch die beiden Computer hatten bisher nichts hergegeben. Vielleicht war auch ein drittes Gerät irgendwo versteckt, doch das hielt Smith für unwahrscheinlich. Doppelt und dreifach bauten nur die wenigsten vor. Falls irgendwelche Dateien im Internet deponiert waren, würden die Keylogs früher oder später verraten, an welchem Ort sie sich befanden. Jetzt danach zu suchen war allerdings die falsche Zeit, denn es war spät am Abend, wenn Hunde ausgeführt werden und Menschen etwas essen und sich die Beine vertreten wollten. Er würde sich der Sache morgen früh annehmen.

Gerade unter Leuten, die weniger von der Computerei verstehen, herrscht der Irrglaube vor, es gäbe einen Ort namens »Cyberspace«, wo elektronische Daten wie in einer Art Bermudadreieck verschwinden. Diese Ansicht kommt oftmals daher, dass Anwender nicht wissen, was ihr PC tatsächlich tut. »Meine E-Mail muss im Cyberspace verschüttgegangen sein« ist das moderne Äquivalent zu »Die Post hat meinen Brief verschludert« – eine praktische Entschuldigung, wenn man eine Mail an den falschen Empfänger oder, wie den berühmten Scheck, gar nicht abgeschickt hat.

Einen »Cyberspace« gibt es aber nicht. Die immer riesiger werdenden Datenmengen, die in annähernder Lichtgeschwindigkeit durch das Internet schwirren, reisen als

Funksignale durch Drähte und Glasfasern und machen Station in realen Servern in Albuquerque, Peking oder auch Ulm und auf realen Speicherscheiben – die im Grunde nichts weiter sind als veredelte Vinylplatten –, wo sie auf Abruf zur Verfügung stehen. Computer haben nichts Mysteriöses an sich. Es gibt nur unvorstellbar viele dieser Geräte, die über ein weltumspannendes Netz, nämlich das Internet, miteinander verbunden sind. Das Internet selbst ist also nur ein großes Ablagesystem, das durchaus noch gewisse Ähnlichkeiten mit dem guten alten Aktenschrank hat.

Wer Papiere, die im Aktenschrank verstaut sind, einsehen will, muss zunächst wissen, wo sich der Schrank befindet. Das wichtige Schreiben des Bankberaters kann noch so sorgfältig abgeheftet worden sein – wenn der Standort des Schranks in Vergessenheit geraten ist, wird es unauffindbar bleiben. Mit dem Internet verhält es sich nicht anders. Daten verschwinden nicht, sie befinden sich auf einem Server irgendwo in Albuquerque oder Peking oder auch Ulm. Es kommt darauf an zu wissen, wohin sie gelangt sind, um sie bei Bedarf hervorholen zu können. Wer diese Aktenschränke durcheinanderbringt, ist gelackmeiert. Suchmaschinen wie Google und jene blau hervorgehobenen Wörter, die den Cursorpfeil in eine Hand verwandeln, geben dem Anwender zu verstehen, dass sie wissen, wo die gewünschten Daten aufbewahrt sind. Per Mausklick findet er den richtigen Aktenschrank, vorausgesetzt natürlich, er hat die richtige Akte nachgefragt. Computer sind blitzschnelle Idioten. Sie tun, was von ihnen verlangt wird. Wenn nicht, liegt es am Anwender, nicht an ihnen.

Das Internet leistet also bloß das, was in Büros geleistet wird, seit es Büros gibt. Nur dass sein Ablagesystem sehr viel größer und sehr viel schneller zugänglich ist.

Und auch hier ist Zugänglichkeit der Schlüssel. Viele glauben, dass an Daten, die in einem Aktenschrank in Peking lagern, nur schwer heranzukommen sei, aber das ist der größte aller Irrtümer. Das Internet verlegt nämlich diesen Aktenschrank auf Verlangen innerhalb von Millisekunden in das Büro des Anwenders. Er muss nur wissen, an welcher Stelle er nach den Daten zu fragen hat, und nachweisen, dass er zugriffsberechtigt ist. An ebendieser Stelle zeigt das Internet aber auch seine größte Schwäche: Es kann zwar jedes einzelne Datenpäckchen eindeutig identifizieren, was angesichts ihrer unermesslichen Fülle eine beeindruckende Leistung ist, ermöglicht aber damit jedem Anwender, das Gleiche zu tun. Er kann sich, wenn er nur genug zahlt, eine x-beliebige Visa-Kartennummer samt den dazugehörigen Kundendaten kaufen. Vor ein paar Jahren noch war China die Quelle der Wahl. Jetzt sind es vorzüglich Länder, die auf »istan« enden.

Je komplizierter die Zugriffssysteme sind, die verhindern sollen, dass sich Unbefugte über schützenswerte Daten hermachen – und von solchen Systemen gibt es erstaunlich elaborierte Beispiele –, desto schwieriger wird ihre Handhabung für Normalsterbliche. Wer schafft es schon, zwanzigstellige alphanumerische Passwörter im Kopf zu behalten?

Wer also beschlossen hat, dass eine Reihe rotierender Scheiben irgendwo in Saskatchewan der beste Aufbewahrungsort für seine persönlichen Geheimnisse ist, kann sie nur dann sicher wissen, wenn auch Benutzername und Passwort geschützt bleiben. Und davon ist nicht immer auszugehen. Fast alle großen Unternehmen und Institutionen legen regelmäßig Sicherungskopien ihrer Daten per Internet an Orten wie Saskatchewan an – wobei sie wahrscheinlich in den seltensten Fällen wissen, dass sich der benutzte Server überhaupt dort befindet. Aber das macht nichts. Hauptsache, die Daten stehen zur Verfügung, wenn man sie braucht. Erdbeben könnten in Saskatchewan ein Problem darstellen, doch auch dafür gibt es Lösungen.

Wer seine Daten sicher schützen möchte, speichert sie, so der übliche Rat, in verschlüsselter Form. Auch das taugt nicht wirklich, es sei denn, man gehört der CIA, der Regierung Ihrer Majestät oder irgendeinem anderen Akronym des Establishments an. Die meisten handelsüblichen Verschlüsselungen lassen sich ohne große Umstände knacken, auch wenn sie vom Hersteller mit Zauberworten wie »angriffsresistente Algorithmen« beworben werden. Für Privatpersonen sind sie von sehr begrenztem Nutzen. Von denen, die Verschlüsselungssysteme ausprobieren, geben die meisten bald auf. Ein normaler PC ist dafür viel zu langsam. Niemand möchte endlos auf seinen schnellen Idioten warten. Eine ordentliche Verschlüsselung braucht ihre Zeit.

Da weder auf dem Aubanet-Server noch auf Roberts Laptop oder Blackberry interessante Spuren aufzudecken waren, vermutete Smith, dass DuGresson das Internet genutzt hatte, um sensible Dateien zu verstecken. Es galt also, dreierlei ausfindig zu machen: eine IP-Adresse zur Lokalisierung der Daten, einen Benutzernamen und ein Passwort. Von wenigen Ausnahmen abgesehen, sind IP-Adressen aus vier Ziffernblöcken zusammengesetzt, die mit Punkten voneinander getrennt werden. Jeder dieser Blöcke besteht aus Zahlen zwischen 0 und 255. Ein typisches Beispiel wäre 123.123.123.55. Smith hatte die Keylogs des Laptops und des Blackberry, was die Suche nach IP-Adressen einfach machte. Sie war nur ein ziemlich stupides Unterfangen, also genau das Richtige für einen Computer. Regelmäßig auftauchende Adressen auszusortieren, insbesondere solche, die mit einer Verschlüsselungssoftware in Verbindung standen, würde noch einfacher sein. Robert war Buchhalter gewesen, kein Computer-Nerd. Sein Benutzername würde genau das sein: ein Name. Die allerwenigsten Anwender, nur knapp zwei Prozent, entscheiden sich für numerische Benutzernamen, obwohl solche Ziffernfolgen eigentlich empfohlen werden. Wahrscheinlich, vermutete Smith, lag es am Wortbestandteil »Name«. Die überwiegende Mehrheit aller PC-Besitzer nutzt ein und denselben Namen für eine Vielzahl von Anwendungen. Ein solches Wort zu finden, das in Roberts Eingaben häufiger auftauchte, würde den Computer vor keine größeren Probleme stellen. Fehlte also nur noch ein Passwort. Auch in der Hinsicht sind die meisten Nutzer ziemlich einfallslos. Viele halten den rückwärts geschriebenen Geburtstag des Sohns oder der Tochter für eine gute Idee. Ihnen scheint nicht klar zu sein, dass ein Geburtstag ein Geburtstag ist, und ob es nun der des eigenen Kindes ist, tut nichts zur Sache. Im zwanzigsten Jahrhundert gab es rund sechsunddreißigtausendfünfhundert Geburtstage. Die Anzahl ließe sich gerade einmal verdoppeln, wenn man das amerikanische Datumsformat hinzunimmt, und selbst wenn die Daten vorwärts oder rückwärts zu lesen sind, hat ein Computer den Geburtstag, auf den es ankommt, in Sekunden festgestellt. Entweder hatte Robert seine Dokumente online bearbeitet – und wäre dann über längere Zeit mit einer bestimmten IP-Adresse verbunden gewesen –, oder er hatte sie zur Bearbeitung herunter- und anschließend wieder hochgeladen. In jedem Fall wären Spuren davon auf dem Laptop oder Blackberry zurückgeblieben, es sei denn, er hatte sich die Mühe gemacht, seine Laufwerke jedes Mal gründlich zu putzen, was ungewöhnlich wäre.

Wahrscheinlich hatte er für den Zugriff auf seine Dateien seinen Laptop benutzt. Die IP-Adresse von Roberts Archiv wiederum würde im heruntergeladenen Keylog versteckt und dank des charakteristischen Adressenformats ohne Weiteres aufzuspüren sein, was allenfalls eine Weile dauern mochte. Auch die Suche nach Benutzernamen und Passwörtern war relativ einfach, weil ihre Eingabe nahezu unweigerlich auf die Ansteuerung des Archivs folgte. Wer auf eine gesicherte Website zugreifen wollte, wählte sich meist über die Login-Seite ein und gab eine Reihe von Zeichen ein, an deren Ende Benutzername und Passwort standen. Ein solcher String war mit einer geeigneten Software ebenfalls leicht zu erkennen.

Smith rief die Logs der Tastenanschläge auf und setzte die Parameter für einen Scan. Er suchte nach einer spezifischen Folge aus IP-Adresse, Benutzername und Passwort. Vor der Eingabe des Benutzernamens würde ein Mausklick erfolgt sein oder ein Tabulatoranschlag, und vermutlich bestanden Benutzername und Passwort aus nicht mehr als jeweils zehn Zeichen. Wenn er irrte, würde er den Scan einfach wiederholen müssen. Er suchte also nach vier Zifferngruppen von 0 bis 255, die mit einem Punkt voneinander getrennt waren, und zwei Gruppen von bis zu zehn Zeichen aus Klein- oder Großbuchstaben oder Zahlen von 0 bis 9, alles in einer Folge mit bestimmten Trennzeichen. Die Kombinationsmöglichkeiten sind nach menschlichem Ermessen astronomisch, Computer aber jonglieren damit problemlos. Für solche Aufgaben sind sie schließlich gemacht.

Die Achillesferse aller Codes ist, wie auch Smith wusste, die Wiederholung. Kommt eine bestimmte Sequenz nur einmal vor, wäre die Suche nach ihr so hoffnungslos wie die nach der sprichwörtlichen Nadel im Heuhaufen. Es war allerdings kaum davon auszugehen, dass Robert bei jedem Login Benutzernamen und Passwort geändert hatte. Wer täte so etwas?

Die Rohdaten auszulesen nahm eine gute Weile in Anspruch. Darin suchte Smith nun ausschließlich nach IP-Adressen mit jeweils einmaligen oder seltenen Logins. Alle anderen mit mehrfach verwendeten Benutzernamen und Passwörtern wanderten in den Papierkorb. Nachdem Hunderte von Duplikaten entfernt waren, blieben ihm vier heiße Spuren. Es stellte sich heraus, dass es sich bei drei der Adressen um kommerzielle Online-Archive handelte. Über die vierte gelangte er sofort auf die Privatkundenseite der Banque Générale de Berne.

Er lud alles, was in den drei Archiv-Ordnern zu finden war, herunter – in zweien waren ausschließlich Klartexte abgelegt, im dritten verschlüsselte Inhalte – und löschte diese dann. Sie würden automatisch gesperrt werden, wenn Roberts monatliche Gebühren ausblieben. Rechnungen nicht zu bezahlen, dachte Smith, war immer noch die beste Sicherungsmethode.

Er schaute sich Roberts Bankkonten an. Sein Gehalt ging offenbar auf ein Girokonto der hiesigen Filiale der Société Générale ein. Darüber hinaus hatte der Verblichene zwei Schweizer Konten unterhalten. Eines war vor fast acht Jahren eröffnet worden und wies ein aktuelles Guthaben von vierzehn Millionen Euro aus, ein zweites, vor vier Jahren eingerichtetes Konto enthielt weitere acht. Smith versuchte sich vorzustellen, was er mit so viel Geld anstellen würde, und kam schnell zu dem Schluss, dass er nicht die geringste Ahnung hatte. Eine Million hätte er überblicken können, zweiundzwanzig aber sprengten sein Fassungsvermögen. Er verzichtete darauf, die Transaktionsbelege herunterzuladen. Banken nahmen es mit der Sicherheit sehr genau und registrierten jegliche Datenwanderungen – wie auch seine gerade vorgenommenen Nachforschungen. Von Roberts Ableben hatten sie allerdings wohl noch keine Kenntnis genommen, und in Anbetracht der dubiosen und geheimen Herkunft von Roberts Einlagen würde seine Privatkundenseite wohl noch eine Weile einzusehen sein.

Die heruntergeladenen Daten erwiesen sich als vollständige Dokumentation sämtlicher krimineller Machenschaften, in die Robert verwickelt gewesen war. Sie spezifizierten die Profite aus aufgeblähten Verträgen, Schmiergeldzahlungen, Bestechungsfonds, Unterschlagungen sowie die Daten der Empfänger von Schwarzgeldern mit allen Kontoinformationen und Transaktionen. Eine lange Liste von Kontaktadressen aller Beteiligten gab es ebenfalls. Mit einiger Erleichterung nahm Smith zur Kenntnis, dass der Name Aubanet nirgends auftauchte. Wohl aber der Name Blanchard. Der Hauptkommissar hatte in den vergangenen fünf Jahren einen monatlichen »Vorschuss« von zehntausend Euro erhalten.

Smith widmete sich nun dem verschlüsselten Ordner aus einem der drei Archive. Ohne einen vorläufigen Blick darauf zu werfen, setzte er seine Entschlüsselungssoftware in Gang. Robert hatte ein denkbar einfaches, sehr billiges kommerzielles Programm benutzt, das eigentlich nur die Garantie auf Ärger mit sich brachte. Umso erstaunlicher war für Smith, wie lange es dauerte, die Daten zu decodieren. Eine Viertelstunde verging. Dann verstand er. Es handelte sich um große, hochaufgelöste Bilddateien, um Hunderte von Fotos, die nackte Kinder zeigten, die meisten in sexuellem Verkehr mit Erwachsenen, darunter häufig DuGresson selbst.

Smith wurde schlecht. Es war wahrhaftig nicht das, was er sehen wollte. Schnell schloss er die Dateien. Er fand noch ein weiteres Dokument im Ordner, das wahrscheinlich die Kontakte zu anderen Pädophilen enthielt. Und es enthüllte, dass Mademoiselle Brique ihrem Chef Kinder zugeführt hatte. Angewidert wandte sich Smith auch davon ab. Er machte sich gar nicht erst die Mühe, die eine oder andere der angeführten Websites aufzurufen. Es war ohnehin klar, was darauf zu sehen sein würde.

Plötzlich überkam ihn Müdigkeit. Er schaute auf die Uhr und stellte verwundert fest, dass es schon neun war. Arthur musste gefüttert und ausgeführt werden. Hoffentlich half der Abendspaziergang, den ganzen Mist, den er da ausgegraben hatte, wenn nicht zu vergessen, so doch wenigstens aus den aktiven Arealen seines Denkapparats in den Hinterkopf zu verbannen.

Für die Jahreszeit ungewöhnlich, hatte sich der Himmel zugezogen. Die Sonne sank unter den Wolken im Westen dem Horizont entgegen und tauchte Arles in ein rotgelbes Licht. Die Stadtsilhouette war gespenstisch scharf geschnitten und passte irgendwie zu seiner Stimmung. Er ging mit Arthur über die Hauture, stieg die Stufen am Jardin d'Été hinab und erreichte den Boulevard des Lices. Schon hier wimmelte es von Touristen, obwohl die eigentliche Schlendermeile erst weiter unten in Zentrumsnähe anfing. Statt wie üblich den Weg entlang der Stadtmauer einzuschlagen, entschied er sich für eine längere Runde.

Er überquerte den Boulevard und ging weiter Richtung Süden, durch das Wohnquartier Les Alyscamps, benannt nach der antiken Nekropole im Südosten der Altstadt. Es war ein ruhiges Viertel aus relativ kleinen Stadthäusern mit hübschen kleinen, ummauerten Gärten. Die meisten Gebäude waren um die vorletzte Jahrhundertwende herum entstanden, aber auch hier verschandelte so manche Bausünde den ansonsten positiven Gesamteindruck.

Das Angenehme an dieser Route war, dass ihm hier kaum Touristen und nur wenige Anwohner begegneten. Schön auch, dass kaum andere Hunde auf den Straßen waren, mit denen Arthur hätte Streit anzetteln können. Smith ließ sich durch den Kopf gehen, was er bei seinen Computerrecherchen herausgefunden hatte, und sah sich in vielen seiner Vermutungen bestätigt. Die Beweise aber brachten ihre eigenen Gefahren mit sich. Wahrscheinlich wussten die Bad Guys durch Blanchard, dass er ihnen im Auftrag von Madame DuGresson auf die Spur zu kommen drohte. Es war allerdings anzunehmen, dass Blanchards Hauptfunktion darin bestand, seinerseits zu ermitteln und Spuren zu verwischen, was den Fall vertrackter machte. Wie dem auch sei, Smith kannte nun Namen und Einzelheiten. Ruhiger stimmte ihn das nicht.

Er musste sich wappnen für den Fall, dass die Gegenseite Wind davon bekam, wie dicht er ihnen auf den Fersen war. Mit anderen Worten, er würde die Beweise gegen sie in Sicherheit bringen müssen, an einem Ort, von dem aus sie aber auch veröffentlicht werden konnten, falls ihm etwas zustoßen sollte. In der Welt des Internets war dies nicht allzu schwierig. Die Dokumente ließen sich verstecken, wie Robert sie zu verstecken versucht hatte, das aber sehr viel besser. Wo genau sie lagen, wäre dann jemandem mit einer E-Mail-Adresse anzuvertrauen, und eine solche hatten alle Polizeistationen, Zeitungsredaktionen oder Regierungsbehörden der Welt. Eine Mail aufzusetzen, die sich, falls er verhindert sein würde, automatisch auf den Weg machte, war auch nicht schwer. Es wäre also das Klügste, sobald er wieder zu Hause war, entsprechende Vorkehrungen zu treffen.

Er setzte seine Runde in einem weiten Bogen fort, der ihn am Stadion vorbei und bis zur Schnellstraße nach Nîmes führte. Von dort aus steuerte er auf die Überreste der Église des Carmes zu und folgte dann dem Boulevard Georges Clemenceau hinauf bis zur Rhone. Als er den Fluss unter der neuen Brücke erreichte, war es schon dunkel geworden. Weit nach elf, schätzte er. Es dauerte nicht mehr lange, und er war an der Stelle, an der Madame und er vier Tage zuvor ihren Spaziergang begonnen hatten. Diesmal sah er sich allerdings nicht in Gesellschaft einer schönen Frau, sondern von beunruhigenden Gedanken begleitet. Dieselben Laternen, die an jenem Abend für eine romantische Illumination gesorgt hatten, wirkten jetzt bedrohlich und ganz und gar ungeeignet, ihn sicher nach Hause zu geleiten.

Er ängstigte sich ein wenig, wofür er sich im Stillen rügte. Er legte einen Schritt zu, ging über den Quai de la Roquette, unter der alten Trinquetaille-Brücke hindurch und an den konstantinischen Thermen und dem Musée Réattu vorbei. Es waren nur noch vereinzelt Leute unterwegs. Zwei Touristen kamen ihm von der Anlegestelle entgegen, wo fast täglich große Flussdampfer Mengen von Besuchern ausspuckten. Ein paar Hundehalter führten ihre Lieblinge Gassi, wobei sie immer wieder stehen blieben, um ihnen Gelegenheit zu geben, sich für das zu interessieren, was Hunde nun mal interessierte. Der Fluss floss träge vor sich hin, und das Licht reichte eben aus, um die scharfe Biegung nach Norden überblicken zu können.

Dass die beiden, die jetzt auf ihn zukamen, keine Touristen waren, auch keine Nachtschwärmer oder ein schwules Liebespärchen, wurde schnell deutlich. Sie bewegten sich auf eine Weise, die Smith lässig und merkwürdig zugleich vorkam. Immerhin machten sie einen entspannten Eindruck, und entspannte Menschen waren, wie er wusste, leicht zu überraschen. Bei dem langsamen Tempo, das sie vorlegten, blieb ihm genügend Zeit – mindestens dreißig Sekunden –, sich einen Plan zurechtzulegen. Der erhöhte Fußweg entlang dem Uferdamm kam ihm gelegen. Bei Niedrigwasser fiel die gepflasterte Böschung zum Fluss hin fast zehn Meter ab. Die Brüstung davor war weniger als einen Meter hoch und somit, wie Smith ausrechnete, niedriger als der Körperschwerpunkt durchschnittlich großer Personen. Auf der anderen Seite verlief eine ungesicherte Kante rund vier Meter über dem Niveau der Straße, an deren Rand wie gewöhnlich Autos parkten.

Die Männer hatten sich ihm auf zwei Meter genähert; der eine ging nah an der Brüstung entlang und dem anderen einen Schritt voraus. Beide waren jung, athletisch gebaut und offenbar nicht besonders ernsthaft bei der Sache. So jedenfalls schien es Smith. Ihre Blicke richteten sich nicht auf ihn, sondern auf Arthur. Der vordere öffnete gerade den Mund, um etwas zu sagen, als Smith plötzlich Arthurs Leine fallen ließ, in die Hocke ging und ihm seine linke Schulter in die Hüfte rammte. Der Mann prallte vor die Brüstung, kippte darüber hinweg und purzelte die steile Böschung hinunter. Weniger als eine halbe Sekunde später machte sich Smith über den anderen her, der gerade mit der Hand in sein Jackett griff. Er stellte ihm ein Bein und wuchtete ihm den Handballen so fest vor die Brust, dass er rücklings zu Boden ging. Als Smith ihm den Fuß auf den Hals stellte, überkam ihn plötzlich ein Gefühl von Verachtung für derart schlecht vorbereitete Schläger. Er gab ordentlich Druck auf seinen Fuß, zog dem Mann die Waffe aus dem Schulterholster und warf sie mit einem Schlenker aus dem Handgelenk in den Fluss.

»Monsieur. Wenn ich noch ein Quäntchen fester auftrete, ist es um dich geschehen. Du hast die Wahl. Reden oder sterben. Was willst du?«

Smith warf einen Blick in beide Richtungen über den Fußweg. Immerhin hatten die beiden Idioten einen günstigen Moment abgepasst. Im Abstand von hundert Metern war keine Menschenseele zu sehen. Aus der Ferne würde es aussehen, als beugte er sich über jemanden, der seine Hilfe brauchte. Arthur, der allem, was weniger als vier Beine hatte, durchweg wohlwollend begegnete, hielt Abstand und schaute mit unparteiischem Interesse zu.

Der Mann gab ein Gurgeln von sich. Er wollte reden. Smith verlagerte seinen Fuß so, dass der Schuhabsatz auf dem Adamsapfel zu liegen kam.

»Ich will dich nicht im Unklaren lassen. Meine Treter sind beschlagen. Ich könnte dich töten, ehe du dich versiehst. Antworte auf meine Fragen, präzise und schnell. Verstanden?«

Der Mann nickte krampfhaft. Smith nahm etwas Gewicht von seinem Fuß. Er blieb völlig ruhig, was vielleicht daran lag, dass er innerhalb weniger Tage nun schon zum zweiten Mal derart derbe Methoden anwendete.

»Für wen arbeitest du?«

Die Antwort war ein Flüstern: »Monsieur Girondou.«

»Wie lautet dein Auftrag?«

»Ich soll Sie zu ihm nach Marseille bringen.«

Weitere Fragen waren zwecklos. Der Mann wusste bestimmt nicht viel mehr, und Smith wollte sich nicht mit sinnlosen Fragen als Ignorant zu erkennen geben.

»Nun, dann bestell Monsieur Girondou, dass er mich, wenn er mich sprechen möchte, anrufen und ein Treffen mit mir verabreden kann. Um Ecken herum angequatscht zu werden gefällt mir nicht. Verstanden?«

Der Mann nickte gequält.

Smith zog seinen Fuß zurück und half ihm beim Aufstehen. Mit einem schnellen Blick nach beiden Seiten vergewisserte er sich, dass nach wie vor niemand nahe genug war, um von der Szene Notiz zu nehmen.

»Kannst du schwimmen?«

Der Mann nickte wieder.

»Gut.«

Er folgte seinem Kumpan über die Brüstung. Smith setzte seinen Heimweg fort und hörte ein dumpfes Platschen hinter sich.

Es wird ungemütlich, dachte Smith, was ihn aber nicht allzu sehr verunsicherte. Er hatte schon schwierigere Situationen gemeistert. Da er aber nun offenbar auf dem Radar eines ausgekochten Gangsters aus Marseille war, empfahl es sich, ein paar Vorsorgemaßnahmen zu treffen. Er nahm sein Handy aus der Tasche und rief Gentry an. Er antwortete sofort.

»Ja?«

»Smith. Können wir uns treffen?«

»Ich bin in zehn Minuten bei dir.«

»In einer halben Stunde wäre mir lieber. Ich muss noch was regeln.«

»Einverstanden.«

Es drängte Smith nach Hause. Dort angekommen, eilte er sofort in sein Arbeitszimmer. Er kopierte die Dateien aus Roberts Archiv mehrfach auf DVDs und war gerade damit fertig, als er hörte, wie Gentry die Tür aufschloss. Als er ins Wohnzimmer kam, saß sein Freund schon auf seinem gewohnten Platz. Arthur nahm gnädig die gewohnten Huldigungen entgegen, und auf dem Tisch standen schon zwei Whisky.

Ohne lange Vorreden erzählte Smith, was seit gestern Morgen geschehen war. Es war ein trockener Bericht ohne Ausschmückungen oder Erklärungen. Er dauerte weniger als fünf Minuten. Gentry hörte aufmerksam zu.

»Wie kann ich helfen?«, fragte er, als Smith zum Ende gekommen war.

»Ich glaube, die einzig wirkliche Gefahr droht mir von den Leuten aus Marseille. Blanchard ist nicht der Typ, der sich auf Gewalt einlässt. Schlimmstenfalls wird er sauer sein. Die Aubanets hätten ausreichend Gelegenheit gehabt, mich mundtot zu machen, wenn sie Böses im Schilde führen würden.«

Er reichte Gentry eine Kopie der DVDs.

»Was da drauf ist, könnte die ganze Bande und noch ein paar andere Übeltäter für lange Zeit hinter Gitter bringen. Schaff sie bitte sicher außer Landes. Ich werde die Dateien außerdem ausfallsicher im Internet unterbringen, und zwar so, dass sie automatisch an verschiedene Polizeistationen gemailt werden, wenn ich nicht regelmäßig mein Okay eingebe. Das dürfte Girondou davon abhalten, mir an die Wäsche zu gehen.«

»Ist eine solche Routine nicht viel zu lästig?«, fragte Gentry, der kein Computerfan war.

»Ich muss sie ja nicht täglich durchführen. Hauptsache, die Kanaillen glauben's und es schreckt sie ab.«

»Und die DVDs? Soll ich sie an einen bestimmten Ort bringen?«

»Nein. Du weißt, was zu tun ist, oder?«

Gentry nickte. »Du wirst Girondou die gute Nachricht irgendwie stecken müssen. Schon eine Idee, wie?«

»Ja, ich würde ihn gern anrufen und zum Mittagessen einladen.«

»Immer noch der Alte, Peter. Du steigst nie durchs Fenster, wenn du auch an der Eingangstür klopfen kannst.« Gentry seufzte, schüttelte den Kopf, griff in die Innentasche seines Jacketts und holte ein Stück Papier heraus. Er reichte es seinem Freund, der fragend eine Augenbraue hob.

»Girondous Adresse und Telefonnummer.«

Smith lachte laut auf.

»Bist mir also wieder einen Schritt voraus, alter Freund.«

»Wann gedenkst du die Einladung auszusprechen?«

Smith warf einen Blick auf die Uhr über dem Kamin, holte sein Handy hervor und wählte die Nummer.

»Warum Zeit verschwenden?«

Es klingelte dreimal, dann antwortete eine sehr verschlafen klingende Stimme.

»Ja?«

»Monsieur Girondou. Guten Abend. Hier spricht Peter Smith.«

Das musste man dem Mann lassen: Er erholte sich schnell. Seine Stimme war sofort ruhig und gefasst.

»Monsieur Smith. Wie schön, Sie zu hören.«

Smith ließ ein dezentes Lachen durch die Leitung nach Marseille schwingen.

»Ich dachte mir, dass Sie auf eine Unterredung mit mir hoffen. Darf ich Sie zum Mittagessen bei mir zu Hause einladen? Vielleicht morgen gegen eins?«

Nach einer kurzen Pause schritt die Erholung weiter voran. Der Gangster war jetzt hellwach und nahm die Einladung bereitwillig an.

»Wie freundlich von Ihnen, Monsieur Smith. Ich freue mich auf unser Treffen. Darf ich fragen, wie Sie an meine Nummer gekommen sind?«

»Bis morgen Mittag dann«, antwortete Smith darauf lediglich und unterbrach die Verbindung.

Gentry betrachtete seinen Freund amüsiert, aber auch sichtlich besorgt. »Das kann ja heiter werden. Aber ob du mit einem der führenden Gangster Frankreichs am Tisch sitzen oder Besuch bekommen wirst von einem seiner Schläger, steht wohl noch dahin.«

»Sei nicht albern, Gentry. Wenn Girondou mich um die Ecke bringen wollte, hätte er das längst getan. Davon abgesehen, hat er keinen Grund dazu. Für ihn ist es viel wichtiger herauszufinden, was ich vorhabe und wie viel ich weiß.«

Gentry schenkte sich einen Schluck Malt nach. Als er wieder das Wort ergriff, sprach er mit ernster Stimme, die Smith aufmerken ließ.

»Mir scheint, die Sache fängt an, ein bisschen brenzlig zu werden. Was mit einem ›harmlosen‹ Mord begonnen hat, entwickelt sich zu einem internationalen Betrugsskandal unter Beteiligung von Polizisten, Kriminellen aus Marseille und alteingesessenen Familien, die mehr Macht und Einfluss zu haben scheinen, als ihnen guttut, darunter eine der attraktivsten Frauen, die dir in letzter Zeit über den Weg gelaufen sind, ganz zu schweigen von deinen jüngsten Entdeckungen höchst devianter und unmoralischer Sexpraktiken. Es wäre dir in den vergangenen Tagen immer wieder möglich gewesen auszusteigen, was du aber nicht getan hast. Wenn ich es nicht besser wüsste, würde ich sagen, du hast deinen Spaß daran. Muss ich dich daran erinnern, dass du dir auf diese Weise schon früher Schwierigkeiten eingebrockt hast, und das nicht nur einmal?«

Smith lächelte. »Zugegeben, der Alltag wird ein bisschen interessanter dadurch. Vielleicht sollte ich dich daran erinnern, dass ich unter Druck und inmitten der Schusslinie am besten funktioniere. Im Unterschied zu dir, der Ruhe braucht und die Anonymität des Schattens.«

»Ich glaube, korrekter wäre die Formulierung ›funktionierte‹ – Vergangenheit. Wir waren beide damals sehr viel jünger.«

»Ach was. Wo bleibt dein Sinn für Abenteuer?«

»Ich hatte gehofft, ihn in England hinter mir gelassen zu haben. Das hättest du auch tun sollen, erst recht nach dem, was passiert ist.«

Beide dachten an Somalia. Es blieb eine Weile still. Gentry kehrte als Erster in die Gegenwart zurück.

»Wie wär's jetzt mit einer Waffe, Peter?«

Smith dachte einen Augenblick nach.

»Nein, lieber nicht. Wenn ich damit anfange, tut's auch die Gegenseite, und noch weiß ich nicht, wer diese ist. Wie gesagt, zurzeit ist vor allem Neugier im Spiel. Girondou will wissen, was ich weiß, und das gibt mir Gelegenheit, ihm ins Gedächtnis zu rufen, wie gefährlich es ist, allzu vorschnell zu handeln. Und wenn von irgendjemandem Gefahr ausgeht, dann wohl von ihm.«

»Vielleicht hast du recht. Du solltest aber trotzdem auch etwas über Seffradi wissen. Hör zu.«

Über die nächste halbe Stunde hielt Gentry einen Vortrag, so ruhig und flüssig, wie es nur jemand kann, der daran gewöhnt ist, detaillierte Anweisungen zu geben. Als er fertig war, war Smith über die Verbrecherszene in Frankreich und Marseille im Besonderen im Bilde; darüber, wer das Sagen hatte, wie sie organisiert war und an welcher Stelle sein für morgen erwarteter Gast rangierte – offenbar ziemlich weit oben. Wie nicht anders zu erwarten, war Gentrys Einführung präzise und ohne jede Unklarheit. Das war schon immer seine Stärke gewesen und einer der Gründe dafür, warum Smith energisch und manchmal auch mit Gewalt jeden Versuch abgeschmettert hatte, seinen Freund von anderen Abteilungen des Dienstes abwerben zu lassen. Gentry wusste, dass Smith Gewissheiten brauchte, egal, ob sie gültig waren oder nicht. Meist hatte er jedenfalls recht in seiner Einschätzung.

Als er fertig war, sowohl mit seinem Vortrag als auch mit der Whisky-Flasche, stand Gentry auf und ging mit erstaunlich sicheren Schritten zur Tür hinaus. Auf der Straße drehte er sich noch einmal um.

»Einen netten *déjeuner* wünsche ich«, sagte er und ging.

7. Gangster und Großmütter

Immerhin pünktlich, dachte Smith, als Schlag eins die Türglocke läutete. Nach herkömmlichen Benimmregeln ließ das auf Höflichkeit schließen. Auch er verspätete sich so gut wie nie und konnte nicht verstehen, warum andere nicht zu schaffen schienen, was für ihn selbstverständlich war.

Er schickte einen leicht verärgerten Arthur in den Garten, und weil er die Situation schon in Gedanken durchgespielt hatte, überraschte es ihn nicht, durch das Türfenster einen gut gekleideten, aber extrem großen Mann im Eingang zu sehen.

Ah, er hat seinen Gorilla vorgeschickt, dachte er.

Er blickte mit etwas Mühe an dem Riesen vorbei und sah zwei weitere Männer auf der Straße stehen, der eine so groß wie der, der gegenwärtig das Sonnenlicht vor der Tür verdeckte, während der andere eher klein war, dunkel und makellos gekleidet in einem leichten Sommeranzug mit hellblauem Hemd und dazu passender Krawatte. Er trug polierte braune Halbschuhe mit den unvermeidlichen Quasten.

Smith öffnete die Tür, setzte wie üblich einen Fuß nach vorn, was den großen Mann unwillkürlich einen Schritt zurückweichen ließ, und sprach das gut gekleidete Gorillaherrchen am Fuß der Treppe an.

»Monsieur Girondou, es freut mich, dass Sie meiner Einladung gefolgt sind. Sie galt allerdings nur Ihnen und nicht Ihren – wie nennen wir sie? – Kollegen. Einer der beiden Herren mag gern eintreten und sich davon überzeugen, dass ich keine Polizisten in meinem Schlafzimmer versteckt halte. Wenn wir uns allerdings miteinander unterhalten, sollten er und sein Freund für eine Weile bummeln gehen und sich an der Schönheit von Arles erfreuen.«

Sein Gast zögerte nur einen kurzen Augenblick. Er nickte bestimmt, und der Gorilla trat zur Seite, worauf wieder Licht in Smiths Tür fiel und der kleine Mann die vier Stufen heraufkam. Smith schüttelte ihm fest die Hand und ließ ihn eintreten.

»Sie sind willkommen in meinem Haus«, begrüßte Smith auf traditionell arabische Art den Mann, dessen Herrschaft über einen Großteil der nordafrikanischen Kriminalität in Frankreich angeblich legendär war. Der Mann grinste breit.

»Möge Allah Sie und Ihre ... Töchter segnen«, kam die ebenfalls förmlich-traditionelle, wenngleich etwas modifizierte Antwort mit einem kaum merklichen Stocken. Der Mann schaute Smith ins Gesicht. »Auch ich bin mit Töchtern gesegnet.«

»Ich weiß, Monsieur Girondou. Es ist noch nicht allzu heiß, vielleicht könnten wir in den Garten gehen? Oder würden Sie lieber im Haus bleiben?«, fragte Smith, obwohl ihm bewusst war, dass dieser Mann anderes im Sinn hatte als angenehme Temperaturen.

»Gehen wir in den Garten.«

Sie setzten sich draußen an den Tisch. Arthur empfing den Gast, wie man es von ihm kannte: begeistert und stürmisch. Smith registrierte befriedigt, dass die Freude seines Hundes erwidert wurde. Tatsächlich dauerte es eine Weile, bis er die Aufmerksamkeit des Gastes zurückgewinnen und ihn fragen konnte, welchen Aperitif er wünsche.

»Danke, einen Pastis bitte.«

»Tut mir leid, ich kann nur mit einem Bardouin dienen«, entgegnete Smith, womit er sich auf einen teuren, sehr provenzalischen Pastis bezog und nicht auf die aus Marseille stammende Marke Ricard. Es war als Kompliment gemeint, und Girondou verstand.

»Ah, wie erfreulich. Mein Vorzugsgetränk. Sie werden wahrscheinlich nicht wissen, dass ich in Châteaurenard zur Welt gekommen bin, wo der Bardouin hergestellt wird.«

Sie machten es sich in der warmen Luft des frühen Nachmittags gemütlich und betrachteten einander. Smith fand, dass er mit einer freundlichen Erkundigung beginnen sollte.

»Wie geht es den beiden?«

»Sie sind ein wenig in ihrem Stolz gekränkt, haben aber dazugelernt«, antwortete sein Gast lächelnd. »Ich hoffe, sie werden Männer mit Erfahrung nie mehr unterschätzen. Eigentlich hätten sie diese Lektion schon von ihren Eltern mitbekommen sollen.«

»Gut. Ich bin froh, dass sie zumindest Schwimmen gelernt haben. Sie sind noch zu jung, um aus Unerfahrenheit zu sterben.«

»Anders als unsereins.«

»In der Tat. Monsieur Girondou, auch wenn wir vor allem Geschäftliches zu besprechen haben, schlage ich vor, dass wir vorher eine Kleinigkeit zu uns nehmen. Ich maße mir zwar nicht an, ein guter Koch zu sein, halte aber dennoch dafür, dass Mahlzeit und Business voneinander getrennt werden sollten. Ein Geschäftsessen ist für mich ein Widerspruch in sich.«

»Ganz Ihrer Meinung.«

Smith servierte eine einfache Vorspeise aus sautierten Birnenspalten, Walnüssen und einer warmen Roquefort-Creme, gefolgt von Kalbs-*scaloppine al limone* mit einem Tomatensalat und Bratkartoffeln. Zwei Flaschen Wein, ein roter und ein weißer *vin de table*, standen in beider Reichweite auf dem Tisch. Das Gespräch war allgemein gehalten und vollkommen entspannt. Zweimal musste Smith den Tisch verlassen, um in der Küche nach dem Rechten zu sehen. Sein Gast folgte ihm mit dem Glas in der Hand, damit die Unterhaltung nicht abriss. Gemeinsam trugen sie den Hauptgang auf. Man erkundigte sich wechselseitig nach der familiären und gesellschaftlichen Herkunft. Beiden fiel es nicht schwer, heiklere Themen zu umschiffen und ausschließlich Gefälliges zur Sprache zu bringen. Sie waren sich einig, dass französisches und walisisches Rugby dem englischen überlegen, die französische wie auch die italienische Küche unschlagbar und die Provence der schönste Landstrich der Erde sei. Einigkeit bestand auch in ihrer Bewunderung für Mozart und Cézanne; nur im Hinblick auf Thomas Mann waren sie unterschiedlicher Meinung. Kurzum, sie plauderten mühelos und zu beiderseitigem Wohlgefallen miteinander.

Der Gangster von heute ist doch ein seltsamer, durchaus kultivierter Vogel, dachte Smith. Kein Wunder, dass es der Polizei so schwerfiel, ihn zu fassen.

Nach dem Hauptgang brachte er Käse und Obst, füllte die Gläser und holte neuen Wein. Das Dessert sparte er bis zum Schluss auf.

Wieder war es Smith, der das Wort ergriff.

»So. Sie wollten also mit mir reden?«

»Ja, ich würde gern wissen, was Sie mit dem vorliegenden Fall zu tun haben.«

»Spielen Sie auf den Selbstmord eines der prominentesten Bürger von Arles vor einer Woche an? Ich hätte die gleiche Frage an Sie, Monsieur.«

Smith spürte, dass sein Gast an einen solchen Schlagabtausch nicht gewöhnt war und sich zwingen musste, ruhig zu bleiben. Aus Erfahrung aber wusste er, dass es sich fast immer empfahl, die Konfrontation zu suchen. Er setzte nach: »Einer von uns beiden muss aufhören, beim anderen auf den Busch zu klopfen, und stattdessen erklären, was Sache ist. Am besten, wir tun das beide. Da ich der Gastgeber bin, sollte ich vielleicht den Anfang wagen.«

Girondou lehnte sich auf seinem Stuhl zurück und trank einen guten Schluck aus seinem Glas, während Smith mental Luft holte und hoffte, nicht dabei ertappt zu werden. Er beschloss, sich kurzzufassen.

»Sie zweigen aus dem EU-Fonds für Denkmalpflege Millionen von Euro für sich ab, wahrscheinlich in ganz Europa. Mit Sicherheit weiß ich nur, dass Sie es hier in der Provence tun. Robert DuGresson war als hiesiger Verwalter der Fondsmittel derjenige, der den Betrug organisiert und das Geld an Sie weitergeleitet hat. Vermutlich lassen Sie sich darüber hinaus von ansässigen Bauunternehmen schmieren, womit Robert aber wohl nichts zu tun hatte. Doch das ist nur Spekulation. Sie haben einen Eurocop namens Blanchard gekauft, um sicherzustellen, dass die Polizei Ihnen nicht in die Quere kommt. Ob Sie sich auch Blanchards Frau zu Diensten gemacht haben, weiß ich nicht. Davon gehe ich eher nicht aus. An dem Tag, an dem Robert getötet wird, tauche ich wie aus dem Nichts auf, und Sie haben keine Ahnung, wer ich bin und warum ich meine Nase in den Fall stecke. Dabei geht es wahrscheinlich nur um einen kleinen Teil Ihrer Aktivitäten, der nichtsdestotrotz willkommen ist, weil er schnelles Geld verspricht und sehr viel weniger riskant zu sein scheint als das, womit Sie sich traditionellerweise befassen. Immerhin sind Sie einer der Pioniere – wenn das das richtige Wort ist – der organisierten Cyberkriminalität in Europa. Echte Ermittlungen könnten Sie verwundbar machen. Dagegen wollen Sie sich schützen, und das ist auch der Grund, warum Sie nicht gezögert haben, mich zu treffen.«

Smith hatte seinen Vortrag beendet und schaute seinen Gast an. Ihm begegnete ein vollkommen ungerührter Blick, der weder freundlich noch feindlich wirkte und wohl erklärte, warum es dieser charmante kleine Kerl so hoch hinaus geschafft hatte. Er hoffte, dass ihm sein Unbehagen nicht anzumerken war.

»Haben Sie dafür irgendwelche Beweise?« Er leugnete nicht. Der Mann war offenbar Pragmatiker.

Smith langte hinter sich in einen Blumenkasten, zog einen Briefumschlag heraus, den er vor der Ankunft des Gastes dort hinterlegt hatte, und reichte ihn über den Tisch. Girondou öffnete ihn und faltete ein einzelnes Blatt Papier auseinander. Es war der Ausdruck einer Seite von Roberts Tabelle, die die jüngsten monatlichen Zahlungen auf eines von Girondous Konten auflistete.

»Sie können sich ja denken, dass, wenn ich diese Daten habe, auch der Rest in meinem Besitz ist«, sagte Smith leise.

Das Schweigen, das nun folgte, war wie fast immer in solchen Fällen wahrscheinlich nicht so ausgedehnt wie gefühlt, aber es schien eine Ewigkeit zu vergehen, ehe der Mann aus Marseille den Kopf hob und einen Blick wie Marmor auf den Gastgeber richtete.

»Und was, Monsieur Smith, gedenken Sie nun zu tun?«

Auf diesen Moment, der sich zwangsläufig hatte einstellen müssen, war Smith vorbereitet. Es war ein bisschen wie Fasanenschießen. Wenn der Vogel von weit her kommt und man ihm eine Weile mit den Augen gefolgt ist, schießt man meist daneben. Es rät sich vielmehr, die Augen zu schließen, so lange, bis einem der Instinkt sagt, dass, wenn man sie nicht sofort wieder öffnet, die Chance auf einen Treffer vertan ist. Je mehr Geduld man aufbringt, desto sicherer richtet man den Gewehrlauf auf die Flugbahn, und dann ist es um den Vogel geschehen. Smith schloss im übertragenen Sinn die Augen und spürte, wie sich die Stärke seiner Position aufbaute, bis ein noch längeres Abwarten jeden Vorteil zunichtemachen würde.

»Nichts.«

»Nichts?« Auch Girondou wusste um die Wirkung einer dramatischen Pause.

»Ja, es sei denn, Sie unternehmen etwas, das völlig uncharakteristisch für Sie wäre.«

Die unausgesprochene Frage beantwortete Smith gleich selbst.

»Im Unterschied zur Mehrheitsmeinung, die Ihre Geschäfte gewiss verwerflich findet, ist mir ziemlich egal, was Sie und Ihre Freunde treiben. Mein Sinn für Moral ist nicht besonders ausgeprägt. Ich verachte die meisten Politiker und all die anderen Trittbrettfahrer, die bei der Europäischen Union absahnen. Ob Sie zu diesem Haufen dazugehören oder nicht, macht für mich keinen Unterschied. Würde ich mir die Sache genauer durch den Kopf gehen lassen, nähme ich wahrscheinlich noch eher Anstoß an Ihren Machenschaften, aber sie interessieren mich nur mäßig. Alles, was ich will, ist ein beschauliches Rentnerdasein und dass man mich in Ruhe lässt.«

»Warum ermitteln Sie dann im Fall des Freitods Robert DuGressons?«

Die Ironie der Frage entging Smith nicht.

»Erstens, weil mir jemand einen Schlag auf den Kopf versetzt hat, was ich mir nicht gefallen lasse, und zweitens, weil mich eine schöne Frau darum gebeten hat.«

»Ah. Madame DuGresson. Vielleicht, Monsieur, ist sie vielschichtiger, als es Ihr englischer Blick einzuschätzen versteht.«

»Unter anderem macht sie gerade das, Monsieur Girondou, so schön.«

Sein Gast gestattete sich ein kalkiges Lächeln.

»Sie wissen doch wohl, wie gefährlich Ihre Informationen sind, Monsieur Smith, oder?«

»Gefährlich? Für wen?«

»Für Sie vielleicht?«

»Ich habe nicht die Absicht, meine Informationen an Dritte weiterzugeben. Als Freund sind Sie mir lieber denn als Feind, Monsieur Girondou. Deshalb habe ich Sie zum Mittagessen eingeladen.«

Girondou nickte wie zum Einverständnis, hielt aber plötzlich inne, als sei ihm ein unangenehmer Gedanke gekommen.

»Was würden Sie meinen Kollegen sagen, die weniger entspannt auf Ihre Mitwisserschaft reagieren als ich?«

Smith fand, dass es an der Zeit war, ungemütlich zu werden.

»Ich habe Roberts sämtliche Unterlagen ausfindig gemacht und sicher verwahrt – Sie werden sie niemals finden, das versichere ich Ihnen. Wenn ich nicht persönlich in regelmäßigen Abständen dafür sorge, dass sie versteckt bleiben, werden sie per E-Mail gleichzeitig an eine Reihe von Polizeistationen auf der ganzen Welt verschickt. Ich kann mir vorstellen, dass dort etliche karrierehungrige Polizisten nur darauf warten, Ihnen ans Leder zu gehen.

Wenn Sie glauben, diese Unterlagen über den Weg aufstöbern zu können, über den ich sie aufgestöbert habe, müssen Sie sich schon sehr, sehr gut im Internet auskennen. Darüber hinaus sind sämtliche Daten auf DVDs gespeichert, die sich inzwischen im Ausland befinden und ebenfalls den Behörden zugespielt werden, falls mir etwas zustoßen sollte. Mit anderen Worten, Sie, Monsieur Girondou, sollten sehr daran interessiert sein, dass es mir und allen, die mir nahestehen, noch lange gut geht.«

»Ich beginne zu verstehen, Monsieur, dass die beiden Herren, die ich vergangene Nacht auf Sie angesetzt habe, keine Chance gegen Sie haben konnten. Verzeihen Sie meinen Fehler. Was wollen Sie?«

»Ich fürchte, Sie missverstehen mich immer noch. Ich will nichts. Dies ist kein Erpressungsversuch, und es liegt mir fern, Ihnen in die Suppe zu spucken. Ich will nichts mit Ihnen zu tun haben. Mein einziger Wunsch ist, dass auch Sie sich nicht in mein Leben einmischen.«

Girondou nickte bedächtig.

»Sehr wohl, Monsieur Smith. Wenn es allein nach mir ginge, hätten Sie hier und jetzt mein Einverständnis – auch wenn mir Ihr Verhalten, wie soll ich sagen, reichlich sonderbar erscheint. Aber Sie werden verstehen, dass ich mich noch mit meinen Kollegen beraten muss.«

»Natürlich. Bevor wir unsere Mahlzeit beenden, möchte ich Ihnen noch eine kleine Mitteilung machen, gewissermaßen als Zeichen meines guten Willens.«

Girondou zeigte sich nur mäßig interessiert. »Ach ja?«

»Sie sind nicht der einzige Nutznießer der europäischen Großzügigkeit. Einer Ihrer, wie soll ich mich ausdrücken, Kollegen, ein gewisser Signor Giacomo Seffradi, hat ebenfalls seine Hände im Spiel.«

Smith sah sich plötzlich einem ganz neuen Girondou gegenüber. Sein vordem entspannter, höflicher Mittagsgast beugte sich ruckartig vor; sein Gesicht nahm hässliche Züge an. Es bedurfte aufseiten Smiths einer gehörigen

Portion Willenskraft, darauf nicht zu reagieren. Girondou sprach sehr leise:

»Sind Sie sicher?«

»Ja.«

Es entstand eine Pause, in der über ein Menschenleben entschieden wurde.

»Ist Ihnen klar, dass Sie möglicherweise gerade das Todesurteil dieses Mannes unterzeichnet haben? Bedrückt Sie das?«

Smith schaute seinem Gegenüber in die Augen. »Nicht im Geringsten. Immerhin hätte ich diesen Herrn dann nicht mehr zu fürchten.«

Girondou nickte und ließ ein fahles Lächeln in sein Gesicht zurückkehren.

»Sie sind ein ungewöhnlicher Mann, Monsieur Smith. Vielleicht könnten wir weiter Kontakt pflegen, wenn das anstehende Problem, sagen wir, gelöst ist.«

Smith erwiderte das Lächeln. »Möglich. Nachtisch?«

Sie beendeten die Mahlzeit mit Feingebäck von Madame LeNoir, der legendären Konditorin von Arles, und einem Glas von Smiths Loupiac. Sein Budget gab etwas Ausgefalleneres nicht her. Die Unterhaltung kehrte zu angenehmeren Generalia zurück, und als sie sie beendeten, war es kurz nach zwei. Die Temperatur war merklich gestiegen, trotz des Schattens, den die Weinranken und der Jasmin spendeten, und beide wussten nichts mehr zu sagen.

Smith machte seinem Gast die Tür auf und geleitete ihn hinunter auf die Straße und in die Obhut seiner beiden piekfein gekleideten Aufpasser.

»Kann ich sonst noch etwas für Sie tun, Monsieur Smith?«

»Vielleicht könnten Sie Blanchard wissen lassen, wie die Dinge stehen. Schließlich arbeitet er mehr oder weniger für Sie. Und vielleicht machen Sie mich bei Gelegenheit mit der Marseiller Küche bekannt. Ich stelle mir vor, dass sie mehr zu bieten hat als Touristen-Bouillabaisse.«

»Mit dem größten Vergnügen. Wir werden uns bestimmt wiedersehen. Mir scheint, wir können im wahrsten Sinne des Wortes nicht mehr ohne einander leben. Ich glaube, es war Sunzi, der sagte: ›Sei deinen Freunden nahe, deinen Feinden aber näher.‹ Bleibt abzuwarten, was Sie für mich sein werden, Monsieur Smith.«

Smith lächelte. »Die Zeit wird's erweisen. Auf Wiedersehen, Monsieur.«

Ein kräftiger Händedruck beschloss das Treffen. Das Gangstertrio entfernte sich. Nach ein paar Schritten drehte sich Girondou noch einmal um. »Sie haben mir noch nicht verraten, wie Sie an meine Telefonnummer gekommen sind.«

»In der Tat, Monsieur. Das habe ich nicht.«

Girondou runzelte leicht die Stirn, zuckte dann mit den Achseln und kehrte ihm den Rücken. Eskortiert von seinen Gorillas, steuerte er auf einen silbernen Peugeot 607 zu und ließ sich in Richtung Schnellstraße davonchauffieren.

Es war inzwischen zu heiß für einen weiteren Aufenthalt im Garten, doch für eine Siesta fehlte Smith die Ruhe. Er nahm neben Arthur auf dem Sofa Platz und gab auch dem Mittagessen die Möglichkeit, sich zu setzen.

Girondou hatte Eindruck auf ihn gemacht. Im Unterschied zu den Methoden seines Broterwerbs war der Mann zivilisiert und feinsinnig. Dass er darüber hinaus ein Krimineller mit langem Strafregister war, störte Smith nicht weiter. Er hatte Girondou reinen Wein eingeschenkt und fand es tatsächlich nicht notwendig, ihn bei der Polizei anzuschwärzen. Soweit er sich erinnern konnte, hatte auch die Polizei nie etwas für ihn getan. Außerdem war er einfach zu müde, um sich mit Moralfragen zu beschäftigen. In Wahrheit wusste er nicht einmal, ob er sich jemals dafür interessiert hatte. Schon als Student war es ihm schwergefallen, sich für irgendeine gute Sache mit Eifer zu engagieren. Sooft er es versucht hatte, war etwas schiefgegangen, und er hatte eins auf die Mütze bekommen, selbstverschuldetermaßen, wie ihm dann vorgeworfen worden war. Und dieses Muster hatte sich sein ganzes Leben hindurch fortgesetzt.

Seit seiner Kindheit war er über die Jahre in zunehmendem Maße auf sich allein gestellt gewesen, nicht weil er es so gewollt hätte, sondern weil es meist niemanden gegeben hatte, der ihm helfen konnte. Er kannte das Geschäft und viele seiner Akteure gut genug, um zu wissen, dass Kriminalität bis hin zum Mord nicht allein denjenigen vorbehalten war, vor denen sich die Gesellschaft mit Gesetzen zu schützen versuchte. Ihre Regeln auch nur ein bisschen zu beugen reichte schon aus, das trügerische Licht der Moral in eine andere Richtung zu lenken. Girondou und seine Geschäfte konnten ihm herzlich egal sein, solange sie sich nicht nachteilig auf ihn auswirkten. In einem solchen Fall zählte er nicht zu denjenigen, die den Kopf in den Sand stecken. Es war vor allem diese Haltung, durch die er sich in die ganze Geschichte hatte verwickeln lassen. Sie hätten ihn einfach nicht niederschlagen sollen. Wider alle Erwartung hatte er das Mittagessen genossen. Girondou war ein sehr moderner Gangster, aalglatt, kultiviert und intelligent. Nur gelegentlich ließ er seine hässliche Seite durchblicken. In mancher Hinsicht fühlte sich Smith ihm verwandt. Aber wichtig war ihm vor allem, dass er Marseille als Quelle der Gefahr für sich trockengelegt oder zumindest eingedämmt hatte. Wenn es ihm tatsächlich gelungen war, Girondou dazu zu bewegen, dass er nunmehr seine schützende Hand über ihn hielt, war das Treffen ein voller Erfolg gewesen.

Allerdings schien er in seiner Suche nach Roberts Mörder keine Fortschritte gemacht zu haben. Im Gegenteil: Wenn Girondou oder einer seiner Kollegen in den Fall verwickelt waren, hatte er das nun nach Kräften zu verschleiern geholfen. Statt die Schwerpunkte der Ereignisse ins Auge zu fassen, begann er, über die losen Enden nachzudenken, von denen es einige gab. Mademoiselle Briques Tod gehörte dazu. Möglich, dass sich zufällig ein Verkehrsunfall mit Fahrerflucht zugetragen hatte, aber dass gleich zwei Angestellte aus den Büroräumen an der Impasse Balze innerhalb kürzester Zeit ums Leben gekommen waren, ließ doch aufmerken. Doch warum hätte jemand Roberts Sekretärin ermorden sollen? Eine solche Tat war schließlich nicht ohne Risiko für den Täter, und man sollte doch annehmen, dass er gute Gründe dafür hatte.

Smith erinnerte sich daran, dass ihre Großmutter in Trinquetaille lebte. Er blätterte in seinem Telefonbuch nach, fand aber keinen Eintrag unter dem Namen Brique.

Kurzerhand rief er Gentry an, der ihm fünf Minuten später eine Adresse in Trinquetaille nennen konnte. Er nahm Arthur an die Leine und machte sich auf den Weg über die Brücke in den Stadtteil jenseits des Flusses.

Das Haus gehörte zu einer geschlossenen Zeile und war von den Bomben der amerikanischen Befreier verschont geblieben. Es hatte vier Geschosse und eine klassische Fassade mit symmetrischer Fensterverteilung. Das Gebäude war in vorzüglichem Zustand. Er schätzte, dass es ungefähr fünf Uhr war, klopfte energisch an die Tür und trat zwei Schritte zurück.

Ihr Gesicht hatte die Farbe und Textur einer Walnuss. Irrtümlicherweise war er davon ausgegangen, eine Frau in den Sechzigern anzutreffen, obwohl er sich hätte ausrechnen können, dass die Großmutter der jüngst Verstorbenen, die um die dreißig gewesen war, um einiges betagter sein musste. Und die Frau, die durch den geöffneten Türspalt blickte, war offenbar beträchtlich älter. Außerdem winzig, weniger als eins fünfzig groß.

»Ja?« Die Augen jedoch waren hell und forschend.

»Ähm, guten Tag, Madame. Ich hätte gern Madame Brique gesprochen.«

Die Tür öffnete sich ein Stück weiter, und die Alte betrachtete ihn mit einem Ausdruck, der darauf schließen ließ, dass sie die Information, die sie ihm nun gab, schon etliche Male aufgesagt hatte.

»Wenn Sie meine Tochter meinen, die ist vor zehn Jahren gestorben. Ich bin Madame Durand, die Großmutter von Claudine Brique.« Ihr Gesicht verzog sich ein wenig. »Bis vor Kurzem war ich's jedenfalls noch.«

»Verzeihen Sie, Madame. Mein herzliches Beileid. Ich bin Peter Smith und ...«

Sie fiel ihm ins Wort. »Ich weiß, wer Sie sind, Monsieur. Madame Aubanet hat mir Ihren Besuch angekündigt.«

Smith seufzte. Madame war ihm wieder einmal eine Nasenlänge voraus. Er würde sich etwas einfallen lassen müssen, um Schritt zu halten. Gleichzeitig registrierte er die Verwendung ihres Mädchennamens. Die Alte trat einen Schritt zur Seite.

»Kommen Sie herein.«

Smith wusste nicht recht, ob sie ihn einlud, bat oder aufforderte. Er entschied, sie überaus höflich zu finden.

»Ich wollte eigentlich nur fragen, wann es Ihnen genehm wäre, ein paar Worte mit mir zu wechseln.«

Sie blieb direkt. »Warum nicht gleich? Ich habe ohnehin nichts Wichtiges zu tun. Bringen Sie Ihren hübschen Hund mit rein. Es sind keine anderen Tiere im Haus. Claudine mochte Tiere nicht.«

Sie drehte sich um und bewegte sich langsam, aber zielstrebig und ohne jede Unsicherheit durch den Flur und bog nach rechts in ein Wohnzimmer ab.

»Wie Ihnen aufgefallen sein dürfte, habe ich mich während meines langen Lebens allzu häufig der provenzalischen Sonne ausgesetzt. Jetzt ziehe ich es vor, mich in geschlossenen Räumen aufzuhalten.«

Sie zeigte auf einen von zwei hohen Lehnsesseln zu beiden Seiten eines großen gemauerten Kamins.

»Nehmen Sie dem Hund die Leine ab und setzen Sie sich bitte, Monsieur.«

Er tat, worum sie gebeten hatte. Seine Gastgeberin nahm

auf einem Sofa Platz, das die vierte Seite des Quadrats bildete, und klopfte auf das Polster neben sich. Arthur ließ sich nicht lange bitten, sprang hinauf und machte es sich, die Schnauze auf ihrem Schoß, bequem.

Auf ihrem Gesicht siedelte sich ein Lächeln an. »Madame Aubanet hat mir schon verraten, dass er gern auf Sofas liegt.«

Auch Smith lächelte. Er fragte sich, was seine Mandantin der alten Dame wohl sonst noch alles gesteckt hatte.

Nachdem sie Arthurs Kopf eine Weile gestreichelt hatte, stand sie auf und verließ das Zimmer. Smith hörte Gläser klirren. Er schaute sich um. Der Raum hatte eine hohe Decke und war nicht unelegant eingerichtet, eher nach Pariser Art denn provenzalisch, mit antiken Möbeln und unterschiedlichem französischem Dekor. Durch die Jalousien der Fenster, die offenbar zum Garten hinausgingen, sickerte ein wenig Licht. Für den Rest der Beleuchtung sorgten brennende Wandlampen. Der Boden war mit einem Teppich belegt, und an den Wänden hingen ein paar, wie Smith fand, überraschend gute Porträts aus dem achtzehnten Jahrhundert und kleine Gemälde mit bukolischen Szenen. Es war ein gemütliches, sogar recht vornehmes Zimmer.

Madame Durand kehrte mit einem kleinen Tablett zurück, auf dem zwei wunderschöne Schwenker aus Kristallglas standen, die mit einem guten Schuss Whisky gefüllt waren. Ein zu den Gläsern passender Krug enthielt sprudelndes Mineralwasser. Die Oberflächen der Whiskys waren spiegelglatt, so ruhig hielt sie das Tablett. Smith nahm ein Glas und füllte es mit Wasser auf. Seine Gastgeberin stellte das Tablett auf einem Seitentischchen neben dem zweiten Sessel ab und hob ihr Glas, ohne Wasser, wie Smith bemerkte.

»Auf Ihr Wohl, Monsieur.«

»Und das Ihre, Madame.«

Smith war noch gar nicht richtig angekommen und fühlte sich wie auf den Mund gefallen. Dankenswerterweise machte sie den Anfang.

»Ich kann Ihnen Zeit ersparen, junger Mann.«

Er lächelte. So war er schon lange nicht mehr angesprochen worden.

Sie fuhr fort: »Ich bin dreiundneunzig und war über etliche Jahrzehnte eine Freundin und Bedienstete der Familie Aubanet. Ich war Monsieur Aubanets Kindermädchen und die Vertraute seiner Tochter. Meine eigene Tochter, Claudines Mutter, hat die Camargue verlassen, um in Paris zu arbeiten. Sie hat dort einen Geschäftsmann geheiratet und Claudine zur Welt gebracht. Sie lebten in der Hauptstadt, sind aber regelmäßig zu Besuch gekommen. Nach nur wenigen Jahren starb mein Schwiegersohn bei einem Verkehrsunfall. Meine Tochter und meine Enkelin sind daraufhin zu mir nach Arles gezogen. Eine Zeit lang standen wir alle drei in Diensten der Familie Aubanet.

Vor zehn Jahren starb meine Tochter an Brustkrebs, und Claudine fing an, für diesen Mann zu arbeiten.«

Ihre Stimme hatte einen neuen, fast verächtlichen Klang angenommen, und auf ihrem Gesicht, das während des ersten Teils ihrer Geschichte einen zurückhaltend wehmütigen Ausdruck gezeigt hatte, erschienen plötzlich deutlich härtere Züge.

»Dieser Mann hat sie verändert. Das habe ich von Anfang an gespürt, aber erst vor etwa einem Jahr fand ich die Erklärung dafür.«

Sie unterbrach sich. Mit ihrer Beherrschung war es vorbei; sie fing leise zu weinen an. Arthur merkte auf, glitt vom Sofa und ging vor ihr in die Hocke. Sie blickte auf ihn herab und legte eine dick geäderte Hand auf seinen Kopf. Smith sah düstere Wolken am Horizont aufziehen.

»Madame, lassen Sie's gut sein, wenn es Ihnen zu schwerfällt.«

Sie bedachte ihn mit einem Blick, der dankbar und zugleich etwas trotzig schien.

»Ja, es ist schwer – und zwar aus Gründen, die Sie noch nicht verstehen können –, aber weil Sie Madame Aubanet helfen, will ich auch Ihnen helfen.«

Ihm wurde mit einem Mal eine Intensität in ihrer Stimme bewusst, die er einer gebrechlichen alten Dame von über neunzig Jahren nicht zugetraut hätte. Ihr Verhältnis zur Familie Aubanet war offenbar von so großer Bedeutung, dass sie ihre persönlichen Gefühle und Kümmernisse in Anbetracht der eigenen Familiengeschichte hintanzustellen bereit war. Im katholischen Süden Frankreichs, wo die Familie fraglos Priorität hat, insbesondere für Leute in Madame Durands Alter, war dies äußerst ungewöhnlich. Smith hielt es für angebracht, einige Fragen zu stellen.

»Sie sagten, Claudine habe für Monsieur DuGresson gearbeitet. Die letzten zehn Jahre, nicht wahr?«

»Ja. Sie hat als seine Sekretärin angefangen, als er Madame geheiratet und auf dem Gut zu arbeiten begonnen hat.«

»Und sie blieb für ihn tätig, als er nach der Trennung nach Arles gezogen ist?«

»Ja, die beiden verstanden sich, und sie fand ihre Arbeit interessant. Sie war schon immer gut im Rechnen und hätte gern eine Ausbildung als Buchhalterin gemacht.«

Er wollte fragen, wie Madame auf das Ende ihrer Ehe so kurz nach der Heirat reagiert hatte, spürte aber intuitiv, dass er keine brauchbare Antwort darauf bekommen würde. Madame Durands Tochter war schon tot gewesen, als die Enkelin ihre Arbeit bei DuGresson aufgenommen hatte. Smith betrachtete die greise Frau, die sowohl den Tod ihrer Tochter als auch den ihres Enkelkinds vor ihrem eigenen hatte erleben müssen. Vielleicht fühlte sie sich der Witwe DuGressons deshalb umso treuer verbunden. Er spürte auch, dass er sich an die wirklich entscheidenden Fragen noch herantasten musste. Noch während er darüber nachdachte, wie er dies anstellen sollte, wurde ihm plötzlich die Wahrheit offenbart.

»Madame, ich möchte Ihnen noch einmal mein Mitgefühl aussprechen. Der Verlust Ihrer Enkelin ...«

»Nur gut, dass sie tot ist«, spuckte sie aus. Ihre Heftigkeit überraschte ihn. Arthur wandte sich erschrocken von ihr ab und legte sich zu Smiths Füßen auf den Teppich.

Er war konsterniert und sah sich außerstande, etwas darauf zu sagen. Sie fuhr fort, ihre Augen funkelten. Die Sehnen ihrer dürren Hände malten sich weiß auf der Haut ab, als sie die Finger um die Armlehnen krallte.

»Er hat eine schreckliche Person aus ihr gemacht. So war sie früher nicht. Sie war ein liebes, fleißiges Mädchen. Es war die Schuld dieses furchtbaren Mannes, dass sie so wurde. O ja, er hat sich liebenswürdig und kultiviert gegeben, aber er war ein Teufel. Ich bin froh, dass er tot ist. Es freut mich richtig. Das habe ich auch Madame Aubanet gesagt. Sie ist endlich frei von ihm und kann wieder aufleben.« Ihre Stimme senkte sich zu einem Flüstern. »Auch für Claudine ist es besser, dass sie nicht mehr lebt.«

Smith rührte sich nicht und schwieg. Madame Durand hatte sich bald wieder gefasst und sprach weiter. Sie schaute Smith an.

»Ich muss Ihnen noch etwas sagen, Monsieur Smith, das Ihnen vielleicht erklärt, warum ich so schlecht über Robert DuGresson spreche. Er hat sich ... an Kindern vergangen. Dafür gibt es eine Bezeichnung. Wissen Sie, was ich meine?«

»Er war pädophil, Madame.«

»Ja.«

Vorsichtig half Smith ihr weiter. »Und Claudine?«

»Sie beschaffte ihm die Kinder. Immer wenn er auf Geschäftsreise in Frankreich oder im Ausland war. Später reiste sie auch mit ihm und ...«, ihre Stimme war kaum mehr zu hören, »und schließlich hat sie selbst mitgemacht. Gott möge ihr verzeihen, denn ich kann es nicht.«

Beide schwiegen. Sie brütete vor sich hin. Er leerte mit auffälliger Gebärde sein Whiskyglas und stellte es mit einem leichten Klicken auf dem Tischchen ab. Das Manöver erfüllte seinen Zweck. Die Alte schaute ihn wieder an und zwang sich in die Gegenwart zurück.

»Wie unaufmerksam von mir«, rügte sie sich. Sie stand auf, ging mit seinem leeren Glas in die Küche und brachte es nachgeschenkt und mit Perrier aufgefüllt zurück. Sie setzte sich wieder und verriet mit ihrer Miene, dass sie dankbar war für seinen Wink.

»Ich weiß von Madame, dass Sie Ihren Whisky gern mit Wasser trinken. Mir schmeckt er besser ohne. Mein Arzt hat mir geraten, nicht mehr als ein Glas am Tag zu trinken. An Abenden wie diesem gönne ich mir einen Doppelten. Seit fünfzig Jahren geben mir Ärzte gute Ratschläge. Und genauso lange höre ich weg.« Ein kleines Lächeln huschte über ihr Gesicht. »Die meisten von ihnen sind schon vor mir gestorben.«

Smith hielt es für unangebracht, zum eigentlichen Thema zurückzukehren. Er hätte sie gern gefragt, ob sie etwas über Roberts geschäftliche Aktivitäten wusste, ließ es aber sein. In den nächsten Tagen würde sich vielleicht eine günstigere Gelegenheit finden, darauf zu sprechen zu kommen. Er wollte sie aber auch nicht in ihrem aufgewühlten Zustand allein lassen. Also Themawechsel.

»Madame, haben Sie schon einmal von einer Gruppe gehört, die sich Les Frères nennt?«

»Ja.« Sie nippte an ihrem Drink und taute wieder auf. Es gefiel ihr offenbar, aus der Geschichte der Camargue erzählen zu können.

»Les Frères sind ein Bauernverband mit langer Tradition. Wie Ihnen vielleicht selbst aufgefallen ist, sind sie heutzutage ein bisschen geheimnisumweht, aber das war nicht immer so. Machen Sie sich keine falschen Vorstellungen von den Brüdern. Anfangs waren sie ausdrücklich kein Verein von Landeignern oder, wie wir hier sagen, *manadiers*, sondern ein Verbund von Landarbeitern, gewissermaßen die älteste Genossenschaft der Weltgeschichte. Ihre

Ursprünge lassen sich bis in die Antike zurückverfolgen. Die hiesigen Bauern haben Fleisch und Getreide an die Römer verkauft, als die Arles besetzt hielten. Seitdem gibt es diesen Verein, seit zweitausend Jahren. Noch zu meiner Kindheit bestand er fast ausschließlich aus hart arbeitenden Männern, die das unwirtliche Land der Camargue bestellt haben. Landarbeit war hier nie einfach, und in schwierigen Zeiten mussten alle füreinander einstehen. Les Frères zählten übrigens zu den wenigen organisierten Gruppen, die sich der Besatzung durch die Nazis widersetzt haben. So war die Camargue auch für die ein heikles Terrain.

Nach dem Krieg ging es mit der Landwirtschaft erst einmal bergab, denn die Leute kauften nicht die guten heimischen Produkte, für die sie etwas tiefer in die Tasche hätten greifen müssen, sondern billige Importware aus den Supermärkten. Überlebt haben nur einige wenige Großbetriebe. Ohne die Frères wäre von unserer Landwirtschaft wahrscheinlich nichts übrig geblieben. Es ist ein großes Privileg, ihnen anzugehören.«

Sie legte eine Pause ein. Smith schwieg in der Hoffnung, dass sie weitererzählen würde, was sie aber nur in aller Kürze tat.

»Ich bin nicht mehr auf dem Laufenden, was den Verband betrifft. Mein einziger Kontakt geht über Madame Aubanet, die sehr freundlich zu mir ist.«

Smith wollte etwas über aktuellere, weniger romantisch verklärte Aspekte der Frères erfahren und fragte: »Ist die Bruderschaft heute, da es nur noch wenige Landwirtschaftsbetriebe gibt, immer noch aktiv, Madame?«

Die alte Dame blickte ein wenig wehmütig drein.

»Ich glaube, dass es vielen jüngeren Bauern der Camargue zunehmend schwerfällt, in einer Welt Fuß zu fassen, die sie nicht mehr zu brauchen scheint. Das mag unter anderem auch daran liegen, dass den hiesigen Bauern Schulbildung nie besonders wichtig war. Jedenfalls geraten seit ein, zwei Generationen immer mehr junge Leute auf Abwege.«

»Weil mit Kriminalität mehr und schneller Geld zu verdienen ist, Madame?«

»Ja«, nickte sie traurig, »ich fürchte, so ist es.«

Sie machte jetzt einen müden Eindruck. Smith fand, dass es an der Zeit war aufzubrechen.

»Madame, haben Sie herzlichen Dank für Ihre Zeit und Ihre Gastfreundschaft. Ich werde jetzt gehen, hoffe aber, dass dies nicht mein letzter Besuch bei Ihnen war. Dürfte ich irgendwann in den nächsten Tagen noch einmal wiederkommen?«

»Aber natürlich, ich bitte darum«, antwortete sie und erhob sich. »Es kommt schließlich nicht oft vor, dass mich ein annehmbarer junger Mann besucht. Allerdings mache ich zur Bedingung, dass Sie Ihren schönen Hund wieder mitbringen. Und hoffentlich wird Martine nicht eifersüchtig.«

Smith war leicht verwirrt von ihrer milden Neckerei.

»Ich werde mich vorher telefonisch anmelden, Madame.«

»Ja, natürlich. Das wäre sehr höflich, aber nicht nötig, Monsieur. Ich gehe dieser Tage nur selten aus. Und wenn ich zufällig nicht da sein sollte, bin ich mit Sicherheit rasch wieder zurück.«

Sie bückte sich, um Arthur zu tätscheln, als Smith ihm die Leine anlegte, und begleitete die beiden dann zur Tür.

Vor dem Hauseingang wandte sich Smith ihr noch einmal zu.

»Madame, verzeihen Sie, aber ich meine, Sie sollten vorsichtig sein und die Dinge, über die wir gesprochen haben, für sich behalten. Ich fürchte, es könnten sehr unangenehme Personen darin verwickelt sein, und ich möchte nicht, dass Ihnen etwas zustößt.«

»Ihre Besorgnis ehrt Sie, Monsieur. Aber wie Sie sehen, kann ich ganz gut auf mich aufpassen. Außerdem genieße ich den Schutz der Familie Aubanet. Nein, ich glaube, Sie haben mehr Grund, sich vorzusehen.«

Als er ihr die Hand reichte, zog sie ihn zu sich heran und schaute ihm in die Augen.

»Ich glaube, Sie sind ein guter, aber gefährlicher Mann, Monsieur. Martine sagt, dass sie Ihnen vertraut. Sie hat einen Mann wie Sie zurzeit sehr nötig. Sie, Monsieur, werden Martine noch als außergewöhnlich fähige und kompetente Frau kennenlernen. Martine gehört einer allseits beliebten und respektierten Familie an. Robert aber hat ihr zehn Jahre lang das Leben zur Hölle gemacht. Es gibt viele in meinem Bekanntenkreis, die ihm das nie verzeihen werden und die wie ich froh über seinen Tod sind. Geben Sie bitte acht darauf, Monsieur, dass Martine nicht noch mehr Leid angetan wird. Davon hatte sie wahrhaftig genug. Wenn Sie ihr Kummer machen, bekommen Sie es mit mir zu tun.«

Ihr Blick war fest und ihr Händedruck so kräftig, dass er ihm fast wehtat. Um sich davon zu befreien, senkte er den Kopf bis auf wenige Millimeter auf ihre Hand. Sie lächelte, ließ von ihm ab und ging zurück ins Haus. Sie drehte sich noch einmal um.

»Madame Aubanet sagte auch, dass Sie ein charmanter Kerl sind. Sie hat wie gewöhnlich recht.«

Die Tür ging zu.

Als er mit Arthur über die Brücke zurückgegangen war und zu Hause ankam, fühlte er sich ein wenig schwach in den Beinen. Er fütterte den Hund und verzichtete darauf, sich an den Herd zu stellen. Nach dem guten Mittagessen hatte er auch nicht viel Appetit. Im Kühlschrank fand er die Zutaten für einen Endiviensalat mit Tomaten und fein gehackten Schalotten. Darunter mengte er den Inhalt einer kleinen Büchse Thunfisch und ein leichtes französisches Dressing. Ein Baguette dazu wäre ihm lieb gewesen, aber er hatte unterwegs vergessen, eins zu kaufen, und konnte sich nicht aufraffen, noch einmal das Haus zu verlassen. Mit dem Salat und einem Glas Rosé ging er in den Garten.

Er war sich unsicher, was er von der alten Dame halten sollte. Sie hatte eine Tochter verloren, was schlimm genug war, und die Familie Aubanet nahm sich ihrer offenbar an. Doch die Verbitterung über eine auf Abwege geratene Enkelin, deren Tod sie mit Erleichterung aufgenommen hatte, war etwas, das sein Vorstellungsvermögen überstieg. Er hatte eine Eindringlichkeit an ihr wahrgenommen, die ihn schauern ließ. Genugtuung über den Tod der eigenen Enkelin zu empfinden, der womöglich überdies in Mordabsicht herbeigeführt worden war, setzte eine moralische

Gewissheit voraus, die ihm fremd war. Offenbar waren ihre Wertvorstellungen auf felsenfesten Grund gebaut.

Was stand als Nächstes an? Nun, er würde Einzelheiten des Betrugs aufdecken müssen, also Blanchards Spuren folgen. Es war wohl auch nicht verkehrt, ein bisschen mehr über die Aubanets in Erfahrung zu bringen. Dazu gab es diverse Möglichkeiten. Natürlich wäre es am einfachsten, Madame zu befragen, allerdings hatte er seine Zweifel, ob er von ihr immer die Wahrheit erfahren würde oder zumindest etwas, das ihm weiterhalf. Plötzlich hatte er eine zündende Idee: Friedhöfe. Es war immer wieder erstaunlich, wie viel man von Toten lernen konnte, insbesondere dann, wenn man wusste, wonach man suchte. Er ging ins Haus und kramte eine Michelin-Landkarte von Mas des Saintes aus der Kommode. Die nächstgelegene Ortschaft mit einer Kirche, die er darauf fand, war Le Sambuc, acht Kilometer vom Gut der Aubanets entfernt. Ihr wollte er gleich am nächsten Morgen einen Besuch abstatten. Zunächst aber Blanchard.

Nachdem er Arthur etwas zu fressen vorgesetzt hatte und ins Haus zurückgekehrt war, holte er Blanchards Visitenkarte aus seiner Brieftasche, warf einen Blick auf die Küchenuhr und rechnete. Hier war es neun, also musste es dort drei Uhr nachmittags sein. Er griff zum Telefonhörer und wählte die Bahamas an.

Es erging ihm wie vielen seiner Altersgenossen und er war überrascht, plötzlich mit jemandem auf der anderen Seite der Welt verbunden zu sein.

»Chris Borrowash?«

»Ja.«

»Peter Smith aus, ähm, England. Du erinnerst dich hoffentlich an mich. Wie geht es dir?«, fragte er leicht überstürzt.

»Mein Gott, Peter«, kam die beruhigend freundliche Antwort. »Ich glaub's nicht. Wo bist du? Was treibst du so?«

»Das ist eine etwas längere Geschichte, die zu erzählen Zeit braucht, und das kann ich mir bei den Gebühren leider nicht leisten. Aber schön, dich zu hören. Nimm's mir nicht übel, wenn ich dich ohne lange Vorrede um einen Gefallen bitte.«

Die über achttausend Kilometer entfernte Stimme klang plötzlich geschäftsmäßig. »Kein Problem. Worum geht's?«

Smith schilderte seinem alten Freund mit knappen Worten, was geschehen war, und brachte sein Anliegen vor. Es dauerte nur wenige Minuten.

»Hm, ich weiß nicht, ob mir gefällt, was ich da höre. Ich hatte eigentlich genug mit Mord und Totschlag zu tun und mache darum lieber einen weiten Bogen. Aus dem Mund eines Polizeibeamten hört sich das vielleicht komisch an, aber es stimmt. Trotzdem kann ich mir den Pariser Kollegen mal vorknöpfen, wenn du willst. Computer schlafen nicht, und ich brauche höchstens zehn Minuten, um nachzuchecken. Ich rufe dann zurück. Unter welcher Nummer kann ich dich erreichen?«

Smith konnte eben noch seine Daten durchgeben, als sein Freund schon auflegte.

Tatsächlich klingelte das Telefon schon acht Minuten später.

»Okay. Dieser Blanchard scheint echt zu sein«, kam

Borrowash gleich zur Sache. »Und er arbeitet auch für Europol. Seit mehr als zehn Jahren – laut Personalakte sogar ziemlich erfolgreich.«

»Hast du noch mehr über ihn herausgefunden? Besondere Merkmale, Vorlieben, irgendwas in der Art?«

»Nur wenig. Ich musste schnell machen, um nicht aufzufallen. Blanchard mag zwar einverstanden damit sein, dass du dich über ihn erkundigst, aber andere wären darüber nicht so glücklich. Lass mal sehen... Mit den Stammdaten scheint alles in Ordnung zu sein. Normale Schulausbildung, Soziologiestudium, Abschluss mit Auszeichnung, dann auf direktem Weg in den Polizeidienst und schließlich Europol.«

»Wo ist er geboren?«

»Nach der Akte in Lille.«

Smith spürte ein leichtes Kribbeln im Nacken. »Hast du auch was über seine Frau in Erfahrung bringen können?«

»Ja, eine echte Überfliegerin. Prädestiniert für höhere Positionen. Hat offenbar nur wenig praktische Erfahrung und ist eher mit politischen Aufgaben betraut.«

»Das wundert mich nicht. Irgendwelche biografischen Details?«

»Ähm, geboren in Toulouse, ist auch dort zur Schule gegangen und dann nach Paris. Vor zehn Jahren hat sie Blanchard geheiratet. Keine Kinder, wahrscheinlich ist die Karriere wichtiger.«

»Sonst noch was?«

»Nein, nicht wirklich. Da wären noch ein paar anonym gehaltene Einträge bürokratischer Art. Lass mich noch mal kurz nachschauen. Nein, nichts von Bedeutung. Ihre erste

Anstellung nach dem Hochschulabschluss hat sie zurück nach Toulouse geführt. Auf einen ziemlich guten Posten, sofort in den Rang einer Inspektorin. Ja, hier ist es, Inspektor Suzanne Aubanet. Muss vor ihrer Ehe gewesen sein.«

Das Kribbeln in Smiths Nacken verlagerte sich in seine Magengrube. »Bist du sicher? Ihr Mädchenname ist tatsächlich *Aubanet*?«

»Ja, so spuckt's jedenfalls das Blechhirn aus. Warum fragst du?«

Aus irgendeinem Grund, den er nicht benennen konnte, verzichtete Smith auf eine Erklärung. »Nur so. Ich wollte nur sicherstellen, dass ich mir die richtigen Notizen mache.« Gütiger Himmel! Auch auf achttausend Kilometer Entfernung musste seine Ausrede reichlich schlapp klingen.

»Na dann ... Wenn ich nichts mehr für dich tun kann, sollte ich mich besser wieder an die Arbeit machen und tun, wofür Ihre Majestät mich bezahlt. Pass gut auf dich auf. Wer einen Mord begeht, belässt es meist nicht nur bei einem Opfer. War schön, wieder von dir zu hören. Wir sollten in Kontakt bleiben. Melde dich wieder, auf einen Plausch vielleicht.«

»Vielen Dank, Chris. Ich schätze deine Hilfe sehr.«

Nachdenklich legte Smith den Hörer auf. Es war nach neun und noch hell im Garten.

Wie weiter? Gentry anrufen.

»Blanchards Frau ist eine geborene Aubanet. Könntest du versuchen, herauszufinden, ob das ein Zufall ist oder nicht?«

»Ich gebe dir Bescheid. Morgen irgendwann. Ich werde mich bei der Mairie erkundigen.«

»Danke.«

Smith erledigte seinen Abwasch und ging durchs Haus, um alle Fenster und Jalousien zu schließen. Arthur, der an diesem Tag viel erlebt hatte, zeigte kein Interesse an weiteren Unternehmungen, und obwohl es noch relativ früh war, ging Smith zu Bett.

8. Le Sambuc

Abgesehen von den Touristen, die die östliche Camargue erkundeten, schlugen vor allem diejenigen den Weg nach Le Sambuc ein, die das bekannte und sehr eigenwillige Restaurant *La Chassagnette* zum Ziel hatten. Unter seinem Gründer Jean-Luc Rabanel hatte es einen oder zwei Michelin-Sterne erhalten, und Smith hatte zu denen gehört, die die dort servierten *hors d'œuvres* als hohe Kunst lobten. Eine Karte gab es nicht, dafür aber eine lange Folge von exquisit zubereiteten, mitunter winzig klein portionierten Gängen, von denen jeder einzelne mit einem langatmigen obligatorischen Vortrag aufgetischt wurde. Die Erinnerungen an diese Köstlichkeiten jedoch verblassten, als Rabanels gleichermaßen großartiger Nachfolger das Regiment in der Küche übernahm und Kreationen entwickelte, die für Smith eine Kreuzung zwischen Tapas und Gourmandises waren – Speisen, denen heutzutage höchstes Lob gezollt wurde und für die ein gesundes Gebiss eigentlich überflüssig war. Rabanel zog mit seinen Sternen in die Nähe der größeren Brieftaschen von Arles, während sein Nachfolger eisern an seinem Kurs festhielt.

Die Ortschaft Le Sambuc bestand für die meisten Leute nur aus der Ampel, an der man umkehrte, wenn man versehentlich am Restaurant vorbeigefahren war. In dem kleinen, eher schäbigen Dorf lebten aber an die fünfhundert Seelen – die meisten von ihnen östlich der D36, die von Arles nach Port-Saint-Louis verläuft und dann nach Westen zum Mas des Saintes abbog. Auf den umgebenden Weiden und Feldern wurden vor allem Stiere gezüchtet und Reis angebaut. Ein Großteil des angestaubten Dorfes erstreckte sich entlang einer schmalen Straße, die fast bis zur Rhone führte. Die wenigen Geschäfte befanden sich im Osten, wo auch, am Ende der von schlichten, eingeschossigen Häusern gesäumten Querverbindung, die kleine Kirche lag, die der Jungfrau Maria geweiht war. Sie wurde im siebzehnten Jahrhundert errichtet, als auch viele andere Dörfer der Camargue auf Veranlassung von Monseigneur de Barrault, dem damaligen Erzbischof von Arles, eigene Gotteshäuser bekamen. Da sie dem Anwesen der Aubanets am nächsten lag, schätzte Smith, dass auf ihrem Friedhof auch das Familiengrab zu finden sein würde.

Der sakrale Bau wirkte so unscheinbar wie der Rest des Dorfes. Die Pforte war, wie hätte es anders sein können, verschlossen. Smith wandte sich an ein Nachbarhaus, wo er den Küster fand, der ihn mit Enthusiasmus durch den Kirchenraum führte und auf die spärlichen Höhepunkte der Innenausstattung aufmerksam machte. Die Mauer auf der Südseite konnte mit einer Reihe kleiner, aber sorgfältig in Stein gemeißelter Gedenktafeln aufwarten, die auf die Zeit zwischen sechzehnhundertfünfzig und achtzehnhundertzwanzig zurückgingen und alle den Namen Aubanet trugen, wenn auch nicht in einheitlicher Schreibweise. Der Küster, immer noch voller Eifer, wurde in seinem Ton ehrfürchtig. Ja, die Familie Aubanet sei noch älter als die Kirche selbst und werde allseits hochgeschätzt. Auf dem Friedhof jenseits der Straße befinde sich ihre Grabstätte.

Die Kirche hatte nur vier kleine Fenster, zwei auf beiden Seiten des Schiffs. Drei von ihnen waren aus einfachem Glas, das andere bunt. Die ursprünglichen Fenster seien, so erklärte der Küster, während des Zweiten Weltkriegs von einer Irrläuferbombe zerstört worden, die eigentlich auf den Hafen im Süden hätte fallen sollen. Das bemalte Fenster zeigte die Geburt Mariens in traditioneller Darstellung. Am unteren Rand war in einer Inschrift zu lesen, dass das Fenster der Kirche zum Dank für die Befreiung von der Naziherrschaft 1944 gestiftet worden war. Darunter stand der Name des Stifters. Es waren nicht etwa die Aubanets, wie Smith erwartet hatte, sondern, was er mindestens ebenso bemerkenswert fand, »Les Frères«.

Wieder an den Küster gewandt, fragte Smith: »Können Sie mir etwas über diese ›Frères‹ sagen?«

»Tut mir leid, ich weiß leider nicht, um wen es sich dabei handelt, Monsieur«, antwortete er und wich seinem Blick aus.

Smith registrierte im Stillen, dass der Mann die Gegenwartsform verwendete. Er wollte nachhaken, besann sich aber eines Besseren. Er hatte das Gefühl, dass er den Küster mit weiteren Fragen in Verlegenheit bringen und dieser seinem Boss Meldung über einen neugierigen Fremden erstatten würde. Ein etwaiges Dokument zur Schenkung würde mit aller Wahrscheinlichkeit auch in den Archiven in Arles zu finden sein. Smith beschloss, auf die Verlässlichkeit der französischen Bürokratie zu bauen und den Küster nicht weiter anzugehen. Stattdessen gab er vor, sich für ein nichtssagendes Halbrelief an der gegenüberliegenden Wand zu interessieren, und weckte damit wie erhofft wieder die Begeisterung seines Führers.

Zehn Minuten später trat er hinaus in das helle Sonnenlicht. Er bedankte sich bei dem Kirchendiener und reichte ihm zwanzig Euro für die Spendenkasse, obwohl er Zweifel hegte, dass sie dort auch landen würden.

Am Kriegerdenkmal vor der Kirche blieb er stehen, bis der Küster in seinem Haus verschwunden war. Seltsamerweise erinnerte das Denkmal nur an die im Ersten Weltkrieg gefallenen Soldaten, die in Le Sambuc gelebt hatten, von den Opfern des Zweiten Weltkriegs war nicht die Rede. Einundzwanzig Namen waren in den Stein gemeißelt, eine beträchtliche Zahl für ein so kleines Dorf. Fünf Nachnamen lauteten auf Aubanet. In Gedanken versunken, überquerte Smith die Straße und ging auf den kleinen ummauerten Friedhof. Eine typische Anlage, wie sie zu Tausenden in ganz Frankreich zu finden war. Dicht an dicht reihten sich Grabstätten unterschiedlicher Art und Größe. Die zum Teil anrührenden emaillierten Porträtfotos auf den Steinen waren blank poliert, Grabschmuck, kleine Kettenabgrenzungen, Kies und Engelsstatuen liebevoll gepflegt. Überall prangten frische Blumen, und nirgends waren verwelkte zu sehen.

Die Grabstätte der Familie Aubanet war die größte, hatte aber nichts Wichtigtuerisches. Auf dem umzäunten Feld ragte ein einziger Obelisk auf, um dessen Fuß sich Steinplatten mit den Namen derer ringten, deren Asche hier vergraben war. Die ältesten Platten waren vor dreihundert Jahren eingesetzt worden, schlossen sich also zeitlich an die Gedenktafeln in der Kirche an. Der zuletzt Verstorbene, Pierre Jérôme, war vor acht Jahren im Alter von dreiundneunzig beigesetzt worden.

Womit er es zu tun hatte, sah Smith nun von einer ganz anderen Warte. Er setzte sich auf eine Ecke der Grabstätte und ließ die Szene auf sich wirken. Sie vermittelte ihm sehr viel mehr, als es seine Recherchen über eine moderne Familie, die ein modernes Unternehmen führte und sich mit aktuellen Problemen herumschlug, getan hatten. Die Begriffe Zeit und Bodenständigkeit wurden für ihn hier in seiner Wahlheimat und unter dem Eindruck der kleinen Kirche, des Kriegerdenkmals und des Friedhofs zum ersten Mal wirklich greifbar. Die Aubanets waren zwar nur eine von Tausenden von Familien, die infolge der Idiotien des zwanzigsten Jahrhunderts dezimiert worden waren, doch reichten ihre Wurzeln unermesslich tief. Sie würden sich gewiss nicht von einem dahergelaufenen Angestellten wie Robert DuGresson und seinen Betrügereien erschüttern lassen. Smith nahm sich vor, Blanchard nach der Höhe der Summe zu fragen, die Robert tatsächlich veruntreut hatte. Vielleicht war sie sehr viel größer, als er gedacht hatte. Dass die Familie aber durch Roberts Machenschaften nachhaltig Schaden genommen hatte oder nehmen würde, hielt Smith für unwahrscheinlich. Er konnte getrost und ohne falsche Rücksichtnahme dem Auftrag seines Mandanten Monsieur Aubanet nachgehen.

In der Frage, wer den Schwiegersohn getötet hatte, war er noch nicht weit gekommen. Vielleicht musste er sich Roberts Blackberry noch einmal vornehmen. Offenbar war er schlau genug gewesen, seine wichtigen Files im Cyberspace aufzubewahren, und Smith ahnte, dass er seine Fähigkeiten als Hacker noch ein bisschen aufpolieren musste, um sie zu finden. Sie in einem versteckten Winkel des Unternehmensservers zu hinterlegen, wäre zu riskant gewesen. In der langen Keylog-Liste mussten eine IP-Adresse und ein wahrscheinlich verschlüsseltes Passwort sein, die zu einer Website führten, auf der Robert seine vertraulichen Daten gespeichert hatte.

Er stand auf und ging langsam über den kleinen Friedhof, der ganz und gar kein düsterer Ort war. Im Unterschied zu den sterilen und zunehmend reglementierten städtischen wie auch ländlichen Friedhöfen Englands war er geradezu intim, sehr persönlich und alles andere als traurig. Und auch nicht besonders würdevoll im herkömmlichen Wortsinn. Vielleicht sorgten dafür die Fotos auf den Grabsteinen. Smith fühlte sich von den Verstorbenen freundlich und zuversichtlich betrachtet, als er die einzelnen Inschriften las. Sie wirkten längst nicht so tot, wie es Smiths britische Vorfahren zu sein schienen. Nicht dass er dem einen oder anderen von ihnen besonders eng verbunden gewesen wäre, aber dass die Asche seines Vaters über einem namenlosen Moor in Yorkshire in alle vier Winde verstreut worden war, hatte doch einen sehr nachhaltigen Eindruck von Endgültigkeit bei ihm hinterlassen. Auf ewig verloren, wie es hieß. Aus den Augen, aus dem Sinn. Schrecklich.

Aber es war mehr als das. Smith hatte keine Wurzeln und auch keine Erinnerung an eine liebevolle Beziehung zu seinen Eltern. Ganz im Gegenteil. Zu sagen, dass sie miteinander nicht gut klargekommen seien, wäre untertrieben, und er hatte sich längst daran gewöhnt, dass es im Rückblick nur ungute Gedanken gab. So war es ihm schon als Jugendlichem ergangen, weshalb er auch keine Trauer mehr verspürte. Ein mildes Bedauern vielleicht. Die längste Zeit seines Lebens und aus unterschiedlichen Gründen hatte er beide Elternteile abgelehnt, was wohl auf Gegenseitigkeit beruhte.

Die Verstorbenen an diesem kleinen Ort hatte man nicht vergessen, und er fühlte einen Stich der Eifersucht. Liebende Angehörige kümmerten sich um ihre Gräber, und sie schauten noch immer auf die Welt hinaus, auch wenn die Welt gerade einmal nicht auf sie schaute. Und vielleicht zum ersten Mal wurde er gewahr, dass sich der ganze Schrecken und das Brimborium um den Tod um die Hinterbliebenen drehten, nicht um die Vorangegangenen. In überraschend heiterer Stimmung beendete er seinen Rundgang und ging zur Kreuzung an der Hauptstraße. Im Dorfladen stand eine bescheidene Auswahl an Blumen zum Verkauf. Er ließ sich einen kleinen Strauß aus möglichst hellen Farben binden. Bauernsenf, Veilchen und ein paar hellrote Anemonen, allesamt aus der näheren Umgebung. Dann kehrte er noch einmal auf den Friedhof zurück, steckte den Strauß in eine der kleinen verbeulten, grün emaillierten Blechvasen, die auf einem Bord neben dem Eingang aufgereiht standen, füllte sie unter einem rostigen Hahn mit Wasser und stellte sie, ohne feierlichen oder tiefgründigen Gedanken nachzuhängen, auf eine Ecke der steinernen Einfassung des Aubanet'schen Familiengrabes.

Ein Signalton seines Handys ließ ihn wissen, dass

Gentry etwas herausgefunden hatte. Der Text war denkbar knapp.

»Cousine.«

Smith verließ den Friedhof, stieg in sein Auto und machte sich auf den Weg nach Hause.

Als er am *La Chassagnette* vorbeikam, fiel ihm auf, dass das Restaurant nicht wie sonst an einem Samstagmittag von Fahrzeugen umstellt war. Er war versucht anzuhalten und zu erkunden, wie Armand Arnal, Rabanels Nachfolger, den Laden führte. Er hatte schon gehört, dass die Menüs etwas weniger eigensinnig gestaltet waren und man das, was die Küche sonst immer ausgezeichnet hatte, nämlich die Verarbeitung eigener Gartenerzeugnisse, aufgegeben hatte. Die neue Leitung, so hieß es, war dem Trend der Zeit gefolgt und auf den Biozug aufgesprungen. Die Kommentare waren gut, die Preise gesunken, zumindest für ein Mittagessen. Diners waren immer noch teuer. Eine Kostprobe wollte er aber doch lieber in netter Gesellschaft und nach der Saison nehmen.

Er begnügte sich mit einem Baguette-Imbiss im eigenen Garten, worüber sich Arthur freute. Er lag zu seinen Füßen und blickte nicht nur hoffend, sondern mit fester Erwartung zu ihm auf und wurde darin wie immer bestätigt.

Smith räumte den Tisch ab und setzte sich in sein relativ kühles Wohnzimmer, während Arthur es aus unerfindlichen Gründen vorzog, sein Mittagessen in der prallen Nachmittagssonne im Garten zu verdauen. Smith schaute lächelnd hinaus und betrachtete das auf dem Rücken liegende Tier. Sein Bekanntenkreis wurde zwar immer größer, doch blieb die anspruchslose Begleitung seines Hundes einer der wenigen Fixpunkte in seinem Leben, von denen er sich Zufriedenheit mit seinem Rentnerdasein im freigewählten Exil von Arles erhoffte. Er hatte zeit seines Lebens Hunde gehalten, fast immer Lurcher. Sie hatten ihm stets mehr gegeben, als sie genommen hatten, und er war jedes Mal in Tränen aufgelöst gewesen, wenn er einen hatte begraben müssen. Arthur zu beerdigen, würde ein Problem darstellen, da seine Scheidung ihn gezwungen hatte, sich von rund acht Hektar Grund in England auf dreißig Quadratmeter in Südfrankreich zu verkleinern. Aber er hoffte, dass es bis dahin noch eine Weile hin sein würde, und schloss mit diesem unliebsamen Thema einstweilen ab.

Er wollte gerade nach einem Buch greifen, als das Telefon läutete. Es war, was ihn nicht sonderlich überraschte, Madame.

»Monsieur Smith, verzeihen Sie, wenn ich störe. Wenn ich mich richtig entsinne, legen Sie keinen gesteigerten Wert auf die Siesta.«

Smith freute sich über den Anruf. Die Sonne und der Rosé zu Mittag hatten ihn auf eine Weise übermütig gemacht, die er gar nicht an sich kannte.

»Natürlich nicht. Ich habe nichts weiter getan, nur ein wenig an Sie gedacht«, flunkerte er. Von einer Lüge konnte aber nicht gänzlich die Rede sein. Er rechnete ihr hoch an, dass sie sich schnell fasste und glucksend antwortete.

»Das glaube ich Ihnen nicht, Monsieur.«

Smith setzte noch eins drauf. »Ach, Madame, wenn Sie wüssten …«

Ihre Stimme verriet weiter Belustigung.

»Mir scheint, Monsieur Smith, Sie haben gut gegessen.«

Smith seufzte und sah seine Felle davonschwimmen.

»Oje, der letzte Mensch, der mich so treffend durchschauen konnte, war damals noch mit mir verheiratet.«

»Nun, Monsieur, ich rufe nicht an, um diese Lücke zu füllen. Ich wollte Sie eigentlich nur zum Essen einladen. Für heute Abend. Am Nachmittag nehme ich an einer Wohltätigkeitsveranstaltung in der Stadt teil. Danach wäre ich frei.« Sie schien keinen Zweifel daran zu haben, dass er ihrer Einladung folgen würde.

»Mit dem größten Vergnügen«, antwortete er, und es war präzise das, was er empfand.

»Gut. Zur üblichen Zeit und am selben Ort?«

Es gefiel Smith, dass sie schon als üblich ansah, was nur einen einzigen Vorläufer hatte.

»Gern.«

Nachdem er aufgelegt hatte, kehrte er nicht zu seinem Buch zurück, sondern zwang sich zu einer etwas analytischeren Einschätzung der neuesten Entwicklungen. Er war nicht einfach nur zum Abendessen eingeladen worden, sosehr er dies auch hoffte. Madame Aubanet führte mit Sicherheit irgendetwas im Schilde.

Er schenkte sich noch ein Glas gekühlten Rosé nach und ging zurück in den Garten. In den Grundzügen stand ihm das Bild, das er sich gemacht hatte, klar vor Augen, aber sosehr er auch seinen Fokus darauf lenkte, wollten sich einige Details nicht miteinander in Verbindung bringen lassen. Bislang gab es keinerlei Anzeichen dafür, dass der Mord an Robert DuGresson den Geschäften der Familie zu schaden drohte. Dass die Aubanets an den Betrügereien beteiligt waren, schloss er aus. Es gab dafür einfach keinen Grund. Geld hatten sie wahrhaftig genug. Dass Robert zwei Marseiller Familien mit größeren Summen bedacht hatte, mochte ein Schlüssel sein. Vielleicht war er in eine mörderische Fehde geraten. Girondou hatte unverkennbar verärgert auf die Erwähnung des Namens Seffradi reagiert.

Auf eine plötzliche Eingebung hin griff er wieder zum Hörer und wählte Blanchards Nummer. Der Polizist antwortete in neutralem Tonfall.

»Ja?«

»Blanchard? Hier Smith.«

Er schien sofort in die Defensive zu gehen. Bestimmt hatte er schon mit Girondou gesprochen. In seiner Stimme schwangen Furcht und Ablehnung mit. »Was kann ich für Sie tun, Monsieur?«

Smith verzichtete auf Nettigkeiten oder sonstige Vorreden. »Weiß Ihre Frau von Ihren Machenschaften?«

Es blieb lange still in der Leitung. Blanchard schien angestrengt nachzudenken. Schließlich gab er ein einsilbiges »Nein« von sich.

Ein Mann in Blanchards Position, der sich im Klaren darüber ist, dass ihn sein Gesprächspartner mit nur einem Telefonanruf ruinieren kann, versucht aller Wahrscheinlichkeit nach nicht zu lügen. Smith glaubte, die Antworten auf alle weiteren Fragen, die er ihm stellen könnte, schon zu kennen, und brach deshalb die Verbindung wortlos ab.

Er hatte plötzlich das Bedürfnis, sich mit irgendetwas anderem zu beschäftigen, und zwar aus keinem anderen Grund als dem, dass er der Grübelei überdrüssig war. Die

Wirkung der bescheidenen Menge Weins, die er zu sich genommen hatte, ließ die Wahl, in welchem Buch er jetzt nun weiterlesen sollte, rein akademisch erscheinen; es dauerte nicht lange, und er war im wohligen Schatten seines kleinen Gartens eingeschlafen.

Wieder einmal ging ein heißer Tag allmählich in einen sehr warmen Abend über. Die Küchenuhr zeigte mit senkrechten Zeigern auf sechs, und nachdem er sich von den unangenehmen Begleiterscheinungen unzeitgemäßen Erwachens erholt hatte, bereitete er sich auf sein Date vor. Die Probleme im Zusammenhang mit Robert DuGresson drängte er beiseite, er hatte jetzt Wichtigeres zu bedenken. Welches Hemd sollte er bügeln, und hatte er noch frische Unterwäsche? Arthur musste noch gefüttert und ausgeführt werden. Anschließend duschte Smith ausgiebig und zog sich an. Um zehn vor acht ging – oder besser schlenderte – er gemächlich über den erhöhten gepflasterten Fußweg entlang der Rhone. Das Wasser war so träge, dass kaum eine Strömung in der scharfen Biegung der Flussenge zu erkennen war, die im ersten Jahrhundert unserer Zeitrechnung die Römer bewogen hatte, dort eine Siedlung anzulegen. Die Rhone zu durchqueren und das Languedoc im Westen zu erreichen und weiter nach Spanien zu ziehen war damals wie heute kaum ein Problem. Zwischen Arles und Lyon gab es nur eine römische Brücke, bei Avignon. An der Flussbiegung wurde die Stadt Arles groß, denn sie diente als wichtiger Seehandelsstützpunkt mit Verbindung zum Mittelmeer.

Smith passierte die Unterführung der Brücke zwischen

der Innenstadt und Trinquetaille und bog nach etwa hundert Metern in die Roquette ab. Pünktlich um acht erreichte er das Restaurant.

Wie schon beim ersten Mal war Madame vor ihm zur Stelle und begrüßte ihn mit breitem Lächeln. Es beglückte ihn, dass sie seine beiden Hände ergriff und ihm die Wangen bot zu den in der Provence üblichen drei *bisoux*. Smith hatte diese Tradition immer für etwas übertrieben gehalten, aber Madame machte wieder einmal seine Voreingenommenheit hinfällig. Sie trug eine Art Geschäftskostüm, vielleicht wegen ihres vorangegangenen Termins. Eine graue Seidenbluse und eine beige Leinenhose, Schuhe mit dezenten Absätzen und ein graues Leinenjackett. Sie hatte ihr Camargue-Kreuz angeheftet und sich eine einfache Perlenkette um den Hals gelegt, und im Knopfloch des Revers steckte eine kleine rote Blüte, die für Farbe sorgte. Sie führte ihn an denselben Tisch, an dem sie bei ihrem ersten Treffen gesessen hatten.

»Wie war Ihr Termin, Madame?«, fragte er reichlich einfältig zum Auftakt der Konversation. Ihrer Miene nach zu urteilen, schien auch sie nicht besonders angetan von seiner Floskel zu sein.

»Wie immer. Ich sitze in mehreren Komitees, die sich wohltätigen Zwecken in unserer Region widmen, und wir treffen uns eben von Zeit zu Zeit. Leider wird immer viel zu viel geredet und zu wenig unternommen.«

»Ja, das kenne ich aus eigener Erfahrung. Genau aus dem Grund gehe ich solchen Veranstaltungen aus dem Weg.«

»Umso mehr freue ich mich, dass Sie mir nicht aus dem Weg gehen, Monsieur.«

»O, unser Treffen ist etwas völlig anderes.«

»Warum?«

Er beschloss, eine Probe auf ihre Gunst zu riskieren.

»Nur ein ausgemachter Narr würde die Einladung einer so schönen Frau in ein exzellentes Restaurant ausschlagen. Selbst die Aussicht auf ein nüchternes Geschäftsgespräch kann einen davon nicht abhalten.«

»Vielen Dank. Noch mehr walisische Schmeichelei. Ich schlage vor, dass wir bei einem Aperitif das Geschäftliche schnell hinter uns bringen.«

Wieder wurde Crémant serviert.

»Wie kommen Sie voran?«

»Wie Sie sicher wissen, ist Ihr Konzern in ausgezeichneter Verfassung, gemessen an Ihren nicht ganz üblichen Kriterien.«

»Was meinen Sie damit?«

»Nun, während die meisten Ihrer Unternehmen Profite erzielen oder zumindest kostendeckend arbeiten, fahren einige wenige schon seit Jahren Verluste ein. Zum Beispiel manche der kleineren Hotels. Ich habe den Eindruck gewonnen, dass Sie an diesen Betrieben vor allem deshalb festhalten, weil Sie den Betreibern und ihren Angehörigen ihre Lebensgrundlage nicht entziehen möchten. Wenn das der Fall ist, wird eine profitorientierte Geschäftsentwicklung auf diesem Gebiet vermutlich nicht Ihre Priorität sein. Die Landwirtschaft dagegen, mit der Sie gute Erträge einfahren, ist wiederum ein Sektor, der für Marketingmaßnahmen nicht besonders empfänglich ist. Ich könnte Ihnen ein paar Vorschläge unterbreiten, aber davon abgesehen, kann ich herzlich wenig für Sie tun.«

»Und Robert?«

»Hauptkommissar Blanchard glaubt, er habe als Komplize in einem groß angelegten Betrugsfall EU-Gelder veruntreut und sei getötet worden, weil womöglich irgendetwas schiefgelaufen ist. Weil Ihr Mann nun nicht mehr lebt, wird sich Blanchard wieder zurückziehen.«

»Hat er Beweise für Roberts Komplizenschaft?«

»Ich glaube eher nicht, Madame.«

»Und Sie?«

»Nein. Ich könnte weiterermitteln, wenn Sie es wünschen. Ich habe noch Roberts Laptop und den Blackberry.«

»Tun Sie das, Monsieur. Ich möchte sichergehen, dass uns von dem, was er angestellt hat, nichts auf die Füße fällt.«

Dass Madame die Sache nicht auf sich beruhen und den toten Gatten nicht einfach tot sein lassen mochte, machte Smith hellhörig. Er wollte sich aber nicht das Vergnügen an den nächsten ein, zwei Stunden vermiesen und antwortete schlicht: »Sehr wohl, Madame.«

Den Auftakt zum Menü bildete ein kurz gebratenes Stück Enten-*foie gras*. Es schmeckte deutlich besser als das handelsübliche Produkt von zwangsgemästeten Gänsen. Smith wollte den persönlichen Teil der Konversation eröffnen, aber sie kam ihm, wenig überraschend, zuvor.

»Monsieur, erzählen Sie mir doch bitte etwas mehr von sich. Es würde mir gefallen, Sie noch ein bisschen besser kennenzulernen.«

»Nun, Madame, ich weiß nicht so recht, was Sie hören wollen. Meine Geschichte ist ziemlich langweilig. Nach meinem Studium in England und Amerika habe ich angefangen, Kunstgeschichte zu lehren. Nach zehn Jahren war ich es leid, mit Studenten zu tun zu haben, die mit den Jahren immer dümmer wurden und kein wirkliches Interesse am Studieren zeigten, und bin in die Wirtschaft gegangen. Ich bin dann an die zwanzig Jahre lang im Auftrag verschiedener Firmen um die Welt gereist und habe auch als Selbstständiger ahnungslose Kunden über den Tisch gezogen. Vor einigen Jahren hatte ich schließlich die für Geschäftsmänner typischen Herzprobleme und bin aus dem Erwerbsleben ausgestiegen, um mich hier zur Ruhe zu setzen und im Wesentlichen nichts zu tun. Zwei Exfrauen, zwei schöne Töchter aus der zweiten Ehe, etliche Hunde, eine Leidenschaft für Kricket, Mozart und die Provence. Das wäre in etwa die Summe meines Lebens.«

»Und warum haben Sie sich ausgerechnet in Arles niedergelassen?«

Das Fischgericht wurde serviert: ein kleines Knäuel Linguine mit einer Soße aus Weißwein, Sahne und *tellines*, kleinen Muscheln, die an besonders unzugänglichen Küstenstreifen der Camargue zu finden sind, zum Beispiel bei Beauduc, erreichbar nur auf weiten, unbefestigten Wegen, die einem böse die Nieren durchrütteln. Es handelt sich um ein Schalentier ähnlich einer Herzmuschel und wird normalerweise mit Schale serviert, was zur Folge hat, dass man sich schrecklich mühen muss, um ein winziges Häppchen zu ergattern, das den Aufwand eigentlich kaum lohnt. Smith war kein Freund komplizierter Nahrungsaufnahme und verzichtete für gewöhnlich auf solche Gerichte. Aber zum Glück waren die ihm vorgesetzten *tellines* schon von den Schalen befreit. Die Soße schmeckte ein wenig nach

Anis, was wahrscheinlich von einer Zugabe von Pastis herrührte. Es war wie alle großen Gerichte denkbar einfach und unvergesslich im Geschmack.

»Ich bin mir nicht sicher, ob ich Ihre Frage in Kürze beantworten kann«, fuhr er fort. »Zum einen gefällt mir diese Gegend. Ich weiß zwar nicht viel über die Camargue und ihre Geschichte, streune aber liebend gern hier umher und genieße den weiten Blick. Der kleine Ausritt mit Ihnen und Ihrem Vater vor einigen Tagen war mir ein so großes Vergnügen, wie Sie es sich wahrscheinlich kaum vorstellen können. Arles mag ich, weil es ein Ort ist, an dem handfeste Menschen wohnen, die einer handfesten Arbeit nachgehen. Es ist eine arme Stadt mit einer langen, stolzen Geschichte. Ihre Baudenkmäler sind beeindruckend, das Essen ist einfach, aber aufregend. Meine Nachbarn sind unprätentiös und freundlich. Die Stadt ist klein genug, um sich darin wohlfühlen zu können, und groß genug, um darin zu verschwinden. Ich könnte noch viele weitere Vorzüge aufzählen.«

Smith schaute Martine DuGresson über den Tisch hinweg an.

»Jetzt sind Sie an der Reihe.«

»Also. Ich bin auf unserem Gut zur Welt gekommen und habe dort meine ganze Kindheit verbracht. Zur Schule gegangen bin ich in Le Sambuc, später dann in Arles. Mit neunzehn habe ich mein Studium in Paris angefangen. Dort ist mir Robert begegnet. Nach meinem Abschluss bin ich nach Hause zurückgekehrt, weil mein Vater zwar ein hervorragender Landwirt, aber kein guter Geschäftsmann ist. Jemand musste das Unternehmen führen, und ich fühlte mich dafür verantwortlich. Ich habe unsere Betriebe auf Vordermann gebracht. Meine Mutter ist vor zehn Jahren gestorben. Robert war zu diesem Zeitpunkt schon zwei Jahre bei uns. Seit der Studienzeit hatten wir immer wieder Kontakt miteinander. Weil wir jemanden brauchten, der sich um die Finanzen kümmerte, boten wir ihm eine Anstellung an. Er kam, und rund ein Jahr später waren wir verheiratet.

Für das Geschäft war es genau das Richtige. Robert war sehr tüchtig und führte professionellere Methoden ein. Er legte gewissermaßen den Grundstein für das Unternehmen, wie es heute dasteht.«

Sie geriet ins Stocken, und für einen Moment aßen sie schweigend. Smith wartete darauf, dass sie den Gesprächsfaden wieder aufnahm. Offenbar tat sie sich schwer damit.

»Schon nach kürzester Zeit wurde mir klar, dass unsere Ehe nicht funktionieren konnte. Robert hasste das Landleben. Er war ein Stadtmensch und ständig außer Haus. Verstehen Sie mich nicht falsch. Er verreiste immer in geschäftlicher Mission. Zu Hause oder im Büro hielt es ihn jedenfalls nie lange, und mit einem solchen Mann kann man keine häusliche Ehe führen, Monsieur Smith.«

Smith hielt sich mit Kommentaren zurück. Die Sache war zu heikel. Es entstand eine Pause, als der nächste Gang aufgetragen wurde: Rinderfilet mit einer Tapenade aus schwarzen Oliven, dazu Zucchinikaviar. Nachdem sie davon probiert hatten, fuhr sie zögernd fort, etwas widerstrebend, wie es schien.

»Es war ein ideales Arrangement, wie sich herausstellte.« Sie klang ein wenig verbittert, und in ihrem Augenwinkel bildete sich eine Träne. »Wir fanden ziemlich zur selben Zeit heraus, dass ich keine Kinder bekommen konnte und Robert sowieso keine haben wollte. Ich habe ihn zu überreden versucht, ein Kind zu adoptieren, aber er weigerte sich strikt. Nach wenigen Wochen zog er nach Arles um. Eine Scheidung kam nicht infrage, und so begnügten wir uns mit dem, was sich als funktionierende berufliche Beziehung bezeichnen lässt. Robert machte seinen Job und konnte darüber hinaus tun und lassen, was er wollte.«

Smith spürte das Bedürfnis, mehr als nur ein aufmerksamer Zuhörer zu sein. Es dauerte ihn, dieser attraktiven Frau mit seiner Bitte, von sich zu erzählen, Kummer bereitet zu haben.

»Das tut mir alles sehr leid, Madame. Ihr Gut und Ihre Familie wären eine optimale Umgebung für ein Kind gewesen, ob für ein eigenes oder ein adoptiertes. Wirklich ideal.«

»Ja, das dachte ich auch. Aber es sollte wohl nicht sein. Robert zu heiraten war ein Fehler, aber an seiner Leistung für das Unternehmen ließ sich nie etwas aussetzen. Was er an Innovationen eingebracht hat, funktioniert bestens, und die Bücher waren akkurat geführt. Er kam auch mit der Belegschaft gut klar und stattete den einzelnen Betrieben regelmäßig Besuche ab. Alle waren von ihm angetan. Wir haben ihm ein gutes Gehalt gezahlt. Allerdings habe ich nicht die geringste Ahnung, was er außerhalb seiner Arbeitszeit getan hat.« Sie hob den Kopf und schaute ihm mit leicht trotzigem Blick ins Gesicht. »Ich weiß nur, dass ich in seinen Plänen nicht enthalten war.«

»Eine unverzeihliche Dummheit.«

Sie dankte ihm mit einem kleinen Lächeln.

»Ich sage das nicht nur aus Höflichkeit.«

Ihr Lächeln verstärkte sich.

Wie es aussah, konnte er jetzt das Thema wechseln.

»Woran haben Sie, von Ihrem Vater und dem Gutshof abgesehen, sonst noch Gefallen?«

»Wie meinen Sie das?«

»Nun, Interessen? Hobbys? Wie verbringen Sie am liebsten Ihre Freizeit?«

»O, ich bin in mehreren Wohltätigkeitsorganisationen aktiv, gehe gern ins Theater oder in Konzerte. Ich bin im Förderverein der Oper von Marseille. Früher bin ich viel gereist, aber das ist schon lange her. Ich glaube, mein größtes Vergnügen ist, auf der Farm zu arbeiten. An der Seite meines Vaters. So macht es meine Familie schon seit Hunderten von Jahren. Dazu gehören auch die Bräuche, etwa der Gottesdienst für die *Gardians* am 1. Mai in der Kirche von La Major in Arles, der Tag, an dem wir die Stiere brandmarken, und die beiden Ferias in der Arena. All das gehört zu unserer Geschichte und Kultur und ist mir sehr wichtig. So auch das Landleben in der Camargue. Ich beteilige mich an etlichen Naturschutzprojekten. Und Sie? Sie scheinen ein ziemlich einsames Leben zu führen, wenn ich das sagen darf.«

Smith lächelte. »Sie sind nicht die erste Person, die diesen Eindruck hat. Aber so sehe ich das eigentlich nicht. Ich bin recht glücklich in meiner Gesellschaft. Ich kann sehr selbstbezogen sein und tue, was ich will und wann ich es will. Freundschaften zu schließen und zu pflegen war noch nie meine Stärke. Also habe ich schon früh gelernt, weitgehend darauf zu verzichten. Ich höre wie Sie gern Musik und gehe gern ins Theater, ich lese und unternehme ausgedehnte Wanderungen mit meinem Hund in den Alpillen. Ich spaziere auch liebend gern durch die Stadt und schaue mir zum hundertsten Mal kleine unwichtige Winkel wie auch die bedeutenden Monumente und Museen an.«

»Und Sie haben natürlich Ihre Familie, zumindest Ihre Töchter.«

Unter dem Eindruck dessen, was Madame von sich berichtet hatte, wäre Smith darauf lieber nicht angesprochen worden.

»Ja. Ich freue mich immer sehr, wenn sie mich besuchen. Vielleicht ergibt sich die Möglichkeit, dass Sie sie beim nächsten Mal kennenlernen.«

»Das würde mir sehr gefallen, Monsieur.«

Das Geschirr des Hauptgangs wurde abgeräumt. Daraufhin servierte der Ober ein paar Käsestücke, die zu identifizieren sich Smith gar nicht erst die Mühe machte, und eine schlichte, aber alles andere als simple Himbeertarte. Dazu passenden Wein. Sie unterhielten sich nun über Belanglosigkeiten, was Smith Gelegenheit gab, sich über die Ungezwungenheit zu freuen, mit der sie einander inzwischen begegneten, und auch natürlich darüber, dass er sie betrachten konnte. Er wusste, dass sie um die fünfzig war, hatte aber in ihrem Zusammenhang nie an Alter gedacht, geschweige denn an den Altersunterschied zwischen ihnen beiden. Jedenfalls war sie, ob jung oder weniger jung, eine schöne Frau. Das dunkle, in vielen Schattierungen schimmernde, also offenbar ungefärbte Haar war hochgesteckt und brachte einen schlanken Hals zur Geltung. Ihre makellose Haut hatte eine milchkaffeebraune Tönung, die davon zeugte, dass sie sich viel im Freien aufhielt, aber nicht übermäßig der Sonne und dem Wind aussetzte, deren Spuren sonst auf den Gesichtern vieler Camargue-Bewohner zu sehen waren. Die Augen waren dunkelbraun, die Wangenknochen sanft gewölbt. Ein attraktiv breiter Mund. Augen und Lippen nur minimal geschminkt. Ihr an einem sehr kleinen Restauranttisch gegenüberzusitzen war ein Genuss.

Leider neigte sich die Mahlzeit dem Ende zu. Umso mehr freute es ihn, als sie fragte: »Monsieur Smith, schlendern wir um diese Zeit nicht für gewöhnlich noch am Fluss entlang?«

»Ich glaube, so ist es, Madame. Traditionen soll man pflegen.«

Sie bedankten sich beim Personal und gingen in die warme Nacht hinaus. Diesmal wartete sie nicht, bis sie das Ufer erreicht hatten, sondern hakte sich sofort bei ihm unter. Jean-Marie folgte ihnen im Abstand von fünfzig Metern in seinem schwarzen Range Rover. Wieder spiegelten sich im Fluss die Laternenlichter, und ihr zwangloses Gespräch setzte sich fort.

Sie näherten sich der Stelle, an der er in die Innenstadt abbiegen und sie den Range Rover besteigen würde, um sich nach Hause chauffieren zu lassen.

»Monsieur, ich möchte Sie noch um einen Gefallen bitten.«

»Nur zu, Madame.«

»Morgen Abend fahre ich nach Marseille in die Oper.

Unsere jüngste Produktion hat Premiere. *Madame Butterfly*. Man erwartet mein Erscheinen, und es fällt mir beileibe nicht schwer, einer solchen Verpflichtung nachzukommen. Ich genieße diese Veranstaltungen. Normalerweise begleitet mich mein Vater, aber ich weiß, dass er morgen lieber zu Hause einige Dinge erledigen würde. Es ist nun etwas kurzfristig, wofür ich mich entschuldigen muss, aber wären Sie vielleicht bereit, meinen Vater zu vertreten? Vorausgesetzt natürlich, Sie haben Zeit.«

Smith war wieder einmal perplex und außerstande, sich, abgesehen von seinem plötzlichen Ableben, einen Hinderungsgrund vorzustellen.

»Mit dem größten Vergnügen, Madame.«

Sie drückte seinen Arm. »Das freut mich. Ich werde Jean-Marie bitten, Sie rechtzeitig abzuholen, damit wir noch bei uns mit einem Aperitif anstoßen können. So gegen fünf?«

»Das wäre schön.«

»Noch etwas. Es ist eine Galaveranstaltung, für die eine Kleiderordnung zu beachten ist.«

»Weißer oder schwarzer Binder?«

Sie lachte. »Weiß. Wir sind hier im Süden ziemlich altmodisch.«

»Wie können Sie davon ausgehen, dass ein pensionierter alter Mann wie ich ein passendes Outfit in seinem Kleiderschrank hat?«

»Haben Sie?«

»Zufällig ja.«

»Na bitte«, erwiderte sie triumphierend.

»Ich freue mich auf morgen, Madame.«

Er öffnete ihr den Verschlag des Range Rovers, und sie nahm auf dem Rücksitz Platz.

»Danke für den wieder einmal wunderschönen Abend.«

»Auch ich habe ihn sehr genossen, Monsieur.«

Er nahm ihre Hand, um sich ihr zum gesitteten Abschied mit den Lippen zu nähern, und geriet leicht außer Fassung, als sie ihn an sich zog und ihm ihre Wange darbot. Es gelang ihm glücklicherweise zum zweiten Mal an diesem Abend, ein potenziell gefährliches Ritual halbwegs reibungslos zu absolvieren und ihr die traditionellen drei Küsse alternierend auf beide Gesichtshälften zu drücken. Widerstrebend ließ er die Tür ins Schloss fallen.

Das Fenster senkte sich.

»Übrigens, vielen Dank für die Blumen, Monsieur.«

Er war irritiert. Hätte es sich gehört, ihr Blumen mitzubringen? Aber für sarkastische Bemerkungen war sie eigentlich nicht die Frau. Dann sah er es. Sie hatte ihre Hand ans Revers gehoben und berührte sanft die Blüte im Knopfloch. Eine hellrote Anemone.

9. Großmutter und Puccini

Er nahm den Hörer auf und wählte Madame Durands Nummer. Sie antwortete nach dem zweiten Rufton.

»Ja?«

»Madame Durand. Hier ist Peter Smith. Entschuldigen Sie bitte, dass ich so bald schon wieder störe, aber ich würde mich gern noch einmal mit Ihnen unterhalten. Ich brauche Ihren Rat.«

»Ich würde mich freuen, Ihnen helfen zu können. Kommen Sie doch am Nachmittag und bringen Sie Ihren Hund mit. Wenn es nicht allzu heiß ist, könnten wir einen kleinen Spaziergang unternehmen.«

»Bis später, Madame, und vielen Dank.«

»Sie sind sehr zuverlässig, Monsieur. Ich schätze Pünktlichkeit, mit der man es in der Provence sonst nicht so genau nimmt.«

»Ja, mir ist auch schon aufgefallen, dass die Zeit hier ein wenig elastischer ist als im Norden des Landes.«

Die Sonne stand noch hoch am Himmel. Die alte Dame aber schien vergessen zu haben, dass sie in der Hitze eines provenzalischen Septembertags erklärtermaßen nur ungern vor die Tür ging. Sie wanderten im Schatten der Flatanen den Quai Saint-Pierre am Nordufer der Rhone entlang und auf die große Flussbiegung zu. Für ihr Alter war Smiths Begleiterin erstaunlich sicher auf den Beinen. Sie schlugen ein recht flottes Tempo an und ließen sich von Bordsteinen, Pollern und sonstigen Hindernissen in ihrem Gespräch nicht stören. Sie hatte sich bei ihm untergehakt und schien großen Gefallen daran zu finden, ihn auf die Sehenswürdigkeiten der Stadt hinzuweisen. Arthur lief neben Smith her. »Ihr Hund ist offenbar sehr gut erzogen, Monsieur.«

»Danke, Madame. Ich kann es nicht leiden, wenn ein Hund nicht anständig bei Fuß geht. Möchten Sie ihn vielleicht einmal führen?«

Die alte Dame strahlte über das ganze Gesicht.

Er reichte ihr die Leine. Auch neben ihr hielt Arthur auf gleicher Höhe Schritt, die kurze Leine in einem leichten Bogen zwischen sich und seiner neuen Chefin.

»Ein Prachtkerl, Monsieur. Haben Sie das lange mit ihm üben müssen?«

»Ich überhaupt nicht. Er hat ein paar Jahre Rennen bestritten und war dann ein Nothund, als ich ihn übernommen habe. Ein wichtiger Teil der Ausbildung für Windhunde besteht in sehr langen Gängen an der Leine, normalerweise zusammen mit mehreren anderen Hunden. Sie lernen, nicht an der Leine zu ziehen, und sind daran gewöhnt, sich auch von Fremden führen zu lassen. Das und ihre freundliche Natur machen diese Rasse nach ihrer Pensionierung zu wundervollen Haustieren.«

»Es sei denn, sie wittern eine Katze oder einen Hasen, stimmt's?«

»Ähm, ja. Das kann zum Problem werden.«

»Nein, nein, kein Problem. Ich mag keine Katzen und habe noch nie einen Hasen in Trinquetaille gesehen. Lassen Sie ihn auch manchmal von der Leine?«

»Nein, Madame. In der Ausbildung laufen er und seine Artgenossen nur frei, wenn sie Rennen bestreiten sollen. Ansonsten sind sie an der Leine ganz zufrieden. Sie werden nicht in erster Linie auf Gehorsam gedrillt, und wenn ich Arthur von der Leine ließe und er eine Katze jagen könnte, würde er sich nicht zurückpfeifen lassen. Im Übrigen macht er lieber Platz, als dass er sich setzt, und tut das auf Kommando.«

Sie schaute auf den langen sehnigen Rücken des Hundes, der brav neben ihr herging. Arthur war selbst für einen Greyhound recht groß, und Smith schätzte, dass Madame Durand ihn nur um etwa vierzig Zentimeter überragte.

»Ich habe schon viele Jahre nicht mehr das Vergnügen gehabt, einen Hund auszuführen, Monsieur, und bin Ihnen dankbar, dass Sie mir die Gelegenheit dazu geben.«

Sie erreichten die Flussbiegung. Die alte Dame zeigte auf eine der überschatteten Bänke, die in regelmäßigen Abständen das Ufer säumten.

»Nun, junger Mann, was kann ich für Sie tun? Sie sind bestimmt nicht nur gekommen, um mir Gesellschaft zu leisten.«

»Das allein wäre mir unter normalen Umständen durchaus lieb, Madame. Ich bin sehr interessiert an dem, was Sie mir über die Stadt und aus Ihrem Leben erzählen können. Ich wohne noch nicht lange hier und möchte über meine neue Heimat so viel wie möglich lernen. Aber Sie haben recht, ich habe heute ein bestimmtes Anliegen und möchte Sie etwas fragen. Natürlich steht es Ihnen frei, mir Auskunft zu geben oder nicht.«

»Wenn ich es kann, werde ich Ihnen helfen, Monsieur, wenn nicht, dann nicht.«

Smith lächelte. Mit ihren über neunzig Jahren schien die alte Dame einen messerscharfen Verstand zu haben. Er würde sich vorsehen müssen.

»Bei unserem letzten Treffen waren Sie so freundlich, mir etwas über Les Frères zu erzählen. Ich würde gern mehr über sie erfahren, wenn Sie gestatten.«

»Was interessiert Sie im Besonderen, Monsieur?« Sie hatte sich abgewendet und betrachtete Arthur, der neben der Bank auf der Seite lag und sein Herrchen mit einem Auge im Blick behielt.

»Sie haben mir ein paar geschichtliche Details genannt, Madame. Jetzt würde ich gern wissen, wie sie gegenwärtig aufgestellt sind und wie groß ihr Einfluss ist. Welche moralischen Werte sie vertreten, wie sie zur Kirche oder in welchem Verhältnis sie zur Politik und den Polizeikräften vor Ort stehen.«

»Ah, ich verstehe. Sie wollen wissen, ob sie immer noch eine feste Größe in unserem Leben sind und Macht ausüben.«

»Ja.«

»Die Antwort ist ja, aber vielleicht nicht so, wie Sie es sich vorstellen. Die Brüder waren nie in dem Sinne einflussreich, wie es politische Parteien oder auch Geheimbünde sind, jedenfalls nicht bis vor Kurzem. Sie haben nicht direkt auf das Leben der Menschen hier eingewirkt, sondern auf durchweg subtile Weise, was ihren Einfluss vielleicht umso stärker macht.«

Smith staunte über die Klarheit, mit der Madame Durand sprach. Er wusste, dass die hiesigen Frauen sowohl für ihre Schönheit als auch für ihre Langlebigkeit bekannt waren – die in Arles geborene Madame Jeanne Calment hatte in den Neunzigerjahren des letzten Jahrhunderts als älteste Frau der Welt gegolten und war hundertzweiundzwanzig Jahre alt geworden –, aber diese zarte Person, die jetzt neben ihm saß, verblüffte ihn vor allem mit ihrer Geistesgegenwart. Dass er in dem unwahrscheinlichen Fall, so alt zu werden, noch derart aufgeweckt sein würde, bezweifelte er sehr.

Sie fuhr fort: »Sie müssen wissen, dass die Menschen der Camargue ihr eigenes Leben führen, und das seit zwei Jahrtausenden. Wir sind stolz auf unsere Traditionen und am liebsten unter uns. Nicht dass wir uns abschotten würden, aber uns hat in der Vergangenheit kaum jemand einen Gefallen getan, und wir sind daran gewöhnt, uns um uns selbst zu kümmern. Wir haben unsere Regeln, und wenn uns keine anderen von außen aufgezwungen werden, fahren wir gut damit.«

»Was für eine Rolle spielt die Kirche, Madame?«

»Wir sind gute Katholiken, seit es die katholische Kirche bei uns gibt. Seit dem vierten Jahrhundert. Selbst die jungen Leute halten am Glauben fest, der für uns immer selbstverständlich war und ist.«

Smith stellte die Frage, von der er sich Aufschluss über die Vorgänge der vergangenen Tage erhoffte: »Was passiert, wenn die Interessen der Bewohner der Camargue sich mit den Lehren der Kirche nicht decken?«

»Dann, Monsieur, lassen wir uns von unserem Gewissen leiten, denn irgendwann werden wir alle einmal vor dem Richterstuhl Gottes stehen und Rechenschaft ablegen müssen.«

Sie lächelte. »Ich lebe nun schon so viele Jahre, dass mein Interview mit dem Allmächtigen wohl ziemlich lange dauern wird. Aber«, fügte sie deutlich leiser hinzu, »ich glaube, er wird mich verstehen.«

Smith beschloss, sich an ein anderes Thema zu wagen.

»Madame, sind Ihnen zufällig schon einmal die Namen Claude Chadriol und Jean Mistraux zu Ohren gekommen?«

Sie runzelte die Stirn und machte einen betrübten Eindruck.

»Ich bin ihnen zwar noch nie persönlich begegnet, habe aber von ihnen gehört und weiß über ihre Verhältnisse Bescheid. Sie stammen aus typischen Bauernfamilien, wie man sie nicht nur hier, sondern in ganz Frankreich findet. Obwohl die Regierung die Kleinbauern zu unterstützen versucht, wird es für diese immer schwerer, sich zu behaupten. Die älteren nehmen die Herausforderungen, die sich ihnen stellen, so beherzt und mutig an wie ihre Vorgänger. Die nachfolgende Generation tut sich schwerer. Viele von ihnen verlassen die Camargue oder arbeiten für große Farmbetriebe. Ich glaube, die beiden Herren, nach denen Sie fragen, haben noch keine Lösung für sich gefunden. Monsieur Mistraux ist angeblich vor Kurzem ein Missgeschick widerfahren. Wahrscheinlich wissen Sie schon davon, Monsieur Smith.«

Sie stand auf, griff entschlossen nach Arthurs Leine, und sie setzten den Spaziergang fort. Hinter der Flussbiegung machten sie kehrt und gingen unterhalb des Friedhofs auf das Zentrum von Trinquetaille zu. Sie unterhielten sich wieder über allgemeinere Themen und standen wenig später wieder vor ihrem Haus.

Sie gab Smith die Hundeleine zurück, schloss die Eingangstür auf und wandte sich ihm noch einmal zu.

»Unser kleiner Ausflug hat mir gutgetan. Es war schön, mit Ihnen und Ihrem Hund spazieren zu gehen. Auch unser Gespräch fand ich sehr anregend, und ich hoffe, Ihnen ein wenig geholfen zu haben. Um eines möchte ich Sie noch bitten, Monsieur. Wenn Sie ein Urteil über uns treffen, was, wie ich glaube, sehr bald der Fall sein wird, bedenken Sie bitte, wer wir sind und dass wir uns über lange Zeit selbstständig behaupten mussten. Wir leben, wie gesagt, nach unseren eigenen Regeln, die nicht allein deshalb falsch sind, weil für andere vielleicht andere Maßstäbe gelten. Richtig und falsch mag in der Camargue etwas anderes sein als in Paris. Passen Sie auf sich auf, Monsieur Smith. Ich habe das Gefühl, dass Sie nicht immer der charmante Waliser sind, der Sie zu sein vorgeben, und dass Sie auch ganz anders können. Wie dem auch sei, Martine meint, dass Sie Ihren Freunden gegenüber loyal sind, und Loyalität ist das, was sie zurzeit besonders dringend braucht.«

Wie um den Ernst der Situation aufzulösen, zeigte sie ein herzliches Lächeln.

»Besuchen Sie mich bald wieder, Monsieur.«

Smith ergriff ihre ausgestreckte Hand und freute sich zu sehen, dass die alte Dame ihm die Wange für die landesüblichen drei Küsse entgegenreckte. Er verstand es als Zeichen dafür, dass sie ihn akzeptierte, was ihm, wie er sich selbst eingestand, plötzlich sehr wichtig war.

»Das werde ich, Madame. Das werde ich.«

Punkt fünf hielt der Range Rover vor seinem Haus an. Jean-Marie war offenbar nicht in Gesprächslaune. Smith fragte sich, ob er es jemals war. Vielleicht störte es ihn, dass er auf dem Beifahrersitz Platz genommen hatte. Smith begnügte sich mit dem Blick auf die vorüberziehende Landschaft und versuchte, mit einem kleinen Problem zurande zu kommen. Auf den Opernbesuch an der Seite einer schönen Frau freute er sich durchaus. Ihre Gesellschaft war ihm lieb und wurde es immer mehr, und er würde sich den Abend nicht mit geschmäcklerischen Bedenken verderben. Doch er war kein Freund des italienischen Musiktheaters und hegte gegen *Madame Butterfly* sogar eine ausgeprägte Abneigung. Seine Liebe zur Oper – und es war eine tief empfundene – hörte mit Mozart auf. Ja, sie fing sogar, wenn er ehrlich war, auch erst mit ihm an. Was das Repertoire der für ihn genussverbürgenden Werke auf rund zwanzig eingrenzte, von denen außerdem nur sieben regelmäßig aufgeführt wurden.

Puccini schätzte er sehr wohl als Komponisten wunderschöner Lieder und großartiger Bühnenstücke, aber alle Aufführungen von *Tosca*, *Turandot* oder *La Bohème*, denen er bislang beigewohnt hatte, waren zwar recht unterhaltsam, letztlich aber doch unbefriedigend gewesen. Die *Butterfly* fand er reichlich albern und die Figur des Pinkerton ganz und gar unglaubwürdig, obwohl er einzuräumen bereit war, dass sich ein solches Urteil auf fast alle Charaktere der großen Opernliteratur anwenden ließ. Davon abgesehen interessierte ihn die ganze Geschichte nicht im Geringsten. Es verstand sich allerdings von selbst, dass er seine Meinung für sich zu behalten gedachte, zumindest vorläufig, bis sich Madame dazu geäußert haben würde.

Sie erreichten das Gut. Er sprang aus dem Range Rover und wurde von Monsieur Aubanet mit einem warmherzigen Handschlag begrüßt.

»Schön, Sie wiederzusehen, Monsieur Smith. Kommen Sie doch bitte ins Haus.«

Sie betraten das Wohnzimmer, wo der alte Herr dem Gast ohne Umschweife ein sehr großes Glas Whisky mit Soda in die Hand drückte.

»*Madame Butterfly*«, flüsterte er. »Sie werden einen guten Schluck nötig haben.«

Smith nippte an seinem Drink. Monsieur Aubanet war wahrhaftig kein Verschwender von Sodawasser.

»Martine kommt gleich. Sie hat gesagt, sie müsse sich noch fertig machen, aber ich glaube, sie bereitet sich auf einen Auftritt vor. Sie hat eine neue Abendrobe.«

Es dauerte nicht lange, und die Tür ging auf. Ja, eine Abendrobe. Und was für eine! Schwere schwarze Seide mit einem schmalen, aber tiefen V-Ausschnitt. Sehr eng anliegend bis zu den Schenkeln, von denen der Stoff in Falten auf den Boden fiel. Es war ein schwarzes Kleid voll schwarzen Lichts, über und über mit schwarzen Perlen bestickt, die facettenreiche Muster bildeten. Es schillerte, als steckte Leben darin.

Sie hatte die Haare wieder hochgesteckt. Die Ohrgehänge aus schwarzen Jetsteinen passten zu ihrem Halsreif. An einer fast unsichtbaren Silberkette hing ein Camargue-Kreuz aus kleinen Diamanten. Sonst trug sie keinen Schmuck. Sie sah umwerfend aus und wusste es.

»Meine Herren«, sagte Madame lächelnd. »Sie dürfen wieder durchatmen. Ich sehe, mein Aufzug findet Ihre Billigung.«

Ihr Vater nahm sie an die Hand. »Mein Liebes, du siehst bezaubernd aus.«

Sie vollführte eine kleine Pirouette an seiner Hand und schaute Smith an.

»Was meinen Sie, Monsieur?«

»Ja«, erwiderte er leise, »bezaubernd.«

Offenbar zufrieden mit ihrer Wirkung, nahm sie einen Schluck aus dem Glas ihres Vaters. Dann warf sie einen Blick auf die kleine Wanduhr.

»Wir müssen los«, sagte sie und reichte Smith ein kurzes, ebenfalls mit Perlen besticktes Jackett, in das er ihr hineinhalf. Es war ungemein schwer und geschnitten wie die Bolerojacke eines Matadors. Sie nahm ihre kleine schwarze Handtasche.

»*Au revoir*, Papa. Ich werde gegen Mitternacht zurück sein.«

Es war knapp, aber Smith schaffte es, vor Jean-Marie den Verschlag des Range Rovers zu öffnen, um Madame einsteigen zu lassen. Der zeigte seinen Unmut dadurch, dass er die Räder durchdrehen ließ, noch ehe Smith seine eigene Tür geschlossen hatte. In hohem Tempo ging es auf Marseille zu. Nach wenigen Kilometern wandte Madame sich an Smith.

»Peter, könnten Sie mich zumindest heute Abend bitte Martine nennen? Wir sind nicht geschäftlich unterwegs, und einige der Leute, die wir nachher treffen werden, würden es wohl seltsam finden, wenn mich mein Begleiter die ganze Zeit mit Madame DuGresson anspräche.«

»Natürlich«, erwiderte Smith, erfreut über so viel Familiarität.

Sie fuhr fort: »Danke, dass Sie mich begleiten. Zugegeben, *Madame Butterfly* ist nicht gerade meine Lieblingsoper, aber ich bin, wie Sie wissen, im Vorstand des Freundeskreises der Institution, und es wäre unhöflich, zur Gala-Eröffnung nicht zu erscheinen.«

»Ich begleite Sie herzlich gern«, erwiderte Smith und suchte nach einer Möglichkeit, dem misslichen Thema auszuweichen. »Ich war noch nie in der Marseiller Oper und freue mich auf unseren Besuch.«

Madame lachte. »Elegant, wie Sie die Klippe umschiffen, Peter. Ich kann mich nicht entsinnen, jemals einem Mann begegnet zu sein, dem *Madame Butterfly* tatsächlich gefallen hätte. Die meisten Männer können mit der Story nichts anfangen. Vielleicht liegt's daran, dass Pinkerton so ein Miststück ist, jedenfalls aus weiblicher Sicht. Ich hoffe aber doch sehr, dass Ihnen wenigstens unser Opernhaus gefällt. Es war einmal sehr viel prächtiger als heute. Die ursprüngliche *Salle Beauvau* wurde Ende des achtzehnten Jahrhunderts gebaut, brannte aber 1919 fast vollständig ab. Es war ein großes Haus damals, in dem sogar *Aida* ihre französische Premiere hatte. Jetzt ist es ein eher kleineres Theater, das aber immer noch von sich reden macht. Plácido Domingo hat hier sein Debüt in Frankreich gegeben. Es werden sich einige Leute mit mir unterhalten wollen. Wie viele Opernhäuser ist auch unseres auf großzügige Spender angewiesen, und wir müssen die Kontakte zu ihnen pflegen. Heute werden wir nicht die amerikanische, sondern die italienische Version der *Butterfly* sehen; es gibt also nur eine Pause, und in der müssen wir uns unters Publikum mischen. Ich habe allerdings schon durchblicken lassen, dass wir an der anschließenden Premierenfeier nicht teilnehmen werden. Ich habe keine Lust darauf und vermute, dass solche Veranstaltungen auch nicht gerade Ihre Sache sind. Jedenfalls wäre ich Ihnen sehr dankbar, wenn Sie in der Pause an meiner Seite blieben. Es könnte sein, dass ich mich diskret aus einem Gespräch herausziehen möchte, wofür Sie mir dann einen guten Vorwand bieten würden.«

»Was könnte es Schöneres geben, als Ihnen mit einer Ablenkung zu dienen, Madame – Entschuldigung, Martine.«

Sie streckte den Arm aus, ergriff seine Hand und drückte sie dankbar. Er bedauerte, dass sie sie wieder zurückzog.

Sie waren noch eine weitere halbe Stunde unterwegs, die mit angenehmen Plaudereien verging. Der Range Rover hielt vor dem Portal der Oper, und sie tauchten ein in eine Welt aus rotem Plüsch, goldglänzendem Dekor und spektakulär kostümierten Gästen. Madame hakte sich bei ihm unter, und er verlor bald den Überblick über die Zahl derer, denen er vorgestellt wurde.

Madame hatte natürlich einen Logenplatz für sie reservieren lassen. Er hasste Logen. Die Zuschauer in den Rängen würden zu ihnen aufschauen und »Promi-Raten« spielen. Eifersüchtig beäugt zu werden, behagte ihm nicht, schon gar nicht hier im Land der Revolutionen und Guillotinen. Der Blick auf die Bühne war schlecht, und man saß meist mit unangenehmen Leuten auf engstem Raum zusammen, die den Mund während der Aufführung nicht halten konnten. Auch die Pausen würde man mit diesen Menschen verbringen müssen, obwohl man viel lieber in der Anonymität des Gedränges vor der Bar möglichst schnell und möglichst viele Gin Tonics in sich hineingeschüttet hätte. Stattdessen war man zu schlechtem Champagner in noch schlechterer Gesellschaft verdammt.

In der Loge, die sie betraten, standen aber glücklicherweise nur zwei Stühle. Wer aus den Rängen hinaufblickte, würde ihn neben der schönsten Frau des Abends sehen. Der Blick auf die Bühne war nebensächlich, weil er die Oper ohnehin nicht mochte. Viel lieber würde er sich im Gespräch mit der einzigen anderen Person in der Loge die Zeit vertreiben, als Puccini zu lauschen. Der Champagner war von Krug. So schlecht waren Logen eigentlich doch nicht.

Er überließ Madame den Platz auf der Bühnenseite. So konnte er wenigstens sie statt des europäischen Ensembles betrachten, das mit weiß geschminkten Gesichtern den vergeblichen Versuch unternahm, japanisch auszusehen. Er hörte die Musik, auch ohne hinzusehen – was manchmal sogar besser war, denn seiner Erfahrung nach mimten die meisten Opernsänger ungefähr so gut, wie die meisten Mimen sangen. Die Aufführung begann, und tatsächlich verbrachte er die ersten zwanzig Minuten damit, seine Begleiterin zu betrachten. Sie war wirklich außergewöhnlich schön. Das Licht der Bühnenscheinwerfer brach sich in den Tausenden winzigen schwarzen Spiegeln ihres Kleides und schimmerte mit jedem Atemzug.

In der Pause unterhielten sie sich mit Sponsoren und schlürften Krug. Madames Arm blieb währenddessen fest bei ihm untergehakt, und er machte die ungewohnte Erfahrung, neidischen Blicken von Männern ausgesetzt zu sein, die nicht wussten, wer er war, sowie der leicht pikierten Begutachtung von Frauen, die sich offenbar in den Schatten gestellt sahen. Was auch der Fall war. Während der halbstündigen Unterbrechung hoffte er inständig, den richtigen Leuten das Richtige zu sagen, und wünschte sich sehnlichst, woanders zu sein mit Madame. Cocktailpartys und Small Talk waren noch nie seine Stärke gewesen. Ebenso wenig wie die Fähigkeit zu verbergen, was er davon hielt. Mehr als einmal war er früher nach solchen Veranstaltungen nach Hause zurückgekehrt, voller Stolz darüber, dass ihm die Verstellung gelungen war und er durchaus launig mit anderen geplaudert hatte, und war dennoch von seiner Frau für sein angeblich ungehöriges Benehmen gescholten worden.

Wider Erwarten hatte auch die Pause ein Ende, und Madame erklärte bedauernd, dass sie an der anschließenden Feier nicht werde teilnehmen können, weil es ihrem Vater nicht gut gehe und sie deshalb rasch nach Hause zurückkehren müsse. Ein Saaldiener führte sie in die Loge zurück. Kaum hatte sich die Tür hinter ihnen geschlossen, gab sie ihm einen leichten Kuss auf die Wange. »Gut gemacht. Ich habe aber eigentlich auch nichts anderes erwartet.«

»Danke für das Kompliment, Madame«, erwiderte er

übertrieben höflich. »Schönheit und Gönnerschaft, *plus ça change …*«

Sie lächelte und versetzte ihm einen neckischen Tritt vors Schienbein. Sie nahmen ihre Plätze wieder ein, der zweite Akt würde gleich anfangen. Smith kannte nur die dreiaktige Version, weshalb er nicht so recht wusste, an welcher Stelle der Geschichte es nun weitergehen sollte. Aber das machte ihm nichts. Die Aufführung wurde fortgesetzt. Die Musik wie ein Konzert anzuhören und die Handlung auszublenden erwies sich als recht angenehmer Zeitvertreib, zumal er hinlänglich Gelegenheit hatte, sich ein paar Gedanken über seine Gastgeberin zu machen. Nach der beträchtlich langen Phase als alleinstehender Mann, die er hinter sich hatte, war es beileibe keine Strafe, mit Madame auszugehen und mit ihr gesehen zu werden. Er fühlte sich wohl an ihrer Seite und wünschte sich insgeheim, mehr als nur Lückenbüßerfunktion für sie einzunehmen.

Madame Butterfly gab ihren letzten Seufzer von sich, Pinkerton zermarterte sich den Kopf, und um halb zwölf fiel der Vorhang. Sie verabschiedeten sich von einer Vielzahl von Leuten und traten hinaus in die warme Marseiller Nacht. Der schwarze Range Rover parkte unmittelbar vor dem Ausgang. Diesmal war es Jean-Marie, der Madame den Verschlag offen hielt. Smith zwinkerte ihm anerkennend zu und wurde mit einem Grinsen entschädigt.

»Na, wie fanden Sie's?«, fragte sie. »Und denken Sie daran, Sie haben versprochen, offen und ehrlich zu sein.«

»Habe ich das? Ich erinnere mich nicht.«

»Nun, mag sein, dass Sie es nicht versprochen haben.

Aber Sie sollten es sein.« Und in leicht veränderter Tonlage fuhr sie fort: »Jedenfalls hoffe ich, dass Sie es sind.«

»Ich habe immer noch meine Vorbehalte gegen Opern, zumindest in ihrer dramatischen Großform. Sie sind nicht wirklich mein Ding. Da Sie mich dazu verpflichten, die Wahrheit zu sagen, muss ich gestehen, dass ich mich nicht wirklich konzentriert und schon jetzt nicht mehr allzu viel in Erinnerung habe. Es war mir trotzdem ein großes Vergnügen, mit Ihnen zusammen zu sein. Mit Ihnen würde ich mich sogar darauf einlassen, eine Wagner-Oper zu besuchen. Wenn Sie mich besser kennenlernen, werden Sie verstehen, warum ich Wagner ablehne.«

»Werden wir uns besser kennenlernen, Monsieur Smith?«, fragte sie so leise, dass Jean-Marie sie nicht hören konnte.

»Das hoffe ich sehr, Madame DuGresson.«

»Ich auch, Monsieur Smith.«

Sie fuhren denselben Weg zurück, den sie gekommen waren, über die Autobahn bis nach Salon-de-Provence und dann über die E80 nach Arles, wo Smith aussteigen würde. Bei Salon wurden sie jedoch auf die alte Römerstraße umgeleitet. Ein entnervter Gendarm erklärte ihnen, dass sich ein spanischer Lastwagenfahrer mit seinem Sattelzug quer gestellt habe und beide Spuren der Schnellstraße blockiere. In wenigen Kilometern, kurz vor Saint-Martin-de-Crau, könnten sie auf die Schnellstraße zurückkehren. Jean-Marie betrachtete den Mann mit finsterer Miene, als wäre der für die Misshelligkeit persönlich verantwortlich.

Die alte Via Aurelia verlief über die gesamte Strecke parallel zur Autobahn, und obwohl Jean-Marie merklich sauer darüber war, die vorgeschriebene Geschwindigkeit einhalten zu müssen, würde sie die Umgehung nicht viel Zeit kosten. Smith kannte die Straße gut. Er nutzte sie häufig, wenn er zum Flughafen von Marseille fuhr und Gäste abholte, und es bereitete ihm immer ein perverses Vergnügen, die Maut zu sparen. Ab Saint-Martin war die Autobahn bis Arles aber ohnehin gebührenfrei.

Vor dem Kreisverkehr, an dem die Via Aurelia von der Straße zwischen Istres und Les Baux gekreuzt wird, bremste der Wagen ein wenig ab. Plötzlich hörte Smith etwas, das ihm, als er es vor Jahren zum ersten Mal gehört hatte, vorgekommen war wie das Geräusch, das entstanden war, wenn seine Großmutter ein Kleid zerrissen hatte, um Putzlappen daraus zu machen. Der Range Rover geriet ins Schlingern, kam von der Spur ab und rutschte mit dem rechten Vorderrad in den Straßengraben, der glücklicherweise nicht besonders tief war. Noch in dem Sekundenbruchteil, bevor das reißende Geräusch ein zweites Mal zu hören war, wusste er, worum es ging und was zu tun war. Vor Jahren hatte die Regierung Ihrer Majestät viel Geld dafür ausgegeben, dass er in einem solchen Fall blitzschnell zu reagieren verstand. Er beugte sich zur Seite, packte Madame bei den Schultern und drückte sie mit Gewalt in den Fußraum hinter den Vordersitzen. Wieder zischte es. Über ihnen explodierte Glas. So viel zu kugelsicheren Scheiben, dachte er. Entweder hatten die Jungs von der Entwicklungsabteilung bei Range Rover ihren Job nicht gut genug gemacht oder die Angreifer wussten ihre Munition clever auszuwählen.

Er folgte ihr auf den Boden, legte ihr seine Hand nicht

gerade zartfühlend in den Nacken und brachte seinen Mund direkt neben ihrem Ohr in Position.

»Ihr Überleben hängt jetzt davon ab, dass Sie genau das tun, was ich sage. Bleiben Sie hier unten. Sagen Sie nichts. Rühren Sie sich nicht. Und heben Sie ja nicht den Kopf. Tun Sie nichts, bis Sie meine Stimme wieder hören.«

Smith robbte über die Rückbank, öffnete die Tür und ließ sich in den Graben fallen. Die Schüsse kamen von der Straßenseite. Vielleicht waren die Kerle doch nicht so clever wie befürchtet. Zwar hatten sie die passende Munition für die kugelsicheren Scheiben, nicht aber für die gepanzerte Karosserie. Die Kugeln trafen mit dumpfem Aufprall auf die Seitenverkleidung, durchschlugen sie aber nicht. Wieder zerbarst Glas, als er die Fahrertür aufriss und einen blutüberströmten Jean-Marie in den Graben zerrte. Er war verwundet, schwer, aber nicht tödlich, wie Smith zu sehen glaubte. Smith griff unter Jean-Maries Jackett und stieß ein stummes Dankgebet aus. Er zog eine Pistole aus dem Schulterholster und rannte geduckt zwanzig Schritte weiter durch den Graben, hinaus aus dem Streulicht der Scheinwerfer. Im Laufen befühlte er die Waffe. Gott sei Dank. Es war eine Heckler & Koch P30. Dem Gewicht nach war sie geladen. Er vergewisserte sich, indem er das Magazin herausgleiten ließ und mit dem Daumen auf die oberste Patrone drückte. Sie bewegte sich nicht. Er wusste, dass er fünfzehn Schuss hatte, und schätzte, dass ihm, vom Beginn des Überfalls an gerechnet, nicht mehr als zwanzig Sekunden blieben, um das Problem zu lösen. Zwölf davon waren schon verstrichen.

Der Beschuss war eingestellt worden. Die Angreifer hatten den Fahrer erfolgreich außer Gefecht gesetzt und die Reifen zerschossen. Es mussten mindestens zwei sein, und er hatte auch nur zwei Schusswaffen detonieren hören, Maschinenpistolen, die er am Schall identifizieren konnte. Uzi-SMGs. Er betete, dass sie nur mit den kleinsten Magazinen ausgestattet sein würden. Sie machen eine Waffe leichter und enthalten zwanzig Patronen, die bei einer Kadenz von sechshundert Schuss in der Minute nicht lange vorhalten, erst recht nicht in den Händen von weniger erfahrenen Schützen. Wenn er es mit Profis zu tun hätte, wären er und seine Begleiter schon tot. Es waren also keine, und sie würden wohl auch nicht mit Gegenwehr rechnen. Hoffentlich brauchten sie noch eine Weile zum Nachladen.

Ohne lange zu fackeln, sprang er aus dem Graben und sah die beiden Männer im Abstand von nicht einmal zehn Metern im hellen Scheinwerferlicht auf den Range Rover zugehen. Idioten. Er empfand Verachtung für sie, als er auf den ersten von ihnen abdrückte. Zwei Schüsse in schneller Folge, auf die Stirn gezielt. Kopftreffer schalten den Gegner sofort aus, Schüsse auf den Körper nicht. Auf der Stirn des Mannes bildeten sich, wie er sah, zwei kleine schwarze Punkte wie zu einer Acht ab, ehe der Hinterkopf in einer roten Wolke explodierte und in einem Oleanderbusch neben der Straße verschwand. Rosenlorbeer, dachte Smith düster.

Der zweite Mann wollte mit seiner Uzi gerade wieder anlegen, als ihm auffiel, dass er das frische Magazin noch in der linken Hand hielt. Er hatte weniger als eine halbe Sekunde Zeit, um in Panik zu geraten, bevor auch er mit zerplatztem Schädel zu Boden ging.

Töten und in Bewegung bleiben, so lautete das ihm eingeschärfte Mantra, und danach verhielt er sich. Die Angreifer waren in einem Wagen gekommen und vielleicht nicht nur zu zweit. Wenn doch, waren es wirklich Anfänger gewesen. Profis ließen immer einen Fahrer am Steuer zurück. Smith rannte über die Straße, ging hinter dem Fahrzeug der Angreifer in Deckung und klappte Kragen und Aufschläge seines Jacketts nach innen, um das auffällig weiße Hemd zu verbergen. Es war ein Jeep Cherokee. Er schien leer zu sein. Wenn wirklich nur zwei Angreifer auf sie angesetzt worden waren, hatte er noch ein wenig Zeit. Möglich, dass ein zweites Team weiter oben an der Straße auf der Lauer lag. Wenn es die Schüsse gehört hatte, würde es an den Tatort kommen und vermutlich davon ausgehen, dass der Anschlag erfolgreich verlaufen war.

Über die Außenspiegel warf er von links und rechts einen Blick ins Innere des Jeeps. Er schaute durch das Seitenfenster. Nichts. Wäre ein dritter Mann in der Nähe, vielleicht abgetaucht im Graben, hätte dieser vermutlich längst auf ihn geschossen.

Er öffnete die hintere Tür auf der Straßenseite, rannte zurück und hob eine der Uzis vom Boden auf. Es war eine der neueren sogenannten Mini-Uzis mit einer Feuerrate von neunhundertfünfzig Schuss in der Minute. Das Magazin fasste zweiunddreißig Patronen, nicht nur zwanzig. Glück gehabt. Wahrscheinlich hatten die Idioten einhändig zu schießen versucht wie im Film. So eingesetzt, war mit den besten Miniwaffen der Welt nichts anzufangen. Als er den Range Rover erreichte, hatte er ein neues Magazin eingesetzt.

»Martine, ich bin's, Peter. Es ist so weit alles in Ordnung. Die Gefahr ist aber noch nicht vorüber. Bleiben Sie, wo Sie sind. Sind Sie verletzt?«

»Nein, nur am Nacken habe ich eine Prellung«, ließ sie sich leicht gereizt vernehmen.

»Okay, wenn ich die Tür öffne, möchte ich, dass Sie rauskommen und so schnell wie möglich zu dem Jeep dort drüben laufen. Steigen Sie hinten ein und legen Sie sich flach auf den Boden. Verstanden?«

Die Antwort klang geschäftsmäßig: »Ja. Was ist mit ...«

»Lassen Sie Jean-Marie meine Sorge sein.« Er riss die Tür auf, zog sie wie einen Sack Kartoffeln aus dem Auto und lief mit ihr die dreißig Meter über die Straße bis zum Jeep, schob sie hinein und schlug die Tür zu.

»Rühren Sie sich nicht vom Fleck«, rief er und rannte zurück. Er hätte schwören können, ein wütendes Murren vom Rücksitz des Wagens gehört zu haben.

Jean-Marie blutete aus einer Wunde am Hals. Die Schlagader aber schien unversehrt zu sein. Sonst wäre er schon tot. Er zog ihn aus dem Graben, wiederum nicht gerade sanft, und stellte fest, dass er auch an der Schulter verletzt war. Immerhin war er bei Bewusstsein und würde noch eine Weile durchhalten. Smith schätzte, dass sie noch etwa eine halbe Stunde bis zum Gut zurückzulegen hatten. Er trug Jean-Marie zum Jeep und legte ihn auf die Rückbank. Madame hatte sich, wie er sah, nicht von der Stelle bewegt. Er ergriff ihre Hand.

»Wir stehen wahrscheinlich noch vor mindestens einem Problem. Ich fahre Sie jetzt nach Hause. Es könnte unterwegs ein bisschen ungemütlich werden. Wenn diejenigen, die es auf uns abgesehen haben, auch nur die leiseste Ahnung von ihrem Geschäft haben, wird in den nächsten zwei oder drei Minuten ein Ersatzkommando auf uns zukommen. Es wird die Schüsse gehört haben und annehmen, dass wir erledigt sind. Wir müssen hier warten, bis die Typen aufkreuzen. Bleiben Sie, wo Sie sind. Der Jeep ist nicht gepanzert, aber immerhin geschlossen, und sie werden bestimmt nicht damit rechnen, unter Beschuss zu geraten. Ich hoffe, dass ich sie unschädlich machen kann, bevor sie klarsehen.«

In den Augen, die zu ihm aufblickten, stand nackte Angst. Es waren seit dem Überfall noch keine zwei Minuten vergangen, die ihr im dunklen Fond des Rovers wie eine Ewigkeit vorgekommen sein mussten. Ihre Hand hielt seine umklammert. Obwohl die Zeit drängte, beugte er sich über sie, legte die freie Hand auf ihre Wange und lächelte sie freundlich an.

»*Courage*, Martine. Ich muss Ihnen gestehen, dass ich mich nicht zum ersten Mal gegen solche Übergriffe wehren muss und bislang immer die Oberhand behalten habe. Also, Gesicht nach unten, bitte.«

Sein Lächeln wurde erwidert. Sie ließ von seiner Hand ab und duckte sich.

Smith schloss die Tür, lief um den Jeep herum und hievte einen der Toten auf den Fahrersitz. Den anderen steckte er kopfüber in das zerschossene Seitenfenster des Range Rovers. Es war eine schmutzige Arbeit, und sein Abendanzug würde wohl endgültig verhunzt sein. Beide Angreifer hatten Ersatzmagazine für ihre Uzis dabeigehabt. Er sammelte die zweite Waffe ein und lud sie neu. Dann schaltete er die Scheinwerfer des Jeeps aus. Die des Range Rovers waren im Kugelhagel zersprungen. Er rannte etwa hundert Meter die Straße entlang in Richtung Saint-Martin und ging wieder in der Böschung in Deckung.

Kaum eine Minute später sah er die Scheinwerfer. Er klappte die Schulterstütze der Uzi auseinander, nahm die Waffe in Anschlag und wartete. Wie vermutet handelte es sich auch bei dem zweiten Fahrzeug um einen Jeep. Bei dem anderen hatte er nachgesehen, wo der Benzintank eingebaut war, und jetzt die entsprechende Straßenseite gewählt. Der Fahrer musste die beiden stehenden Fahrzeuge ungefähr in dem Moment entdeckt haben, als er mit Tempo hundert an Smith vorbeiraste. Mit dem Lauf dem Ziel folgend, feuerte Smith das Magazin leer. Innerhalb von zwei Sekunden trafen zweiunddreißig Kugeln den Benzintank, der eine Sekunde später in einem Feuerball explodierte. Wie ein glühender Komet raste das Fahrzeug an die fünfzig Meter weiter, kam von der Fahrbahn ab und wurde von der Böschung auf ein Feld katapultiert, wo es auf dem Dach aufschlug und brennend liegen blieb.

Mit beiden Uzis hastete Smith zurück. Im Heckraum des Range Rovers fand er den Erste-Hilfe-Kasten. Aus dem Fond holte er daraufhin Madames kleine Handtasche. Sie würden ihr Handy brauchen. Er trat vom Wagen zurück und schoss eine Salve in den Tank. Die Straße sah aus wie in einer Actionfilmszene. Er rannte mit dem Erste-Hilfe-Kasten zum Jeep, zog den toten Angreifer vom Fahrersitz, sprang hinters Steuer, wendete den Wagen und beschleunigte ihn bis zum Anschlag in Richtung Camargue. Hinter ihnen brannten zwei Autowracks lichterloh.

Er hatte ein Tempo von hundertsechzig erreicht, als sich von hinten eine zaghafte Stimme meldete.

»Kann ich mich wieder aufrichten?«

»Ähm, lieber nicht. Es könnte noch was passieren.«

Dabei wollte sie es offenbar nicht bewenden lassen.

»Und wie gedenken Sie zum Gut zurückzukehren? Auf direktem Weg? Wenn noch Gefahr droht, dann doch wohl auf der Hauptstraße. Ich wüsste eine sicherere Strecke. Und außerdem braucht Jean-Marie Hilfe. Er blutet.«

»Na schön. Aber gehen Sie in Deckung, wenn ich Sie dazu auffordere.«

Er sah ihr schönes, blutverschmiertes Gesicht im Rückspiegel. Sie sah seine ernste Miene.

»Keine Sorge. Mir ist nichts passiert.«

»Gott sei Dank«, platzte es aus ihm heraus. Er sah ihren missbilligenden Blick im Spiegel. »Seine Halsverletzung ist nicht so dramatisch. Aber drücken Sie ihm ein Tuch oder sonst irgendwas fest auf die Einschusswunde an der Schulter. Hoffen wir, dass er nicht zu viel Blut verliert.«

Der Rest der Fahrt war, zumindest für Smith, eine ziemlich haarsträubende Angelegenheit. Er raste über Wege, die kaum breiter als der Jeep selbst waren, und folgte dabei Madames rallye-mäßigen Kommandos, die für seinen Geschmack immer etwas zu spät kamen, sich aber dankenswerterweise als sehr präzise erwiesen.

»Sagen Sie mir bitte Bescheid, wenn wir nur noch fünf Minuten bis zum Gut haben, Madame.«

Sie wusste inzwischen, dass es zwecklos war, Fragen zu stellen, nickte bloß und gab weiter die Richtung vor.

Nach einer knappen Viertelstunde weiterer waghalsiger

Manöver in Höchstgeschwindigkeit sagte sie: »Bei dem Tempo sind wir in fünf Minuten da.«

»Rufen Sie jetzt bitte Ihren Vater an. Vergewissern Sie sich, dass er am Apparat ist, und geben Sie mir dann Ihr Handy. Sprechen Sie nicht mit ihm. Dazu haben Sie später Gelegenheit.«

Er spürte, dass sich Madame immer noch schwer damit tat, seinen Aufforderungen unhinterfragt zu folgen. Trotzdem nickte sie und griff zu ihrem Handy.

Es dauerte nicht lange, und sie hatte ihren Vater erreicht. »Papa? Martine.« Smith ließ sich das Handy geben.

»Monsieur Aubanet? Peter Smith hier. Hören Sie bitte zu und tun Sie, was ich Ihnen sage. Wir sind soeben auf unserem Rückweg von Marseille überfallen worden. Martine und ich sind unverletzt. Jean-Marie wurde am Hals und an der Schulter von Schüssen getroffen. Er lebt, muss aber ärztlich behandelt werden. Wir sind in fünf Minuten bei Ihnen und fahren einen schwarzen Jeep Cherokee. Bewaffnen Sie bitte ein paar Männer, die in der Einfahrt Posten beziehen und uns das Tor öffnen. Ich werde, wenn wir kommen, die Warnblinkanlage einschalten und, ohne anzuhalten, durchfahren. Sollte sich ein anderes Fahrzeug ohne Warnblinkleuchte nähern, muss es um jeden Preis aufgehalten werden. Lassen Sie das Tor, sobald wir es passiert haben, wieder schließen und bewachen. Treiben Sie so viele verlässliche Männer auf wie möglich und postieren Sie sie rund um das Gut. Sie selbst sollten im Haus bleiben. Kommen Sie nicht in den Hof hinaus, wenn wir eintreffen. Monsieur, wenn Ihnen Ihr Leben und das Ihrer Tochter lieb ist, tun Sie bitte, worum ich Sie gebeten habe.«

Ohne auf eine Antwort zu warten, brach Smith die Verbindung ab und konzentrierte sich auf den Rest der Fahrt.

Mit hoher Geschwindigkeit passierten sie das Tor der Einfahrt zum Gut und hielten wenige Sekunden später in einer Wolke aus Staub und Schotter an. Leute kamen, um Jean-Marie ins Haus zu tragen und Madame hineinzubegleiten. Smith blieb noch einen Moment hinterm Steuer sitzen, ehe er sich aufraffte und ausstieg. Die Adrenalinwirkung ließ schnell nach, Erschöpfung überkam ihn. Er nahm beide Uzis vom Beifahrersitz – sie waren voll von seinen Fingerabdrücken – und wischte Steuerrad und Schaltknüppel gründlich ab. Ein Mann mit sehr stahlblauen Augen, der ein provenzalisches Hemd zur Jeans trug, hielt ihm die Tür auf und eskortierte ihn, nachdem er auch noch beide Türgriffe abgewischt hatte, ins Haus.

Im Wohnzimmer, in dem er sich erst vor wenigen Tagen zum ersten Mal aufgehalten hatte, ließ er sich in den nächstbesten Lehnsessel fallen, ohne Rücksicht darauf zu nehmen, dass er voller Blut war. Auf eine Art, die erkennen ließ, dass er nicht zum Hauspersonal gehörte, fragte ihn der Mann, ob er etwas wünsche.

»Ja. Bitte einen doppelten Whisky ohne Wasser oder Eis, eine Flasche Brennspiritus und ein paar saubere Tücher.«

Der Mann zog wortlos ab. Wenige Zeit später kam jene junge Frau ins Zimmer, die während seines ersten Besuches das Mittagessen serviert hatte. Sie brachte auf einem Tablett, worum er gebeten hatte. Es dauerte nicht lange, und er hatte seine Fingerabdrücke von beiden Waffen abgewischt. Er legte sie mit dem Putzmittel auf ein Sideboard, nahm wieder im Sessel Platz und spülte die Kehle mit einem guten Schluck Whisky.

Ihm war klar, dass er bald würde erklären müssen, was geschehen war, also versuchte er, sich zu erholen, ohne einzuschlafen. Er leerte das Glas mit einem großen Zug, lehnte den Kopf an die Rückenlehne, blendete alle Gedanken aus und konzentrierte sich auf die Wirkung des Whiskys in seinem System. Nach fünf Minuten völliger Regungslosigkeit spürte er keinerlei Schmerzen mehr, das Zittern hatte aufgehört, und er fühlte sich nicht mehr erschöpft. Die meisten menschlichen Empfindungen sind Effekte der Einbildungskraft. Wenn sie gefügig gemacht wird, lässt es sich weiterleben.

Fünf Minuten später betraten Vater und Tochter das Wohnzimmer. Smith stand auf. Monsieur Aubanet trug Freizeitkleidung. Madame hatte offenbar geduscht und nun einen bodenlangen Morgenrock aus weißem Satin angezogen. Sie war barfüßig. Um die nassen Haare hatte sie ein Stirnband gelegt. Sie war ungeschminkt und sah mitgenommen aus.

»Monsieur, ich hoffe, Sie sind einverstanden, wenn wir ein paar Worte miteinander wechseln. Martine hat mir schon alles berichtet, woran sie sich erinnert, und ich glaube, es ist das Beste, wenn sie jetzt zu Bett geht. Gestatten Sie?«

»Ja, natürlich.«

Madame trat auf Smith zu, blieb aber nach zwei Schritten wieder stehen und schien unschlüssig, was sie sagen oder tun sollte. Er kam ihr entgegen, nahm ihre Hand und schaute ihr lächelnd ins Gesicht.

»Gehen Sie zu Bett, Madame. Bitte. Wir können später miteinander reden.«

Sie erwiderte sein Lächeln. In ihren Augen blitzte so etwas wie Trotz auf. Sie nickte kaum merklich und ging.

Smith setzte sich wieder, Monsieur Aubanet nahm ihm gegenüber in einem Sessel Platz. Das Hausmädchen brachte weitere Drinks, machte kehrt und zog die Tür leise hinter sich zu.

»Zunächst einmal möchte ich Sie, Monsieur Smith, einladen, die Nacht hier zu verbringen. Es ist schon nach eins, und es wäre keine gute Idee, jetzt noch nach Hause zurückzufahren.«

»Ich muss leider an meinen Hund denken, Monsieur.«

»Verzeihen Sie, aber ich habe mir die Freiheit genommen, einen Freund aus Arles – einen sehr guten, absolut verlässlichen – zu bitten, Ihren Hund zu holen und hierherzubringen.« Er schaute auf seine Uhr. »Er müsste jede Minute hier sein. Dann wird Arthur auch gefüttert.«

Smith verzichtete auf die naheliegende Frage, wie denn der Hund aus seinem verschlossenen Haus geholt werden konnte.

»In dem Fall nehme ich Ihre Einladung gern an.«

»Möchten Sie noch duschen und sich umziehen, bevor wir reden?«

»Nein danke. Ich würde es vorziehen, Sie kurz über alles zu unterrichten und mich dann ebenfalls zurückzuziehen.«

»Sehr wohl.«

Smith spürte, dass der alte Herr nicht wusste, mit welcher Frage er anfangen sollte, und ergriff darum seinerseits das Wort. Die ganze Geschichte war schnell erzählt. Ohne etwas auszulassen, schilderte er die Rückfahrt von der Oper in allen Einzelheiten. Monsieur Aubanet hörte aufmerksam zu.

Smith hatte seinen Monolog gerade beendet, als die Tür aufging und Arthur freudig ins Zimmer sprang. Er begrüßte sie beide mit der gleichen Begeisterung, beschnupperte dann alle Ecken und ließ sich schließlich auf den dicksten Teppichläufer fallen, um das, was er anscheinend soeben zu fressen bekommen hatte, zu verdauen.

»Danke für Ihren Bericht, Monsieur. Sie können alles Weitere nun mir überlassen. Ich zeige Ihnen jetzt, wo Sie schlafen können.«

Gefolgt von Arthur, dem der neuerliche Aufbruch offenbar nicht recht passte, verließen sie das Wohnzimmer, gingen durch einen Korridor und betraten ein Schlafzimmer. Die Tür zu einem angegliederten, hell erleuchteten Badezimmer stand offen. Eine Glasschiebetür führte in den ummauerten Garten hinaus. Umsichtigerweise war Arthurs Bett mitgebracht worden, und seine Leine hing an einer Stuhllehne. Auf einer Kommode lag eine Auswahl Kleider und Schuhe bereit.

Smith wandte sich seinem Gastgeber zu. »Morgen um sieben würde ich gern mit dem Hund eine Runde drehen. Er hätte was dagegen, wenn ich länger schliefe.«

»Natürlich, Monsieur. Frühstück gibt es um acht.«

Der alte Herr legte sacht eine Hand auf Smiths Arm und schaute ihm direkt in die Augen. »Sie sind selbst Vater zweier Töchter, wenn ich richtig informiert bin«, sagte er zögernd. »Darum werden Sie nachempfinden können, wie erleichtert und dankbar ich bin. Sie haben mir heute Abend einen sehr großen Dienst erwiesen und das Leben meiner Tochter geschützt, die mir über alles geht. Ich stehe in Ihrer Schuld, und das wird immer so bleiben.«

Smith wusste nicht, was er sagen sollte. Möglich, dass nicht ihr, sondern ihm der Anschlag gegolten hatte. Aubanet straffte die Schultern, verließ das Zimmer und schloss die Tür hinter sich.

In der vergangenen halben Stunde hatte Smiths Handy immer wieder in seiner Jackentasche vibriert. Vier verpasste Anrufe mit unbekannter Nummer. Eine Mitteilung. »Rufen Sie mich an. Girondou.«

Schon nach dem ersten Rufzeichen meldete er sich.

»Wir waren das nicht, Monsieur. Glauben Sie mir. Ich werde herausfinden, wer dahintersteckt, und Ihnen Bescheid geben.«

»Okay. Danke für die Mitteilung.«

Die Verbindung wurde abgebrochen.

Smith zog sich aus, duschte, ging ins Bett und schaltete die Lichter aus. Ihm war klar, dass er so bald nicht würde einschlafen können. Er lag auf der Seite und blickte auf die Terrassentür, vor der kein Vorhang hing. Ein leichter Wind fuhr durch die vom Mond beschienenen Olivenbäume und Sträucher im Garten.

Nun war also ein Teil seiner Vergangenheit, von der er gehofft hatte, sie sei begraben, wieder an die Oberfläche getreten. Nicht zum ersten Mal, wie er zugeben musste, aber noch nie so gewaltsam. Es erschreckte ihn fast, wie leicht er auf seine alten Fähigkeiten zurückgreifen konnte. Seit zehn Jahren hatte er keine Waffe mehr abgefeuert, und doch war es gewesen, als hätte er sie nie aus der Hand gelegt. Er sei ein Naturtalent, hatte sein Ausbilder damals gesagt. Er griff unter das Kissen und vergewisserte sich, dass die Pistole geladen und entsichert war. Er würde mit dem Vergessen nun wieder von vorn anfangen müssen. Weiß der Himmel, dachte er, ob ihm das noch einmal gelingen würde. Seine alten Kollegen auf der Insel taten sich schwer damit. Er würde mit seinen Erinnerungen allein sein, und das war keine erfreuliche Aussicht.

An Schlaf war nicht zu denken. Er stand schließlich auf, schob einen der Stühle vors Fenster, setzte sich und schaute in den Mond, der langsam über den klaren Himmel zog. Arthur hob ein Augenlid und beobachtete ihn, ohne sich zu rühren. Die Frage, die sich ihm am dringendsten stellte, war natürlich die, wem der Mordanschlag gegolten hatte. War er irgendwelchen Mafiabossen aus Marseille so sehr auf die Nerven gegangen, dass sie ihn ausschalten wollten und dabei jede Menge riskierten? Das hielt er für unwahrscheinlich. Gangster töteten nur dann, wenn viel Geld für sie dabei heraussprang. Außerdem hatte er versprochen, den Mund zu halten. Wenn sie es auf Madame abgesehen hatten, riskierten sie ebenfalls einiges, nämlich nicht weniger als eine Revision der Laissez-faire-Politik, die seit über einem halben Jahrhundert das Verhältnis zwischen ihnen und Les Frères großzügig regelte. Für den, der davon abzuweichen bereit war, müsste es einen sehr guten Grund geben. Natürlich bestand auch die Möglichkeit, dass es Jean-Marie hatte treffen sollen, doch die schien ihm weit hergeholt. Es sei denn, er war mehr als bloß ein Chauffeur und Bodyguard. Und schließlich konnte die ganze Geschichte auch ein riesiger, blöder Irrtum gewesen sein.

Er stand auf, suchte sein Handy und schickte Gentry eine kurze SMS. Es war ihm wichtig, dass der Freund aus seinem Munde erfuhr, was geschehen war, und das am besten gleich morgen früh. Endlich nickte er ein und schlief unruhig, bis es gefühlte Minuten später auch schon wieder hell wurde.

Er beschloss aufzustehen und duschte lange, rasierte sich und wählte unter den zurechtgelegten Kleidungsstücken einige für sich aus: eine verschossene braune Kordhose, ein Freizeithemd, einen Sweater und Camargue-Stiefel, die überraschend gut passten. Es war, wie er feststellte, dasselbe Paar, das er während des Ausritts getragen hatte. Sehr zu Arthurs Freude öffnete er die Schiebetür in den Garten. Es war kurz nach sieben, die Sonne war aufgegangen und ließ erkennen, dass der Tag heiß werden würde. Weil kein Wind wehte, beschloss er, auf eine Jacke zu verzichten. Er nahm den Hund an die Leine, hielt kurz inne, ging zurück zum Bett und holte die Heckler & Koch unter dem Kopfkissen hervor. In der Kammer steckte eine Patrone, zehn waren im Magazin. Er hatte vier Schüsse abgefeuert und zwei Männer getötet. Sein Ausbilder wäre stolz auf ihn, dachte er unwillig. Er steckte die Waffe am Rücken in den Hosenbund und befand, dass es so wohl doch besser wäre, eine Jacke zu tragen. Mit Arthur an der Leine durchquerte er den Garten, an dessen Ende er auf ein unverschlossenes Tor in der hohen Steinmauer stieß. Er öffnete es und schaute sich nach beiden Seiten um.

Unvermittelt fand er sich in der flachen Landschaft der Camargue wieder. Als er diese Aussicht das letzte Mal erlebt hatte, hatte er auf einem Pferd gesessen und sich durch die etwas höhere Warte täuschen lassen. Von dort aus hatte er bis zum fernen Horizont gesehen, über eine flache Landschaft, die von einzelnen Baumgruppen oder hohen Schilffeldern gegliedert wurde. Im Ganzen hatte sich ein Bild von Weite und Leere geboten. Zu Fuß hatte Smith nun einen ganz anderen Eindruck, nämlich den einer fast klaustrophobischen Enge. Das Schilf an den Feldrändern ragte turmhoch auf und schränkte die Sicht ein, so auch die Bäume und Hecken.

Arthur stand stocksteif auf der Stelle und zitterte ein wenig. Seine Perspektive war noch etwas tiefer und vor allem gerichtet auf etwas, was sich jagen und töten ließ. Dieser Trieb war in seinem kleinen Gehirn fest verdrahtet, und keine Macht der Welt würde ihn davon abhalten, ihn auszuleben. Sein Training als Rennhund hatte allenfalls noch etwas aufpoliert, das schon in zahllosen Generationen vor ihm angelegt worden war. Seltsam, dachte Smith, dass Menschen angeblich eine freie Wahl in solchen Dingen hatten. Nach seiner Erfahrung machten sie jedenfalls nur selten Gebrauch davon.

Er spazierte mit Arthur einen schmalen Pfad entlang. Um acht würde es Frühstück geben. Es war jetzt Viertel nach sieben. Weil er sich nicht auskannte, beschloss er, dem Pfad zwanzig Minuten lang zu folgen und dann umzukehren. Plötzlich hörte er seinen Namen.

»Monsieur Smith.«

Die Förmlichkeit der Anrede war höflich und korrekt, aber nach den Ereignissen der vergangenen Nacht doch auch irgendwie surreal, ja, fast lächerlich.

Er drehte sich um und sah Madame über den Pfad herbeieilen.

»Hätten Sie was dagegen, wenn ich Sie und Arthur begleite?«

»Natürlich nicht, Madame. Ich freue mich. Wie geht es Ihnen?«

»Das weiß ich nicht so recht.«

Sie hakte sich wieder bei ihm unter wie nach ihrem Restaurantbesuch in der Roquette.

Er schaute sie an. Sie sah frisch aus, sehr schön und sehr jung. Die Haare waren zu einem Pferdeschwanz zusammengefasst, und sie trug wieder Hemd, Jeans und Stiefel. Eine Bolerojacke aus braunem Wildleder komplettierte das Ensemble. Sie war ungeschminkt, und der einzige Schmuck war ein schwarzes Camargue-Kreuz, das sie sich um den Hals gelegt hatte.

Sie begegnete seinem Blick und sprach leise:

»Wir werden später noch Gelegenheit haben, über den Vorfall in der vergangenen Nacht zu reden, jetzt möchte ich Ihnen nur danken für das, was Sie getan haben. Ich werde es nie vergessen. Was ich empfinde, ist viel mehr als das, aber ich weiß es nicht in Worte zu fassen.«

Smiths Verlegenheit äußerte sich in Prahlerei.

»Ach, machen Sie sich darüber keine Gedanken, Madame. Es war halb so wild. Allerdings muss ich gestehen, dass ich Madame Butterfly jetzt noch weniger leiden kann.«

Sie redeten nur wenig während ihres Spaziergangs. Sie blieb aber die ganze Zeit bei ihm untergehakt und lehnte manchmal für einige Schritte den Kopf an seine Schulter. Sie trugen beide nicht das passende Schuhwerk für Abstecher ins Blaue und machten beizeiten wieder kehrt. Vor dem Gartentor angekommen, hielt sie ihn am Arm zurück, zog seinen Kopf zu sich herab und gab ihm einen leichten, aber länger verweilenden Kuss auf die Lippen.

Monsieur Aubanet saß bereits am Frühstückstisch und las *La Provence*, die regionale Tageszeitung. Er wandte sich um und stand auf, als sie den Garten betraten. Das enge Tor hatte Madame gezwungen, ihren Arm aus Smiths Beuge herauszufädeln. Obwohl es keine dreißig Schritte bis zum Tisch waren, hakte sie sich wieder unter. Erst als sie vor ihrem Vater stand, löste sie sich, um ihn zu umarmen. Smith wurde mit festem Händedruck und einem freundlichen Lächeln begrüßt.

»Guten Morgen. Setzt euch!«

Arthur setzte sich auf den Boden am Ende des Tisches, den er schon als ergiebige Quelle kleiner Leckereien kennengelernt hatte. Sein Gastgeber enttäuschte ihn nicht und warf ihm ein großes, mit Marmelade bestrichenes Baguette-Stück hin.

»Wie geht es Jean-Marie?«, erkundigte sich Smith.

»Schön, dass Sie fragen. Er erholt sich gut. Die Kugel in der Schulter ließ sich problemlos entfernen, und der Blutverlust hat sich als eher gering herausgestellt. Wir haben ihm Antibiotika verabreicht. Ins Krankenhaus musste er nicht. Was für seine Behandlung nötig war, steht uns auch hier zur Verfügung. Er hat bis eben tief und fest geschlafen und würde sich freuen, wenn Sie auf einen Moment bei ihm vorbeischauen. Ich glaube, er möchte sich bei Ihnen bedanken.«

»Das muss er nicht. Aber ich besuche ihn trotzdem gern.«

»So, und nun ran ans Frühstück. Ich habe schon gegessen. Vielleicht interessiert Sie, was in der Nacht noch so geschehen ist. Der Range Rover wurde abgeschleppt und entsorgt. So auch der Jeep, den Sie ausgeborgt haben. Die beiden Uzis liegen wieder am Tatort und sind schwer verbrannt. Die Polizei von Marseille war vor drei Stunden zur Stelle, nachdem wir unser Fahrzeug abgeholt hatten. Sie hat die Leichen vorgefunden und jede Menge Patronenhülsen. Bis auf diejenigen, die aus Ihrer Waffe stammen, werden alle den Uzis zugeordnet werden können. Ich hätte Verständnis dafür, wenn Sie die Heckler behalten möchten, würde aber trotzdem vorschlagen, dass Sie sie mir überlassen. Noch ist sie nicht identifizierbar, aber falls Sie gezwungen sein sollten, sie noch einmal zu benutzen, könnte sie mit dem Vorfall der letzten Nacht in Verbindung gebracht werden, wenn auch nicht mit uns persönlich. Wenn Sie es wünschen, gebe ich Ihnen einen Ersatz. Haben Sie irgendwelche Präferenzen?«

»Eine Glock 36«, antwortete Smith. Er zog die Heckler aus dem Hosenbund, ließ die Patrone aus der Kammer springen und reichte die Waffe über den Frühstückstisch. Aubanet entnahm das Magazin und wog es in der Hand.

»Acht?«

»Zehn.«

»Vier Schüsse, zwei Tote. Für einen Kunstgeschichtler und Geschäftsmann im Ruhestand verfügen Sie über ungewöhnliche Fähigkeiten, Monsieur Smith. Das erklärt wohl auch, warum Sie mit einer kleinen Glock mit nur sechs Schuss zurechtkommen. Ich werde sie Ihnen besorgen.«

Smith fand den Wortwechsel am Frühstückstisch reichlich bizarr. Er warf einen Blick auf Martine. Sie folgte dem Gespräch wie eine faszinierte Studentin und zeigte keine Anzeichen des Entsetzens.

Monsieur Aubanet fuhr fort: »Wir wissen, wer diesen Anschlag auf Sie verübt hat, und werden noch darüber zu reden haben. Ich schlage vor, Sie bleiben heute hier auf dem Gut, wo Sie in Sicherheit sind. Morgen wird für uns alle hoffentlich wieder der Alltag einkehren, und Sie können wieder nach Hause zurück.«

»Sehr freundlich von Ihnen, Monsieur. Aber wenn der Anschlag mir galt, wären Sie sicherer ohne mich und ich glücklicher in einer Umgebung meiner Wahl. Wenn Sie einen Chauffeur für mich hätten, wäre ich Ihnen sehr dankbar.«

Smith sprach mit fester Stimme. Aus irgendeinem Grund, den er nicht recht greifen konnte, wollte er den Gutshof mit all seinem Komfort verlassen und in schlichtere Verhältnisse zurückkehren. »Aber vorher würde ich noch gern bei Jean-Marie vorbeischauen.«

»Wie Sie wünschen. Ich werde es einrichten.«

Schweigend setzten sie ihr Frühstück fort. Arthur wurde von allen dreien mit Leckereien verwöhnt. Schließlich erhob sich Madame von ihrem Platz.

»Ich zeige Ihnen, wo Sie Jean-Marie finden.«

Smith ließ sich zu einem Zimmer bringen, das in eine Krankenstation verwandelt worden war, und sah Jean-Marie mit Verbänden umwickelt, aber leicht aufrecht im Bett sitzen. Entweder war der Mann mit erstaunlichen Heilungskräften gesegnet, oder er, Smith, musste an seinem Talent für Schnelldiagnosen zweifeln. Auf einem Stuhl neben dem Bett saß ein Hüne von Mann, der aufstand, als er zur Tür hereinkam.

»Entschuldigen Sie mich«, sagte Smith. »Ich glaubte, Jean-Marie allein anzutreffen. Ich versuch's später noch einmal.«

Der Mann streckte seine Hand aus. »Bitte treten Sie ein, Monsieur Smith. Sie sind es, den ich sehen wollte.«

Smiths Hand verschwand in einer riesigen Tatze voller Muskeln und Schwielen, die sich wie ein Brechwerk um seine schloss.

»Ich bin Roger Chirou, Père Aubanets Cousin und der Vater von Jean-Marie.«

Smith gelang es, seine Hand zu entwinden, bevor ein dauerhafter Schaden entstehen konnte, und hielt eine kleine Übertreibung für angemessen. »Es freut mich über alle Maßen, Sie kennenzulernen, Monsieur. Sie haben einen tapferen Sohn.«

Die Augen des älteren Mannes leuchteten stolz. »Ich bin gekommen, um Ihnen zu danken. Sie haben meinem Jungen das Leben gerettet. Ich stehe in Ihrer Schuld. Wenn Sie einen Wunsch haben, wenden Sie sich an mich. Ich bin Ihr Mann.«

Nach einer kurzen peinlichen Pause verließ der Riese den Raum. Smith wandte sich Jean-Marie zu und stellte fest, dass er schlief. Also ging auch er wieder. Die Glock lag mitsamt Holster auf dem Nachttisch. Er schnallte es hinten am Rücken an seinen Gürtel, warf einen Blick in den Spiegel und sah, dass sein geliehenes Jackett lang genug war. Als er auf den Hof hinaustrat, sah er einen neuen Range Rover warten. Davor stand ein Mann, der Jean-Maries Zwillingsbruder hätte sein können. Er trug Jeans, ein Camargue-Hemd und eine Denimjacke, die unter der linken Achsel ziemlich deutlich einen Wulst erkennen ließ.

Himmel, dachte Smith, hoffentlich weiß er damit umzugehen. Nachher wäre der Chauffeur gefährlicher als die Gangster.

Der junge Mann hatte Arthur an der Leine und machte einiges Gewese um ihn.

»Bonjour, Monsieur. Mein Name ist Pierre. Ich bringe Sie nach Arles.«

Smith streckte die Hand aus.

Pierre fuhr fort: »Bevor wir losfahren, möchte der Patron noch kurz mit Ihnen sprechen.«

Er führte ihn zurück ins Haus. Arthur folgte freudig einem weiteren neuen Freund.

Früchtchen, dachte Smith.

Die Tür zu Monsieur Aubanets Arbeitszimmer öffnete sich nach dem ersten Klopfen, und er ging hinein. Pierre und Arthur blieben draußen.

Das Arbeitszimmer war in einem dunklen Ockerton gehalten. Die Schlagläden waren fast geschlossen, auf dem Schreibtisch brannte eine Leselampe. Auf dem Boden lag ein Teppich. Zwischen den verglasten Bücherschränken hingen kleine, aber erlesene Gemälde an den Wänden. Wenn ihm nicht schon einiges über die Geschichte der Familie bekannt gewesen wäre, hätte er sie für Kopien gehalten. Er zählte drei van Goghs und zwei Gauguins. Unter ihren Spotlampen schimmerten sie wie Juwelen. Smith vermutete, dass sie noch nie in der Öffentlichkeit zu sehen gewesen waren.

Madame stand neben ihrem Vater am offenen Kamin. Sie hatte sich umgezogen und trug jetzt ein schlichtes blaues Sommerkleid, das in der Taille von einem dünnen goldenen Gürtel zusammengefasst wurde. Es reichte bis knapp unterhalb der Knie und hatte einen Ausschnitt, der die Wölbung ihrer Brüste erkennen ließ. Die Füße steckten in flachen braunen Lederschuhen, und um den Hals hatte sie sich einen weißen provenzalischen Schal gelegt. Wieder kein Schmuck, nur das kleine diamantene Camargue-Kreuz.

Zu beiden Seiten der Feuerstelle stand je ein Ledersessel, beide mit deutlichen Gebrauchsspuren, davor ein gleichermaßen durchgesessenes und abgewetztes Sofa. Monsieur bat ihn, näher zu treten. In einem fremden Haus einen Sitzplatz zu wählen ist immer ein Problem. Man macht dem Gastgeber womöglich seinen Lieblingssessel streitig, der meist zu höflich ist, etwas zu sagen. Smith setzte sich in den weniger durchgesessenen. Monsieur nahm in dem anderen Platz, während sich Madame auf die Armlehne hockte.

»Ich wollte noch ein paar Worte mit Ihnen wechseln, bevor Sie fahren. Ich habe mit, ähm, Freunden aus Marseille gesprochen. Was geschehen ist, wird sich nicht wiederholen. Die Männer, die Sie zu töten versucht haben, waren Mitglieder einer der kleineren Familien der Unterwelt. Sie hat von Roberts Betrügereien profitiert und nimmt an, dass sein Tod auf unsere Kappe geht. Der Überfall auf Sie war ein törichter Racheakt. Die Dummköpfe hatten keine Ahnung von den herrschenden Verhältnissen in unserer Gegend. Wir sind sehr viel länger hier zu Hause als irgendeine dieser Familien in Marseille und haben gelernt, uns gegenseitig nicht in die Quere zu kommen. Aber unversehens stecken wir mitten in Auseinandersetzungen, die man als Revierkämpfe bezeichnen könnte. Wie dem auch sei, andere haben das Problem für uns gelöst, ältere Familien, die daran interessiert sind, dass der gegenwärtige Status quo erhalten bleibt. Von der eingangs erwähnten Familie geht keine Gefahr mehr aus. Man hat mich gebeten, Ihnen gegenüber Abbitte zu leisten – was immer damit auch gemeint sein mag.«

»Danke, Monsieur.«

Ihm schwante, dass bald, falls es nicht schon geschehen war, ein Todesurteil vollstreckt werden würde, spätestens wenn Girondou zu Mittag gegessen hatte.

»Man hat uns glaubhaft versichert, dass weitere Anschläge nicht zu befürchten sind. Sie können sich in Ihrem Haus in Arles vollkommen sicher fühlen. Aber wenn Sie die Glock noch eine Weile behalten wollen, habe ich Verständnis dafür. Geben Sie sie mir zurück, wenn es Ihnen angebracht erscheint. Wenn Sie meine Tochter demnächst wieder ausführen sollten, wäre es mir sogar recht, wenn Sie sie bei sich trügen. Sie können offenbar sehr gut damit umgehen.

Nun«, fuhr der alte Herr fort, »da wäre noch etwas. Letzte Nacht ist deutlich geworden, dass Sie auf ein, sagen wir, interessantes Leben zurückblicken. Ich möchte Ihnen versichern, dass wir Ihnen voll und ganz vertrauen, und hoffe, das Vertrauen beruht auf Gegenseitigkeit. Wenn Sie es vorziehen, über Ihre Vergangenheit Stillschweigen zu bewahren, respektieren wir das. Ich glaube, in England gibt es dafür die Formel ›you speak as you find‹. So halte ich es auch und meine Tochter sicherlich ebenfalls. Mich interessiert nur, was ich sehe und für wahr erachte. Alles andere zählt nicht wirklich. Wir beide respektieren Ihre Privatsphäre.«

»Danke, Monsieur.«

Der Vater ergriff die Hand seiner Tochter und sagte:

»Sie haben mir letzte Nacht einen großen Dienst erwiesen, den vielleicht größten überhaupt. Er lässt sich gar nicht gebührend honorieren. Das heißt, ich stehe in Ihrer Schuld. Es ist das erste Mal in meinem langen Leben, dass ich das zu jemandem sage.«

Smith hörte und sah, wie bewegt der alte Herr war, und fand, dass es Zeit war zu gehen.

»Es war mir eine Ehre, Ihnen zu Diensten zu sein, Monsieur, und Ihre Tochter habe ich mit dem größten Vergnügen begleitet. Nichtsdestotrotz muss ich noch etwas Arbeit für Sie erledigen. Wenn Sie mich also entschuldigen würden ...«

»Natürlich, natürlich. Martine, würdest du Monsieur Smith bitte hinausgeleiten?«

Aubanet erhob sich und streckte die Hand aus. Smith nahm sie entgegen und schenkte dem alten Herrn ein freundliches Lächeln. Hinter Madame verließ er den Raum und folgte ihr in den Hof. Arthur saß bereits im Range Rover, dessen Motor leise schnurrte und die Klimaanlage antrieb. Die vormittäglichen Temperaturen waren schon auf über dreißig Grad geklettert. Er setzte sich auf den Beifahrersitz und wandte sich Madame zu, die vor der offenen Tür stand.

»*A bientôt*, Madame. Versuchen Sie sich aus allem Ärger herauszuhalten.«

Er reichte ihr zum Abschied die Hand. Sie schauten einander lange in die Augen. Dann nahm sie seine Hand, legte sie an ihre Wange, drehte schließlich den Kopf und küsste sie sanft.

»Ich werde es versuchen, Monsieur. Danke – für alles. Kommen Sie mich sehr bald wieder besuchen.«

Sie gab seine Hand frei und schlug die Tür zu.

Vater und Tochter hielten sich nach seiner Abfahrt noch eine Weile im Arbeitszimmer auf. Sie hockte wieder auf der Armlehne seines Sessels. Er hielt ihre Hand.

»Nun?«

»Ich weiß nicht. Ich weiß es wirklich nicht.«

»Dein Mister Smith ist nicht das, was wir erwartet haben.«

»Nein.«

Er seufzte. »Mir scheint, wir sind ihm bis zu einem gewissen Grade ausgeliefert.«

Sie nickte bedächtig.

Die Rückfahrt verlief reibungslos und schnell. Pierre war als Fahrer vielleicht nicht so erfahren wie Jean-Marie, aber durchaus in der Lage, den schweren Range Rover sicher zu steuern. Dass Smith auf seinem Sitz immer wieder hin und her geworfen wurde, hielt ihn davon ab, über etwas anderes nachzudenken als über den Fahrstil der Franzosen im Allgemeinen. Es schien ihm, als hätten sie sich irgendetwas zu beweisen, denn Unentschlossenheit allein konnte kaum die Ursache dafür sein, dass Überholmanöver häufig erst dann eingeleitet wurden, wenn es dafür eigentlich schon zu spät war. Er mochte aber auch nicht glauben, dass pure Lust am Risiko dahintersteckte. Außerdem konstatierte er einen allgemeinen Mangel an Konzentration und den Irrglauben, dass, wenn man so schnell war wie Alain Prost, auch so gut wie dieser fahren würde. Dass er sich auf wichtigere Fragen nicht besinnen konnte, lag auch an der unschönen Wiederkehr der Erfahrung, wie unbequem es war, mit einer Pistole im Rücken Auto zu fahren.

Als sie die Brücke über die Rhone passierten, vibrierte sein Handy in der Tasche. Es war Gentry, der aber kein Wort von sich gab und darauf wartete, dass Smith etwas sagte. Sinn und Zweck dessen war es herauszufinden, wo der andere sich aufhielt und ob er frei sprechen konnte. Eine alte Gewohnheit, die ihnen in Fleisch und Blut übergegangen war. Smith zweifelte keinen Augenblick daran, dass sein Freund vom Vorfall der letzten Nacht gehört hatte.

»Bei dir, in zehn Minuten.«

Als sie den Boulevard des Lices erreichten und auf Höhe des Hotels Jules César waren, sagte Smith: »Lassen Sie mich hier bitte raus, Pierre. Ich muss noch etwas einkaufen.«

Das Zentrum von Arles war voller Menschen, vor allem Touristen. Es war sehr heiß und somit einer jener Tage, an denen vernünftige Leute das nächste klimatisierte Restaurant aufsuchten oder sich zurückzogen und Siesta hielten. Was viele Touristen dennoch im Freien herumlaufen ließ, war wohl einfach der Umstand, dass der Mittag nicht die heißeste Tageszeit war. Im Laufe der nächsten vier Stunden würden die Temperaturen noch steigen, und wer nach dem Mittagessen wieder auf die Straße ging, erfuhr dann, dass die Sonne, von Feriengästen in der Regel angebetet, schnell zum Fluch werden konnte.

Smith führte Arthur über die Place de la République und durch das Labyrinth der Sträßchen zwischen der Rue du 4 Septembre, der Rue de l'Hôtel de Ville, der Rue des Arènes und der Arena selbst, ein Quartier mit vielen schicken Läden und noch mehr Sackgassen. In einer solchen, die sich zwischen viergeschossigen Steinhäusern zu beiden Seiten wie eine tiefe Schlucht ausmachte, befand sich Gentrys Haus. Den Zutritt erschwerte eine Reihe von Hindernissen. Zum einen war die Tür nur etwa schulterbreit, zum anderen hatte die Klingel ihren Dienst längst eingestellt, und der Türklopfer in der in Frankreich üblichen Form einer Hand, die eine Kugel umschließt, ließ sich kaum mehr bewegen. Hatte ein unerschrockener Büchersammler den dahinterliegenden engen, überbauten Durchgang betreten, war er dort in Dunkelheit gehüllt, es sei denn, er fand den Schalter, der eine einzelne nackte Energiesparbirne zum Schimmern brachte, deren funzeliges Licht kaum ausreichte, um zu verhindern, dass man über dieses und jenes stolperte. Wenn der Besucher endlich die Tür am anderen Ende des Durchgangs passierte, fand er sich in einem winzigen offenen Hinterhof von circa zehn Quadratmetern wieder, umschlossen von fünfzehn Meter hohen Mauern. Selbst im Hochsommer, wenn die Sonne am höchsten stand, erreichte sie mit ihren Strahlen den Grund nur für weniger als zehn Minuten am Tag. In der Mitte einer jeden Mauer war eine Tür eingelassen. Der aufmerksame Besucher sah sich in seiner Hoffnung, nun rasch und zielstrebig den Buchladen ansteuern zu können, dessentwegen er gekommen war, fast zwangsläufig enttäuscht, weshalb Gentry entgegenkommenderweise eine Parkbank in den Hof gestellt hatte. Daneben lag eine Handglocke auf dem Boden, wie man sie in britischen Schulen findet. Aus einer solchen stammte sie auch. Selbst wenn es hoch oben auf der Dachterrasse, die man von unten nicht sehen konnte, über vierzig Grad heiß wurde, blieb es auf der Bank bei mäßigen zwanzig.

Nur eine der Türen führte in Gentrys Buchladen. Die glücklichen Besucher, die es bis dahin schafften, sahen sich in die Miniaturversion des Manuskriptraums in der alten British Museum Library versetzt, bevor er in das Asda-Gebäude nahe dem Bahnhof St Pancras umgezogen war. Der große Raum mit seinen rohen, gemauerten Wänden und seinen stets zugezogenen Fensterläden enthielt eine wundervolle Sammlung an Einrichtungsgegenständen: Bücherregale aus altem poliertem Buchenholz und Mahagoni, messingbeschlagene Schaukästen, Sessel aus abgenutztem rotem Leder, dicke orientalische Teppiche und kleine erstklassige Landschaftsgemälde aus dem England des achtzehnten und neunzehnten Jahrhunderts. Letztere waren mit der besten Alarmanlage gesichert, die Arles zu bieten hatte. Für gedämpftes Licht sorgte indirekte Beleuchtung.

Smith wusste, dass jeder seiner Schritte von Überwachungskameras an allen Türen, in Flur und Hof begleitet worden war und dass er nur deshalb keine der automatischen Türen hinter sich hatte schließen hören, weil sie gut geölt waren. Gentrys Kunden, die er nur mit Voranmeldung empfing, nahmen nicht weniger als ihre Gefangenschaft in Kauf, die so lange währte, bis er beschloss, sie wieder freizulassen. In den meisten Fällen gingen sie mit leeren Händen, und das schon sehr bald nach ihrem Erscheinen.

Smith setzte sich in seinen angestammten Sessel. Auf einem kleinen Beistelltisch stand schon ein starker, frisch zubereiteter Espresso für ihn bereit. Sein Gastgeber nahm ihm gegenüber Platz. Nach einer überschwänglichen Begrüßung sprang Arthur auf das ihm vertraute Sofa, streckte sich aus und beäugte beide. Zu schlafen versuchte er gar nicht erst.

»Alles in Ordnung mit dir?«

»Ja. Mir geht's sogar überraschend gut.«

»Du solltest mit der Wiederbelebung deiner Vergangenheit wirklich aufhören. Irgendwann brichst du dir den Hals.«

Smith ignorierte die sehr ernst gemeinte Warnung. »Irgendwas Neues?«

»Ich fürchte ja. Eine Menge. Offiziell heißt es, dass eine der kleineren Familien aus Marseille für den Anschlag verantwortlich ist, namentlich dein Freund Seffradi, der Girondou eins auswischen wollte.«

»Offiziell?«

»Nun, so wird gemunkelt. Ist aber natürlich nicht ernst zu nehmen. In Wahrheit ist die Sache ziemlich nebulös. Wie gut waren sie?«

»Gut ausgerüstet, schlecht vorbereitet.«

»Typisch. Warum schlampen fast alle mit dem Training?«

»Weil man vorher nicht weiß, wofür man Geld ausgibt. Hast du irgendeine Vermutung?«

»Du kennst mich. Ich stelle keine Vermutungen an. Aber da du mich schon mal drum bittest, würde ich vorschlagen, du richtest deinen Blick ganz woanders hin. Mein Bauchgefühl sagt mir, dass wir es hier nicht mit einem Mafiakrieg oder dergleichen zu tun haben. Wer sich im kriminellen Biotop von Marseille tummelt, würde besser vorbereitete Typen auf euch angesetzt haben. Ich habe den Eindruck, dass jemand dahintersteckt, der seinem Vorhaben nicht gewachsen ist. Und das könnte bedeuten, dass man es nicht auf dich, sondern auf Madame abgesehen hat. Ich kann kaum glauben, dass du heute noch ein lohnendes Ziel für einen Auftragsmord wärst.«

»Danke. Also können wir Girondou ausschließen.«

»Mit Sicherheit. Er wäre wahrscheinlich schwer beleidigt, wenn du ihm da etwas unterstelltest.«

»Er hat schon gesagt, dass er's nicht war. Nett zu wissen, dass es eine ehrliche Haut im Milieu gibt.«

»Brauchst du eine Waffe?«

»Aubanet hat mir schon eine besorgt. Ich habe sie angenommen, weil ich dachte, es wäre vielleicht gut, wenn er weiß, dass ich eine habe, aber nicht weiß, dass ich mir eine beschaffen könnte.«

»Zeig mal.«

Gentry stand auf. Er kannte sich mit Waffen wirklich gut aus.

Smith reichte ihm die Glock. In weniger als zehn Sekunden hatte er sie in alle Einzelteile zerlegt und diese fein säuberlich und in logischer Abfolge auf der polierten Walnussoberfläche des kleinen Tisches aufgereiht. Er musterte sie, spähte durch den Lauf, begutachtete den Schlagbolzen und nickte. Fast ebenso schnell und mühelos hatte er die Pistole wieder zusammengesetzt.

»Brandneu, nie benutzt, keine Typennummer, ausgelegt für .45er Hohlspitzgeschosse. Müsste ein bisschen geölt und eingeschossen werden. Habe ich richtig verstanden, dass Aubanet das Ding sozusagen auf Lager hatte?«

»Ja, interessant, nicht? Wirft ein ganz neues Licht auf unseren tattrigen alten Farmer.«

»Für den haben wir ihn beide nicht gehalten. Willst du, dass ich den Druckpunkt verstelle?«

»Nein danke. Wenn ich sie zum Einsatz bringen muss, weiß ich schon mit ihr umzugehen. An einem Schießwettbewerb werde ich nicht teilnehmen.«

»Gib mir dein Holster.«

Gentry verließ den Raum, um die Einstellungen vorzunehmen, damit die Waffe sicher verstaut und doch schnell zur Hand war, wenn sie gebraucht würde. Derweil ließ Smith wieder einmal die magische Atmosphäre des Buchladens auf sich wirken. Er war der vielleicht sicherste Ort in ganz Arles, aber mehr noch strahlte er jene Ruhe und Würde aus, die sich auch Smith für die Zeit nach seiner Pensionierung erhofft hatte. Gentry hatte beides gefunden, doch Smith fürchtete, dass er selbst nie dahin gelangen würde. Er fühlte sich plötzlich sehr müde und niedergeschlagen, lehnte sich zurück und versuchte, seinen Kopf leer zu bekommen.

Ein paar Minuten später kam Gentry zurück. Als er ihm Pistole und Holster zurückgab, konnte Smith ihm ansehen, dass etwas geschehen war.

»Ich habe gerade eine Nachricht erhalten, die womöglich einiges ändern wird, Peter. Vor ungefähr einer halben Stunde wurde Hauptkommissar Blanchard tot aufgefunden, in der Arena, genau an der Stelle, wo man dich und Robert aufgefunden hat.«

»Himmel! Damit habe ich nicht gerechnet. Welche Todesursache gibt man an? Wieder Selbstmord?«

»Wohl kaum. Er war nackt. Ihm wurde offenbar bei lebendigem Leib der Hodensack abgeschnitten und in den Mund gestopft. Man hat ihn festgehalten, bis er erstickt ist. Wäre schon eine Kunst, sich auf diese Weise selbst umzubringen.«

Beide schwiegen eine Weile. Nicht dass es ihnen vor Entsetzen die Sprache verschlagen hätte. Mit solchen Gräueltaten waren sie schon früher konfrontiert gewesen, und beide wussten, dass sie es hier nicht mit einem gewöhnlichen Mord zu tun hatten. Das Vorgehen war allzu symbolisch. Es enthielt eine Nachricht, wobei noch unklar war, von wem sie ausging und an wen sie gerichtet war.

Smith hatte plötzlich eine Idee und ergriff wieder das Wort.

»Ich gehe jetzt nach Hause und nehme mir noch einmal die Daten vor, die ich aus Roberts Archiv heruntergeladen habe. Ich habe das Gefühl, die ein oder andere Antwort darin zu finden.«

Gentry nickte. »Du solltest dir eine Geschichte zurechtlegen für den Fall, dass sich irgendjemand aufschwingt, in dieser Sache zu ermitteln. Von der hiesigen Polizei wird sich wohl niemand dafür interessieren, aber es könnten ein paar Großkopferte aus Paris oder Brüssel kommen. Vielleicht sogar Suzanne.«

»Hat jemand was über den Todeszeitpunkt verlauten lassen?«

»Spät in der Nacht oder in den frühen Morgenstunden. Ich werde versuchen, Genaueres herauszufinden, und gebe dir dann Bescheid.«

Smith holte sein Handy aus der Tasche, schaltete den Lautsprecher ein, um Gentry mithören zu lassen, und rief in Marseille an. Wie er es von ihm kannte, antwortete Girondou schon nach dem ersten Rufton und redete nicht lange um den heißen Brei herum.

»Auch das waren wir nicht. Blanchard war uns nützlich.«

»Okay.« Smith sah keinen Grund, ihm in dieser Hinsicht nicht zu glauben.

»Verflucht, was läuft da bei euch in Arles?«, schimpfte Girondou.

»Keine Ahnung, jedenfalls noch nicht.«

»Wenn Sie mehr wissen, rufen Sie mich an, ja? Ich schätze, dass Sie sehr viel eher was herausfinden als all die Vollidioten, die darauf angesetzt werden. Wir wollen diesen Wirbel nicht. Ist schlecht fürs Geschäft. Es wird sich für Sie auszahlen.«

Nach einer kleinen Pause fuhr er fort:

»Übrigens, ich bin froh, dass Sie letzte Nacht überlebt haben. Es scheint allerdings, dass die Typen keine Chance hatten. Wir müssen unbedingt mal miteinander plaudern, wenn die Sache vorbei ist.«

Ohne jeden weiteren Kommentar drückte Smith auf die Aus-Taste.

Mist, dachte er, noch ein Auftraggeber.

Gentry beobachtete ihn über seine Halbbrille hinweg.

»Machst du jetzt einen auf Kumpel mit Südfrankreichs Mr Big? Ist das klug?«

»Wahrscheinlich nicht. Aber vorläufig halte ich es für nicht unangebracht, mit dem Feind auf Tuchfühlung zu gehen. Mir ist es lieber, Girondou beschützt mich, als dass er mir nachstellt.«

Gentry seufzte. »Vielleicht hast du recht.«

Smith verließ Gentrys Laden immer nur ungern, an diesem Tag aber geradezu widerstrebend. Er stieg den Hügel zur Arena hinauf, kaufte sich in der Nähe ein Baguette und ging nach Hause. In Anbetracht der potenziell unschönen Aufgabe, die vor ihm lag, hatte er es nicht eilig, sich an den Computer zu setzen. Er setzte sich mit seinem Baguette in den schattigen Garten, teilte mit Arthur sein Mittagessen und trank mehr als sein übliches Glas Wein. Gegen zwei Uhr aber kehrte er, mehr der Hitze als seines Pflichtgefühls wegen, ins Haus zurück, ging hinauf ins Arbeitszimmer, holte die DVDs aus dem Wandsafe und machte sich an die Arbeit.

Als Erstes nahm er sich Roberts Geldgeschäfte vor. Für seine Mitwirkung an der Schieberei von EU-Mitteln hatte er jeden Monat eine Pauschale von dreißigtausend Euro eingestrichen und auf einem seiner Schweizer Konten deponiert. Auf ein anderes Konto waren unregelmäßigere Zahlungen eingegangen. Ein kurzer Vergleich der aus den EU-Verträgen abgezweigten Summen und den Überweisungen an Girondou ergab eine Differenz von rund acht

Millionen Euro, die dem zweiten Konto gutgeschrieben worden waren. Mit seinem »Gehalt« hatte sich Robert also offenbar nicht zufriedengegeben und zusätzlich zugelangt. Vielleicht war er aufgeflogen und musste deshalb sterben.

Es gab allerdings keinerlei Hinweise darauf, dass man ihm auf die Schliche gekommen war. Girondou hätte, obwohl er auf Smith einen durchaus pragmatischen Eindruck machte, bestimmt nicht beide Augen zugedrückt, so wichtig DuGresson für ihn auch gewesen sein mochte. Girondou war sicher nicht durch Nachsicht und Milde auf den Posten vorgerückt, den er besetzt hielt.

Blieb noch zu tun, wogegen sich Smith am meisten sträubte. Er hatte keine Ahnung, ob Blanchard an DuGressons pädophilen Aktivitäten beteiligt gewesen war, aber weil die beiden enge Geschäftsbeziehungen miteinander pflegten, kam er nicht umhin, näher hinzusehen.

Robert DuGresson hatte, was seine pornografische Sammlung anbelangte, die gleiche Ordnung walten lassen wie in seiner Kontoführung. Sämtliche Dateien, ob sie nun Fotos, Videoclips oder Zahlungsunterlagen enthielten, waren nach Datum und Ort gespeichert. Smith nahm sich als Erstes diejenige Datei vor, in der Unterlagen von Roberts letzter Reise nach Thailand abgelegt waren. Der Dateiname ließ darauf schließen, dass er sich dort regelmäßig aufgehalten hatte. Um sich von den scheußlichen Fotos, die er eins nach dem anderen sichten musste, nicht allzu sehr angreifen zu lassen, versuchte er, sein Augenmerk ausschließlich auf die Gesichter der Erwachsenen zu richten. Was aber nicht viel half. Ihm wurde übel. Zum Glück fand er seinen Verdacht bald bestätigt. Blanchard hatte an den

Übergriffen tatsächlich teilgenommen, wenn auch nur sporadisch. Die Puzzleteile fügten sich plötzlich ineinander. Smith wusste jetzt genug. Mit Erleichterung schloss er die Dateien, legte die DVDs in den Safe zurück und ging nach unten, um sich einen großen Drink einzuschenken.

Auch der nächste Schritt war ihm unangenehm. Ja, er hoffte sogar, dass sie nicht ans Telefon gehen würde. Aber das tat sie natürlich.

»Guten Tag, Madame. Auch auf die Gefahr hin, dass ich Sie gerade störe, möchte ich Ihnen mitteilen, dass ich meine Unternehmensanalyse abgeschlossen habe und mein Auftrag damit erledigt ist. Hätten Sie und Ihr Vater morgen Zeit, meinen Bericht entgegenzunehmen?«

Es dauerte einen kleinen Moment, bis sich Madame gedanklich sortiert hatte.

»Ja, natürlich. Morgen zum Mittagessen vielleicht? So gegen eins?«

Smith stellte klar, dass er das Angenehme nicht mit Geschäftlichem zu verbinden gedachte: »Lieber wäre mir ein späterer Zeitpunkt. Gegen vier, wenn ich darum bitten darf.«

Sie war merklich verblüfft, hatte sie doch noch vor wenigen Stunden einen ganz anderen Smith erlebt.

»Ähm, ja, natürlich. Um vier wäre gut.«

Ohne ein freundliches Wort brach er die Verbindung ab. Er hatte kaum den Hörer aufgelegt, als das Telefon überraschenderweise klingelte. Er dachte, Madame habe sich vielleicht eines anderen besonnen. Aber so schnell?

»Monsieur Smith, hätten Sie heute Abend Zeit, mit mir zu essen? Ich würde mich gern mit Ihnen unterhalten.«

Was Smith empfand, wäre mit Erstaunen nur mangelhaft beschrieben gewesen. Blanchards Witwe war allem Anschein nach sehr gefasst.

»Danke für die Einladung, Madame, aber ich fürchte, ich würde Ihnen noch mehr Kummer bereiten, und das möchte ich nicht.«

Sie unterbrach ihn scharf. »Ach, machen Sie sich darum keine Gedanken. Um sieben?«

Ohne seine Antwort abzuwarten, beendete sie das Telefonat.

Holla, dachte Smith. Er war nicht sonderlich erfreut. Es gefiel ihm nicht, überrumpelt zu werden. Was um alles in der Welt wollte sie so kurz nach dem, was doch sehr nach einem rituellen Mord an ihrem angeblich geliebten Ehemann aussah? Dafür schien es nur eine Erklärung zu geben.

Ein paar Stunden später klingelte er an der Tür des Apartments am Boulevard Haussmann.

Er wurde mit einem breiten Lächeln begrüßt. Von Trauer war ihr nichts anzumerken.

»Kommen Sie herein, Monsieur Smith.«

Immerhin trug Madame Blanchard Schwarz. Das war es dann aber auch schon. Nach der ersten Begegnung war sie Smith als attraktive, kleine Dame mit dunklen Haaren in Erinnerung geblieben. Sehr korrekt, elegant, etwas reserviert, fast vogelhaft. So kam sie ihm auch jetzt vor, aber ihre Witwentracht war von Chanel: ein gerade geschnittener schwarzer Rock, der zwei Fingerbreit über den Knien endete, und ein maßgeschneidertes Jackett, beides mit dezent angedeuteten Nadelstreifen. Im Ausschnitt der cremefarbenen Seidenbluse zeigte sich ein Rand weißer Spitzenunterwäsche, doch nicht etwa, weil sie sie nicht ganz zugeknöpft hätte. Die Bluse hatte im oberen Bereich keine Knöpfe. Madame hatte sich perfekt zurechtgemacht. Von Tränen keine Spur. Als sie ihm den Rücken zuwandte und voran in ein sonnendurchflutetes Wohnzimmer ging, fielen ihm die Naht der dunklen Strümpfe und die Absätze ihrer Pumps auf, die hoch genug waren, um Männer seines Jahrgangs mit Freude ein paar Schritte zurückfallen zu lassen.

Sie deutete auf eine Sesselgruppe zwischen den französischen Fenstern, die auf einen kleinen, aber sehr schönen Garten voll blühender Sträucher und lichtdurchbrochener Schatten hinausgingen.

»Setzen Sie sich bitte. Ein Drink gefällig?«

Ohne auf eine Antwort zu warten, schenkte sie zwei Gläser Champagner ein – Cristal, wie er bemerkte – und stellte sie auf den kleinen filigranen Tisch neben Smiths Sessel. Mit einer eleganten, wenngleich etwas aus der Mode gekommenen Bewegung raffte sie den Rock ein wenig und nahm ebenfalls Platz. Die Art, wie sie ihre Beine übereinanderschlug, wäre Männern unmöglich. Bei gekreuzten Oberschenkeln schaffte sie es mühelos, die aneinandergelegten Waden in einem schrägen Winkel zum Boden zu stellen. Dabei rutschte der Saum des Rocks natürlich ein paar Zentimeter nach oben. Smith sah sich ein wenig abgelenkt, erachtete es aber nicht für nötig, seinen bewundernden Blick zu verheimlichen. Als er ihr kleines Lächeln bemerkte, ging ihm auf, dass sie es auf Wirkung angelegt hatte. Auch nicht gerade witwenkompatibel, dachte er.

»Madame, mein Beileid für Ihren Verlust. Eine schreckliche Sache, das Ganze.«

»Danke, Monsieur, sehr liebenswürdig. Aber nach fast zwanzig Jahren im Polizeidienst bin ich von solchen Dingen vielleicht weniger erschüttert als andere.«

Smith hatte plötzlich den Gedanken, dass mit dieser hübschen Frau verheiratet zu sein womöglich nicht das ungetrübte Glück bedeutete, das es auf den ersten Blick zu sein schien. Dann erinnerte er sich, dass jede Frau, die es noch vor Vollendung des vierzigsten Geburtstags in den Rang einer Hauptkommissarin schaffen wollte, mehr als die üblichen persönlichen Qualitäten aufbieten musste, die der durchschnittliche Karrierepolizist mitbrachte, sehr viel mehr.

»Danke auch, dass Sie meiner Einladung gefolgt sind. Darf ich fragen, wie weit Sie in Ihren Ermittlungen gediehen sind?«

Smith gestattete sich ein Stirnrunzeln.

»Ich bin rein geschäftlich für das Unternehmen der Aubanets tätig. Ihr verstorbener Gatte hatte vielleicht einen anderen Eindruck, aber das ist mein Auftrag.«

»Ich glaube, mein Mann hatte recht, Monsieur. Wozu Sie beauftragt wurden und was Sie tatsächlich tun, können zwei verschiedene Dinge sein.«

»Ich habe Sie besucht, um Ihnen mein Beileid auszusprechen und mit Ihnen zu Abend zu essen, doch scheint es mir jetzt, als wollten Sie mich verhören.«

Ihr Lächeln verriet keinerlei Verlegenheit. »Ja, so könnte man fast meinen, nicht wahr?«

Die stählerne Fassade der Frau war atemberaubend,

doch gleichwohl nicht unattraktiv. Auch darin sah Smith eine mögliche Ursache ihrer erfolgreichen Karriere. Bevor er antworten konnte, stand sie auf und ging mit beiden Gläsern zur Vitrine, um nachzuschenken. Als sie sich wieder setzte, rutschte der Rocksaum noch ein Stück höher. Madame trug Strümpfe, keine Strumpfhose. Unter anderen Umständen hätte er den Anblick genossen. Obwohl oder gerade weil er die Wahrheit um Blanchard kannte, empfand er Mitleid für ihn. Hier hatte er es mit einer Frau zu tun, deren berufliche Kompetenzen einen geradezu beängstigenden Grad erreicht hatten, selbst für ihn, der schon von den besten Polizisten ins Kreuzverhör genommen worden war.

Sie fuhr fort: »Ich kann leider nicht kochen. Meine Einladung zum Abendessen war nicht besonders einfallsreich. Ich hätte aber Brot, Käse und Wein anzubieten.«

Übertrieben höflich antwortete er: »Madame, es ehrt mich, Ihr Gast zu sein.«

Sie schnaubte und leerte ihr volles Glas in einem Zug.

»Seien Sie nicht albern.«

Sie stand auf, ging zu einem kleinen Esstisch und winkte ihn zu sich. Die gebürstete Holzplatte erinnerte an ein Bauernmöbel. Es war für zwei gedeckt. Teller, Messer, frische Weingläser und gestärkte Leinenservietten. Auf einem Holzbrett in der Mitte des Tisches befand sich eine große Auswahl verschiedener Käsesorten. Daneben standen ein Korb mit aufgeschnittenem Baguette und eine einfache Karaffe, zu drei Vierteln mit Rotwein gefüllt. Sie bat ihn, Platz zu nehmen.

»Man sagt, Käse aus der Provence sei nicht sonderlich

gut.« Smith stutzte; die Situation kam ihm vor wie ein Déjà-vu. Sie fuhr fort: »Ich kann dem nicht beipflichten und bin auf Ihre Meinung gespannt.«

Sie wartete auf seine Antwort und schaute ihm dabei fest in die Augen. Himmel, dachte Smith, sie ist gut. Wirklich sehr gut.

»Madame, wenn ich den Käse probiert habe und Sie wirklich an meiner Meinung interessiert sind, werde ich sie gern kundtun.«

Mit verschmitztem Lächeln schaute sie ihn über den Tisch hinweg an

»O, sie interessiert mich, glauben Sie mir. Meine Interessen sind weit gefächert.«

Sie schenkte ein gutes Quantum Rotwein aus, ohne sich um Formvollendung zu scheren. Er hob sein Glas und schnupperte daran. Es war unverkennbar ein feiner Clairet, ein Bordeaux von besonderer Erlesenheit. In der Hinsicht kannte er sich aus, hatte er doch ein Leben lang Weine aus dem Médoc verkostet. Die Frage war, ob er sich als Kenner outen sollte. Er beschloss, seine Karten aufzudecken.

»Château Haut-Brion 1990. Könnte aber auch ein nicht besonders vorteilhaft gelagerter 89er sein.«

Sie tat ihm den Gefallen, sich so beeindruckt zu zeigen, wie sie war.

»Allmächtiger«, murmelte sie. »Vielleicht stimmt es, was man über Engländer und ihren berühmten Clairet sagt. Sie überraschen mich einmal mehr, Monsieur Smith. Der Wein stammt aus der Sammlung meines verstorbenen Mannes.«

Smith toastete ihr mit seinem Glas zu.

»Auf Ihre Zukunft, Madame.«

Für einen Moment verrutschte ihre Maske, und über ihr Gesicht huschte ein verletzlicher, fast getriebener Ausdruck, der aber sofort wieder verschwand. Sie betrachtete ihn, ohne zu lächeln.

»Ja, auf die Zukunft. Ich habe das Gefühl, dass sie für uns beide allerhand in petto hält.«

Wieder nahm sie einen mächtigen Zug aus ihrem Glas und zeigte wenig Respekt für den großen Bordeaux-Wein. Vielleicht, dachte er, hatte dieser Mangel mit dem letzten Besitzer des guten Tropfens zu tun. Er trank methodischer. Beide nahmen sich vom Brot und dem Käse und fingen zu essen an. Smith beschloss, sich ein wenig mehr Boden zu verschaffen.

»Sosehr ich es auch genieße, mit einer attraktiven Frau am Tisch zu sitzen, die sich elegant und durchaus *risqué* zu kleiden versteht, irritiert es mich doch ein wenig, dass es wenige Stunden nach dem Tod Ihres Gatten geschieht.« Auf die Todesumstände, die erheblich zu seiner Irritation beitrugen, spielte er mit keiner Silbe an, weil er sich gerade rechtzeitig daran erinnert hatte, dass er Einzelheiten eigentlich noch nicht wissen konnte.

Ihr Lächeln war dünn, aber völlig entspannt.

»Dessen ungeachtet würde ich gern wissen, was Sie über die Aktivitäten und den Tod von Robert DuGresson herausgefunden haben. In den vergangenen Tagen ist es für Sie ja, wie man hört, ziemlich abenteuerlich zugegangen. Ich bin sicher, Sie haben einiges in Erfahrung gebracht, was mir bei meinen Ermittlungen weiterhelfen könnte.«

Smith hielt an einer Strategie fest, von der sie beide

längst wussten, dass sie nicht viel taugte. Ihm blieb aber bis zu seinem morgigen Treffen nichts anderes übrig. Er schlug einen leicht frustrierten Tonfall an.

»Madame, Sie gehen offenbar immer noch davon aus, dass ich Ihnen die Arbeit abnehmen könnte. Einem ähnlichen Missverständnis ist bereits Ihr unglückseliger Gatte aufgesessen. DuGressons Tod interessiert mich nur insoweit, als ich das Pech hatte, mit ihm aufgefunden worden zu sein. Um es noch einmal ganz deutlich zu sagen: Meine Beziehung zu Madame DuGresson ist rein geschäftlicher Natur – und niemandes anderen Sache.«

Smith hatte es langsam satt. Im Trüben zu fischen schien eine Spezialität beider Blanchards zu sein. Er hatte sich schon reichlich oft an reichlich seltsamen Orten in seltsamen Situationen wiedergefunden, konnte sich aber nicht an allzu viele Begegnungen mit Frauen erinnern, die ihn über Brot und Käse hinweg argwöhnisch beäugt hätten. Es war allerdings nicht das erste Mal, dass er zu hören bekam, aus der Provence käme kein guter Käse.

Absichtlich wurde er ein bisschen ärgerlich, ohne sich einzubilden, dass er bei dieser Frau eine Wirkung damit würde erzielen können.

»Madame. Noch einmal: Ich bin gekommen, um Ihnen mein Beileid auszusprechen anlässlich eines tragischen Vorfalls, der Sie bemerkenswert ungerührt zu lassen scheint. Sie nehmen die Gelegenheit wahr, mich zu vernehmen, obwohl Ihnen klar sein dürfte, dass Sie dazu nicht befugt sind. Über DuGressons Tod werde ich mit Ihnen ebenso wenig reden wie mit Ihrem verstorbenen Gatten. Ich bin einfach nicht daran interessiert. Entweder Sie veranlassen, dass mich die örtliche Polizei vernimmt, oder Sie erwirken eine Vollmacht, mit der Sie mich selbst zur Sache befragen können. Wenn Sie mich also entschuldigen würden, ich glaube, ich sollte jetzt gehen. Ich habe noch einen Hund auszuführen und Schlaf nachzuholen. Danke für das Abendessen und nochmals mein herzliches Beileid.«

Damit stand er auf und wandte sich zur Tür. Es drängte ihn plötzlich an die frische Luft, und er hatte keine Lust auf Nettigkeiten mehr. Seine Gastgeberin holte ihn vor dem Ausgang ein. Sie legte ihm eine Hand auf den Arm. Anscheinend war sie immer noch nicht bereit aufzugeben.

»Monsieur Smith, wir werden uns noch sprechen. Möglicherweise offiziell.«

»Das bezweifle ich, Madame.«

»Wir werden sehen. Ich glaube, Sie haben mir noch sehr viel zu sagen.«

Smith streifte ihre Hand von seinem Arm, mit einer übertriebenen Behutsamkeit, die keineswegs von sanftmütigen Gefühlen motiviert war.

»Ich schlage vor, Madame Blanchard – Assistant Commissioner Blanchard –, Sie sprechen mit Ihrer Cousine.«

Der pikierte Ausdruck in ihrem schön hergerichteten Gesicht wich dem des Erstaunens.

»Meiner Cousine?«

»Ja, Ihrer Cousine.«

Er drehte sich auf dem Absatz um und ging.

10. Dénouement

Smith ließ sich Zeit auf seiner Fahrt zum Gutshof der Aubanets. Er legte es darauf an, zu spät zu kommen. Arthur war zu Hause geblieben. Nach seiner gewohnten Ration von einem Baguette mit Paté und Camembert hatte der Hund keinerlei Neigung gezeigt, sich von der schattigen Terrasse zu entfernen. Was Smith durchaus recht war, denn er wollte verhindern, dass mit der Anwesenheit seines Hundes das anstehende Treffen einen informellen Charakter annehmen könnte. Es war später Nachmittag, windstill und an die dreißig Grad heiß. Selbst der Fahrtwind, der durch die geöffneten Seitenfenster und das Schiebedach strömte, vermochte den Innenraum des VW Polo nicht abzukühlen. Stirnrunzelnd passierte er das Tor der Einfahrt zum Gut. Nach den jüngsten Vorfällen hatte er erwartet, dass es zumindest geschlossen sein würde.

Wieder kam ihm Martine auf dem Hof entgegen, begrüßte ihn aber spürbar weniger herzlich als sonst. Sie sah blass aus. Sie führte ihn durch das Haus in den Garten, wo ihr Vater vor dem Tisch stand und ihn erwartete.

Smith setzte sich und stellte seine Aktentasche neben dem Stuhl ab, nachdem er seinen Geschäftsbericht daraus entnommen und auf dem Tisch ausgebreitet hatte. Seine

Rechnung legte er in einem Umschlag ostentativ obenauf. Alle drei ignorierten sie.

Er begann: »Was ich hier erarbeitet habe, werde ich jetzt im Einzelnen erläutern. Wenn Sie Fragen haben, stellen Sie sie bitte, wie es in allen besseren Konferenzen üblich ist, erst zum Schluss. Ich werde sie dann gern zu beantworten versuchen.«

Beide nickten. Es gefiel ihm, dass sie einen etwas besorgten Eindruck machten.

»Vor neun Tagen sind Sie, Martine, zu mir gekommen und haben mich gefragt, woran ich mich im Zusammenhang mit dem Mord an Robert erinnere. Anschließend baten Sie beide mich, Ermittlungen aufzunehmen und abzuschätzen, ob und inwieweit sich sein Tod auf Ihre Geschäfte auswirken könnte. Nach dem Täter zu fahnden war zwar nicht Ihr ausdrücklicher Auftrag an mich, aber das erschien mir impliziert. Wir haben uns die Legende einer Marktanalyse zurechtgelegt, damit ich möglichst unauffällig Nachforschungen anstellen kann. Es ergab sich, dass ein Hauptkommissar von Europol, der eine Selbstmordgeschichte erfunden hatte, um die örtliche Polizei außen vor zu halten, wegen mutmaßlicher Unterschlagung von EU-Geldern gegen Robert ermittelte, aber nach eigener Aussage nicht besonders weit gekommen war. Er bat mich, ihm alles mitzuteilen, was ich über Robert in Erfahrung bringen würde. Tatsächlich habe ich von dem Hauptkommissar mehr erfahren als er von mir, was nicht verwundern kann, weil ich ihm so gut wie nichts gesagt habe.«

Er wandte sich direkt an Monsieur Aubanet. »Heute Morgen sagten Sie mir zwei Dinge, die mich in eine schwierige Lage versetzt haben. Erstens, dass Sie über mich nichts wissen wollten, was ich nicht von mir aus zu erzählen bereit sei.« Der alte Herr nickte langsam. »Zweitens sagten Sie, Sie würden mir vertrauen und sich wünschen, dass ich auch Ihnen vertraue. Mir scheint, dass sich beides kaum miteinander vereinbaren lässt.

Damit Sie aber nicht nur verstehen, was ich in Erfahrung gebracht habe, sondern auch auf welchem Wege sollten Sie zumindest ein wenig über meine Vergangenheit wissen, eine Vergangenheit, die ich für tot erklärt und begraben hatte, als ich nach Arles gezogen bin.

Nach einigen wenigen Jahren als Lehrbeauftragter für Kunstgeschichte bin ich in die Wirtschaft gewechselt. Ich habe eine Zeit lang für verschiedene Unternehmen gearbeitet und Exportgeschäfte in aller Welt abgewickelt, später dann kurzfristige Geschäftsprojekte auch auf eigene Faust in Angriff genommen, die sich nicht auf bloße Beratungstätigkeiten in Sachen Verkauf und Marketingstrategien beschränkten. Ich wählte für mich das Gebiet der elektronischen Datenverarbeitung als das zukunftsträchtigste überhaupt und nahm bei einigen der größten Unternehmen der Computerbranche ein intensives Training auf.

Der Erfolg stellte sich bald ein, und ich war selten ohne Arbeit. Sie führte mich immer häufiger in Länder, in denen, sagen wir, weniger stabile Verhältnisse herrschen. Als umtriebiger Mensch fiel es mir nicht schwer, wohin auch immer zu gehen, und für gewöhnlich fand ich an allen Orten die Unterstützung größerer Unternehmen oder Institutionen.

Um es kurz zu machen: Irgendwann bekam ich ein Engagement, das mir von einem ehemaligen Kommilitonen vermittelt wurde, der inzwischen im Dienst einer britischen Regierungsbehörde stand. Worin meine Arbeit bestand, sage ich Ihnen nicht. Sie sollten aber wissen, dass ich, um meine Aufgaben bewältigen zu können, sehr spezielle Fähigkeiten erwerben musste. Darunter auch die, von denen ich letzte Nacht nach dem Opernbesuch Gebrauch gemacht habe. Darüber hinaus habe ich meine Computerkenntnisse intensivieren und um, sagen wir, unorthodoxe Methoden ergänzen können. So weit, so gut. Wenden wir uns nun erstens Roberts kriminellen Machenschaften zu und zweitens der Serie von Todesfällen, die damit verbunden sind …«

»Verbunden?«, unterbrach Aubanet.

Smith ging darauf nicht ein.

»Wie Sie wissen, hat Robert Geld unterschlagen. Er hat Fördermittel an eine europaweit vernetzte Gruppe von unberechtigten Nutznießern verschoben und war sehr gut darin. Er verstand sich auch bestens darauf, seine Schachzüge zu verschleiern. Er verschloss alle seine Informationen in einem sicheren Verlies im Internet.«

Smith holte eine Computertasche aus seinem Aktenkoffer und legte sie auf den Tisch.

»Darin sind Roberts Laptop und sein Blackberry. Ich habe einige Zeit und Mühe darauf verwendet, ihnen auf den Grund zu gehen. Bei oberflächlicher Betrachtung enthielten sie nichts an wirklich Wissenswertem, trotzdem konnte ich Spuren bergen, die mich in sein Internetarchiv geführt haben. Es enthielt verschlüsselte Dokumente,

Kontakte, Verträge, Bankdaten und so weiter. Ich habe mir die Freiheit genommen, alles herunterzuladen und zu entschlüsseln. Ich habe sämtliche Dateien daraufhin auf DVDs gebrannt, das Archiv so gründlich wie möglich leer geräumt und eine Spyware installiert, die mir Meldung macht, sobald jemand auf das Archiv zuzugreifen versucht.

Die eine DVD enthält Details der Betrügereien, Roberts Kontakte, Methoden, Bankverbindungen und Transaktionen. Zahlungen an gewisse Personen in Marseille sind nachweisbar.« Er lächelte sparsam. »Von denen ist, wie ich hörte, nur noch eine übrig geblieben. Die Informationen reichen, um dem Spuk ein Ende zu machen, wenn sie an die richtige Stelle gelangen. Für ein oder zwei Monate wäre das Problem gelöst, aber dann werden sich andere finden, die an EU-Geldern verdienen, was mir persönlich ziemlich egal ist. Auf der Scheibe sind überdies Hinweise auf Blanchards Mitwirkung zu finden. Er stand auf Roberts Lohnliste. Aber ich glaube, das wissen Sie längst.

Die zweite DVD enthält sämtliche Einzelheiten zu Roberts persönlichen Konten. Auf ihnen liegen rund vierzehn Millionen Euro. Den alleinigen Zugriff auf sie habe nun ich. Dazu später mehr.

Den Laptop und den Blackberry habe ich gründlich gesäubert. Ich kann Ihnen garantieren, dass nichts mehr darauf zu finden ist. Kopien der DVDs werden in einem Safe im Ausland aufbewahrt, außerdem habe ich alle relevanten Daten in einem Internetarchiv untergebracht. Nach ihnen zu suchen wäre für Sie reine Zeitverschwendung, glauben Sie mir. Ob sie auf Dauer ein Geheimnis bleiben, hängt von meinem Wohlergehen ab.

Ursprünglich lautete mein Auftrag herauszufinden, ob Roberts Tod Ihren Geschäften schaden könnte. Das wird er nicht. Was Sie aber wirklich wissen wollten, war eine Antwort auf die Frage, ob ich herausfinde, wer ihn getötet hat. Nun, die Antwort ist ja.«

Smith spürte, wie Vater und Tochter unmerklich die Luft anhielten. Beide aber schauten ihm fest in die Augen. Smith atmete tief durch. Jetzt wurde es knifflig.

»Den Aufzeichnungen nach haben sich sowohl Robert als auch Blanchard sexueller Vergehen an Minderjährigen schuldig gemacht. Wann es damit anfing, weiß ich nicht.«

Die Gesichter der Aubanets blieben völlig ungerührt. Für ihn ein Beweis ihrer Mitwisserschaft. Er fuhr fort:

»Robert war vielleicht seit seiner Jugend pädophil. Die Aufzeichnungen über seine vornehmlich im Ausland – in Osteuropa, im Fernen Osten und so weiter – vorgenommenen Übergriffe beginnen allerdings erst vor etwa fünf Jahren. Sie zeigen auch, dass er vor rund sechs Monaten begonnen hat, auch hier in Arles entsprechend aktiv zu werden, und dass er Mademoiselle Brique für die Beschaffung von Kindern in seine Machenschaften mit einbezog. Es liegen Listen von Abnehmern seiner pornografischen Erzeugnisse vor. Auch sie sind auf den DVDs. Ich finde, wir sollten sinnvollen Gebrauch davon machen, lassen sich doch wenigstens diese Leute aufhalten. Das bringt mich jetzt zum Eigentlichen. Robert hat einen Teil der erschwindelten Gelder für sich abgezweigt. Es könnte also sein, dass Girondou ihm auf die Schliche gekommen ist und ihn hat beseitigen lassen. Aber das bezweifle ich. Girondou ist in erster Linie Geschäftsmann und hatte in Robert einen überaus lukrativen Handlanger. Er hätte ihn, sagen wir, zurechtgestutzt, aber nicht totgeschlagen. Dessen bin ich mir ziemlich sicher. Vielmehr glaube ich, dass Sie die unschöne Wahrheit über Robert, Mademoiselle Brique und Blanchard irgendwie herausgefunden haben. Eine Schande für die Familie, die schwerer wiegt als bloße Kriminalität. Ich kenne die Camargue inzwischen gut genug, um zu wissen, dass die Familienehre hier über alles geht. Für eine katholische Familie, die sich seit Jahrhunderten um das Gemeinwohl verdient macht, muss Roberts sexuelle Ausrichtung unerträglich gewesen sein. Ich gehe davon aus, dass Sie oder Ihre Freunde ihn, Mademoiselle Brique und Hauptkommissar Blanchard umgebracht haben. Wer genau, weiß ich nicht. Ich würde jedoch auf Monsieur Mistraux oder auf jemanden seines Kalibers tippen. Im Grunde interessiert es mich aber wenig. Es könnte sogar sein, dass Blanchard von seiner Frau getötet wurde. Ihr wäre das durchaus zuzutrauen.«

Es freute ihn insgeheim, diesmal in entsetzte Gesichter zu sehen, obwohl er nicht genau wusste, welcher seiner Eröffnungen er dies verdankte.

Beide, Vater und Tochter, verloren die Fassung. Er hatte offenbar ins Schwarze getroffen. Martine fing still zu weinen an. Monsieur Aubanet meldete sich zu Wort:

»Und was gedenken Sie nun zu tun, Peter?«

Smith grinste innerlich. Die Provence schien voller Leute zu sein, die ihm diese Frage stellten. Er antwortete wie zuvor:

»Nichts. Rein gar nichts. Lassen Sie es mich erklären:

Wie Sie wissen, bin ich selbst Vater. Ich verabscheue und verurteile sexuelle Übergriffe auf Kinder. In vielen Teilen der Welt, die ich bereist habe, wird hingegen der Ehrenmord als moralisch gerechtfertigt betrachtet. Ich will mich nicht zum Richter aufschwingen. Persönlich bin ich der Meinung, dass Sie vielleicht das Richtige getan haben, obwohl die Rechtsprechung etwas anderes sagt. Ich weiß inzwischen ein wenig über Ihre Lebensgewohnheiten und Einstellungen. Sie sind eine gute Familie, und ich glaube, es war sogar sehr mutig zu tun, was getan worden ist.«

»Gibt es irgendwelche Beweise dafür, Peter?«, fragte Monsieur Aubanet leise.

»Das herauszufinden war mein eigentlicher Job, nicht wahr? Dass Roberts Tod geschäftsschädigende Auswirkungen haben könnte, stand nie zu befürchten. Sie wollten wissen, ob Ihnen der Mord vor die Tür gelegt werden kann. Nun, ich bin mir ziemlich sicher, dass es dazu nicht kommen wird. Blanchard hat erfolgreich verhindert, dass die hiesige Polizei Ermittlungen aufnimmt, und seine Frau wird kraft ihrer Befugnis aus Brüssel dafür sorgen, dass sich daran nichts ändert. Ich schätze, es ist ihr ja auch schon weitestgehend gelungen, sich vom aubanetschen Blut reinzuwaschen.«

Beide erstarrten. Madame Blanchard hatte ihnen offenbar nicht gesagt, dass er Bescheid wusste. Nach einer Weile ließ der alte Herr einen tiefen Seufzer vernehmen. »Da Sie ohnehin alles wissen ...«

Smith hob die Hand, um ihn zu unterbrechen.

»Nein, Monsieur. Weder Sie noch ich brauchen ein Geständnis. Ich bin nicht die Polizei. Irgendwann werden Sie mich vielleicht verstehen, aber so viel sei schon jetzt gesagt: Für mich gehört die ganze Geschichte nunmehr der Vergangenheit an, und wenn sie auch für Sie abgeschlossen ist, sollten Sie nicht mehr darüber reden. Dann werden Sie auch immer seltener daran denken und irgendwann gar nicht mehr, und wenn alles nur noch eine Erinnerung ist, werden Sie damit zu leben lernen.«

»Monsieur Smith. Wir, meine Tochter und ich, sind Ihnen abermals zu großem Dank verpflichtet, nicht zuletzt für Ihr Verständnis.«

Sie schwiegen eine Weile, bevor Smith noch einmal das Wort ergriff:

»Ich hätte eine Idee, was wir mit Roberts Geld anfangen könnten. Das Korrekteste wäre wohl, es in die EU-Kasse zurückfließen zu lassen, aber dann würden Girondou und Konsorten bestimmt einen neuen Dreh finden, um sich wieder daran zu bedienen. In der Region gibt es, da bin ich mir sicher, viele Vereine und Wohltätigkeitsorganisationen, denen eine kleine Aufstockung ihrer Mittel sehr willkommen wäre. Ich schlage vor, wir lassen es gemeinnützigen Projekten hier in der Camargue zugutekommen, vor allem solchen, die gegen Kinderschänder ins Feld ziehen und sich um deren Opfer kümmern. Ich würde Sie bitten, mir dabei zu helfen, die beträchtliche Geldmenge möglichst sinnvoll zu verteilen.«

Martine Aubanet nickte. »Ja, Monsieur Smith. Eine sehr gute Idee. Ich würde mich freuen, Sie dabei zu unterstützen.«

Sie wirkte aufrichtig und sehr erleichtert. Es schien, dass sie eine Möglichkeit sah, ein paar lästige Teufel zu exorzieren. Ihr Vater machte einen weniger glücklichen Eindruck, was Smith fürs Erste zu ignorieren beschloss.

Madame gewann zusehends ihre Contenance zurück. »Vielleicht sollten wir noch ein bisschen über die Zukunft sprechen, Peter. Ich habe für heute genug von der Vergangenheit. Würden Sie mich zu einem Ausritt begleiten?«

Smith bemitleidete ihren Vater ein wenig. Er schien von der Zukunft, über die sie mit ihm reden wollte, ausgeschlossen zu sein und wusste das wohl auch. Er hatte im Verlauf der Aussprache irgendwie an Statur verloren.

Als er sich erhob, war er ungewöhnlich wacklig auf den Beinen. Er streckte den Arm aus, drückte Smith die Hand und hielt sie fest.

»Danke für Ihren Bericht, Peter. Scheußlich das Ganze. Aber wir haben eine starke Gemeinschaft, und das Leben geht weiter. Ich selbst werde die Zukunft allerdings immer weniger mitgestalten können und überlasse das meiner Tochter.«

Smith bemerkte, dass er immer noch ausschließlich von Martine redete. Der alte Herr betrachtete sie voller väterlicher Zuneigung.

»Dass sie noch lebt, verdanken wir Ihnen. Ich hoffe, Sie werden sie weiterhin klug beraten. Wenn ich mich nicht irre, wird sie eher auf Sie hören als auf mich.«

Er gab Smiths Hand frei.

»Sie und Ihr Hund sind immer willkommen in meinem Haus, Peter. Wenn Sie mich jetzt entschuldigen würden ... Ich möchte mich ein Weilchen hinlegen.«

Sie verließen den Gutshof und ritten über die Felder. Madame war weniger auf die Stierzucht fixiert als ihr Vater. Sie interessierte sich für die Tierwelt im Allgemeinen, insbesondere für die der Camargue, und machte ihn auf Reiher aufmerksam, auf Kormorane, Vertreter unterschiedlicher Entenarten, Rohrweihen und Falken. Sogar einen Adler entdeckten sie, Biberratten, Wühlmäuse und jede Menge anderes Getier an den Rändern der Wasserläufe. Die Sonne senkte sich langsam dem Horizont entgegen, und die Hitze nahm ein wenig ab. Sie näherten sich einer der vielen Gardian-Cabanes, die überall in der Camargue zu finden sind. Es war ein eingeschossiges Gebäude, rechteckig bis auf die halbrunde Rückwand, mit riedgedecktem Spitzdach und weiß getünchten Wänden. Diese Hütte war offenbar renoviert worden, deutlich größer als andere ihrer Art, mit großen Fenstern ausgestattet und einer überdachten Terrasse. Ringsum gruppierten sich Ställe und Scheunen. Die ganze Anlage wurde von Pinien umsäumt. Unter dem Vordach eines offenen Schuppens banden sie die Pferde an, nahmen ihnen die Sättel ab und sorgten dafür, dass sie trinken konnten.

Madame führte Smith auf die schattige Terrasse und rückte zwei Liegestühle so zurecht, dass sie Aussicht auf einen *étang* hatten, in dem Hunderte von Flamingos umherwateten. Sie verschwand kurz im Haus und kehrte mit zwei Gläsern und einer gekühlten Flasche Crémant zurück.

»Willkommen, Peter. Alles, was Sie bisher gesehen haben – unsere *ferme*, die Unternehmungen –, ist im Familienbesitz. Dieses Haus hier aber gehört allein mir. Mein Großvater hat es mir zu meiner Geburt geschenkt. Ich komme oft hierher zum Arbeiten, Nachdenken oder Lesen. Es ist so etwas wie eine Zuflucht für mich. Seit dem Tod meiner Mutter vor fünfzehn Jahren habe ich hier nur drei Gäste empfangen. Robert, der kurz nach unserer Hochzeit hier war, hat das Haus gehasst. Er blieb nur eine Stunde. Mein Vater kommt ab und zu, aber nur auf Einladung. Sie sind der Dritte.«

Der Crémant war köstlich, der Ausblick überwältigend. Sie saßen in den Liegestühlen und blickten auf das Meer von Flamingos, die vom Wasser, in dem sie standen, kaum etwas erkennen ließen. Es herrschte tiefe Ruhe. Kleine Eidechsen huschten von einem schattigen Fleck zum nächsten. Smith fühlte sich etwas unwohl. Ihm war, als näherte er sich ihrem Leben weiter an, ohne zu wissen, ob er das überhaupt wollte. So attraktiv sie auch sein mochte, schien sie doch auch eine Seite zu haben, die ihm nicht ganz geheuer war. In den vergangenen Tagen hatten sich sehr schnelle Entwicklungen vollzogen.

Ohne ihren Blick von dem *étang* abzuwenden, fuhr sie fort: »Was ich vorhin gesagt habe, ist mir ernst, und das nicht nur wegen dem, was Sie gestern Nacht für mich getan haben. Wir sind hier, weil ich Ihnen mein Haus zeigen wollte. Ich dachte, Sie würden es mögen und im Unterschied zu Robert vielleicht verstehen, was es für mich bedeutet. Ich würde es gern mit Ihnen teilen. Das ist alles.«

Sie ergriff Smiths Hand, führte sie an ihre Lippen und küsste sie sanft. Dann stand sie auf und zog ihn mit sich in die Höhe.

»Es ist zwar nicht viel zu sehen, aber ich möchte es Ihnen zeigen. Kommen Sie mit rein.«

Wie die meisten Cabanes der Gardians bestand das Haus aus einem großen Raum, der bis unter das Gebälk des Daches reichte. Alles war auf den allerneuesten Stand gebracht. Eine Klimaanlage und die halb zugezogenen Fensterläden sorgten für angenehme Kühle. An den Wänden hingen Gemälde und schmuckvoll geschnitzte Bücherborde. Teppiche lagen vereinzelt auf dem Boden aus Natursteinen. Ein großer offener Kamin wurde von zwei altmodischen Lehnsesseln flankiert. Der eine, über dem eine Leselampe schwebte, war offenbar häufiger in Gebrauch; der andere wirkte fast neu. In der Mitte des Raums standen ein Esstisch und zwei Stühle, jeweils an den Kopfenden, sowie am Rand ein großes Holzbett und ein paar Schlafzimmermöbel. Die ganze Einrichtung wirkte auf Smith sehr harmonisch und zivilisiert, und das sagte er auch.

Sie lächelte. »Hier habe ich meinen Frieden.«

Smith schaute sich um und hatte plötzlich den Eindruck eines sehr einsamen, zurückgezogenen Lebens. Er wollte zurück in die Nachmittagshitze der Terrasse. Die kam ihm ehrlicher vor.

Als sie wieder in den Liegestühlen Platz genommen hatten, wandte sie sich ihm zu und sagte: »Es scheint, wir haben, was auch immer der Fall gewesen ist, zu Ende gebracht.«

Smith betrachtete sie, ohne mit der Wimper zu zucken.

»Madame, Sie wissen sehr wohl, worum es ging. Sie wussten es von Anfang an. Ich mag meine Fehler haben – jedenfalls bekomme ich das von den Leuten, mit denen ich verkehre, immer wieder zu hören –, aber auf den Kopf gefallen bin ich nicht.«

Die Bedeutung des Gesprächs, das sie erst vor einer Stunde mit ihrem Vater geführt hatten, wurde beiden plötzlich in aller Klarheit bewusst. Schweigend kehrten sie zum Gut zurück. Smith hatte es eilig, nach Hause zu kommen.

Gentry und Smith spielten schon seit zwanzig Jahren Schach gegeneinander, meist im Rahmen ihrer unregelmäßigen Treffen, bei denen sie sich dann vornehmlich schweigend ganz auf das Spiel konzentrierten. Früher hatten sie solche Zusammenkünfte gelegentlich auch zur Nachbesprechung eines abgeschlossenen Auftrags genutzt. Sich am Brett auszutauschen war ihnen immer lieber gewesen, als in einem langweiligen Konferenzraum zu sitzen.

Sie waren beide gute Spieler, sehr gute sogar, einander ebenbürtig, wenn auch recht unterschiedlich. Sie spielten gemäß ihren charakterlichen Grundzügen. Gentry war zurückhaltend, klassisch, ein Stratege mit Weitsicht. Seine Angriffe führte er planvoll aus, sorgfältig durchdacht und fast immer fehlerfrei. Smith konnte sich nicht erinnern, dass seinem Freund jemals ein grober Schnitzer unterlaufen wäre. Seine Verteidigung war nahezu undurchdringlich. Smith war abenteuerlustiger. Klassische Eröffnungen oder Defensiven kamen für ihn nur zu Beginn einer Partie infrage. Nicht dass er überhastet zog – auch er konnte sich zurückhalten. Aber nicht selten spielte er wider alle Lehrmeinung. Gentry tat das nie. Unorthodox wurde Smith meist gegen Ende des Mittelspiels. Dann verließ er sich weniger auf eine vorgefasste Strategie als auf seinen Spielwitz.

Es war genau diese Unberechenbarkeit nach einer längeren Phase der Zurückhaltung, mit der er oft Erfolg hatte. Allerdings unterliefen ihm auch mehr Fehler. Gentrys Siege waren unausweichlich, die von Smith dagegen sehr wohl. Die meisten Partien endeten remis, und der größte Unterschied zwischen beiden Spielern bestand darin, dass Gentry mehr Spaß an der Sache zu haben schien als Smith. Dabei war er ständig auf der Hut vor Smiths eigenwilligen Zügen, die dafür sorgten, dass das Spiel nie langweilig wurde. Seit Smiths Umzug nach Arles spielten sie regelmäßiger, fast wöchentlich, und das mit dem größten Vergnügen.

Ihre ersten Züge setzten sie wortlos. Gentry hatte Weiß und eröffnete spanisch, was er häufig tat. Es entsprach seinem Stil und brachte ihm oft Erfolg ein. Diesmal wählte er diese Eröffnung, weil er wusste, dass sie während des Spiels sprechen und die vertrauten Züge ihm erlauben würden, seine Konzentration aufzuteilen. Außerdem konnte er davon ausgehen, dass sich Smith, der ebenfalls etwas abgelenkt wäre, schon früher zu riskanten Zügen hinreißen lassen würde. Ohne dass sie es sich jemals eingestanden hätten, gefielen ihnen die Spiele, bei denen sie einen Fall nachbereiteten, etwas weniger gut als andere.

Gentrys Vorteil war von kurzer Dauer. Smith antwortete mit der für ihn sehr uncharakteristischen und längst aus der Mode gekommenen Steinitz-Verteidigung, und als er auf die übliche Abtauschvariante nicht einging, die die Chancen für Schwarz erhöht hätte, schrillte bei Gentry die erste Alarmglocke. Dass sich Smith absichtlich ins Hintertreffen bringen ließ, war für ihn eigentlich untypisch. Entweder hatte er einen neuen Plan, oder aber er wollte sogar in der Verteidigung zu improvisieren versuchen. Das tat er nur, wenn er in Bestform war, und da zu erwarten stand, dass sie sich gleich unterhalten würden, hatte Gentry das ungute Gefühl, dass er die Partie verlieren könnte. Er gönnte sich einen Schluck Whisky.

»Nun, wie heißt es immer so schön? ›Wer war's?‹«

»Weiß der Himmel. Könnte jeder von ihnen gewesen sein oder alle gemeinsam.«

Das Gespräch entwickelte sich wie bei solchen Gelegenheiten üblich. Gentry führte das Wort, Smith antwortete. Zwischendurch gab es nachdenkliche Pausen.

»Ich vermute, dass du Bescheid weißt, ist weniger wichtig, als dass sie es wissen und glauben, dass du es auch beweisen kannst.«

»Ja. Nur das Wörtchen ›es‹ ist noch ein bisschen interpretierbar.«

Gentry legte die Stirn in Falten und fuhr fort: »Fassen wir also zusammen. Wir haben drei suspekte Todesfälle, einen Überfall auf dich sowie einen schweren Anschlag auf dich und Madame. Du bist dem Paten der Mafia von Marseille begegnet, einem der Anführer der Camargue und ihres Geheimbundes und einem, vielleicht zwei geschmierten Europol-Kommissaren, von denen der eine auf alarmierende Weise ums Leben gekommen ist. Du hast stichhaltige Beweise für eine internationale Verschwörung auf Kosten der EU-Kasse und die Machenschaften eines Pädophilen-Rings entdeckt. Auf deine diskrete Art, mit der du mich aber nicht hinters Licht führst, scharwenzelst du mit einer attraktiven, reichen Witwe, die wohl noch nicht ahnt, dass sie die erste Frau ist, die du nach etlichen Jahren Enthaltsamkeit in deine Nähe lässt. Und schließlich, was nicht ganz unbedeutend ist, hast du alleinigen Zugriff auf zweiundzwanzig Millionen perfekt versteckte Euro, zumindest noch für ein, zwei Tage oder so lange, bis den guten Bankern von Bern die Nachricht zugetragen wird, dass Robert verblichen ist. Nichts wäscht Geld weißer als der Tod. Hinter dir liegen ein paar ereignisreiche Tage, mein Freund.«

Sie hatten gerade das Mittelspiel erreicht. Smith war auffallend ruhig. Er nahm kampflos eine etwas nachteilige Position hin und hatte eine Figur weniger als sein Gegner, was aber bei ihrer Spielweise nicht weiter ins Gewicht fiel. Eine Weile machten sie schweigend ihre Züge. Gentry konnte immer noch nicht erkennen, worauf Smith aus war. Normalerweise hätte er seine Absichten längst durchschaut, aber der Freund spielte heute ungewöhnlich defensiv. Vielleicht setzte er darauf, dass Verunsicherung eine scharfe Waffe sein konnte, vor allem bei einem Gegner, für den Unsicherheit dem Eingeständnis einer Niederlage gleichkam. Beide wussten, dass im Leben selten Verlass auf Gewissheiten war; sich dieses Manko zunutze zu machen war oft ein Schlüssel zum Erfolg. Smith war strategisch beschlagen genug, um Rückstände wiedergutzumachen und im weiteren Verlauf des Spiels Vorteile zu gewinnen. Nicht zuletzt darum lebte er noch, andere aber nicht.

Smith zog. Noch mehr Absicherung, dachte Gentry, der daran gewöhnt war, auf Angriffe des Freundes zu reagieren. Der jetzige Spielverlauf frustrierte ihn. Er selbst war kein Angreifer, auch nicht, wenn er Weiß hatte, und spürte nun, dass sein für gewöhnlich ruhiger Blick auf das Brett fahrig wurde.

»Monsieur Aubanet und seine Tochter glauben, wie du schon richtig bemerkt hast, dass ich ihnen auf die Schliche gekommen bin. Dabei geht es ihnen aber nicht darum, wer nun wen umgebracht hat; das ist mehr oder weniger klar. Sie haben mich gebeten, den Mord an Robert aufzuklären, um herauszufinden, ob die Tat mit ihnen in Verbindung gebracht werden kann.«

»Und, kann sie?«

»Nein.«

»Warum nicht?«

Smith sprach, ohne den Blick vom Brett zu heben. »Weil keine der zuständigen Stellen Ermittlungen aufnimmt. Wir haben drei Tote, die europäische Fonds ausgeplündert haben, und das auf eine Weise, die sich von der zur Sportart avancierten Selbstbedienung diverser Kreise deutlich unterscheidet. Uns allen geht schon jede Menge Geld verloren, bevor es der EU-Kasse überhaupt gutgeschrieben wird. Ich kenne einen Europa-Abgeordneten aus Norfolk, der sich damit brüstet, dass er jeden Tag ins EU-Parlament geht, seinen Arbeitsbeginn abstempeln lässt, um seine Diäten zu rechtfertigen, und sofort wieder das Weite sucht. Sein Leben besteht aus Restaurantbesuchen, für die seine Wähler blechen.« Er nahm einen guten Schluck Islay Mist, beugte sich wieder über das Brett und machte einen weiteren zurückhaltenden Zug.

Gentry rutschte auf seinem Stuhl weiter an den Tisch heran und sah sich in der Bredouille.

»Zwei der drei Gauner wurden gierig und machten Geschäfte auf eigene Faust, indem sie die Diebe bestahlen. Ihre Beute war relativ klein im Vergleich zu den Summen, die sich von den Geldkoffern aus Brüssel abzweigen ließen. Für ein Mordmotiv hätte sie durchaus gereicht, nicht aber für aufwendige Ermittlungen.

Und dann war da noch das Kinderporno-Geschäft. Nachforschungen sind auch in dem Fall nicht zu erwarten. Die örtliche Polizei wurde geschickt auf Distanz gehalten. Und dass die Hintermänner tot sind und gegen sie nicht mehr ermittelt wird, erspart den Behörden viel Geld und Papierkram. Wären sie verurteilt und in ein französisches Gefängnis gesteckt worden, hätten sie spätestens dort ins Gras gebissen.«

Smith stellte amüsiert fest, dass er ins Monologisieren geraten war, unterbrach sich und machte seinen nächsten Zug. Gentrys Frustration war greifbar, und Smith genoss die äußerst seltene Erfahrung, dass sein Gegner ins Hintertreffen geriet. Was Gentry nicht wusste, war, dass Smith während der vergangenen sechs Monate intensiv nach Antworten auf die Ruy-López-Eröffnung geforscht hatte. Das Damengambit, das den Namen des Geistlichen aus dem sechzehnten Jahrhundert trägt, war lange Zeit eine der beliebtesten und am besten untersuchten Eröffnungen im Schach. Smith hatte sich für eine unpopuläre und potenziell kraftlose Verteidigung entschieden. Sie war für die Entwicklung eines Angriffs eher ungeeignet, weil es viel Geduld und Zurückhaltung erforderte, und die zählten nicht gerade zu seinen Stärken. Aber diesmal hatte er Erfolg damit. Er fuhr fort: »Korruption und Kriminalität sind in höheren Kreisen angesiedelt, Amoralität und Bestialität weiter unten. Ersteres interessiert mich nicht besonders, Letzteres sehr wohl.«

»Ja, geht mir auch so«, stimmte ihm Gentry zu.

»Ich will zwar nicht behaupten, dass mir egal wäre, wer wen auf dem Gewissen hat, aber die Hauptsache ist für mich, dass es die Richtigen getroffen hat.«

Gentry fand sich in einer außergewöhnlichen Lage wieder. Er hatte zwar mehr Figuren auf dem Feld, glaubte aber nicht mehr, gewinnen zu können. In seiner Verzweiflung mauerte er sich ein. Defensive und Verteidigung waren nicht unbedingt dasselbe. Sein Freund verstand sich, wie er wusste, auf diese Unterscheidung und verdankte sein Überleben nicht zuletzt der Tatsache, dass seine Feinde beides häufig genug verwechselt hatten. Beweglichkeit war einer statischen Kraft, und sei sie noch so groß, immer überlegen.

»Und das Geld?«

»Ah, das Geld.«

Smith machte einen weiteren Zug, gut durchdacht, aber letztlich neutral. Er erfreute sich am ungewohnten Gefühl der Überlegenheit. Es kam nicht oft vor, dass sein Gegner bestürzt aufs Brett starrte, im Gegenteil. Der Architekt seines Unbehagens und dabei völlig schuldlos zu sein war für Smith ein Vergnügen ohnegleichen. Gentry schien kurz davor, nach dem letzten Mittel eines Verzweiflungsmanövers zu greifen. Wie es aussah, würde er sich selbst zerstören.

»Das Geld, ja.« Smith ließ sich den jüngsten Zug seines Kontrahenten durch den Kopf gehen. Gentry hatte einen Fehler gemacht. Keinen dummen und unter normalen Umständen auch keinen, der von entscheidender Bedeutung gewesen wäre. Aber die Umstände waren nicht normal. Gentry stand merklich unter Druck und schien einiges zu übersehen. Er hatte immer im Schatten gesessen und Ruhe bewahrt in seiner eigenen, kühlen und logischen Welt, ungeachtet der Turbulenzen ringsum. Er hatte stets die richtigen Entscheidungen getroffen, weil er die Zeit dazu hatte. Ganz anders Smith. Er ließ einen weiteren belanglosen Zug folgen, der die Spannung dieses zerebralen Zerrüttungspokers noch steigerte.

»Das Geld. Hm. Girondou damit zu beglücken wäre verrückt. Es ginge mir aber ebenso gegen den Strich, es der EU zurückzugeben, damit es wenig später von anderen geklaut wird. Die alles andere als trauernde Witwe hat's nicht nötig und würde es wahrscheinlich auch gar nicht annehmen. Du willst es bestimmt auch nicht haben, ebenso wenig wie ich.«

Genug ist genug, dachte Smith. Obwohl er immer noch weniger Figuren hatte als sein Gegner, glaubte er, dass dieser ausreichend demoralisiert war und seiner Offensive nicht standhalten würde. Taktisch war Gentrys Lage durchaus stabil, aber es standen jetzt mehrere umfangreiche und ziemlich ruppige Abtauschvarianten zur Auswahl, die ihn völlig entnerven würden. Smith machte davon Gebrauch. Nach vier Zügen hatte er vier Bauern geschlagen. Erfolgreicher als erwartet. In der nächsten Zugfolge eroberte er einen Springer und einen weiteren Bauern. Ausgleich. Gentry hatte den größeren Schaden. Er verachtete, was er als Neandertaler-Schach bezeichnete.

»Ich finde, wir sollten versuchen, mit dem Geld etwas Gutes zu tun. Vor allem möchte ich dem Kinderschänder-Zirkel um DuGresson den Garaus machen. Darüber hinaus gibt es doch etliche kleinere gemeinnützige Organisationen, die Geld nötig haben. Ich bin mir ziemlich sicher, du kennst die eine oder andere hier in der Stadt, die froh wäre, wenn du ihr einen größeren Betrag zukommen ließest. Ich denke insbesondere an Einrichtungen, die sich um Kinder kümmern, die sexuellen Übergriffen ausgesetzt waren. Madame Aubanet würde bestimmt helfen, die richtigen Adressaten zu finden.«

Gentry zeigte ein mattes Lächeln. »Gute Idee. Wir müssen uns aber beeilen. Das Geld ist futsch, sobald die Haie rausfinden, dass Robert tot ist.«

Er schaute auf das inzwischen deutlich leerere Brett. Hoffnungslos stand es nicht für ihn, aber er hatte die Lust verloren. Sein auf Smith gerichteter Blick ließ erkennen, dass er zu einem Remis bereit war. Um seinen Freund nicht länger leiden zu lassen, akzeptierte Smith ein Unentschieden. Es war eine Geste, die beide verstanden.

Nachdem sie sich die Hände geschüttelt und die Figuren wieder zurückgestellt hatten, standen sie vom Tisch auf und setzten sich an den Kamin. Gentry füllte die Gläser.

»Wie hat die Familie reagiert?«

»Erwartungsgemäß. Ruhig, aber sie sind auch ziemlich besorgt, glaube ich.«

»Na, immerhin kannst du jetzt wieder deinen Ruhestand genießen. Ich hoffe, dein Einsatz hat sich zumindest finanziell gelohnt.«

Smith lachte.

»Gelohnt wäre übertrieben, aber die kleine Geldspritze kommt durchaus gelegen.«

Gentry nahm einen tiefen Schluck aus seinem Glas.

»Jedenfalls kannst du dir jetzt die Aubanet-Familie von der Backe schmieren. Ich hatte von Anfang an das Gefühl, dass sie nicht ganz koscher ist. Am besten, du hältst dich von ihr fern.«

»Ach«, murmelte Smith.

»Was soll das heißen, ›Ach‹?«

»Nun ja.«

»Wie, nun ja?«

»Für nächste Woche habe ich Martine DuGresson zum Mittagessen eingeladen.«

Gentry schaffte es, gleichzeitig resigniert und entsetzt dreinzublicken. »Himmel«, seufzte er und langte nach der Flasche.